*Memento Mori_* *Muriel Spark*

뮤리얼 스파크

메멘토 모리

김수영 옮김

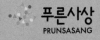

푸른사상
PRUNSASANG

테라자 월쉬에게
사랑으로써

이 어리석음을 어떻게 하란 말이냐―오오 마음이여, 오오
어지러운 마음이여, 이 희화(戱畵)를,
개 꼬리에라도 매달려 있듯이
나에게 매달려 있는 노쇠를?

―W.B. 예이츠, 『탑』

오오 얼마나 거룩하고 존귀한 모습이었나
노인들은! 불멸의 천사들은!

― 토머스 트라헌, 『명상의 수세기』

문 "마지막까지 잊어서는 안 될 네 가지 일은 무엇인가?"
　답 "마지막까지 잊어서는 안 될 네 가지 일은 죽음과 심판과
지옥과 천국입니다."

―「간이 교리 문답」

제1장

데임 레티 콜스턴은 만년필에 잉크를 다시 채우고 계속해서 편지를 썼다(데임 레티 콜스턴의 '데임'이란 것은 귀부인에 대한 존칭으로, 남성의 '서'[1]에 해당되는 말-역주).

멀지 않아 당신은 좀 더 밝은 주제로 이에 못지않은 훌륭한 소설을 써주실 겁니다. 냉전이 계속되는 이런 시대일수록 우리들은 연무(煙霧)와 흑운(黑雲)을 뚫고 나가 서 청명한 하늘을 드높이 날아야 할 것이라고, 나는 그렇게 생각하고 있습니다.

전화가 울렸다. 그녀는 수화기를 들었다. 예상한 대로 그녀가 한마디 말을 할 사이도 없이 그 사나이의 목소리가 들렸다. 귀에 익은 말소리가 그쳤을 때 그녀는 말했다. "누구십니까? 당신은 누구세요?"

그러나 여태까지 여덟 번이나 노상 그랬듯이 전화는 벌써 끊겨버렸다.

데임 레티는 지시를 받은 대로 경위(警衛)한테 전화를 걸었다. "또 걸려왔어요." 하고 그녀는 말했다.

---

1   Sir.

"그래요? 시간은 아십니까?"

"방금 걸려 왔어요."

"역시 똑같은 말인가요?"

"네." 하고 그녀는 말했다. "똑같은 말예요. 어떻게 해서든지 찾아낼 수 있을 것 같은데요 —"

"그럼요, 데임 레티, 잡을 수 있지요."

조금 후에 데임 레티는 오빠인 고드프리에게 전화를 걸었다.

"고드프리, 또 걸려 왔어."

"데리러 갈게, 레티." 하고 그는 말했다. "오늘 밤엔 우리 집에 와서 자."

"상관 없어요. 조금도 위험할 건 없어요. 누구의 단순한 짓궂은 장난예요."

"무어라고 그래?"

"똑같은 말예요. 그것도 사무적인 말투이고, 별로 협박하는 것 같지도 않아요. 물론 미치광이 짓이지. 경찰은 무얼 하고 있는지 모르겠어. 잠만 자고 있는 모양이야. 벌써 6주일 동안이나 계속되고 있는데."

"그 말뿐이야?"

"그 말뿐이에요 — 죽을 운명을 잊지 말라(Remember you must die)는 그 말뿐예요."

"정신병자야, 필시." 하고 고드프리는 말했다.

*

고드프리의 아내 차미안은 눈을 감고 앉아서 자기의 생각을 알파벳 순(順)으로 정리해보려고 하고 있었다. 그녀는 이미 논리와 시간의 순서를 파악할 수가 없어서 고드프리가 알파벳 순이라도 완전한 혼돈보다는 나을 것이라고 권했던 것이다. 차미안은 여든다섯 살이었다. 얼마 전에 주간(週

㉠ 신문의 기자가 그녀를 만나러 와서, 그 후에 고드프리가 그 청년이 쓴 기사를 커다란 소리로 읽어주었다 ─

> ……난로 옆의 의자에 한 가냘픈 노부인이 앉아 있었다. 한때(템스 강 전체라고는 할 수 없지만) 전 문단(文壇)을 뒤흔들던 여성…… 노령임에도 불구하고 이 전설적인 인물은 아직도 생명력에 넘쳐 흐르고 있다……

차미안은 졸음이 와서, 들창 가의 기다란 오크재(材) 테이블 위에서 잡지를 정리하고 있는 하녀에게 말을 걸었다. "테일러, 나 한 5분 동안만 눈 좀 붙이고 싶은데, 성(聖) 마크 교회에 전화를 걸어서 조금 있다가 가겠다고 그래줘."

때마침 그 순간에 고드프리가 모자를 손에 들고, 외출용 외투를 입고 방 안으로 들어왔다. "무슨 소리를 하고 있는 거야?" 하고 그는 말했다.

"어머나, 고드프리, 나는 또 누군가 하고 깜짝 놀랐지."

"테일러…… 성 마크 교회…….." 하고 그는 차미안의 말을 되풀이했다. "여보, 이 방에 하녀는 없어. 그리고 여기는 베네치아가 아냐."

"어서 이리 와서 불에 몸을 좀 녹여요." 하고 그녀는 말했다. "외투도 벗으시구려." 그녀는 그가 막 밖에서 돌아온 줄로만 알고 있는 것이었다.

"이제 나가는 길이야. 나는" 하고 그는 말했다. "레티를 데리러 가는 길이야. 오늘 밤 우리 집에서 자기로 돼 있어. 또 그 정체불명의 전화가 걸려 온 모양이야."

"요전에 온 청년은 여간 기분이 좋지 않았어요." 하고 차미안은 말했다.

"어떤 청년 말야?"

"신문사 사람요. 나중에 기사를 쓴 ─"

"그건 5년 2개월 전 이야기야." 하고 고드프리는 말하였다.

'어째서 인간은 그녀한테 친절히 해주지 못하는가?' 하고 그는 햄스테드에 있는 레티의 집으로 차를 달리면서 자신에게 물어보았다. '어째서 인간은 좀 더 그녀에게 상냥하게 해줄 수 없는가?' 그 자신도 벌써 여든일곱이었지만, 아직도 노망기는 없다. 자기의 행동을 반성해볼 때면 그는 언제나 '나'라는 일인칭 대신에 '인간'이라는 말로 생각해보는 것이었다.

'상대방이 차미안인 경우엔 인간도 여간 고단한 게 아니다.' 하고 그는 생각했다.

*

"당치도 않은 소리예요." 하고 레티는 말했다. "나한텐 적(敵) 같은 건 없어요."

"생각해봐." 하고 고드프리는 말하였다. "잘 생각해봐."

"빨간 불예요." 하고 레티는 말했다. "차미안한테 하는 것 같은 말은 하지 마세요."

"레티, 친절한 건 고맙지만, 가르쳐주지 않아도 나는 아직도 운전쯤은 할 줄 알아. 신호등도 틀림없이 보고 있어." 그가 급브레이크를 걸었기 때문에 데임 레티는 앞으로 고꾸라졌다.

그녀가 일부러 하는 듯한 한숨을 쉬어서, 파란 신호등이 켜지자 그는 엄청나게 날쌔게 차를 몰았다.

"고드프리, 아주" 하고 그녀는 말하였다. "나이 드신 푼수로는 희한한 솜씬데요."

"모두들 그런 말을 해." 차의 속도는 수그러졌다. 그녀가 이제는 살았다고 한숨을 쉬면서 가슴을 쓰다듬은 것을 그는 모른다.

"레티 같은 입장이면" 하고 그는 말하였다. "적도 있을 거야."

"천만에요."

"아냐, 분명히 있어." 그는 액셀을 밟았다.

"그야, 있을지도 모르지."

그는 또다시 속력을 늦추었지만 데임 레티는 오지 않을걸 그랬구나 하는 생각이 들었다.

차는 나이츠브리지에 다다르고 있었다. 고드프리와 차미안이 살고 있는 켄싱턴 처치로(路)의 비커리지 가든즈에 도착하기까지 그의 기분을 상하지 않게 하면 된다.

"에릭한테 편지를 썼어요." 하고 그녀는 말하였다. "그의 소설에 대한 얘기를. 물론 그에게는 어머니한테 물려받은 문학적 재능은 있는데, 주제에 기쁨과 희망이 없는 것 같애. 한 시대 전의 좋은 소설에는 모두 그런 것이 있는데."

"나는 그 책을 읽을 수가 없었어." 하고 고드프리는 말하였다. "아무튼 읽어갈 기분이 나지 않아. 리즈에 자동차 판매원이 있고, 그의 아내가 도서관에 근무하는 코뮤니스트하고 하룻밤 호텔에서 자고…… 그래서 어쨌단 말야?"

에릭은 그의 아들이었다. 쉰여섯이 되는 에릭이 최근에 두 권째의 소설을 출판했다.

"그 애는 차미안을 따라가려면 어림도 없어." 하고 고드프리는 말했다. "아무리 애를 써보아도."

"글쎄, 그렇지도 않을걸요." 하고, 차가 집 앞에까지 다 온 것을 보고 레티는 말했다. "에릭에게는 뚜렷한 리얼리즘의 줄거리가 있지만, 차미안한테는 전혀 ―"

차에서 내린 고드프리가 쾅 하고 문을 닫았다. 데임 레티는 한숨을 쉬고, 그의 뒤를 따라서 집으로 들어가면서 생각했다. 오지 않을걸 그랬다.

*

"간밤의 영화는 재미있었어, 테일러?" 하고 차미안은 말했다.

"내가 왜 테일런가." 하고 데임 레티는 말했다. "그런데 테일러가 그만 두기 20년이나 전부터 언니는 노상 테일러를 '진'이라고 부르고 있지 않았어요."

자기의 집에서 다니는 가정부인 미시즈 앤서니가 밀크를 탄 커피를 갖고 와서 조반(朝飯) 테이블 위에 놓았다.

"간밤의 영화는 재미있었어, 테일러?" 하고 차미안은 그녀에게 물었다.

"네, 미시즈 콜스턴, 고맙습니다." 하고 가정부는 말하였다.

"미시즈 앤서니가 왜 테일러요." 하고 레티가 말했다. "여기엔 테일러란 이름을 가진 사람은 아무도 없어요. 그리고 언니는 벌써 오랫동안을 두고 그 여자를 진이라고 불렀고, 테일러를 테일러라고 부른 것은 언니의 처녀 시절 때뿐이에요. 그리고 아무튼 미시즈 앤서니는 테일러가 아녜요."

고드프리가 들어와서 차미안에게 입을 맞추었다. 그녀는 말했다. "잘 잤니, 에릭."

"에릭이 아녜요." 하고 데임 레티가 말하였다. 고드프리는 누이동생을 보고 눈살을 찌푸렸다. 그녀가 자기를 많이 닮은 것이 그를 불안스럽게 했다. 그는 『타임스』를 펼쳤다.

"오늘은 사망 기사가 많이 나 있어요?" 하고 차미안이 말했다.

"제발, 우울한 얘기는 하지 말아요." 하고 레티는 말하였다.

"사망 기사를 읽어주리까?" 하고 고드프리는 일부러 누이를 무시하고, 신문지를 들추면서 사망란을 찾았다.

"그렇군, 전쟁 기사가 좋겠군." 하고 차미안은 말하였다.

"전쟁은 1945년에 끝났어요." 하고 데임 레티가 말했다. "언니가 말하는 것이 요전번의 전쟁이라면. 하지만 아마 제1차 대전 얘기일걸. 아니면 크리미아 전쟁인가?……"

"그만둬, 레티." 하고 고드프리는 말하였다. 찻잔을 드는 레티의 손이 떨리고, 널따란 왼쪽 뺨에 경련이 일어나는 것을 그는 보았다. 누이동생보다도 자기 편이 훨씬 젊다고 그는 생각했다. 레티는 자기보다도 훨씬 젊고 이제 일흔아홉밖에 안 되는데도.

미시즈 앤서니가 문 밖에서 고개를 들이밀었다. "데임 레티한테 전화예요."

"어머, 누굴까?"

"이름을 대지 않아요."

"누구냐고 좀 물어보아요."

"물어보았는데도 막무가내로 ─"

"내가 가지." 하고 고드프리가 말했다.

데임 레티는 그의 뒤를 따라가서 전화에서 새어 나오는 사나이 목소리를 들었다. "데임 레티에게 전해주세요." 하고 그 목소리는 말했다. "죽을 운명을 잊지 말라고요."

"누구요, 당신은?" 하고 고드프리는 말했다. 그러나 상대방은 벌써 전화를 끊고 있었다.

"우리들은 필시 미행당한 거야." 하고 레티는 말했다. "간밤에 여기에 온다고 아무한테도 말한 일이 없는데."

그녀는 경위한테 전화를 걸어서 이 일을 보고했다.

그는 말했다. "부인께선 오라버님 댁에 유하신다는² 것을 분명히 아무한테도 말하지 않으셨지요?"

"네, 물론이죠."

---

2   유(留)하다 : 머무르다. 원문에는 stay.

"오라버님께선 그 목소리를 분명히 들으셨나요, 오라버님 자신이요?"

"네, 오빠가 수화기를 드셨다고 그러지 않았어요."

그녀는 고드프리에게 말하였다. "전화를 받아주시기를 잘했어요. 내가 거짓말을 하는 게 아니라는 증거가 되어서. 경찰은 의심을 하구 있었어, 이제 알고 보니까."

"레티의 얘기를 의심하고 있었다고?"

"그래요, 내가 꾸며 하는 말인 줄 알고 있었던 모양예요. 이제 경찰도 좀 더 활발하게 움직여줄 거예요."

차미안은 말했다. "경찰이라고?…… 경찰이 어떻게 됐다고? 도난이라도 당했어요?"

"이상한 전화가 나한테 걸려 와요." 하고 데임 레티는 말했다.

미시즈 앤서니가 테이블을 훔치러 들어왔다.

"아, 테일러, 올해 몇 살이지?" 하고 차미안이 말하였다.

"예순아홉예요, 미시즈 콜스턴." 하고 미시즈 앤서니는 말했다.

"언제 일흔이 되지?"

"11월 28일에요."

"좋구먼, 테일러." 하고 차미안은 말했다. "당신도 이제 우리하고 한패가 되는군그래."

제 2 장

모드 롱 병동(여자들뿐인 노인병과[老人病科])에는 열두 명의 환자가 있었다. 간호원장은 그녀들을 '빵가게의 한 다스'라고 불렀다. 그녀는 이 말을 들은 일이 있을 뿐, 그것이 열세 개를 의미하는 것인지는 모르는 모양이다. 수많은 여러 가지 옛말들이 이런 식으로 모두가 본래의 표현력을 잃어간다.

제일 끝에서 자고 있는 것은 일흔 여섯살 먹은 미시즈 엠린 로버츠. 그녀는 오데온극장의 전성시(全盛時)에 매표구에 있었다. 그 옆이 미스(인지 미시즈인지 분명하지 않다) 리디아 리위스 덩컨, 일흔여덟 살. 지난날의 경력도 분명치 않은데 2주일에 한 번씩 지독하게 잘난 체하는 중년의 조카가 찾아와서 의사와 간호원에게 몹시 거만한 태도를 취한다. 그 다음이 미스 진 테일러, 여든두 살. 그녀는 유명한 여류 작가 차미안 파이퍼가 양조업을 하는 콜스턴 가(家)로 시집을 온 후부터의 말동무 겸 하녀였다. 또 하나 옆의 미스 제시 바너클은 출생증명서를 갖고 있지 않은데, 병원의 서류에는 81세로 적혀 있다. 그녀는 48년 동안 홀본 광장에서 신문팔이를 하고 있었다. 그에 이어서 매덤 트로츠키, 미시즈 패니 그린, 미스 도린 발보나, 그 밖에 다섯 명. 경력은 가지각색이지만 모두 다 뚜렷이 알려져 있고, 나이는 73세 이상 93세 이하. 이 열두 명의 노부인들은 제각기 그래니 로버츠, 그래니 덩컨, 그래니 테일러, 그래니 바너클 등등으로 불리어졌다('그래니'는 '그랜드마더'의 약칭[3] – 역주).

어떤 때는 갓 입원한 날 그래니라고 불리는 바람에 충격을 받고, 기분 나빠하는 환자도 있다. 미스(혹은 미시즈) 리위스 덩컨은 만 일주일 동안을 자기를 그래니 덩컨이라고 부르는 사람이 있으면 고소를 하겠다고 대들었다. 그런 사람은 자기의 유서(遺書)에서 빼내 버리고 자기가 아는 하원의원에게 편지로 알려야겠다고 서둘러댔다. 간호원들한테 강요를 해서, 그녀는 종이와 연필을 얻었다. 그러나 모두들 그녀를 보고 다시는 그래니라고 부르지 않겠다고 약속을 해서 하원의원에게 편지를 내는 것만은 그만두었다. "하지만," 하고 그녀는 말했다. "당신의 이름은 내 유서에 이제 다시는 넣어주지 않을 테야."

"정말 너무하는구려." 하고 간호원장이 부산하게 돌아다니면서 말했다. "우리들은 모두 다 금일봉씩 받을 수 있을 거라고 믿고 있었는데."

"인제 틀렸어." 하고 그래니 덩컨은 말했다. "인제 다 틀렸어. 못 주겠어. 나는 그렇게 어리석은 바보가 아니니까."

48년 동안 홀본 광장에서 석간을 팔고, '행동은 말보다 더한 웅변'이라고 입버릇처럼 말하는 억센 그래니 바너클은 대체로 일주일에 한 번씩 올워즈 백화점에 편지로 주문을 해서 유서 용지를 사들인다. 그리고 2, 3일씩 걸려서 정성스럽게 거기에 기입을 한다. 그녀는 '백(헌드레드)'이라든가 '담비(어민)'라든가 하는 따위의 낱말의 철자법을 가끔 간호원에게 물어보았다.

"나한테 백 파운드 주시려고 그래요, 그래니?" 하고 간호원은 말했다. "담비 외투도 주실 작정예요?"

---

3   granny, grandmother : 할머니.

회진을 할 때면 언제나 의사는 말했다. "그런데 그래니 바너클, 나는 유서에 들어갈 수 있나?"

"선생님은 천 파운드예요."

"근사하군, 이쯤 되면 아주 노상 떨어지지 않고 붙어 있어야겠군. 상당한 부자로군, 당신은."

미스 진 테일러는 자기의 처지에 대해서, 또한 노령에 대해서 생각에 잠긴다. 어째서 기억이 없어지고 귀가 안 들리게 되고 하나? 어째서 젊었을 때의 얘기나 유서에 대한 이야기만 하게 되나? 데임 레티 콜스턴 같은 이는 정신이 아직도 말짱한데도, 노상 유서를 알찐거려 보이면서 두 사람의 조카를 안절부절못하게 하고, 서로 원수같이 만들어놓고 좋아하고 있지 않은가.

그리고 차미안…… 차미안은 불쌍하다. 발작을 일으키고 난 뒤부터는 모든 일에 갈피를 못 잡고 있고, 그러나 자기가 쓴 소설을 논할 때만은 지극히 조리 있는 말을 한다. 단 한 가지, 자기의 소설에 대한 것만은 맑게 보이는 것이다.

1년 전에, 미스 테일러는 입원을 하고 그래니 테일러라고 불리었을 때 몹시 고민을 하고, 이런 처지에서 구질구질하게 연명을 하느니보다는 시궁창에라도 빠져 죽는 편이 낫다고 생각했다. 그러나 그녀는 참는 데는 득달이 된 여자였다. 그녀는 원망을 표면에 나타내지 않았다. 간호원들의 기분 나쁜, 친한 체하는 태도가 관절염과 함께 그녀를 괴롭혔지만, 그녀는 어느 쪽에고 불평을 하지 않고 참을 수가 있는 데까지 조용히 참고 있었다. 드디어 참을 수 없게 되면, 그녀는 밤새도록 신음을 했다. 기나긴 무서운 밤이었다. 어둠침침한 병실의 등불에 비쳐서 하나하나의 침대가 회색이 어린 하얀 무서운 빨래 뭉치처럼 보이고, 그것이 이따금씩 무엇인가 중얼거리기도 하고 코를 골기도 한다. 간호원이 주사를 놓으러 왔다.

"인제 곧 괜찮아요, 그래니 테일러."

"고마워요, 간호원님."

"똑바로 드러누우세요, 그래니. 아이 착하셔라."

"네, 알았어요, 간호원님."

관절염의 아픔이 멎고 난 뒤에는 비참한 굴욕의 아픔이 남았고, 이럴 바에야 다시 한번 육체의 격통(激痛)에 견디는 편이 나을 거라고 그녀는 생각했다.

처음의 1년이 지나고 나서부터 그녀는 이 괴로움을 자청해서 한 일이라고 생각하기로 했다. 이 괴로움이 하나님의 뜻이라면 나는 그것을 자기의 것으로 하자. 이렇게 생각하게 된 뒤부터 그녀에게는 단호한, 눈에 띄는 위엄이 붙게 되었다. 그와 동시에 그녀는 고통에 대한 금욕적인 저항을 잃고 말았다. 그녀는 한결 불평이 많아지고, 뻔찔나게 변기를 찾았다. 한번은, 간호원이 어물어물하고 있을 동안에, 다른 그래니들이 항용 그러듯이 거리낌 없이 침대를 적셨다.

미스 테일러는 자기가 처해 있는 입장을 생각하느라고 많은 시간을 소비했다. "오오, 그래니 테일러, 오늘은 어떠시오? 부지런히 또 유서를—" 하고 말을 걸던 의사도, 그녀의 두 눈에서 지적(知的)인 것을 보고 입을 다물어버린다. 이런 의사의 회진이나 간호원들이 그녀의 머리를 땋아주면서 "열여섯이라고 해도 되겠어." 하는 말 같은 것을 하는 것이 그녀는 싫어죽겠지만 이것이 하나님의 뜻이라고 생각하고, 자진해서 이런 시련을 받아들일 심정이 되었다. 이보다 더 나쁜 처지도 생각할 수 있는 것이 아닌가 하고 그녀는 생각했다. 지금의 세상에 막 태어난 갓난아이들의 세대는 불쌍하다. 그들이 이제 나이를 먹으면 가정이 유복하든 구차하든 간에, 교육이 있든 없든 간에, 법에 따라서 강제적으로 양로기관에 수용되게 될 것이다. 국민들은 누구나 필경 이것을 당연하다고 생각할 것이다. 이제 틀림없이 요절하는 행복한 사람들 이외에는 모두 가정부가 정한 그래니나 그랜파가 되는 시대가 온다('그랜파'는 '그랜드파더'의 약칭 ─ 역주)

미스 도린 발보나는 무엇이든 읽기를 좋아하고, 병동에서 누구보다도 눈이 밝다. 매일 아침 열한 시면 그녀는 고동색 코와, 안경 속의, 이탈리아인 부친한테서 물려받은 까만 눈에 신문을 바싹 갖다 대고, 모든 사람들한테 별점 치기[占星]를 들려준다. 그녀는 각자의 12궁(宮)을 모조리 외고 있다. "그래니 그린은 처녀궁이지." 하고 그녀는 말한다. "오늘은 *과감한 행동의 날. 친밀한 협력이 요망된다. 손님을 대접하기에 매우 적합한 시기.*"

"다시 한번 읽어줘요. 보청기를 채 끼우지 않고 있었으니까."

"안 돼. 기다리고 있어. 다음엔 그래니 덩컨이야. 그래니 덩컨은 천갈궁. 오늘은 *하고 싶은 일을 서슴지 말고 하라. 부산하고 유쾌하고 발랄한 하루.*"

그래니 발보나는 각자의 별점을 하루 종일 외고 있고, 그것이 들어맞았을 때 못 보는 일이 없도록 정신을 차리고 있다. 그래서 데임 레티 콜스턴이 지난날의 하녀인 그래니 테일러를 찾아온 뒤에, 그래니 발보나는 소리를 질렀다. "오늘 아침의 별점은 맞았지? 다시 한번 읽어줄게. 그래니 테일러 ─ 쌍녀궁. 오늘은 *건강의 형편은 특상. 사교적으로 희한하고 혁혁한 유력자가 나타난다.*"

"징조겠지." 하고 미스 테일러는 말했다. "유력자가 아니라."(징조는 원어로 'portents', 유력자는 원어로 'potents'이기 때문에 이렇게 헷갈릴 수가 있을 것이다 ─ 역주)

그래니 발보나는 다시 한번 신문을 보았다. "피 오 티 이 엔 티 에스 유력자야." 하고 그녀는 말했다.

미스 테일러는 단념하고 중얼거렸다. "알았어."

"그렇지?" 하고 그래니 발보나는 말했다. "희한한 예언 아냐? 오늘의 건강의 형편은 특상. 사교적으로는 희한하고 혁혁한…… 안 그래? 아무리 봐도 이건 당신 문병객을 가리킨 것 아냐, 그래니 테일러?"

"그래, 틀림없어, 그래니 발보나."

"데임이라죠!" 하고 기중 키가 작은 간호원이 말했다. 그래니 테일러가 어째서 그다지도 근엄하게 그 손님을 '데임 레티'라고 부르는지 그녀로서는 이해할 수 없다. 그녀의 생각으로는 데임이란 것은 농담이나 영화에나 나오는 인물이었던 것이다.

"간호원 아가씨, 잠깐 기다려요. 별점 쳐줄게. 생일이 몇 월이지요?"

"나 바빠요, 그래니 발보니. 원장한테 야단맞아요."

"발보니가 뭐야. 내 이름은 발보나란 말이야. 마지막이 아로 끝난단 말이야."

"아." 하고 대답하고는 꼬마 간호원은 껑충 뛰면서 사라져버렸다.

*

"테일러는 오늘은 건강 상태가 여간 좋지 않았대." 하고 데임 레티는 오빠한테 말했다.

"테일러를 만나보고 왔어? 정말 좋은 일 했군그래." 하고 고드프리는 말했다. "그런데 피로해 보이는군. 너무 피로하지 않게 조심해야 해."

"정말이지, 나는 테일러하고 바꿔 살았으면 하는 생각조차 들었어요. 그 사람들은 여간 행복하지 않아요. 난방 장치가 완비되어 있고, 무엇이고 없는 게 없고, 친구들도 많고."

"좋은 친구들이야."

"누구의? 테일러의? 그럼요, 모두들 팔팔해 보이고 깨끗해 보이고. 테일러는 노상 아무것도 부족한 것이 없다고 말하더군요. 응당 그렇겠지만."

"노망한 것 같은 데는 없어?" 고드프리는 언제나 노년이나 노망의 관념에 사로잡혀 있다.

"그렇지 않던데요. 오빠하고 차미안을 걱정하고 있었어요. 차미안의 말이 나오니까 울먹울먹하던데요. 그럴 거죠, 차미안을 여간 좋아했어야죠."

고드프리는 물끄러미 그녀를 바라보았다. "기분이 나쁜 것 같은데, 레티."

"웬걸요. 오늘은 여간 컨디션이 좋지 않아요. 이렇게 기분이 좋은 것은 난생처음인 것 같아요."

"햄스테드에 돌아가지 않는 게 좋아." 하고 그는 말하였다.

"차(茶)를 마시고 나서 가야겠어요. 차를 마시고 나서 가겠다고 했으니까, 차가 끝나면 가겠어요."

"레티한테 전화가 왔어." 하고 고드프리는 말했다.

"누구한테서요?"

"그 사나이한테서 또."

"그래요? 경시청에 전화 거셨어요?"

"응. 사실은 오늘 밤 우리들의 얘기를 들으러 오겠대. 이번 사건에는 도무지 납득이 안 가는 점이 있다는 거야."

"무어라고 그래요, 그 사나이는? 무어라고 말해요?"

"레티, 흥분하지 마라. 그 사나이의 말은 잘 알고 있지 않아?"

"차를 들고 나서 햄스테드로 돌아가겠어요." 하고 레티는 말했다.

"그렇지만 경시청의 ―"

"햄스테드로 돌아갔다고 그렇게 말하세요."

차미안은 위태로운 걸음걸이로 걸어 들어왔다. "아, 테일러, 산책은 재미있었수? 오늘은 컨디션이 퍽 좋은 것 같은데."

"미시즈 앤서니는 어지간히 차 준비가 더디군." 하고 말하면서 데임 레티는 의자를 움직여서 차미안에게 등을 들렸다.

"햄스테드의 집에서 혼자서 자는 것은 좋지 않아." 하고 고드프리는 말했다.

"라이자 브룩한테 부탁해서 2, 3일 동안 와서 같이 있어달라고 하는 게 어때? 그동안에 경찰이 그 사나이를 잡아줄 거야."

"라이자 브룩 같은 할망구는 왜 빨리 죽지 않는다지." 하고 데임 레티는 말했다.

물론 대수롭지 않게 한 말이었지만, 이것은 놀랄 만한 발언이었다. 왜냐하면 라이자 브룩은 거의 바로 이 직전에 죽었던 것이다. 그다음 날 아침에 고드프리는『타임스』의 사망란에서 그것을 발견했다.

제3장

라이자 브룩은 두 번째의 발작을 일으킨 뒤에 73세로 죽었다. 죽기까지 9개월이 걸렸다. 그녀가 아무래도 몸이 좋지 않다고 생각하고, 드디어 생활을 바꾸어볼 결심을 한 것은 죽기 1년 전 일이었다. 자기가 아직도 다분히 매력적이라는 것을 생각하고, 그녀는 하나님에게 독신 생활을 바치려고 생각했다. 하나님은 어떤 선물도 마다고 하지 않으시니까.

고드프리는 화장장의 예배실 벤치를 향하여 걸어가면서, 오늘의 조객(弔客) 가운데 자기 이외에 라이자의 애인이었던 남자가 있으리라고는 생각하지 않았다. 사실은 자기가 라이자의 애인이었다는 의식조차도 없었다. 그도 그럴 것이, 그가 그녀의 애인이었던 것은 스페인과 벨기에에 있었을 때뿐이고, 영국에서는 한 번도 그런 경험이 없다. 그의 머리는 지금 통계의 숫자로 가득 차 있었다. 조객은 모두 16명. 우선 그중의 5명은 라이자의 친척으로서 간단하게 분류할 수 있다. 다음에 나머지 11명 중 라이자의 변호사, 가정부, 그리고 은행장의 얼굴이 보인다. 레티는 지금 막 도착했다. 그 밖에 그 자신이 있다. 그러면 남은 것은 6명. 안면이 있기는 그중에 한 사람뿐이지만, 필경 6명이 모두 다 라이자의 신세를 지고 있던 치들인 것 같다. 그들의 자금의 원천이 메말라버린 것은 통쾌한 일이라고 고드프리는 생각하였다. 그 오랜 세월을 두고 해온 백주(白晝)의 강탈. 그녀의 귀염둥이들이 그린 그림을, 엉터리 같은 그림만을 그녀가 내보일 때마다, 여러 차례 그는 라이자에게 말했다 — "여섯 살 먹은 어린애라도 이보다는 낫게 그리겠어." 노시인 퍼시 매너링에 대해서도 그는 몇 번이나 말했다 — "지금까지 성공을 못 하고 있는 형편이면 앞으로도 가망성은 없어. 당신은 바보야, 라이자. 그따위한테 구태여 술을 먹이고, 그따위 시를 귀밑에다 대고 외치게 하다니."

퍼시 매너링은 벌써 여든이 가깝다. 관(棺)이 예배실의 벽을 끼고 들려 나가는 동안에, 그는 홀쭉한 몸을 꾸부리고 서 있었다. 고드프리는 이 시인의 붉은 줄이 선, 툭 튀어나온 광대뼈와 살이 없는 코를 노려보면서 생각했다 — '돈 나올 구멍이 없어져서 낙심천만일 게다. 모두들 떼거리를 지어서 불쌍한 라이자의 피를 빨아 먹더니……' 시인은 사실상 흥분 상태에 있었다. 라이자의 죽음이 몸이 떨릴 정도의 두려움을 그에게 불어넣었던 것이다. 누구한테나 죽음은 찾아온다. 그런 공리(公理)는 그도 잘 알고 있지만 지금 눈앞에 보는 특정한 인간의 죽음은 좀처럼 이해가 안 간다. 누가 죽는 것을 볼 때마다 반드시 그는 새로운 그 무엇을 느끼는 것이었다. 장례식이 시작되었을 때 그는 불현듯 2, 3분만 있으면 라이자의 관이 불아궁이 속으로 미끄러져 들어가기 시작할 것이라는 생각이 들었다. 그리고 그는 환영의 불꽃을 보았다. 불꽃 같은 그녀의 빨간 머리카락이 여느 때처럼 타오르면서 밑에서 솟아오르는 노한 불줄기와 겨루고 있는 것이다. 그는 흥분한 늑대처럼 이빨을 드러내고 인간 같은 비애의 눈물을 흘렸다. 시인 반, 인간 반이라기보다는 반인반수(半人半獸) 같은 형상을 한 그를 바라다보며 고드프리는 생각하였다 — '이치도 늙었구나. 필경 망령이 든 모양이다.'

잔잔하고 경건한 곡이 오르간에서 흘러나오고, 벽에 뚫린 구멍 속으로 관은 천천히 미끄러져 들어갔다. 고드프리는 신자는 아니었지만, 이 정경에는 깊은 감동을 받고, 멀지않아 자기의 차례가 왔을 때에는 반드시 화장을 해달래야겠다고 결심했다. 관이 드디어 보이지 않게 되자, "아아, 라이자 브룩." 하고 그는 속삭였다. 뱃머리는 들리고, 하고 시인 퍼시는 생각했다. 배는 가라앉는다, 갑판에 선장을 태운 채…… 틀렸어, 낡은 투야. 라이자 자신을 배로 보는 편이 더 나을 거야. 고드프리는 주위를 둘러보면서 생각하였다 — '아직도 10년은 더 살 텐데, 그렇게 술을 마시고, 이런 기생충들이 붙어 있어서.' 휘둥그렇게 부라리고 둘러보는 그의 노한 눈은 그의 시선에 마주친 사람들을 깜짝 놀라게 했다.

오동통하게 살이 찐 데임 레티는 옆의 복도에서 다른 사람들과 함께 현관 쪽으로 나가고 있던 오빠를 따라가 잡았다. "고드프리, 좀 이상스러운데요?" 하고 레티는 나지막한 소리로 말했다.

문간에서 목사가 조객들과 구슬픈 악수를 나누고 있었다. 고드프리는 손을 내밀면서, 뒤를 돌아다보고 레티에게 말하였다. "내가 이상스럽다고? 무엇이 이상스러워? 레티야말로 이상스럽구나."

레티는 눈두덩을 누르면서 속삭이듯이 말했다. "너무 목소리가 커요. 그렇게 노려보지 마세요. 모두들 오빠를 보고 있지 않아요."

기다란 현관의 마룻바닥 위에는 꽃다발이 늘비하게 놓여 있었다. 점잖은 조그마한 꽃다발도 있고, 옛날식의 화환도 한두 개 있었다. 라이자의 친척들이 그것을 평가하고 있었다. 라이자의 조카인 중년 부부. 라이자의 언니인, 독립 전의 인도에서 선교사 노릇을 한, 햇볕에 그을은 메마른 얼굴의 재닛 사이드보텀. 라이자의 오빠가 되는, 벌써 오래전에 시청의 관리를 그만두고 나온 로널드 사이드보텀, 그의 아내인, 세례명을 템페스트라고 하는 오스트레일리아 태생의 여자. 고드프리는 당장에 그들을 분간할 수는 없었다. 그들은 모두들 허리를 꾸부리고 꽃다발에 붙어 있는 카드를 살펴보고 있어서, 한 줄로 늘어선 그들의 궁둥이밖에는 보이지 않는다.

"여보 로널드, 이것 냄새가 좋지? 예쁘기도 해라, 요 오랑캐꽃 다발 — 어머나, 무엇이 씌어 있네. '감사한다 라이자여, 그 즐거웠던 시절을. 사랑을 다해서. 토니로부터.'"

"좀 이상한 글인데. 도대체 그게 —"

"토니라는 게 누굴까?"

"이것 봐, 재닛, 미시즈 페티그루한테서 온 이 커다란 노란 장미꽃 화환. 굉장히 분발한 거야."

"뭐 말요?" 하고 잘 듣지 못한 재닛이 물었다.

"미시즈 페티그루한테서 온 화환이야. 굉장히 분발한 거야."

"쉬잇!" 하고 뒤를 돌아다보면서 재닛이 말하였다. 그때 마침 그 전날 라이자 가(家)의 가정부로 있던 미시즈 페티그루가 성장을 하고 자신만만한 태도로 가까이 왔던 것이다. 재닛은 카드를 들여다보느라고 굳어진 허리를 고통스럽게 펴면서 미시즈 페티그루 쪽으로 몸을 돌렸다. 그녀는 손을 내밀어 미시즈 페티그루에게 악수를 허락했다.

"동생 때문에 여러 가지로 폐를 끼쳐서 미안해요." 하고 재닛은 냉담한 어조로 말했다.

"천만에요." 하고 미시즈 페티그루는 놀랄 만한 부드러운 목소리로 말했다. 재닛이 유서에 대한 것을 생각하고 있다는 것은 알고 있었다. "나는 미시즈 브룩을 여간 좋아하지 않았어요. 불쌍해요."

재닛은 거만스럽게 고개를 끄덕이면서, 선뜻 손을 빼고 무뚝뚝하게 돌아서버렸다.

"유골은 볼 수 있는가?" 하고 퍼시 매너링이 예배실에서 나오면서 커다란 소리로 물었다. "볼 가망이 있는가?" 그가 소란스럽게 구는 바람에 라이자의 조카 내외는 깜짝 놀라서 주위를 둘러보았다.

"될 수 있으면 유골을 좀 보고 싶은데." 시인은 데임 레티를 붙잡고, 귀찮게 졸라대며 애를 먹였다. 이 사람한테는 무엇인가 불건강한 데가 있다고 레티는 생각했다. 그녀는 살그머니 몸을 피했다.

"라이자 집에 있던 예술가의 한 사람이야." 하고 그녀는 존 사이드보텀한테 속삭였다. 그러자, 그녀는 그러라고 한 말이 아니었는데, 존은 "여어" 하고 말하며 퍼시를 보고 모자를 쳐들었다.

고드프리는 뒷걸음질을 치면서, 분홍빛 카네이션 꽃다발을 밟고 말았다. "아아 — 실례." 하고 그는 카네이션을 보고 말하면서, 질겁을 해서 비켜서고는 자기가 한 바보 짓에 화를 냈다. 그리고 좌우간 자기를 보고 있던 사람이 아무도 없었다는 것을 알았다. 그는 밟힌 꽃이 놓인 곳에서 천천히 물러섰다.

"저치는 유골을 보고 어떻게 하겠다는 거야." 하고 그는 레티에게 말했다.

"보고 싶었다는 거겠죠. 유골이 회색으로 변했는지 어떤지 보고 싶다는 거겠지요. 매우 기분 나쁜 치예요."

"그야 회색으로 변하는 게 뻔한 일이지. 저치, 아주 노망이 들린 거야. 원래가 좀 이상스러웠지만."

"노망이 들렸는지 어쩐지 모르지만," 하고 레티는 말했다. "전혀 감정이 없는 거예요."

세트로 싸 올린 파란 머리카락을 한 템페스트 사이드보텀이 바깥의 '추억의 정원'에까지 들릴 것 같은 목소리로 말했다. "아무것도 신성하다고 느끼지 않는 사람이 있어요."

"부인," 하고 퍼시는 드문드문 남은 초록빛 이빨을 드러내고 웃으면서 말했다. "라이자 브룩의 유골은 언제까지나 나한테 있어선 신성합니다. 나는 유골을 보고 싶어요. 그다지 뜨겁지 않다면 입을 맞추고 싶어요. 그 목사는 어디 있는가? 그 사람이 유골을 갖고 있을 텐데."

"저기 — 라이자의 가정부가 있지요?" 하고 레티는 고드프리에게 말했다.

"그래, 나는 생각하는데 —"

"나도 같은 것을 생각하고 있었어요." 하고 레티가 말했다. 그녀는, 미시즈 페티그루는 일자리를 원하고 있을까. 만약에 원하고 있다면 차미안의 시중을 들어줄지도 모른다고 생각하고 있었던 것이다.

"그렇지만 나이 좀 덜 먹은 여자가 나을 텐데. 저 여자는 근 일흔이나 될 걸." 하고 고드프리는 말하였다. "내 기억이 틀림없다면."

"미시즈 페티그루는 말처럼 튼튼해요." 하고 레티는 말하면서, 미시즈 페티그루의 꼿꼿한 몸집에 말장수 같은 시선을 던졌다. "그리고 더 젊은 사람은 안 돼요."

"저 여자는 망령은 들지 않았나?"

"아녜요. 라이자를 여간 잘 다루지 않았어요."

"아무래도 차미안이 싫어하지 않을까, 저런 —"

"차미안은 거세게 좀 다루어야 해요. 차미안에게는 억센 사람이 필요해요. 시끄럽게 굴지 않으면 차미안은 마냥 풀어지거든요. 차미안한테는 꼿꼿한 사람이 필요해요. 그것이 유일한 방법예요."

"그렇지만, 미시즈 앤서니는 어떻게 되지." 하고 고드프리는 말하였다. "그 여자는 미시즈 앤서니하고는 잘 맞지 않을 거야. 미시즈 앤서니가 나가버리게 되면 비극이란 말야."

"차미안의 시중을 들 사람을 빨리 구하지 않으면 미시즈 앤서니는 필시 나가버릴 거야. 차미안은 미시즈 앤서니한테는 힘에 겨워요. 미시즈 앤서니는 그만둘 거야. 차미안은 그 여자를 아직도 테일러라고 부르고 있거든요. 그 소릴 듣고 기분 나쁘지 않을 수가 있어요? 누구를 그렇게 유심히 보고 있어요?"

고드프리는 허리가 꾸부러진 작달막한 사나이가 두 개의 지팡이에 의지하고 예배당 모퉁이를 돌아서 걸어오는 것을 바라보고 있었다. "저 사나이는 누구야?" 하고 고드프리는 말했다. "낯이 익은 얼굴인데."

템페스트 사이드보텀이 부산하게 그 사나이한테로 가까이 가고 있었다. 사나이는 차양이 널따란 꺼먼 모자 밑에서, 생기 있는 얼굴로 밝은 미소를 지으면서 그녀를 쳐다보고, 소년처럼 새된 목소리를 냈다. "늦었나?" 하고 그는 말했다. "식은 끝났나요? 당신네들은 모두 라이자의 공포(시니스터스)인가요?"

"가이 리트야." 하고 고드프리는 곧 그를 생각해내었다. 가이는 노상 자매(시스터스)를 공포(시니스터스)라고 부르는 버릇이 있었던 것이다.[4] "시시한 자식." 하고 고드프리는 말하였다. "저 자식은 예전에 차미안을 따라다녔어. 저 자식을 안 본 지가 한 30년 될 거야. 아직도 일흔다섯이 채 안 됐을 텐데, 저 꼴 좀 봐."

*

화장을 한 뒤에 모여 앉기 위해서 골더스 그린 근처에 있는 다방에 좌석이 예약되어 있었다. 고드프리는 다과회에는 참석하지 않을 작정이었는데 가이 리트가 나타났기 때문에 마음이 변했다. 이 약삭빠른 조그만 사나이가 지팡이를 짚고 몸을 꼬부리고 있는 모습을 그는 뚫어질 듯이 바라보고 있었다. 관절염 때문에 발을 절면서 화환 사이를 걸어가고 있는 가이한테서 눈을 뗄 수가 없다.

"다과회에 들르는 게 좋을 거야." 하고 그는 레티한테 말했다. "그렇지

---

4   원문은 다음과 같다. "Guy had always used to call sisters and brothers sinisters and bothers('자매'와 '형제'를 '공포'와 '성가심'이라고 부르는 버릇이 있었다)."

않아?"

"왜요?" 하고 레티는 주위의 사람들을 둘러보면서 말했다. "차는 집에 가서도 마실 수 있지 않아요. 집에 가서 해요, 집에 가서 할 수 있으니까."

"여럿이 하는 자리에 우리도 끼는 게 좋을 거야." 하고 고드프리는 말하였다. "미시즈 페티그루에게 차미안의 시중을 들어주겠느냐고 물어볼 수도 있을 거고."

레티는 고드프리의 시선이 가이 리트의 활 모양으로 꼬부라진 모습을 쫓고 있는 것을 보았다. 가이는 지팡이에 의지하면서 택시의 문턱에까지 다다르고 있었다. 두서너 사람이 그를 부축해서 태우고는, 자기들도 탔다. 차가 떠나는 것을 보고 고드프리는 말했다. "거지 같은 자식 같으니라고. 저 따위가 비평가 행세를 하다니. 여류작가들을 모조리 건드려보려고 하더니, 그다음에는 연극 평론가가 되어 가지고 여배우들을 따라다니곤 했어. 레티도 아마 알 거야."

"어렴풋이 알아요." 하고 레티는 말했다. "저 사람은 나한테는 수작을 붙이지 못했어요."

"레티를 따라다니지는 못했지."

                                        *

데임 레티와 고드프리가 다방에 들어갔을 때 조객들은 각각 템페스트 사이드보텀의 지시에 따라서 자리에 앉으려고 하고 있었다. 커다란 몸집을 코르셋으로 바싹 졸라맨, 올해 일흔다섯 살인 템페스트한테는 피로한 젊은이를 절망시킬 만한 정력의 축적이 있다. 오늘 모인 사람들 중에서도 비교적 젊은 두 사람, 쉰 살을 과히 많이 넘지 않은 라이저의 조카 내외까지도 어지간한 위협을 느끼고 있었다.

"로널드, 여기에 가만히 앉아 계셔요." 하고 템페스트는 자기 남편에게 말했다. 남편은 다소곳이 안경을 쓰고 자리에 앉았다.

고드프리는 가이 리트가 어디 있는가 하고 두리번거리고 있었는데, 그러다가 그의 시선은 은제(銀製)의 과자 스탠드가 놓여 있는 테이블 위에서 멈추었다. 스탠드 밑층에는 버터를 바른 얄따란 빵이, 그 위의 층에는 프루츠 과자가, 맨 위의 층에는 셀로판지로 싸인 얼음과자가 쌓여 있었다. 고드프리는 차가 몹시 마시고 싶어졌다. 그래서 그는 데임 레티를 남겨놓고 앞으로 나가서, 자리를 배당하는 일을 보는 템페스트의 눈에 뜨일 수 있게 그녀의 옆에 가 섰다. 그녀는 곧 그를 알아차리고 테이블 한쪽에 자리를 지정해주었다. "레티", 하고 그는 자리에 앉아서 소리를 질렀다. "이리 와, 여기에 앉지."

"데임 레티," 하고 템페스트는 그의 머리 너머로 말했다. "당신은 우리들하고 같이 앉아야 해요. 여기예요, 로널드의 옆자리."

"저런 속물 같으니." 하고 고드프리는 생각하였다. "레티는 특별 대우를 하는군."

누구인지 그의 곁으로 몸을 기대고 필터가 달린 담배를 내밀었다. 그러자 그는 대답했다. "고맙습니다. 차를 들고 나서 피우겠습니다." 그가 얼굴을 들고 보니, 눈앞에 늑대처럼 이빨을 드러낸 사나이의 얼굴이 있고, 떨리는 손으로 그에게 담배 상자를 내밀고 있다. 고드프리는 한 개비를 뽑아서 자기의 식기 옆에다 놓았다. 그는 퍼시 매너링의 옆에 앉게 된 것이 화가 났다. 퍼시가 라이자의 기생충 중의 하나였다는 것도 있지만, 그보다도 추악한 이빨을 드러내 보이고 하면서 노망을 떠는 것이 기분 나쁘다. 이 시인의 이렇게 떨리는 손으로는 찻잔도 제대로 들지 못할 것이라고 고드프리는 생각했다.

생각한 대로였다. 퍼시는 테이블 클로스에 차를 담뿍 엎질렀다. 양로원에 가야 해, 하고 고드프리는 생각하였다. 템페스트는 이따금씩 이쪽 테이블을 보고 연방 혀를 차고 있었다. 그러나 이 테이블뿐만이 아니라, 거의 모든 테이블을 향해서 혀를 차고 있었다. 아이들의 잔치 놀이를 감독하고 있는 듯한 태도였다. 퍼시는 자기가 차를 엎지른 것도, 그것을 다른 사람들이 비난의 눈초리로 보고 있는 것도 잊고 있는 모양이다. 그 테이블에는 그 밖에 두 사람, 재닛 사이드보텀과 미시즈 페티그루가 앉아 있었다. 시인은, 그중에서는 물론 자기가 제일가는 명사이니까 담화의 중심이 되는 것은 응당 자기라고 생각하고 있다.

"한번은 라이자하고 싸운 일이 있어." 하고 그는 커다란 소리로 지껄여댔다. "그녀가 다일런 토머스의 뒷바라지를 해주려고 했을 때에." 그는 딜런을 다일런이라고 발음했다. "다일런 토머스로 말할 것 같으면" 하고 그는 말했다. "아무튼 그 사나이한테는 라이자도 잘해주었어. 만약에 말야, 내가 천국에 가게 되더라도, 거기에 다일런 토머스가 있으면 나는 차라리 지옥으로 갈 작정이야. 하기는, 그를 원조해주고 충동을 해서 시 같지도 않은 시를 쓰게 한 라이자가 그 때문에 지옥으로 갈 리야 없겠지만."

재닛 사이드보텀은 퍼시 쪽으로 귀를 기울였다. "라이자가 어떻게 했다고요? 잘 알아듣지 못했는데."

"말하자면," 하고 그는 말했다. "라이자가 지옥으로 갔을까 안 갔을까—"

"돌아간 동생의 명예를 위해서" 하고 재닛은 사나운 얼굴을 하고 말했다. "그런 얘기는 하지 마세요—"

"다일런 토머스는 D.T(알코올중독―역주)로 죽었어." 하고 노시인은 자못 유쾌한 듯이 말했다. "무슨 이상한 우연의 일치야, 이건—D.T, 그의 이름의 머리 글자가 D.T였어. 그리고 그는 D.T로 죽었어. 하!"

"죽은 동생의 명예를 위해서—"

"시라고!" 하고 퍼시는 말했다. "다일런 토머스는 시라는 말의 의미조차도 몰랐어. 나는 라이자한테 이렇게 말했어. '그 허풍장이 엉터리의 뒷바라지를 하다니, 당신도 어지간한 바보군요. 그건 시가 아냐, 장난야.' 하고 말이야. 그녀는 알지를 못했어. 아무도 알지를 못했어. 하지만 나는 단언해. 그의 시는 모두가 속임수였어."

템페스트가 의자에 앉은 채로 돌아다보았다. "조용히 하세요, 미스터 매너링." 하고 이르면서 그녀는 퍼시의 어깨를 쳤다.

퍼시는 그녀를 보고 말했다. "하! 지옥에서 사탄이 다일런 토머스의 시를 어떻게 처리하는지 아슈?" 이 질문의 효과를 살펴보려고, 그는 두 개의 이빨을 드러내고 싱글벙글하면서 의자의 등에 몸을 기댔다. 그러더니 그는 붓으로는 차마 쓸 수 없는 말로 자기의 그 질문에 대한 대답을 했고, 미시즈 페티그루는 "어머나!" 하고 말하면서 손수건을 입가에 갖다 댔다. 다른 테이블에서도 역시 웅성거리는 소리가 났고, 우두머리 격인 웨이트리스가 말했다. "이 다방에서는 좀 삼가주셔야 합니다." 고드프리는 화를 내고 있었지만, 이대로 산회(散會)가 되는 것이 아닌가 하고 갑자기 불안해졌다. 모두들 퍼시에게 아직도 주의를 집중하고 있을 동안에, 그는 스탠드의 맨 위층에서 셀로판지로 싼 과자를 두 개 재빠르게 집어서 호주머니 속에 넣었다. 그는 주위를 둘러보고 아무도 이것을 눈치챈 사람이 없다고 생각했다.

재닛 사이드보텀은 미시즈 페티그루 쪽으로 몸을 기대면서 말했다. "저이가 무슨 말을 했는데?"

"글쎄 말예요, 미스 사이드보텀." 하고 미시즈 페티그루는 벽 위의 거울에 비친 자기 모습을 곁눈으로 살펴보면서 말했다. "내가 알기에는요, 어느 신사분에 대해서 무슨 쌍스러운 소리를 하시던데요."

"불쌍한 라이자." 하고 재닛은 말하였다. 눈물이 그녀의 눈에 떠올랐다. 그녀는 친척들에게 입을 맞추고는 나가버렸다. 라이자의 조카 내외는 살머시 빠져나가려고 했는데, 문간까지 가기 전에 템페스트가 부르는 바람에 다시 돌아왔다. 조카가 목도리를 잊어버렸던 것이다. 조카 내외는 겨우 먼저 돌아가도 된다는 허락을 받았다. 퍼시 매너링은 여전히 이빨을 드러낸 채 자리에 앉아 있었다.

　미시즈 페티그루가 차를 따라주어서 고드프리는 갑자기 마음이 가벼워졌다. 그녀는 자기의 잔에도 따랐는데, 퍼시가 떨리는 찻잔을 내밀었을 때 그녀는 그것을 무시했다. "아하, 부인들에게는 좀 지나친 소리였던가 보군." 그는 찻주전자에 손을 내밀었다. "라이자의 언니를 울린 것이 나는 아니었을 테지." 하고 그는 엄숙하게 말했다. "내가 울렸다면 미안하고." 찻주전자는 그의 떨리는 손가락으로는 너무 무거워서 옆으로 쓰러졌고, 뚜껑이 열리고, 찻잎이 섞인 누런 찻물이 테이블 클로스와 고드프리의 바지로 냅다 엎질러졌다.

　템페스트가 의자를 뒤로 밀고 벌떡 일어섰다. 데임 레티와 웨이트리스 한 명이 그녀의 뒤를 따라 분란이 일어난 테이블 쪽으로 왔다. 고드프리가 스펀지로 젖은 옷을 닦아내게 하고 있는 동안에 데임 레티는 시인의 팔을 잡고 말하였다. "그만 돌아가세요." 템페스트는 고드프리의 바지에서 손을 뗄 수가 없어서 머리만 돌리고 남편을 불렀다. "로널드, 당신은 남자 아녜요? 데임 레티를 좀 도와드리세요."

　"무어라고? 누구를 말야?" 하고 로널드는 말했다.

　"정신을 좀 차리세요, 로널드. 어떻게 해야 할지 그것도 몰라요? 데임 레티가 미스터 매너링을 밖으로 모시고 나가는 것을 거들어드리란 말예요."

　"아아" 하고 로널드는 말했다. "이게 웬일야. 누가 차를 엎질렀군그래." 그는 질척질척한 테이블 클로스를 원망스럽게 바라보았다.

　퍼시는 자기의 팔을 잡은 데임 레티의 손을 뿌리치고, 이빨을 드러내고 좌우를 보면서, 얇은 윗도리의 단추를 끼고 나가버렸다.

고드프리와 미시즈 페티그루의 자리는 사이드보텀 내외가 있는 테이블로 옮겨졌다. "자아, 새 차를 드세요." 하고 템페스트는 말하였다. 모두들 깊은 한숨을 쉬었다. 웨이트리스가 엎질러진 자리를 깨끗이 치웠다. 실내는 갑자기 조용해졌다.

데임 레티는 미시즈 페티그루한테 앞으로의 일에 대한 질문을 시작하였다. 고드프리는 걱정이 되어서 그 얘기를 옆에서 듣고 있었다. 그는 아직도 라이자 브룩의 가정부에게 차미안의 시중을 들어달라고 하기로 아주 작정하고 있는 건 아니다. 그녀는 나이가 너무 들고, 돈이 너무 들 것 같다. 빈틈없는 여자같이 보이는 것이, 보수도 어지간히 바랄 것 같다. 게다가 차미안을 양로원에 들여보낼까 하는 생각도 그다지 나쁘지 않다고 그는 생각하고 있었다.

"꼭 부탁하기로 결정한 것은 아니오." 하고 고드프리는 옆에서 참견을 했다.

"글쎄, 미스터 콜스턴, 지금 말한 것처럼" 하고 미시즈 페티그루는 말했다. "일이 모두 좀 정돈되기까지는 제 자신 어떻게 해야 좋을지 모르기도 해서요."

"무슨 일인데요?" 하고 고드프리는 말했다.

"아녜요, 고드프리." 하고 레티는 말하였다. "미시즈 페티그루하고 나하고는 그저 잡담을 하고 있는 거예요." 그녀는 테이블에 팔을 괴고, 미시즈 페티그루 쪽으로 몸을 기울이고는, 오빠의 시선을 가로막았다.

"오늘 식 지낸 것, 어떻게 생각하시죠?" 하고 템페스트가 말했다.

고드프리는 웨이트리스들을 둘러보았다. "만점입니다." 하고 그는 말했다. "저 나이 든 웨이트리스는 매너링을 아주 능란하게 다루지 않았어요."

템페스트는 눈을 감고 하나님의 은총을 비는 것 같은 표정을 지었다.

"내가 말하는 건요," 하고 그녀는 말했다. "라이자의 마지막 식 말예요.

화장장에서요."

"네에." 하고 고드프리는 말하였다. "그러면 장례식이라고 그러셔야지. 그저 식이라고 하시니까, 나는 또 —"

"화장의 의식을 어떻게 생각하셨느냐 말예요?"

"일류였어요." 하고 고드프리는 말하였다. "내 차례가 오면 나는 화장해 달라고 하기로 굳게 결심했어요. 제일 깨끗한 방법이에요. 땅에 매장하는 건 지하수를 더럽힐 뿐이에요. 처음부터 화장의 의식이라고 말을 하셔야지."

"나는 너무 냉담하다고 생각했어요." 하고 템페스트는 말했다. "적어도 목사님이 라이자의 약력쯤은 읽어주어야 하지 않겠어요? 내가 요전번에 참석했을 때는 — 우리 시아주버니 되는 헨리의 화장을 지냈을 때는 — 『노팅엄 가디언』에 난 약력을 읽어주었어요. 모조리 다 — 전력(戰歷)이라든가 SSAFA[5](전사자 유가족협회 – 역주)와 교통 안전을 위업한 적이라든가. 여간 감동적인 게 아니었어요. 그런데 어째서 라이자의 약력은 안 읽어주는가요. 예술을 위해서 봉사한 신문의 그 사망 기사를 전부 우리들 앞에서 읽어주어야 하지 않았겠어요?"

"동감입니다." 하고 고드프리는 말하였다. "그만한 일쯤은 할 수 있었을 텐데. 미리 부탁을 해놓았던가요?"

"아뇨." 하고 그녀는 한숨을 쉬었다. "절차는 로널드한테 일임했지요. 무슨 일이고 모두가 다 자기의 손으로 해야지……."

"자기 이외의 시인 이야기만 나오면 그치들은 언제나 핏대를 올리고 야단들이야." 하고 로널드는 말했다. "시 얘기만 나오면 모두들 다 자기 시

5 SSAFA : Soldiers', Sailors' and Airmen's Families Association(육해공 군인 가족 협회)

가 제일이라는 거지."

"저이는 도대체 무슨 소리를 하고 있는 거야." 하고 템페스트는 말했다. "미스터 매너링의 얘기로군. 아직도 그 얘기를 하고 있구먼. 우리들은 미스터 매너링의 얘기를 하고 있는 게 아녜요, 로널드. 미스터 매너링은 벌써 갔어요. 그 일은 지난 일이에요. 지금 하고 있는 건 다른 얘기예요."

나가려고 그들이 일어섰을 때, 고드프리는 팔에 무엇인가가 닿는 것을 느꼈다. 돌아다보니 가이 리트가 그의 바로 뒤에 있었다. 몸을 지팡이 위에 꾸부리고, 동안(童顔)을 들고 비스듬히 그를 쳐다보고 있었다.

"장례식의 과자는 잘 갖고 있어?" 하고 가이는 말하였다.

"무어라고?"

가이는 과자로 불룩해진 고드프리의 호주머니를 향해서 머리를 흔들어 보였다. "차미안한테 갖다 줄 선물이지?"

"그러네." 하고 고드프리는 말했다.

"그런데 차미안은 건재한가?"

고드프리는 얼마간 마음을 다시 진정시켰다. "매우 건강한 편이야." 하고 그는 말했다. "자네는 어지간히 괴로운 모양인데, 안됐네그려. 자기 발로 걷지를 못하니 꽤 욕을 보는구먼."

가이는 커다란 소리로 웃었다. 그는 가까이 다가와서 고드프리의 조끼에 숨을 뿜듯이 말하였다. "그렇지만 나는 엔간히 많이 돌아다녔네. 적어도 옛날에는 말야."

돌아가는 길에, 고드프리는 과자를 차창 밖으로 내던졌다. 어째서 인간은 그따위 거지 같은 것을 호주머니 속에 넣었던가 하고 그는 생각하였다. 인간은 그따위 것이 필요한 것도 아니고, 런던 시내의 과자점을 전부 매점(買占)하려 해도 할 수 있을 것이다. 알 수 없는 일이다.

"라이자 브룩의 장례식에 갔다 왔어." 하고 그는 집으로 돌아오자 차미안에게 말했다. "화장터에 갔다 왔단 말요."

차미안은 라이자 브룩을 기억하고 있었다. 그럴 만한 이유가 있었다.

"개인적인 일이지만" 하고 차미안은 말했다. "라이자는 가끔 나한테는 좋은 데도 있었어요. 기분이 맞는 사람들한테는 너그러웠어요. 그러나 —"

"가이 리트가 왔던데." 하고 고드프리는 말하였다. "그치는 이제 다됐더군. 쌍지팡이 위에 꾸부리고 있는 꼴이."

차미안은 말했다. "그래요, 그래도 그 사람은 여간 약지 않았지요."

"약았다?"

차미안은 고드프리의 얼굴을 보고, 코를 울리며 킥킥거리고 웃었다.

"내 차례가 돌아오면 화장을 해달라고 하기로 했어." 하고 고드프리는 말했다. "그게 제일 깨끗한 방법이야. 땅에 묻는 것은 지하수를 더럽히는 것밖에 안 돼. 화장이 제일 좋아."

"나도 그렇게 생각해요." 하고 차미안은 졸린 듯이 말했다.

"아냐, 당신은 그렇게 생각하지 않을 거야." 하고 그는 말하였다. "로마가톨릭교도는 화장은 하지를 못해."

"당신의 말이 옳다는 말을 하려고 그랬지요, 에릭."

"나는 에릭이 아니야." 하고 고드프리는 말하였다. "내 말이 옳다고 당신은 정말 생각하고 있지 않아. 미시즈 앤서니한테 물어봐, 로마가톨릭은 화장에는 반대라고 분명히 말할 테니까." 그는 문을 열고 미시즈 앤서니를 커다란 소리로 불렀다. 그녀는 한숨을 쉬면서 들어왔다.

"미시즈 앤서니, 당신은 로마가톨릭이지요?" 하고 고드프리는 말했다.

"네, 그래요. 저는 지금 스토브에 냄비를 올려놓고 있어서 —"

"화장은 좋은 일이라고 생각하나요?"

"글쎄요." 하고 그녀는 말했다. "저는 그렇게 삽시간에 이 세상에서 없어져버리는 것은 그다지 좋아하지 않아요. 화장이라면 어쩐지 —”

“당신이 어떻게 생각하고 있느냐고 묻는 게 아니라, 당신네 교회에서, 해서는 안 될 일이 있지 않겠느냐 하는 말이오. 당신네들의 교회에서는 화장은 금하고 있거든. 그것이 문제란 말요.”

“그것이 말예요, 미스터 콜스턴, 저는 화장이란 것이 어쩐지 좋게 생각되지 —”

“좋게 생각된다거나 안 된다거나…… 내가 묻고 있는 건 당신의 의향이 아니란 말요. 당신한테는 선택권이 있는 일이 아녜요. 못 알아들어요?”

“글쎄, 저는 아무튼 어엿하게 땅에 매장하는 게 좋아 보여요. 저는 노상 —”

“당신들의 교의(教義)의 요점은” 하고 그는 말했다. “화장은 안 된다는 거야. 당신네들 여성은 자기의 교회의 교의도 모르는군.”

“알았어요, 미스터 콜스턴, 저는 스토브에 냄비를 올려놓고 있어서요 —”

“나는 화장이 좋은 일이라고 믿고 있어. 그러나 당신은 믿고 있지 않아 — 차미안, 당신은 화장을 인정하지 않는단 말야. 알았소?”

“잘 알았어요, 고드프리.”

“당신도요, 미시즈 앤서니.”

“네, 네, 미스터 콜스턴.”

“주의(主義)로서 말요.”

“그래요.” 하고 말하고는 미시즈 앤서니는 사라져버렸다.

고드프리는 강한 하이볼을 자기의 손으로 따랐다. 그는 서랍에서 성냥갑과 면도날을 꺼내어서, 성냥개비를 하나씩 정성스럽게 쪼개기 시작하였다. 그래서 드디어 한 갑의 성냥개비가 두 갑으로 늘었다. 그 작업을 계속 하면서 그는 만족스럽게 찔끔찔끔 하이볼을 마시고 있었다.

제4장

　라이자 브룩의 친척들이 장례식 후의 모임에, 햄스테드에 있는 라이자의 조그만 벽돌집 아틀리에를 쓰지 않고 구태여 다방을 택한 이유는 라이자의 가정부였던 미시즈 페티그루가 아직도 그 집에 살고 있기 때문이었다. 라이자의 친척들은 유산의 대부분이 미시즈 페티그루의 몫으로 되어 있다는 것을 알았다. 미시즈 페티그루는 라이자의 평생의 불행한 요소였다고 그들은 오래전부터 생각하고 있었다. 그리고 이것은 결론만은 어지간히 정당하지만, 그의 근거로 되어 있는 의증(疑症)은 옳지 않은 것이라는, 흔히 볼 수 있는 추론의 일종이었다. 그들의 의증은 라이자에 대한 미시즈 페티그루의 영향력이 작용한 형태에 쏠려 있었다. 유서를 만들었을 때 라이자는 정상적이 아니고, 필시 페티그루의 부당한 영향을 받고 있었다고 그들은 생각하고, 그것을 이유로 해서, 될 수 있으면 라이자의 유서에 대해서 소송을 제기하려고 생각하고 있었다.

　그들의 주장에 의하면, 유서의 형식 그 자체가 그것을 작성했을 때의 라이자의 정신이 정상적이 아니었다는 것을 증명하고 있다. 변호사가 쓴 정식적인 것이 아니라, 라이자가 죽기 1년 전에 잡역부(雜役婦)와 그녀의 딸을 입회인으로 하고 씌어진 한 장의 종잇조각에 지나지 않는다. 거기에는, 그녀의 전 재산을 '남편이 생존하고 있는 경우에는 남편에게, 그 후에는 나의 가정부 메이블 페티그루에게' 증여한다고 씌어 있었다. 그런데 친척들은 라이자에게는 생존하고 있는 남편이 없다고 믿고 있었다. 브룩 노인은 벌써 오래전에 죽었고, 게다가 라이자는 대전(大戰) 중에 그와 이혼하고 있다. 남편에 대한 이야기를 끄집어낸 것만 보아도, 그녀의 정신이 말짱하지 않았다는 것을 알 수 있고 종잇조각은 무효라고 생각해야 할 것이라고 그들은 주장하고 있었다. 뜻밖의 놀라운 일로는, 그들의 변호사들이 그 종잇조각에서 무효가 될 만한 자료를 하나도 발견하지 못했던 것이다. 분명히 미시즈 페티그루가 유일한 상속자였다.

템페스트 사이드보텀은 격분했다. "물론," 하고 그녀는 말하였다. "로널드하고 재닛이 상속해야 해요. 싸웁시다. 라이자가 만약에 정상적이었다면, 남편이니 뭐니 하는 말을 끄집어낼 리가 없어요. 미시즈 페티그루가 라이자를 조종한 거예요, 틀림없이."

"라이자는 바보 같은 말을 하는 버릇이 있었단 말야." 하고 로널드 사이드보텀이 말했다.

"당신은 선천적인 훼방꾼이에요." 하고 템페스트는 말하였다.

그 때문에 그들은 당분간은 하모니 아틀리에의 문턱을 밟지 않는 것이 현명하고, 또한 미시즈 페티그루를 다방으로 초대하는 것도 마찬가지로 현명한 일이라고 판단하고 있었다.

데임 레티는 이 일을 미스 테일러에게 설명했다. 미스 테일러는 차미안의 시중을 들고 있던 오랜 동안에 많은 일을 보아왔다. 데임 레티는 요 몇 달 동안에 자기도 모르게 미스 테일러에게 모든 내막 이야기를 숨김 없이 하는 버릇이 생겼다. 레티가 살아온 시대의 세상을 알고 있는 동시대인의 대부분은 기억력을 상실하고 있거나, 생명을 잃고 있거나, 아니면 지방의 사설 양로원에 들어가 있다. 런던에 있으면서 여러 가지 일을 의논할 수 있는 미스 테일러는 편리한 존재였다.

"당신도 알지, 테일러." 하고 데임 레티는 말했다. "그 사람들은 미시즈 페티그루를 줄곧 싫어했어. 하지만, 미시즈 페티그루는 훌륭한 사람이야. 나는 말이지, 그 사람한테 부탁해서 차미안의 시중을 들어달라고 하고 싶었어. 그러나 라이자의 돈을 받게 되니까, 물론 인제 일하고 싶은 생각은 없을 거야. 그이는 아마 벌써 일흔이 넘었을 거야. 물론 자기는 그렇게 말하고 있지 않지마는……아무튼, 라이자의 돈이 —"

"그 여자는 차미안의 시중을 들기에는 합당하지 않아요." 하고 미스 테일러는 말했다.

"그렇지만 말야, 차미안을 집에 있게 할 작정이라면 좀 억센 사람이 필요해. 그렇지 않으면 차미안은 양로원에 가지 않으면 안 되어요. 테일러, 당신은 고드프리가 얼마나 초조해하고 있는지 몰라요. 오빠는 전력을 다하고 있지만." 하고 데임 레티는 목소리를 낮추었다. "그리고 말야, 테일러, 변(便) 시중을 드는 문제가 있어. 그럴 때마다 미시즈 앤서니한테 번번이 차미안을 데리고 가달라고 할 수도 없고. 여태까지는 고드프리가 매일 아침 변 시중을 들고 있지만, 오빠는 그런 일엔 아주 서툴러요, 테일러. 그런 일에는 오빠는 전혀 숙달이 안 돼 있어요."

따뜻한 9월 오후였고, 미스 테일러는 모드 롱 병동의 발코니에 들려 나와서, 무릎 위에 모포를 두르고 앉아 있었다.

"불쌍한 차미안." 하고 그녀는 말했다. "우리들의 나이가 되면 방광이나 신장에 대한 일이 중요해지거든요. 차미안도 침대 옆에 요강을 두게 하는 게 좋아요. 나이 먹은 사람들한테는 변기는 쓰기가 불편하니까요."

"요강은 있어요." 하고 데임 레티는 말했다. "그렇지만 그것을 가지고는 낮의 문제가 해결 안 돼요. 미시즈 페티그루라면 그 점에 있어서 여간 좋지 않거든. 라이자가 처음 발작을 일으킨 뒤부터는 미시즈 페티그루가 얼마나 라이자한테 잘해주었는지 생각해보아요. 하지만 미시즈 페티그루한테는 라이자의 돈이 들어올 테니까 문제는 없지. 라이자도 바보 같은 짓을 했어."

미스 테일러는 기분이 우울한 모양이었다. "비참한 결과가 될 거예요," 하고 그녀는 말했다. "미시즈 페티그루가 콜스턴 가(家)에 가게 되면. 그이와 같이 있으면 차미안은 불행하게 돼요. 그것만은 안 돼요, 데임 레티. 당신은 미시즈 페티그루를 나만큼 잘 모르니까 그래요."

데임 레티는 미시즈 페티그루 쪽으로 몸을 꾸부리고, 흥미진진하다는 듯한 표정으로 고동색 눈을 집중시켰다. "미시즈 페티그루하고 라이자 브룩 사이에 무슨 특별한 일이 — 말하자면 정상적이 아닌 일이 — 있었다고 생각해요?"

미스 테일러는 레티가 한 말의 뜻을 모르겠다는 듯한 표정을 짓지 않았다. "나는" 하고 그녀는 말했다. "이전에 두 사람 사이에 어떤 일이 있었는지는 몰라요. 다만, 당신도 아시겠지만, 데임 레티, 미시즈 페티그루는 요 8, 9년래로 미시즈 브룩⁶한테 매우 건방지게 굴어요. 그이는 차미안에게는 합당치 않아요."

"건방지니까" 하고 레티는 말했다. "차미안한테 맞아요. 차미안에게는 고압적인 감독자가 필요해요. 차미안 자신을 위해서 말야. 하지만 아무튼 이것은 문제가 되지 않는 얘기로군. 미시즈 페티그루는 일자리를 원치 않고 있으니까. 라이자의 유산은 모두 그 여자의 것이 되는 모양 같고. 당신도 알고 있죠? 라이자는 상당한 부자였어 —"

"미시즈 페티그루가 정말 상속을 받게 될지 어떨지는 아직 모르지 않아요." 하고 미스 테일러는 우겼다.

"그러나 말야, 테일러." 하고 데임 레티는 말했다. "라이자의 가족에겐

---

6   번역문에는 '미시즈 페티그루'로 표기되어 있어 바로잡음.

희망이 없다고 생각해. 변호사들이 재판을 하게 하지 않을 거야. 소송을 제기할 이유가 없거든. 라이자는 죽는 날까지 아주 정신이 말짱했었으니까. 미시즈 페티그루가 라이자에게 좋지 않은 영향력을 갖고 있었던 것은 사실이지만, 라이자는 마지막까지 정상적인 정신 상태였거든."

"네, 미시즈 페티그루는 분명히 그이를 지배하고 있었어요."

"지배라고 말하고 싶지는 않아. 영향력이라고 말하고 싶어. 만약에 라이자가 바보였다면 —"

"그래요, 데임 레티. 장례식에 미스터 리트는 안 오셨어요? 어쩌면?"

"가이 리트는 왔었지요. 그이는 얼마 남지 않은 것 같던데. 병발증(倂發症)이 겹친 류머티스성 관절염이야." 하고 말하며 데임 레티는 류머티스성 관절염이 미스 테일러의 질환의 하나인 것을 생각했다. 그렇지만 이 사람도 역시 사람을 직시해야지, 하고 데임 레티는 생각했다. "그 사람은 상당히 심해." 하고 데임 레티는 말했다. "무척 괴로워하면서, 지팡이를 두 개씩이나 짚고 운신을 하던데."

"전쟁판이나 마찬가지예요." 하고 미스 테일러는 말하였다.

"그게 무슨 소리야?"

"일흔이 넘으면 전쟁을 하는 거나 마찬가지예요. 동료들은 모두 벌써 죽었거나 죽어가고 있고, 우리들은 그 죽어간 사람들하고 죽어가고 있는 사람들 속에 살아남아 있는 거예요. 전쟁판하고 똑같죠."

이 사람은 정신착란으로 병이 들게 되었구나, 하고 데임 레티는 생각했다.

"아니면 전쟁 때처럼 신경이 상해 있거나." 하고 미스 테일러는 말했다.

데임 레티는 슬그머니 화가 났다. 그녀는 오늘 미스 테일러한테서 조언을 구할 작정이었다.

"기운을 내요, 테일러." 하고 그녀는 말했다. "차미안 같은 소리 하지 말아요."

"필경 나는" 하고 미스 테일러는 말했다. "무척 그분이 생각하는 방식이나 이야기하는 방식의 영향을 많이 받았을 거예요."

"테일러," 하고 레티는 말했다. "당신의 의견을 듣고 싶어." 그녀는 상대방의 얼굴을 보면서, 머리가 정상적인지 어떤지를 살펴보았다. "넉 달 전에" 하고 그녀는 말했다. "남자의 목소리로 전화가 걸려 왔는데, 이름을 가르쳐주지 않아. 그 후 쭉 계속해서 걸려 오고 있어. 한 번은 고드프리의 집에 있는데, 그 남자가 내 뒤를 따라온 모양이야. 고드프리에게, 나한테 말을 전해달라고 부탁을 하지 뭐야."

"그 사람이 무슨 소리를 해요?" 하고 미스 테일러는 말했다.

데임 레티는 미스 테일러의 귓전에까지 몸을 꾸부려서는 나지막한 목소리로 가르쳐주었다.

"경찰에 알렸어요?"

"물론 알렸지. 경찰은 소용 없어. 고드프리도 경시청 사람들하고 이야기를 해보는데, 소용 없어. 우리들이 만들어낸 얘기라고 생각하고 있는 모양이야."

"차미안의 열렬한 팬이었던 모티머 주임경감한테 의논해볼 것도 생각해보셨어요?"

"모티머한테 의논해보아도 안 돼. 모티머는 벌써 퇴직도 하고, 나이도 거의 일흔이 됐을걸. 시간은 흐르고 있단 말야. 당신은 과거에 살고 있구면, 테일러."

"그렇지만" 하고 미스 테일러는 말했다. "모티머 경감이라면 개인적으로 보살펴줄 게 아녜요? 그분이라면 어떻게 하든지 힘이 되어줄 거예요. 그분의 인상은 항상 보통 사람하고는 달랐어요 —"

"모티머는 문제 밖이야. 현역의 젊고 활동적인 탐정이 아니면 안 돼. 위험한 미치광이를 붙잡지 못하고 있는 것이거든. 나 이외에 얼마나 많은 사람이 위험에 처해 있는지 모르지."

"전화를 받지 않으면 되지 않아요, 데임 레티?"

"그렇지만, 테일러, 어떻게 노상 전화를 받지 않고 있을 수 있어? 나한테는 또 양로원 위원회의 일도 있고 한데. 이래 봬도 나는 아직도 현역이란 말이야, 테일러. 전화를 안 받을 수가 없어. 그렇지만 역시 나는 불안해. 전화가 걸려 올 때마다 내가 받으러 갈 때의 기분을 상상해보아. 언제 그 기분 나쁜 말이 들려 올지 전혀 예측을 할 수 없으니 말야. 정말 우울해."

"죽을 운명을 잊지 말라." 하고 미스 테일러는 말했다.

"쉬잇!" 하고 데임 레티는 조심스럽게 등 뒤를 돌아다보았다.

"잊어버리고 있을 수 없으세요, 데임 레티?"

"으응, 잊어버릴 수가 없어. 잊어버리려고 해도 역시 자꾸 생각이 나는 걸. 정말 사람을 괴롭히는 말이야."

"그 말대로 하실 수 있지 않아요?" 하고 미스 테일러는 말했다.

"그게 무슨 말이야?"

"죽음을 잊지 않으려고 하실 수 있으실 게 아니냔 말예요?"

이 사람이 또 정신착란을 일으키는구나, 하고 레티는 생각했다. "테일러," 하고 그녀는 말했다. "나는 말야, 생각하는 법을 가르쳐달라고 온 게 아냐. 당신의 조언을 듣고 싶은 건 말이야, 범인을 체포하는 방법이야. 내가 내 손으로 처리해야 할 문제거든. 당신은 전화선에 대한 것 잘 알고 있어? 개인 전화를 걸었을 때, 그것이 어떻게 걸려 오는지 알아?"

"어려운데요," 하고 미스 테일러는 말했다. "죽을 운명을 잊지 않는 노력을 나이를 먹고 나서 시작한다는 것은. 젊었을 때 습관을 들이는 게 제일 좋은데요. 어떻게 방법을 생각해보지요, 데임 레티. 그 사람을 찾아낼 일을. 전화에 대한 것도 옛날에는 알고 있었으니까, 다시 한번 생각해볼

게요."

"나는 그만 가야 해." 레티는 일어서면서 갑자기 생각이 난 듯이 말했다. "당신은 건강이 많이 좋아진 것 같군, 테일러."

"새로운 간호원장이 왔어요." 하고 미스 테일러는 말했다. "그전 사람처럼 기분 좋은 사람이 못 돼요. 나는 조금도 불평이 없지만, 신경을 날카롭게 하고 쓸데없이 괴로워하는 사람들도 있어요."

레티는 모드 롱 병동의 양지바른 베란다를 둘러보았다. 노부인들이 나란히 한 줄로 의자에 앉아 있다.

"저 사람들은 행복해." 하고 데임 레티는 한숨을 내쉬었다.

"그렇죠." 하고 미스 테일러는 말했다. "그렇지만 불만이 있어요. 게다가 무서워하고 있어요."

"무서워하다니, 무엇을?"

"여기 간호원장을요."

"그런데 그 사람이 어디가 나쁜데?"

"별로 나쁜 데는 없어요." 하고 미스 테일러는 말했다.

"다만 그 여자는 이 노인들을 무서워하고 있어요."

"간호원장이 무서워해? 환자들이 그 여자를 무서워한다고 하는 줄 알았는데."

"결국 마찬가지 얘기죠." 하고 미스 테일러는 말했다.

이 사람은 착란을 일으키고 있구나 하고 생각하면서 레티는 말했다. "발칸 제국에서는 말야, 시골의 농사꾼들은 여름이면 늙은 부모들을 밖으로 나가게 해. 겨울 양식을 얻어 오라고 구걸을 시키는 거야." "정말예요?" 하고 미스 테일러는 말했다. "재미있는 제도로군요."

데임 레티가 작별 인사를 하려고 테일러의 손을 잡았을 때 비틀어진 관절에 통증을 느꼈다.

"제발" 하고 미스 테일러는 말했다. "미시즈 페티그루를 두겠다는 생각만은 하지 마세요."

이 사람은 자기 이외의 사람이 차미안에게 접근하는 것에 질투를 내고 있구나, 하고 데임 레티는 생각했다.

데임 레티의 마음속을 알아챈 미스 테일러는 필시 그럴 것이라고 생각했다.

그리고 데임 레티가 가고 난 뒤에 그녀는 여느 때처럼 생각에 잠기게 되었다. 레티가 이렇게 자주 찾아오고 그것을 즐거움으로 삼고 있는 것 같은데, 그녀의 언동에 조금도 즐거운 빛이 보이지를 않는 이유가 차차 알아지는 것 같은 느낌이 든다. 레티는 1907년의 미스 테일러의 연애 사건에 대한 오랜 적의(敵意)를 아직도 품고 있는 것이다. 데임 레티 자신은 사실 그일을 잊어버리고 있지만, 그건 위태로운 망각이었다. 그 때문에 그녀는 진 테일러에 대해서 명확한 정의를 내릴 수 없는, 막연하고 맹목적인 적의를 품고 있는 것이다. 미스 테일러 자신은 극히 최근까지 자기의 연애 사건을 자세한 점까지 상세하게 기억하고 있었다. 그 연애 사건이 있은 뒤에, 데임 레티가 역시 같은 남자하고 약혼을 하고, 결국 그것이 결실이 안 된 것도 기억하고 있다. 그러나 요즘에 와서는 — 하고 그녀는 생각했다 — 내 감정도 그이하고 똑같이 되어가고 있다. 적의라는 것은 전염하는 법이다. 미스 테일러는 눈을 감고 무릎에 두른 모포 위에 두 손을 느슨히 놓았다. 곧 간호원들이 와서, 모두들 침대에 눕게 할 것이다. 그때까지 그녀는 기분 좋게 졸다 말다 하며 생각해본다. 나는 데임 레티의 방문을 즐기고 있고, 노상 기다리고 있다. 그런데도 나는 어지간히 무뚝뚝한 태도를 취하고 있다. 이것은 필시 나한테는 잃어버릴 것이 없기 때문인가. 혹은 그녀를 만나면 마음이 이상하게 들뜨기 때문인가. 뚱뚱한 늙은 레티가 만약에 없다면 나는 아주 멍청하게 될지도 모른다. 게다가 어쩌면 나는 간호원장의 일로 그녀를 이용하게 될지도 모른다. 설마 그런 일은 없을 테지만.

*

"그래니 테일러 — 쌍녀궁. *밤의 모임에서 마음껏 즐거움을 맛볼 수 있다. 사업 면에서는 적극적인 결단의 날.*" 그래니 발보나의 그날의 두 번째의 낭독이었다.

"저런!" 하고 미스 테일러가 말했다.

모드 롱 병동의 환자들은 침대에 누워서 저녁 식사를 기다리고 있는 참이었다.

"대체로 과녁에 가까울걸." 하고 미스 발보나는 말했다. "방문객이 있을 때는 노상 별점으로 알게 되지 않아, 그래니 테일러. 당신의 데임이 찾아올 때도, 이따금씩 찾아오는 그 신사가 올 때도 노상 별점으로 알게 되지 않아."

그래니 트로츠키가 주름살투성이의 좁다란 이마와 개발코를 들고 무슨 말인지 중얼거렸다. 그녀는 수주일 전부터 부쩍 더 노쇠해졌다. 그녀의 말을 정확하게 알아듣기가 이제는 불가능하여졌다. 그 내용을 추측하는 능력에 있어서는 미스 테일러가 제일이었지만, 독창적인 해석을 붙이는 데 있어서는 미스 바너클이 제일이었다.

그래니 트로츠키는 또 한 번 잘 알아들을 수 없는 말을 되풀이했다.

미스 테일러가 대답했다. "알았어, 그래니."

"뭐라고 그래?" 하고 그래니 발보나가 물었다.

"잘 모르겠어." 하고 미스 테일러는 말했다.

옛날에 야영 생활을 해본 일이 있다는 미시즈 리위스 덩컨이 미스 발보나한테 말하였다. "당신이 친 점에서는 밤의 모임이라고 나왔는데, 그래니 테일러의 손님이 오후 3시 5분에 찾아온 건 어찌 된 셈이야?"

그래니 트로츠키가 이상한 모양을 한 머리를 들고 또 무엇인지 중얼거렸다. 그 소름이 끼칠 정도의 이상한 꼴을 한 머리를 세차게 옆으로 흔들면서, 자기가 한 말을 강조하고 있다. 그래니 바너클이 그것을 설명했다. "이이는 밤의 모임이란 것이 개똥 같은 소리라는 거야. 바깥에서는 그 백정년 같은 간호원장이 이제 겨울이 되어서 폐렴으로 모두들 쓰러지면 병원 안의 환자들이 한꺼번에 없어질 거라고 생각하고 기다리고 있지 않아. 그런 판에 ─ 그렇게 이이가 말하고 있는 거야 ─ 점이 다 무어 말라 뒈질 거냐. 점 치는 데 정신이 팔리는 것도 좋지만, 조금만 더 있어보아, 다음 사람들의 침대 준비를 하게 될 판이니. 틀림없이 그렇게 된다고, 이이는 그렇게 말하고 있어 ─ 그렇지 않아, 그래니 트로츠키?"

그래니 트로츠키는 머리를 들고, 엄청나게 힘을 주고 또 한번 한참 동안 입을 우물거리더니, 드디어 기진맥진해서 베개 위에 머리를 떨어뜨리고는 눈을 감았다.

"이이의 말이 그렇단 말야." 하고 그래니 바너클은 말했다. "그리고 이이의 말이 옳아. 인제 겨울이 되면 우리들 같은 귀살머리[7] 적은 것들은 저런 간호원장 밑에서는 아무래도 오래 못 가요."

조잘거리는 소리가 이내 웅성거리는 소리로 변해서 침대의 열(列)을 타고 번져 나갔다. 간호원이 한 사람 병실 안을 지나갔다. 그동안만 웅성거리는 소리가 그치더니, 지나가버리자 다시 시작된다.

미스 발보나의 날카로운 눈이 안경을 뚫고 지나간 옛날을 노려보았다. 가을이 되면 항용 잘 떠오르는 풍경이었다. 일요일날 오후, 활짝 열려진 술집 문, 그녀의 아버지가 만든 근사한 아이스크림이 보인다. 그리고 밤이 되면 폐점 시간까지 아버지가 이따금씩 켜는 아코디언의 아름다운 곡조

---

7 귀살머리 : 정신이 마구 뒤얽혀 어수선한 느낌. 원문은 nuisances.

가 들려온다. "아아, 그 가게. 우리가 팔러 다닌 선디와 화이트레이디." 하고 그녀는 말했다. "그리고 상자를 들고 있던 아버지. 접시 위에서 새침을 떼고 있는 화이트레이디, 아주 딴딴한 고급 재료를 써서 만든 거야. 사나이들은 모두 나한테 말을 걸었지, '여어, 잘 있었어, 도린.' 영화 구경을 하고 나오는 길에 여자하고 같이 갈 때에도 말을 걸어주었지. 그리고 아버지는 상자를 내려놓고, 아코디언을 아주 명수(名手)처럼 켰어. 50파운드짜리 아코디언이야. 그 당시에는 대단한 값이었지."

그래니 덩컨이 미스 테일러를 보고 말했다. "이봐, 그 데임한테 어떻게 좀 해달라고 부탁해보았어?"

"부탁은 하지 않았지만," 하고 미스 테일러는 말했다. "우리들이 그전처럼 편하지 않다는 말은 했어."

"어떻게 좀 힘을 써줄 것 같애?" 하고 그래니 바너클이 물었다.

"그이는 말야, 관리위원회에 들어가 있지 않아." 하고 미스 테일러는 설명했다. "위원회에 들어가 있는 것은 그이의 친구들이야. 그러니까 시간이 걸려. 독촉할 수가 없단 말이야. 그이가 화를 낼지도 모르거든. 그러니까 우리들은 그동안에 될 수 있는 대로 좀 참고 있는 게 좋을 것 같애."

아까 지나간 간호원이 다시 돌아와서, 병실의 그래니들 사이를 뚫고 지나갔다. 모두들 시무룩해서 가만히들 앉아 있는데, 그래니 트로츠키만이 입을 벌리고, 커다란 소리로 코를 골며 자고 있었다.

분명히, 하고 미스 테일러는 생각했다. 버스테드 간호원장이 이 병실을 물려받고 나서부터 젊은 간호원들이 그전처럼 명랑하지 않게 되었다. 물론 그녀는 대뜸 그래니 바너클의 입술에 올라서 "사생아 간호원장"이 되고 말았다(사생아는 영어로 '배스터드'이고 간호원장의 이름은 '버스테드'[8]인 데서 이런 별명

---

8   사생아는 bastard, 간호원장의 이름은 Burstead.

이 온 것이다—역주). 이름에서 받은 인상도 좋지 않은 데다가, 필시 그녀의 연령의 탓도 있고 해서 — 버스테드 간호원장은 쉰 살이 훨씬 더 되었다 — 그러니 바너클은 당장에 적의를 느꼈을 것이다. "쉰이 넘은 사람은 구빈소(救貧所)의 관념을 버리지 못하거든. 쉰이 넘은 간호원장을 신용해서는 안 돼. 그 사람들은 전후(戰後)에 법률이 바뀌고 난 뒤의 새로운 경영법을 공부하고 있지 않고 있으니까."

이 의견은 다른 환자들에게도 영향을 주었다. 그러나 밑바탕은 벌써 그녀들이 그전 주일에 젊은 간호원장이 그만둔다는 걸 알았을 때 마련했던 거다. "전임(轉任)이야, 들었어? 전임이래. 별점에는 뭐라고 나와 있지, 그러니 발보나?" 그리고 그 후 어느 날 아침 버스테드 간호원장이 드디어 후임으로 왔다. 바싹 마른 몸매에 안경을 쓰고, 한쪽 입술과 턱 사이를 표독하게 실룩거리고 있는 중년 여자. 바너클은 첫눈에 그 정체를 알아챘다고 선언했다. "구빈소형이야. 어떻게 될지 알지. 거추장스러운 사람이나, 브라이트병(病)에 걸린 나 같은 말썽꾸러기 환자는 이 병원엔 이제 오래 있지 못해. 이제 겨울이 되어 폐렴에 걸리게 돼서 꼼짝 못 하게 되면, 그때는 그만 간호원장의 소원대로 되는 거지."

"간호원장이 어떻게 해줄 것 같애, 그러니 바너클?"

"어떻게 해주다니? 아무것도 안 해주지. 이제 겨울이 되면 어떻게 되나 보아. 이쪽은 꼼짝 못 하고 누워 있게 되고, 그래도 아무런 대책도 안 세워줄 테니. 더군다나 친척이라도 없거나, 우는소리를 해주는 친구라도 없는 사람이면 더하지."

"그렇지만 다른 간호원들은 그렇지 않을 것 아냐, 그러니?"

"다른 사람도 여태까지와 같지 않게 될걸."

벌써 여태까지와 같지 않게 됐다. 간호원들은 새 간호원장을 무서워하고 있다. 그 정도밖에 변한 일이 없는데도, 간호원들의 동작이 종전보다 활발해지고 종전보다 유능해짐에 따라서, 그래니들의 대부분은 적의를 품고, 모진 의혹의 눈초리로 그녀들을 보았다. 야근하는 간호원이 오면, 그래니들은 그제서야 겨우 마음을 놓았다. 그리고 그런 기분은 밤새도록 커다란 소리로 떠들어대는 형식으로 발산되었다. 그래니들은 잠을 자면서, 혹은 완전히 잠이 들지 않은 어리둥절한 속에서 커다랗게 소리를 지른다. 그녀들은 두려워하는 듯이 진정제를 받아 먹고, 이튿날 아침이면 서로들 물어본다. "간밤에 나 괜찮았어?" 소란을 떤 것이 자기인지 다른 사람인지 그녀들에겐 뚜렷한 기억이 없다.

"전부 기록되고 있어." 하고 그래니 바너클이 말했다. "밤 사이에 일어나는 일은 모두 기록되고 있어. 아침이면 그것을 버스테드 간호원장이 보는 거야. 알겠지? 이제 겨울이 되면 그것으로 어떤 일이 생길지."

처음에는 미스 테일러는 이런 소리를 하는 것을 객쩍은 짓이라고 생각하고 있었다. 분명히 새로 온 간호원장은 신경 과민이고, 엄격하고, 쉰 살을 넘어섰고, 겁을 내고 있다. 그러나 쌍방이 변화에 익숙해지게 되면 모든 일이 해결될 것이라고 테일러는 생각했다. 버스테드 간호원장도, 쉰 몇 살이 되는 그녀의 나이도 불쌍하기 짝이 없다. 그녀 자신은 30년 전에 50대에 들어섰고, 늙는 것을 알았다. 늙기 시작한다는 것이 얼마나 고통스러운 일인가, 아주 늙어버리는 것이 얼마나 편한가! 그 당시에 그녀는 콜스턴 가를 그만둘까 어쩔까 하고 망설이고 있었다. 때를 놓치기 전에 코번트리에 있는 오빠의 집에 가서 몸을 붙이는 것이 좋을지도 모른다. 그녀는 차미안과의 20년 동안의 상종에서 감화를 받고, 어떻게 해서든지 남의 집 살이는 그만두려고 생각하고 있었다. 나이가 쉰 살이나 되고 보니, 차미안의 밑에서 시중을 드는 것이 참말로 우스꽝스럽게 보였다. 그녀의 습관이나 취미는, 차미안과 같이 여행을 할 때 만나는 보통 하녀들과는 비교가 되지 않을 정도로 지적이고 세련되어 있었다. 코번트리에서 홀아비 생활을 하고 있는 오빠한테 가서, 그를 보살펴주면서 일가(一家)의 주부로서 살아가는 편이 좋겠는가, 아니면 여태까지처럼, 매일 아침 차미안을 일으켜주고, 고드프리의 불의(不義)를 잠자코 보고만 있는 일을 계속하는 편이 좋겠는가. 그것을 결정할 수 없어서, 50대의 처음 2년 동안을 그녀는 노상 안절부절못했다. 차미안에게도 짜증을 냈다. 그녀는 매달같이 그만두겠다고 차미안을 협박하기도 하고, 차미안의 옷을 억지로 트렁크에 처넣어서 형편 없이 구겨놓기도 하고, 차미안이 초인종을 누르면서 부르는데도 모른 체하고 화랑(畵廊)으로 나가버리기도 했었다.

"요즈음의 당신의 신경질은" 하고 차미안은 말하곤 했다. "갱년기 때보다도 더 지독하군그래."

여러 차례나 그녀는 차미안이 먹으라고 준 약병을 이상한 쾌감을 느끼면서 변기에 쏟아버리곤 했었다. 결국 코번트리에 가서 한 달 동안의 휴가를 지내보고, 오빠나 그의 생활 방식에 도저히 견디어낼 수 없다는 것을 알았다. 매일 아침 오빠를 직장에 내보내고, 노상 그에게 깨끗한 내의를 입게 하고, 밤이면 탐욕스러운 트럼프놀이가 시작되고, 콜스턴 가라면 노상 에그조틱한 손님도 찾아오고, 차미안의 거실은 까만색과 오렌지색으로 예쁘장하게 꾸며져 있는 것이다. 코번트리에 있는 동안에 노상 테일러는 차미안의 집에서 항용 듣는 발랄한 대화의 단편을 그립게 생각했었다.

"이거 봐요, 차미안. 정말 말이지 내가 보리스를 혼을 내주는 게 좋았다고 생각하지 않아요?

"그렇게 생각하지 않아. 나는 보리스를 좋아하는걸."

그리고 한밤중에도 걸려 오는 전화의 여러 가지 전갈.

"이봐요, 테일러, 차미안 좀 불러주지 않겠어요? 나는 흥분 상태에 있다고 말해줘요. 내가 쓴 새 시를 읽어주고 싶다고." 그것은 30년 전의 일이었다.

그로부터 10년 전에는 전화의 전갈도 또한 달랐다. "테일러, 미시즈 콜스턴한테 내가 런던에 있다고 전해줘요. 가이 리트예요. 미스터 콜스턴한테는 아무 말도 하지 말아요, 테일러."

이런 류의 전갈을 테일러는 가끔 전하지 않기도 했었다. 그 당시 차미안은 바야흐로 곤란한 연령에 처해 있었고, 자기에게 접근하는 남자만 있으면 누구한테나, 전날의 애인이었던 가이한테라도 고양이처럼 달려들고 싶어 했었다.

쉰세 살이 되자, 미스 테일러는 마음이 가라앉았다. 지난날의 감정을 말끔히 씻어버리고 앨릭 워너와 만날 수조차 있게 되었다. 차미안하고는 어디에든지 함께 다녔고, 몇 시간이라도 앉아서, 차미안이 자기가 쓴 소설 원고를 소리를 내서 읽는 것을 듣고, 비평을 해주고는 했다. 다른 하인들이 차차 반항적으로 나오고 그만두게 됨에 따라, 진 테일러는 그들의 몫까지 맡아보게 되었다. 차미안이 단발을 하면 미스 테일러도 단발을 했다. 차미안이 가톨릭을 믿으면 미스 테일러도 오로지 차미안을 기쁘게 해주기 위해 가톨릭을 믿었다.

코번트리의 오빠는 좀처럼 찾아오지 않았지만, 어쩌다 얼굴을 보이면, 그럴 때마다 그녀는 그에게로 가지 않은 것이 다행이었다고 생각했다. 어떤 기회엔가 그녀는 고드프리 콜스턴에게 몸가짐을 조심하라고 충고까지 했다. 40대에 하던, 못마땅한 듯이 입가를 실룩거리는 그녀의 버릇도 차차 없어졌다.

버스테드 간호원장의 경우도, 마음이 가라앉으면 그렇게 될 것이라고 미스 테일러는 생각했다. 실룩거리는 버릇은 없어질 것이다.

그러나, 미스 테일러는 얼마 안 가서 새로 온 간호원장의 실룩거리는 버릇이 없어질 가망이 거의 없다고 생각하기 시작했다. 그래니들이 신경을 날카롭게 하고 대들고 있기 때문에, 기회만 있으면 참말로 그녀가 그래니

들을 폐렴으로 죽게 내버려두는 것도 놀라운 일이 아닐지도 모른다.

"의사[9]한테 말해요, 그래니 바너클," 하고 미스 테일러는 말했다. "정당한 대우를 못 받고 있다고 정말 생각한다면."

"의사도 소용 없어. 그 사람들은 모두 한통속이니까. 그 사람들도 그래니 한 사람쯤 무엇이 그렇게 대단하다고 생각하겠어."

단 한 가지, 새 간호원장이 취임하고 나서 좋아진 것은 병원 전체가 그전보다도 한결 생기를 띠게 되었다는 사실이었다. 마치 간호원장이 일종의 쇼크 요법이기나 한 것처럼, 모두들 이성을 되찾았다. 그래니들은 유서의 작성을 잊어버리고, 서로들 간에나 간호원들한테 대해서나 유산을 주지 않겠다고 협박을 하는 일이 없어졌다.

그런데 미시즈 리위스 덩컨이 어느 날 저녁 식사 때 큰 실수를 했다. 자기의 사무 변호사한테 이르겠다고 하면서 간호원장을 위협했던 것이다. 말썽의 발단이 고기가 질겼기 때문이었는지, 상했기 때문이었는지 미스 테일러는 잘 생각이 나지 않는다. "간호원장을 불러와요." 하고 미시즈 리위스 덩컨은 요구했다. "간호원장을 이리로 불러오라니까."

불려온 간호원장은 단호한 태도로 걸어 들어왔다.

"아아니, 그래니 덩컨, 왜 그래요? 빨리 말해봐요, 바쁘니까. 왜 그래요?"

"이 고기가 말예요, 여보……" 하고 그래니 덩컨이 입을 열었을 때, 대뜸 모두가 이것은 큰 추태라고 생각했다. "나는 내 조카한테 알려야겠어…… 내 사무 변호사한테……."

어찌 된 영문인지, '사무 변호사'라는 말이 버스테드 간호원장을 화나게 했다. 이 한마디가 사태를 결정하고 말았다. 이를테면, 의사라든가 원

9   번역문에는 '독터'로 표기됨. 원문은 doctor.

장이라든가 친척이라든가를 끄집어내서 공박을 당했더라면 간호원장은 다만 입가를 실룩거리고 눈망울을 반짝거리면서 선 채로, 기껏 "당신네들도 옛날에는 갓난애였다구요. 너무 잘난 체 말아요." 하든가, "무서워하지 않아요. 제발, 조카님한테 일러보슈." 하고 대꾸할 정도로 끝났을 것이다. 그런데 사무 변호사라는 말은, 그래니 바너클이 그 이튿날 말한 것처럼, 간호원장을 무섭게 '역정'이 나게 했다. 간호원장은 침대 틀을 붙잡고, 그래니 덩컨을 향해서 외마디 소리를 질렀다. 한참 동안, 아마 한 10분 동안이나 계속해서 소리를 질렀다. 말이 버스테드 간호원장의 입에서 마치 불꽃과도 같이 한 도막씩, 혹은 한 덩어리로 뭉쳐서 튀어나왔다. "늙어빠진 개년 같으니…… 더러운 늙은 개년 같으니…… 먹을 것이…… 투덜투덜 불평만 하고…… 나는 아침 여덟 시부터 일만 하고 있는데…… 노상 일만 하고…… 일만 하고, 일만 하고, 일만 하고, 매일매일 일만 하고, 아무짝에도 못 쓸 늙은이들, 더러운 늙은이들 때문에……."

버스테드 간호원장은 그길로 간호원 하나를 대동하고 조퇴해버렸다. 미스 테일러는 생각했다. 우리들이 상냥한 할머니가 되려고 노력만 한다면, 저 사람도 좋아질 텐데. 우리들이 상냥한 늙은이가 못 되기 때문에…….

"천갈궁." 하고 그래니 발보나가 네 시간 후에 말했다. 그러나 병실의 전원과 함께 그녀도 사실은 충격에 맥이 풀려 있었다. "그래니 덩컨 — 천갈궁. *자신을 갖고 항해를 계속할 것. 다른 사람의 성공이 당신 자신에게 영향을 줄지도 모른다.*" 그래니 발보나는 신문을 놓았다. "이게 무슨 뜻인지 알지." 하고 그녀는 말했다. "별점은 절대로 틀리는 법이 없어. 다른 사람의 성공…… 정확한 예언이야."

이 사건은 원장과 의사에게 보고되었다. 원장은 이튿날 아침에 진상을 조사했는데, 그 조사 방식은 간호원장에게 죄가 없다는 것을 억지로라도 증명하고 싶어 하는 것이 뻔히 드러나는 조사였다. 간호원장을 갈아 치우는 것은 어려운 일인 것이다.

원장은 미스 테일러 위로 몸을 꾸부리고, 테일러에게만 들리도록 조용한 목소리로 말했다. "버스테드 간호원장은 2, 3일 쉬게 될 거예요. 요즘 과로해서."

"그럴 거예요." 하고 미스 테일러는 말했다. 머리가 몹시 아팠다.

"그 사건에 대해서 알고 있는 것을 좀 말해주어요. 버스테드 간호원장이 화를 낼 만한 일이 있었나요?"

"네." 하고 미스 테일러는 말하고는 자기의 위에 덮친 부드러운 얼굴을 쳐다보면서, 그 얼굴을 일으켜주었으면 좋겠다고 생각했다.

"버스테드 간호원장은 그래니 덩컨 때문에 화를 낸 거지?" 하고 원장은 말했다.

"여간 화를 내지 않았어요. 좀 더 젊은 사람들이 많은, 일이 좀 편한 다른 병동으로 돌리시는 게 어때요?"

"이 병원에는" 하고 원장은 말했다. "편한 일이 없어요."

그래니들은 모두들 마음이 산란해져서, 버스테드 간호원장이 보이지 않는 2, 3일 동안을 즐길 수 있을 만한 형편이 못 되었다. 모두들 흥분이 가실 만한 징조가 보이면, 빼놓지 않고 그래니 바너클이 충동을 한다. "두고 봐, 이제 겨울이 되면 폐렴에 걸려서……"

그 무렵에 그래니 트로츠키가 두 번째의 발작을 일으켰다. 조카라고 하는 나이 먹은 사나이가 그녀의 곁에 불려와 서 있고, 침대의 주위에 칸막이가 세워졌다. 한 시간 후에 조카는 도착했을 때 쓰고 온 짙은 녹색 모자를 쓴 채 머리를 흔들며, 외국인다운 얼룩투성이의 얼굴을 찌푸리고 울면서 나왔다.

그날은 일어나서 의자에 앉아 있던 그래니 바너클이 그에게 말을 걸었다. "나 좀 보세요."

그는 부르는 대로 그녀의 곁으로 왔다.

그래니 바너클은 칸막이를 둘러친 침대 쪽으로 가볍게 턱을 쳐들어 보였다.

"숨이 갔어요?"

"아뇨. 숨은 쉬고 있는데, 말을 못 해요."

"누구 때문인지 알아요?" 하고 그래니 바너클은 말했다. "간호원장 때문이에요, 저렇게 된 것은."

"저이한테는 형제가 없거든요. 내가 기중 가까운 친척이에요(간호원장도 원문으로 '시스터'로 부르고 여자 형제도 '시스터'이기 때문에 이런 혼동이 생긴 것임 — 역주)"

간호원이 나와서, 그를 내쫓듯이 그를 돌아가게 했다.

그래니 바너클은 다시 한번 온 병동 안에 들리도록 말했다. "버스테드 간호원장이 그래니 트로츠키를 이렇게 만든 거야."

"그렇지만 그래니, 이것은 두 번째의 발작이야. 누구한테든지 두 번째의 발작은 있는 법 아냐?"

"간호원장이 신경질이기 때문에 이런 일이 생긴 거야."

버스테드 간호원장이 그만두지 않고 다른 병동으로 옮겨 가지도 않고 내일 다시 나온다는 것을 알았을 때, 그래니 바너클은 의사를 보고, 더 이상 치료를 받고 싶지 않으며, 내일 퇴원해서 세상에 그 이유를 공표하겠다고 선언했다.

"나는 환자로서의 권리를 알고 있단 말예요." 하고 그녀는 말했다. "법률을 모른다고 깔보지 말아요. 그리고 신문사의 전화번호까지도 다 알아보았단 말예요. 내가 전화를 걸기만 하면 달려와서 사정을 물어볼 거예요."

"그러지 말고 진정하시오, 그래니." 하고 의사는 말하였다.

"버스테드 간호원장이 다시 나오면 나는 나갈 테니까요." 하고 그래니 바너클은 말했다.

"어디로요?" 하고 간호원이 말했다.

그래니 바너클은 눈을 부라렸다. 간호원이 빈정대서 하는 말이라고 생각했던 것이다. 내가 36년 전에 3개월, 22년 전에 6개월, 그후에도 수개월씩 홀러웨이 형무소에 들어갔던 일이 있는 걸 알고 있는 모양이다. 간호원이 그런 목소리로 "어디로요?" 한 것은 나의 전과(前科)를 빈정대서 한 말이다, 하고 그래니 바너클은 생각했다.

의사는 간호원에게 눈살을 찌푸려 보이고는, 그래니 바너클에게 말했다. "진정하시오, 그래니. 오늘 아침엔 혈압이 그다지 좋은 편이 아니니까. 간밤엔 어땠어요? 잘 주무셨어요?"

그런 말을 듣자, 분명히 간밤에 잠을 잘 자지 못한 그래니 바너클은 기운이 빠졌다.

그래니 트로츠키는 퍽 많이 좋아져서, 칸막이도 젖혀버렸지만, 노상 침을 흘리면서 중얼중얼 군소리를 했다. 그런 그래니 트로츠키의 모습을 보고, 그 순간에 무엇인가 말하려고 한 헛소리 비슷한 소리를 듣고 그래니 바너클은 맥이 탁 풀렸다.

그녀는 의사를 쳐다보고 안색을 살폈다. "아유, 선생님, 나는 아주 기분이 좋지 않구먼요." 하고 그녀는 말했다. "게다가, 그 거지 같은 간호원장년이 보기 싫어서. 언제 어떻게 될지, 정말 불안해요."

"참으시오, 참아요. 그 사람은 너무 과로해서 그래요." 하고 그는 말했다. "우리들은 모두 될 수만 있으면, 그리고 가능한 방법을 다 해서 여러분들을 도와드리고 싶어요. 언제나 도와드리려고 노력을 하고 있는 거예요, 그래니."

그가 나가버리자, 그래니 바너클은 미스 테일러를 보고 나지막한 소리로 속삭였다. "여보, 내 얼굴빛이 좋지 않아요?"

"아니, 좋은데." 사실은 그래니 바너클의 얼굴에는 온통 검붉은 얼룩이 져 있었다.

"내 혈압에 대해서 선생님이 한 말, 들었어? 내가 소란을 피우지 않게 하려고 거짓말을 했다고 생각하우?"

"거짓말이 아닐 거야."

"나는 말야, 그래니 테일러, 그대로 죽어버려도 좋으나, 어떻게 저 문 밖으로 나가서 계단을 내려가서 —"

"제발 좀 그만둬요."

"미친 사람이라고 그러겠지?"

"모르겠어." 하고 미스 테일러는 말했다.

"신부님한테 말해볼까?"

"신부님의 말이란 뻔하지." 하고 미스 테일러는 말했다. "하나님의 뜻에 맡기라고 하겠지."

"그럴 거야."

"몰인정한 종교로군, 그래니 테일러. 우리 어머니가 로마가톨릭이 아니었더라면, 나는 절대로 —"

"내가 알고 있는 어떤 부인이 —" 미스 테일러가 드디어 발설을 한 것은 이때였다. "내가 알고 있는 부인의 친구 되는 이가 이 병원의 운영위원회에 있어. 좀 시간이 걸릴지 모르지만, 그 사람들한테 부탁하면 버스테드 간호원장을 전근시켜주게 될지도 몰라."

"그것, 듣던 중 참 반가운 소식이구먼그래, 그래니 테일러."

"약속은 할 수 없지만, 내 해볼게. 여간 신중히 하지 않으면……."

"들었어?" 하고 그래니 바너클은 병동 안의 사람들 모두한테 말했다. "그래니 테일러가 무엇을 하겠다는지 들었어?"

데임 레티에게 얘기를 처음 들었을 때, 미스 테일러는 별로 실망을 느끼지 않았다. 아직 시작이다. 앞으로도 데임 레티에게 몇 번이고 말해보려고 생각했다. 게다가 앨릭 워너도 가능성이 있을 것 같다. 그에게 부탁을 하면 병원의 운영 위원회에 있는 템페스트 사이드보텀에게 이야기해줄 것이다. 우울한 버스테드 간호원장의 기분을 상하게 하지 않게까지도 마음을 써줄지 모른다.

*

"그럼, 그 데임은 뚜렷한 약속을 한 것은 아니로군?" 하고 그래니 바너클은 말했다.

"응, 시간이 좀 걸릴 거야."

"겨울까지는 어떻게 될까?"

"그렇게 되면 좋겠는데."

"그래니 덩컨이 당한 일은 얘기했어?"

"다 얘기하지는 않았어."

"얘기를 해야지. 당신은 어째 완전한 우리 편이 아닌 것 같구먼, 그래니 테일러. 그 사람, 아무래도 어디서 본 얼굴이야."

"누구 말야?"

"그 데임 말야."

곤란한 것은 테일러 자신이 이것을 특별히 중요한 사건으로 느끼지 않고 있는 것이었다. 가끔 그녀는 그래니들에게 이런 말을 하고 싶어진다 — '두려워하고 있는 일이 정말 되어도 좋지 않소. 겨울이 되어서 우리들이 죽게 된들 어떻소.' 어떤 때는 그녀는 실제로 그런 말을 했다. "이번 겨울에, 우리들 중에서 몇 사람은 아무래도 죽게 될 거야. 있을 수 있는 일이지." 그래니 발보나가 "하나님을 만나뵐 준비는 다 되어 있어." 하고 대답하게 되면, 그래니 바너클이 거세게 한마디 더 했다. "그렇지만 살 만큼은 살고 나서의 얘기지."

"친구 되는 분한테 졸라대어야 해, 그래니 테일러." 하고 그래니 덩컨이 말했다. 그녀는 어떤 그래니보다도 버스테드 간호원장의 기분을 상하게 하고 있는 것 같다. 그래니 덩컨은 암에 걸려 있었다. 간호원장 자신이 암을 두려워하고 있는 것이 아닌가 하고 미스 테일러는 노상 생각했다.

"그 데임의 얼굴은 어디서 본 얼굴이야." 하고 그래니 바너클이 똑같은 소리를 했다. "그이, 저녁때면 자주 홀본 근처를 지나다니지 않았어?"

"그렇지 않을걸." 하고 미스 테일러는 말했다.

"옛날의 우리 집 손님이었었는지도 모르겠어."

"그이는, 신문은 우송해서 본 것 같아."

"밖에 나와서 일하고 있었나, 그 데임은?"

"글쎄, 출근은 하지 않았지만, 여러 위원회의 일 같은 것을 했지."

그래니 바너클은 데임 레티의 얼굴을 곰곰이 생각해보았다. "그이가 하고 있던 일은 자선사업이야?"

"그런 거야." 하고 미스 테일러는 말했다. "무슨 특별한 일은 아니지만."

그래니 바너클은 미심쩍은 눈초리로 그녀를 보았다. 그러나 미스 테일러는 데임 레티가 30세 때부터 홀로웨이 형무소의 시찰관 노릇을 하고 있었다는 것을 주책 없이 발설하려 들지는 않았다. 데임 레티는 몸이 뚱뚱해지고 숨이 차서 계단을 올라갈 수 없게 되기까지 이 일을 계속해 보고 있었다.

"데임 레티한테 졸라대볼게." 하고 그녀는 약속했다.

그날은 버스테드 간호원장이 노는 날이고, 간호원 한 사람이 저녁 식사의 첫 쟁반을 나르면서 휘파람을 불고 있었다.

그래니 바너클은 명랑한 목소리로 비평을 가했다.

휘파람 부는 여자하고, 우는 암탉은,

하나님한테도 남자한테도 소박을 맞느니라.

간호원은 휘파람을 멈추고 그래니 바너클을 째려보고는 쟁반을 털썩 놓고 다음 쟁반을 가지러 나갔다.

그래니 트로츠키가 무슨 말을 하고 싶어서 고개를 들려고 했다.

"그래니 트로츠키가 무슨 말을 하고 있어?" 하고 그래니 덩컨이 말했다. "왜 그래, 그래니?"

"간호원들한테" 하고 미스 테일러는 말했다. "싫은 소리를 하면 안 된다고 그래. 왜 그런고 하면 —"

"간호원들한테 싫은 소리라고! 인제 겨울이 되면 간호원들이 도대체 무슨 짓을 할지 —"

미스 테일러는 하나님의 은총을 빌었다. 이 사람들의 마음에서 겨울에의 공포를 없애는 방법은 없을까요? 최소한 예전처럼 매주일 유서를 쓰는 일에 열중하게 할 수는 없을까요?

그날 밤에 그래니 트로츠키가 죽었다. 그녀의 뇌의 조그만 혈관이 파열되고, 그녀의 혼은 애초에 그것을 주신 하나님의 곁으로 돌아갔다.

제 5 장

미시즈 앤서니는 본능적으로, 미시즈 페티그루는 인정이 있는 여자라고 느꼈다. 그녀의 본능은 옳지 않았다. 그래도 미시즈 페티그루는 차미안의 시중을 들러 콜스턴 가에 오고 나서 처음의 2, 3주일 동안은 부엌에 앉아서 미시즈 앤서니한테 자기의 고민을 이야기하고는 했다.

"담배 피워요." 하고 미시즈 앤서니는 진한 차를 따르면서 테이블 위의 상자를 팔꿈치로 가리키고는 말했다. "그렇게 너무 비관하지 말아요."

미시즈 페티그루는 말했다. "비관하지 않게 됐어요? 난 30년 동안을 내 인생을 미시즈 라이자한테 바쳤다오. 내가 그이의 돈을 받기로 되어 있다는 것을 모르는 사람이 없었지. 그런데 그 가이 리트가 나타나서 권리를 주장하다니. 결혼이라고 할 만한 것이 못 됐어. 그럼. 정식인 결혼이 아니었거든." 그녀는 찻잔을 당기고, 자기의 얼굴을 미시즈 앤서니의 얼굴 옆으로 바짝 갖다 대고 설명했다. 가이 리트는 옛날에 지독하게 난봉을 피웠고, 그 때문에 생긴 고약한 이유로 해서, 라이자 브룩과는 실제로 결혼 생활을 할 수 없었다고.

미시즈 앤서니는 찻잔을 두 손으로 받치고 차를 후루룩 들이마시고는, 찻잔 속에 입김을 불어 넣었다. 따뜻하고 향긋한 훈기가 그녀의 코 위로 퍼졌다. "그렇지만" 하고 그녀는 말했다. "남편은 남편이지, 법률상으로는.”

“라이자는 그를 남편으로 생각하지 않았었어.” 하고 미시즈 페티그루는 말했다. “그이가 죽기까지는 아무도 가이 리트와의 결혼에 대해서는 모르고 있었던 거야. 난쟁이 같은 돼지 새끼 같으니.”

“라이자는 잘못한 게 없다고 그러더니?” 하고 미시즈 앤서니는 말했다.

“가이 리트 말야,” 하고 미시즈 페티그루는 말했다.

“그 새끼는 사람 새끼가 아냐.”

“으응, 난 또 누구라고. 아무튼 일이 벌어지면 재판소에서 뭐라고 말을 할 거요. 담배 피워요.”

“나를 담배까지 피우게 할 작정이군요. 미시즈 앤서니. 고맙소. 그럼 한 대만 어디. 그렇지만 좀 절연(節煙)을 하는 게 좋을 거요, 당신은. 과히 몸에 좋지 않아요.”

“스물다섯 때부터 하루에 스무 개씩, 그리고 어저께로 일흔이라오.” 하고 미시즈 앤서니는 말했다.

“일흔이라고! 당신, 그렇게 피우면 —”

“일흔 살이 됐단 말요, 어저께로.”

“으응, 일흔 살이라고. 그럼 이제 쉴 나이도 됐구먼그래? 여태껏 이런 늙은이들의 시중을 들고 있다니, 당신 팔자도 부러워할 만한 팔자는 못 되는구려.” 미시즈 페티그루는 턱으로 부엌문 쪽을 가리키고는, 그 너머에 있는 콜스턴 내외에 대한 일을 화제로 삼았다.

“그리 나쁘지 않아요.” 하고 미시즈 앤서니는 말했다. “영감님은 좀 인색하지만, 마님은 좋은 분이에요, 난 좋아요.”

“영감님은 돈에 인색해?” 하고 미시즈 페티그루는 말했다.

미시즈 앤서니는 “여간.” 하고 대답하면서, 그 말을 강조하듯이 눈망울을 휘둥그렇게 굴려 보았다.

미시즈 페티그루는 자기의 머리카락을 쓰다듬었다. 그녀의 머리카락은 라이자가 옛날에 권한 것처럼 잘록한 단발을 했고, 까맣게 물감을 들였고, 숱이 많았다. "나 몇 살이나 된 것 같애, 미시즈 앤서니?" 하고 그녀는 말했다.

미시즈 앤서니는 미시즈 페티그루를 살펴보려고, 의자에서 앉은 채로 뒤로 몸을 젖혔다. 까만 스웨이드 구두, 팽팽하고 미끈한, 심줄 같은 것이 튀어나오지 않은 다리, 코르셋을 찬 허리와 풍만한 가슴. 그리고는 미시즈 앤소니는 자기의 머리를 옆으로 꼬고 15도 각도에서 미시즈 페티그루의 얼굴을 바라보았다. 코에서 입으로, 자그마한 벚꽃빛 입으로 주름이 잡혀 있다. 턱은 이중으로 되어가고 있다. 이마에는 두 줄의 주름살. 눈은 까맣고 맑다. 의젓하고 널찌막한 코. "글쎄," 하고 미시즈 앤서니는 팔짱을 끼면서 말했다. "예순넷 정도."

틀잡힌 풍모에 비하면 미시즈 페티그루의 부드러운 목소리는 의외로 어울리지 않는 느낌을 준다. 이때 미시즈 앤서니의 말에 대답한 그녀의 목소리는 특히 또 유별나게 부드러웠다. "다섯 살을 번 폭이군."

"예순 아홉예요? 그렇게 안 보이는데." 하고 미시즈 앤서니는 말했다. "하기는 당신한테는 몸을 위하고, 몸단장도 할 만한 시간과 돈이 있었을 테니까. 그것도 아주 큰 일이었을 거요."

사실은 미시즈 페티그루는 일흔세 살이지마는 화장을 하고 있으면 전혀 그렇게 보이지 않는다.

그런데 그녀는 손으로 이마를 쓰다듬고, 천천히 머리를 흔들었다. 그녀는 돈 문제로 골치를 앓고 있었다. 재판은 필경 한정 없이 오래 끌 것 같다. 라이자의 친척들도 권리를 주장하고 있으니까.

"워너 영감은 아직도 마님하고 얘기하고 있는가?" 하고 그녀는 말했다.

"응." 하고 미시즈 페티그루는 말했다. "아직도 있어."

"그동안엔 마님 옆에 붙어 있지 않아도 좋으니까 됐어요." 하고 미시즈 앤서니는 말했다.

"무얼." 하고 미시즈 페티그루는 말했다. "라이자한테 있을 때는, 나는 노상 손님들의 상대를 맡아 하기로 되어 있었어. 어떤 손님이 오더라도 얼굴을 내밀었어."

미시즈 앤서니는 감자 껍질을 벗기면서 노래를 부르기 시작했다.

"가보아야지." 하고 미시즈 페티그루는 일어서서, 깨끗한 스커트에 솔질을 했다. "마님이 어떻게 생각하든 간에 노상 지켜보고 있어야 할 거야, 그 때문에 여기에 온 것이니까."

*

응접실로 들어가자, 미시즈 페티그루는 말했다. "마님이 피곤하지나 않으신가 해서요."

"찻잔을 치워줘요." 하고 차미안은 말했다.

미시즈 페티그루는 일부러 종을 울리고 미시즈 앤서니를 불렀다. 그리고 가정부한테 갖고 가게 하려고 접시를 쟁반 위에 겹쳐 엎으면서, 그녀는 차미안의 손님이 자기를 보고 있는 것을 눈치챘다.

차미안은 미시즈 앤서니에게 말하였다. "고맙소, 테일러."

미시즈 페티그루는 라이자 브룩의 집에서 가끔 앨릭 워너를 만난 일이 있었다. 그는 그녀에게 미소를 지으면서 고개를 끄덕여 보였다. 그녀는 까만 스웨이드의 백에서 담배를 한 대 꺼냈다. 앨릭은 거기에 불을 붙여주었다. 미시즈 앤서니가 부엌으로 물러가고, 쟁반 위의 접시 딸그락거리는 소리가 멀어지더니 드디어 들리지 않게 되었다.

"무슨 얘기를 했던가……" 하고 차미안은 손님한테 말했다.

"아아, 옳지 옳지." 그는 하얀 머리와 회색의 얼굴을 미시즈 페티그루에게 돌렸다. "지금 나는 브리튼 제도(諸島)에 있어서의 민주주의의 기원을 설명하고 있었어요. 미시즈 브룩이 없어져서 쓸쓸하구먼요."

"여간요." 하고 메이블 페티그루는 연기를 힘차게 뿜어내면서 말했다. 그녀는 몸에 익은 사교술을 발휘하기 시작했다. "민주주의의 얘기를 계속하세요." 하고 그녀는 말했다.

"내가 러시아에 갔을 때" 하고 차미안은 말했다. "러시아 황후가 호위병을 한 사람 보내주셔서 —"

"안 돼요, 미시즈 콜스턴. 미스터 앨릭 워너는 지금 민주주의의 얘기를 하고 계신데."

차미안은 잠시 동안 무슨 영문인지 모르겠다는 듯한 얼굴로 주위를 둘러보고는 말했다. "그렇군, 민주주의 얘기를 계속하세요, 에릭."

"에릭이 아니에요 — 앨릭이에요." 하고 미시즈 페티그루는 말했다.

앨릭 워너는 자못 나이 먹은 사람다운 침착한 솜씨로 분위기를 가라앉혔다.

"브리튼 제도의 민주주의 발상지는 사실은 스코틀랜드지요. 원인은 빅토리아 여왕의 방광(膀胱)이에요." 하고 그는 말했다. "아시다시피, 민주주의 개념 같은 것은 이미 있었지만, 그것이 실제로 행해진 것은 빅토리아 여왕의 하찮은 병 때문이었어요."

메이블 페티그루는 머리를 젖히고 웃어댔다. 차미안은 몽롱한 표정을 하고 있었다. 앨릭 워너는 시간을 채우기 위해 목소리를 내고 있는 것처럼 천천히 얘기를 계속했다. 그의 눈은 날카롭게 움직이고 있었다.

"빅토리아 여왕은 약간 방광을 앓고 계셨어요. 만년에 밸모럴의 별장에 계셨을 때, 그 당시 변소가 없었던 부근의 농가의 뒤꼍에 변소를 여러 군데 세우셨어요. 전원의 아침나절의 산책을 여왕께서 기분 좋게 하시게 하기 위해서였지요. 가끔 마차를 세우시고 찾아 들어가셨던 거죠. 그 때문에 빅토리아 여왕은 지극히 민주적인 분이라는 소문이 퍼지게 되었어요. 물론 모두가 여왕의 사소한 병환 때문이었지요. 그러나 모든 사람들이 여왕을 본뜨게 되고, 그 뜻이 퍼져서 오늘날의 위대한 민주주의가 된 것이에요."

미시즈 페티그루는 늘어지게 한바탕 웃었다. 앨릭 워너는 조류학자가 새를 관찰하는 것 같은 눈초리로 차미안을 바라보았다. 차미안은 무릎에 걸치고 있는 모포를 쥐어뜯으면서 자기의 차례가 오기를 기다리고 있었다.

"내가 러시아에 갔을 때" 하고 차미안은 어린애처럼 그를 쳐다보면서 말했다. "러시아 황후는 국경까지 나를 마중할 호위병을 보내주셨어요. 그런데 돌아올 때는 호위병을 안 보내주셨어요. 정말 러시아 사람답죠. 러시아 사람들은 무엇이든 결정하고 나서는 곧 싫증을 내요. 시골의 농사꾼들은 겨울에는 밤낮 난로 옆에서 딩굴고 있어요. 러시아에 닿기까지 나하고 같은 찻간에 타고 있던 사람들은 노상 트렁크를 열고 소지품만 조사하고 있었어요. 봄이었지요. 그래서 —"

미시즈 페티그루는 앨릭 워너에게 눈짓을 했다. 차미안은 입을 다물고 그에게 미소를 지었다. "요즘 테일러를 만난 일 있으세요?"

"요즘 한두 주일 못 가보았어요. 조사를 할 게 있어서 포크스턴에 가 있었기 때문에. 내주일에나 가볼까 하고 있지요."

"레티는 자주 찾아가요. 진은 아주 행복하고 안락하게 살고 있다고, 레티는 그러던데요."

"레티는—" 이기적인 바보라고 말하려고 하다가, 그는 미시즈 페티그루가 있는 것을 생각했다. "아무튼 내가 레티의 의견을 어떻게 생각하고 있는지 잘 아실 거예요." 하고 그는 손을 흔들면서 얘기를 막아버리었다.

그런데, 차미안은 마치 그의 그 말이 자기의 무릎 위에 떨어져 내리기나

한 것처럼 물끄러미 무릎 덮개를 들여다보면서 말했다. "당신이 조금만 더 일찍이 레티의 성격을 아셨더라면 — 조금만 더 일찍이……."

그는 가려고 일어섰다. 그는 잘 알고 있었던 것이다. 차미안은 아무튼 터무니없는 과거의 일을, 벌써 여러 해 전의 일을 갑자기 생각해내는 버릇이 있다. 그리고 대체로 그녀는 그 1907년의 사건을 생각하고는 책을 눈앞에 갖다 대듯이 그 사건을 눈앞에다 바싹 당겨놓고 바라보고 있다. 차미안이 아직 독신이었을 때, 파이퍼 가에서 식모살이를 하고 있던 진 테일러와 그와의 사이에 벌어진 연애 사건 같은 것도 차미안에게는 바로 전주일의 일처럼 생각될 것이다. 차미안은 아직도 소설가적인 생각의 타성으로 그렇게 산만한 일들을 하나의 모두어진 형태로 포착해버린다. 그런 버릇은 그에게는 납득이 가지 않고, 실없는 일같이 생각된다. 그는 진 테일러를 사랑하고 있었지만 결국 모든 사람들의 충고를 받아들이기로 했다. 그래서 레티와 약혼을 했다. 레티와 잘 알게 되자, 그는 약혼을 폐기했다. 그것이 1907년에 일어난 일이었다. 1912년에는 그는 이미 아무런 감동 없이 그것을 회상할 수 있었다. 그런데 차미안은 대단하게 과장하고 있다. 그 일 전체에 드라마틱한 연결을 붙이고, 그 영향이 그의 일생을 좌우했다고 생각하고 있는 것이다. 이런 생각은 차미안의 성격을 반영하고 있는 점에서는 그에게도 재미있지만, 그 자신의 일에 관한 한에 있어서는 조금도 재미가 없다. 그렇지만 오늘은 일흔아홉 살인 그로서는 이대로 의자에 앉아서 차미안이 옛날 일을 얘기하는 것을 듣고 있고 싶었는데, 미시즈 페티그루의 존재가 눈에 거슬렸다. 그녀가 방 안에 있으면 불안하다. 그에게는 차미안처럼 미시즈 페티그루가 거기에 없는 것처럼 얘기를 계속할 능력이 없었다. 홀에 나와서 외투를 입혀주는 미시즈 페티그루를 보고 그는 우선 "성가신 여자야." 하고 생각했다. 다음에는 "잘생긴 여자야." 하고 생각했는데, 이것은 과거 26년 동안에 라이자의 집에서 가끔 본 그녀의 일하는 품과 연결된 감상이었다.

공원을 두 군데나 지나서 집까지 오는 길에 그는 내내 메이블 페티그루에 대한 생각만 하고 있었다. 원은[10] 걸어오면서 차미안에 대한 생각을 할 작정이었는데, 그는 자기의 일을 생각하고 깜짝 놀랐다. 이제 조금만 있으면 여든 살이다. 미시즈 페티그루만 하더라도 예순다섯은 되었을 것이다. 아아 하고 그는 마음속으로 말했다. '신앙이 두터운 이 내 몸에 심야에 침입하는 도적과 같은 색욕의 괴로움!' 다만, 그에게 두터운 신앙이 있는 것은 아니다. 이것은 그가 자기 자신에게 말을 걸 때의 습관처럼 되어 있는 호칭이었다.

그는 성 제임스로(路)의 골목길에 있는 자기의 방 — 정식 명칭은 '신사 전용실'이지, 결코 아파트는 아니라고 그가 노상 말하고 있는 방 — 으로 돌아왔다. 외투를 걸고, 모자와 장갑을 벗고 나서 그는 커다란 궁형창(弓型窓) 가에 서서 밖을 내다보았다. 굉장한 풍경이라도 바라보고 있는 듯한 모습이지만, 실제로 들창에서 보이는 것은 클럽의 뒷문뿐이다. 그는 클럽의 사환들이 들락날락하고 있는 것을 보고 있었다.

그의 아파트의 관리인이 석간의 뒷면을 열심히 읽으면서 좁다란 골목을 이쪽으로 걸어오고 있다. 창으로 그것을 내다보면서 노사회학자 워너 박사의 내면의 눈은 지그시 '노년'을 노려보고 있었다. 일흔 살이 되고 나서부터 그는 '노년'을 자기의 연구 과제로 삼았다. 근 10년간의 조사 성과는 카드 인덱스와 서류철에 자디잘게 기록되어, 창가의 양쪽에 있는 두 개의 오크재 캐비닛 속에 들어 있다. 그의 문제의 취급법은 독특했다. 그가 채택한 것 같은 방법으로 조사를 행할 만한 창의와 자유를 갖고 있는 노인병 학자는 거의 없다. 그는 부지런히 돌아다녔다. 조수를 몇 명씩 썼다. 그

---

10 원래는

에게는, 자기의 일이 귀중한 것이라는 — 혹은 어느날이고 귀중한 것이 될 것이라는 기대가 있었다.

그의 커다란 책상 위에는 아무것도 놓여 있지 않았지만, 그는 서랍에서 가죽 뚜껑의 두툼한 노트를 꺼내 놓고 쓰기 시작했다.

곧 그는 일어나서, 책상에서 일을 할 때 노상 쓰는 색인 카드가 든 두 개의 상자를 가지러 갔다. 한 상자는 70세 이상의 친구와 아는 사람들의 성명을 기입한 카드로서, 그들의 한 사람 한 사람과 자기와의 관계라든가, 우연히 만나게 된 사람들의 경우에는 그들과 만난 상황 같은 것 따위가 적혀 있다. 포크스턴의 정신병원과 성 오브리 양로원에는 특별 항목이 마련되어 있었다. 10년 전부터 그는 비공식적인 조사의 형식으로 몇 사람의 노환자들을 방문하고 있다.

제1그룹의 카드에 적혀 있는 것의 대부분은 만약에 잊어버리게 될 때를 대비하기 위한 것이었다. 그의 기억력은 아직은 상당히 건전하지만, 쇠퇴하게 될 때의 일도 생각해둘 필요가 있다. 카드를 집어 들고 이름을 읽고, 이를테면 "콜스턴 — 차미안. 차미안 콜스턴이 누구였던가? 차미안 콜스턴…… 들은 것 같은데, 그게 누구인지 생각이 안 나는구먼……." 하고 고개를 갸우뚱거릴 날이 올지도 모른다. 그때에 대비해서, '구성(舊姓) 파이퍼. 1907년에 알게 되다. Ww××페이지 참조'라고 기입되어 있다. Ww는 신사록(紳士錄)이란 말이다. 페이지 넘버는 새로운 신사록이 나오는 4년마다 고쳐 쓸 수 있도록 연필로 씌어져 있었다. 이 그룹의 카드 대부분은 자디잔 글씨로 양면에 빽빽하게 씌어져 있다. 그리고 그가 죽으면 전부 처분하라는 지시도 있다. 카드마다 왼쪽 위의 귀퉁이에 빨간 잉크로 참조 번호가 적혀 있었다. 이것을 보고 워너 박사는 한 사람 한 사람을 위해서 생각해낸 별명이 씌어져 있는 제2그룹의 카드를 참조할 수 있다(이를테면 차미안은 두 번째의 카드에서는 '글래디스'로 되어 있었다.). 이 제2그룹이 그의 진짜 연구 카드였다. 거기에는 한 사람 한 사람의 예증(例症)을 분석하는 열쇠가 기록되어 있는 것이다. 사방의 벽에 꽂혀 있는 노인병학과 노령에 관한 서적으로부터의 여러 가지 인용이라든가, 10년간에 그의 두꺼운 노트에 모조리 적어둔 자료 같은 것을 언제든지 참조할 수 있도록 꼼꼼하게 꾸며진 약호(略號)와 번호가 각 카드마다 적혀 있었다.

앨릭 워너는 구내 전화의 수화기를 집어들고 가자미구이를 주문했다. 그러고는 책상에 앉아서, 서랍을 열고 노트를 꺼내었다. 이것은 그가 현재 쓰고 있는 일기장으로서, 역시 그가 죽으면 처분하게 되어 있었다. 그는 거기에다 차미안과 미시즈 페티그루, 그리고 자기 자신에 관한 오후의 관찰을 기록했다. '그녀의 머리는, 그녀의 남편이 말하고 있듯이 기능이 정지되고 있는 것은 결코 아니다. 그녀의 머리는 연상적으로 움직인다. 처음에는 그녀는 몽환 상태 속에 있었고, 무릎 덮개를 잡아 뜯는 동작을 하고 있었다. 초조해하고 있는 눈치였다. 내 이야기에는 전혀 따라오지 않았지만 분명히 '빅토리아 여왕'이라는 말이 왕위에 있던 어떤 다른 사람의 일을 생각나게 했던 것이다. 내 이야기가 끝나자, 곧 그녀는 1908년에 부친을 만나러 페테르부르크에 갔던 추억(자세한 점까지도 사실인 것 같다)을 얘기하기 시작했다(그녀가 얘기하는 것을 들으면서, 차미안이 러시아로 여행을 할 준비를 하고 있던 일을, 나 자신 1908년 이래 처음으로 상기했다. 이 일은 그후 내내 나의 기억 속에서 잠자고 있었다). 그러나 차미안은 부친과 또 한 사람의 외교관을 만나본 것은 얘기하지 않았다. 나는 그것을 알았다. 그 외교관의 이름은 잊어버렸지만, 그후 차미안의 일 때문에 자살하고 말았다. 그녀는 또한 진 테일러를 데리고 간 것도 말하지 않았다. 러시아인 여객의 성벽(性癖)에 관한 그녀의 기억의 정확성을 의심할 만한 이유는 없다. 내가 생각할 수 있는 한에 있어서는, 그녀가 실제 말한 것은…….'

가자미구이가 들어와서 그는 펜을 놓았다.

마샤 아주머니는 아흔두 살이었으니까, 지금의 차미안보다 일곱 살이나 위였지만, 그래도 죽을 때까지 장기를 여간 잘 두지 않았다고, 그는 먹으면서 생각했다. 파인빌의 그전 교구 목사의 부인인 미시즈 플랙스먼은 일흔세 살에 완전히 기억력을 상실하고 말았다. 차미안보다 열두 살이나 젊을 때다. 차미안의 기억력은 완전히 없어진 것은 아니다. 갈피를 못 잡고 있을 뿐이다. 그는 테이블에서 일어서서 책상 앞으로 가 일기의, 그날의 차미안에 관한 기술의 여백에 적어 넣었다. '미시즈 플랙스먼을 참조'라고.

그는 가자미구이를 다시 먹으러 오면서 생각했다. 17세기 때의 니농 드랑클로라는 사람들은 이성(理性)을 조금도 다치지 않고, 기지가 풍부하다는 세평(世評)을 들으면서 99세까지 살았다.

그의 포도주 잔이 입술 앞에서 잠시 멈추었다. 괴테는 지금의 나보다 더 나이를 먹고 나서도 젊은 아가씨들에게 사랑의 시를 쓰고 있었다고 그는 생각했다. 르누아르는 86세…… 티치아노도, 볼테르도. 베르디는 86세에 〈폴스타프〉를 작곡했다. 그러나 예술가는 필시 예외일 것이다.

그는 진 테일러가 누워 있는 모드 롱 병동에 대해서 생각했다. 그리고, 키케로라면 도대체 어떻게 생각할 것인가 하고, 생각해보았다. 그는 책장을 둘러보았다.

이 문제와 먹씨름을 한 위대한 독일인들. 그들은 몽상가와 병리학자로 대별할 수 있다. 노인 문제를 이해하려면 여러 사람들과 친구가 되고, 스파이를 부리고 동맹을 체결하지 않으면 안 된다.

그는 날라온 식사를 반쯤 먹고, 병에 절반쯤 남아 있던 포도주를 조금 마셨다. 그는 쓴 것을 다시 읽어보았다. 오늘 오후에 콜스턴 가에 도착했을 때의 일, 돌아오는 길에 공원 안을 걸으면서, 머리에 떠올라온 뜻밖의 일, 그리고 일기에도 써놓은 것 같은, 미시즈 페티그루가 방해를 하러 들어왔을 때 정신의 불안감과 함께 생긴 에로틱한 감정 등. 일기는 곧 태워 버리게 될 것이지만, 그의 매일 아침의 일은, 그것을 분석하고, 거기에서 개개의 예증의 데이터를 끄집어내고, 계통적으로 그것을 노트에 기록해 두는 것이었다. 거기에서는 차미안은 비개성적인, 거의 가정을 가지지 않는 '글래디스'로 되고, 메이블 페티그루는 '조앤'으로, 그 자신은 '조지'로 되어 있다.

그러더니 그는 카드와 일기장을 집어넣고, 뉴먼의 두꺼운 『전기와 서한 집』 중의 한 권을 집어들고 한 시간가량 읽었다. 그것을 덮기 전에, 그 속의 1절에 그는 연필로 줄을 쳐놓았다.

〬

옛날 사람들은 무슨 병으로 죽었을까. 성서에 의하면, "이 이후 요셉은 부친이 앓고 있다는 말을 들었다." "그리고 다비드의 죽을 날이 가까워졌다." 무슨 병이었을까? 사인은 무엇이었을까? 그리고 위대한 교부(教父)들의 경우도. 성(聖) 아타나시우스는 일흔 살이 넘어서 죽었다 — 중풍의 발작이었을까? 우리들은 순교자들의 죽음을 모방할 수는 없다. 그러나 나는 가끔 생각한다 — 가령, 위대한 고해성자(告解聖者)들의 병과 노쇠를 우리들 자신이 나눌 수 있다면 얼마나 위인이 될 것인가. 성 그레고리 법왕은 통풍을, 성 바실리우스는 간장병을 앓았다. 그러나 성 그레고리 나지안조스는? 성 암브로시우스는? 성 아우구스티누스와 성 마틴은 노령자 특유의 열병으로 죽었다……

9시 반이 되자, 그는 서랍에서 열 개들이 담뱃갑을 꺼내 가지고 밖으로 나갔다. 모퉁이를 돌아서 펠멜로(路)로 들어서자, 막바지에 야경꾼의 초소가 있다. 지난 일주일 동안 앨릭 워너는 매일 밤 그 야경꾼을 방문하고 있었다. 예증의 하나로서 충분한 조리 있는 데이터를 입수하기 위해서였다.

"나이는 얼마나 됩니까? 어디에 살고 계십니까? 어떤 음식을 자십니까? 하나님을 믿으십니까? 종교는 어떤 것을? 스포츠에 열중한 일이 있습니까? 부인하고의 사이는? 부인은 연세가 어떻게 되시나요? 누가? 무엇을? 어째서? 기분은?"

"어서 오슈." 하고 야경꾼은 앨릭이 오는 것을 보고 인사를 하고는, "고맙습니다." 하고 말하면서 담배를 받았다. 그는 화롯불 옆 판자에 앉아 있었는데, 몸을 비키고 앨릭을 자기의 옆에 앉혔다.

앨릭은 화롯불에 손을 쬐었다.

"어떻습니까, 오늘 밤은 기분이?"

"그저 그렇죠. 선생님은?"

"그저 그렇소이다! 연세가 어떻게 된다고 그랬죠?"

"일흔다섯. 시청에는 예순아홉으로 되어 있지만."

"그래요."

"너무 늙었다고 하면 좋지 않으니까."

"나는 일흔아홉이오." 하고 앨릭은 위로하는 듯이 말했다.

"예순다섯 정도밖에는 안 돼 보이는데요."

앨릭은 화롯불을 보면서 미소를 지었다. 그 말이 정말이 아닌 것은 알고 있는 것이고, 그 자신은 몇 살이 되어 보이든 조금도 마음에 걸리지 않는다. 그러나, 대부분의 사람들은 그것이 마음에 걸리는 모양이다.

"고향은 어디슈?" 하고 앨릭은 말했다.

순경이 한 사람 지나가다가 두 사람의 노인에게 눈을 돌렸지만, 걸어가는 속도는 변치 않았다. 야경꾼의 친구로서는 옷차림이 깨끗한 노인일지라도 별로 놀랄 만한 일은 아니었던 모양이다. 괴상한 늙은이들의 경우를 그는 여태껏 허다하게 보고 있다.

"저 젊은 순경은" 하고 앨릭은 말하였다. "우리들이 무얼 하고 있나 하고 이상하게 생각할 거야."

야경꾼은 찻병에 손을 뻗쳐서 병마개를 뽑았다.

"내일 경마는 어떻게 될 것 같죠?"

"2시 반의 레이스는 건메탈. 4시 반의 레이스는 아웃 오브 리치가 먹을 거요. 그런데 —"

"건메탈한테는 모두들 걸고 있으니까." 하고 야경꾼은 말했다. "걸어도 소용 없지."

"노형은 낮에는" 하고 앨릭은 말하였다. "몇 시간이나 주무슈?"

*

차미안은 침대 위에 뉘어 있었다. 거세게 다루어지면 그녀의 머리는 어느 점에서는 맑아지고, 어느 점에서는 한결 더 몽롱해진다. 그녀는 이때 미시즈 앤서니가 테일러가 아니라는 것, 미시즈 페티그루가 앞서 자기가 싫어하던 라이자 브룩의 가정부로 있었다는 것을 뚜렷이 의식하고 있었다.

그녀는 자리에 누운 채, 미시즈 페티그루에게 화를 내고, 이제 그만두어달라고 해야겠다고 생각하였다. 3주일 동안 부려보고 자기 마음에 맞지 않는 것을 알았던 것이다.

차미안은 역시 자리에 누운 채로, 미시즈 페티그루가 아득한 옛날에도 분명히 자기에게 애를 먹인 일이 있다고 생각하고 있었다. 이것은 사실이 아니었다. 차미안에게 공갈을 한 것은 라이자 브룩이었다. 라이자는 돈에 옹색한 처지가 아닌데도, 여러 차례 차미안에게 돈을 내라고 했었다. 기나긴 밤을 한잠도 자지 못하고 차미안이 얼마나 고민했던가. 그러다가 드디어 그녀는 가이 리트와의 사랑을 단념하지 않으면 안 되었고, 가이는 차미안을 위해서, 라이자를 만족시키고 잠자코 있게 하려고 소리 없이 라이자와 결혼했었다. 차미안은 자기를 괴롭힌 것이 라이자였다는 것을 잊어버리고, 모든 것을 미시즈 페티그루의 탓으로 돌렸다. 그 옛날의 기억만도 어지간히 입맛이 쓴데, 또한 현재 미시즈 페티그루는 지독하게 차미안을 구박한다. 옷을 벗길 때, 그녀는 차미안의 팔을 비틀었다. 난폭하게 서둘러대며 붙잡았기 때문에 팔에 상처가 났는지도 모른다.

"마님한테 필요한 것은" 하고 미시즈 페티그루는 말했다. "간호원이에요. 나는 간호원이 아니란 말이에요."

간호원이 필요하다는 말을 듣고 차미안은 분노를 느꼈다.

내일 아침에는 미시즈 페티그루에게 한 달치 월급을 주고, 나가달라고 하자고 그녀는 결심했다. 미시즈 페티그루가 전등을 끄기 전에 차미안은 날카로운 목소리로 말했다. "이거 봐요, 미시즈 페티그루 —"

"웬만하면 좀 더 다정스럽게 메이블이라고 불러주세요."

"이거 봐요, 미시즈 페티그루, 손님이 와 있을 때는 부르지 않거든 응접실에는 오지 않아도 돼요."

"안녕히 주무세요." 하고 말하면서 미시즈 페티그루는 불을 껐다.

미시즈 페티그루는 자기의 방으로 내려가서 텔레비전 스위치를 켰다. 그것은 그녀의 요구에 따라 놓게 한 텔레비전이었다. 미시즈 앤서니는 벌써 자기 집으로 돌아가고 없었다. 미시즈 페티그루는 뜨개질감을 손에 들고 의자에 앉아서 텔레비전 화면을 바라보며 뜨개질을 했다. 코르셋을 늦추고 싶지만, 고드프리가 그녀를 보러 들어올지도 모른다. 콜스턴 가에 온지 3주일, 그동안에 그는 다섯 번가량 밤이면 그녀를 보러 들어왔다. 오늘 밤에는 아직 오지 않았지만, 필시 올 것이다. 그녀는 흘게늦은[11] 꼴을 하고 있는 것을 보이고 싶지 않았다. 짐작하고 있었던 것처럼, 방문에 노크 소

---

11 흘게늦다 : 조금 풀려 단단하지 못하다. 원문은 untidy-looking.

리가 났다. "들어오세요." 하고 그녀는 말했다.

처음에는 그녀에게 바라는 일을 지적할 필요가 있었다. 그런데 이제는, 그녀는 충분히 납득하고 있다. 어둠침침한 램프불 밑으로 고드프리는 말라빠진 얼굴을 드러내고, 흥분한 눈초리를 하고, 나지막한 커피 테이블에 1파운드짜리 지폐를 놓았다. 그러고는 연극에 나오는 시골뜨기처럼 팔을 늘어뜨리고, 다리를 벌리고 선 채로 그녀를 지켜보았다. 그녀는 앉아 있던 대로의 자세로 스커트의 한쪽을 걷어 올리고는 양말의 윗자락, 양말 대님이 있는 데까지를 보였다. 그러고는 그녀는 다시 뜨개질을 시작하고, 텔레비전의 화면을 계속해서 보았다. 고드프리는 양말의 윗자락, 반짝반짝 비치는 양말 대님의 쇠단추를 잠자코 한 2분간 바라보고 있었다. 그러더니 갑자기 예절 같은 것이 생각이 난 것처럼 허리를 펴고, 역시 잠자코 나가 버렸다.

처음에 그가 들어왔을 때 미시즈 페티그루는 그날 밤의 그의 요구는 필시 좀 더 대담한 탐험을 위한 예비 시험에 지나지 않을 것이라고 상상하고, 약간 곤란하다고까지도 생각했다. 그러나 지금의 그녀는 나이 먹은 여자로서 오히려 마음이 놓였다. 그의 요구가 양말의 윗자락, 양말 대님이 있는 데까지가 고작이라는 것을 알았기 때문에. 그녀는 테이블 위의 1파운드를 집어서 까만 스웨이드 핸드백 속에 넣고는 코르셋을 늦추었다. 그녀에게는 장래의 계획이 있다. 지금으로서는 1파운드는 아무튼 1파운드다.

제6장

미스 진 테일러는 침대 옆의 의자에 앉아 있었다. 침대에서 나와서 앉아 있는 것도 이것이 마지막이 될지도 모른다고, 그녀는 의자에 앉은 채 생각하고 있었다. 관절염은 점점 더 퍼져서, 상당한 중태가 되었다. 천천히 머리를 돌릴 수는 있다. 그 동작을 그녀는 지금 막 하고 난 참이었다. 앨릭 워너는 등받이가 꼿꼿한 의자를 약간 옮겨놓고, 그녀를 마주 보고 앉았다.

그녀는 말했다. "데임 레티에게 애를 먹이고 있는 건 당신예요?"

이때 그의 머리를 스치고 지나간 여러 가지 생각 중의 하나는 진의 뇌가 연화(軟化)하고 있는 게 아닌가 하는 것이었다. 그는 유심히 그녀의 눈을 살펴보았다. 각막의 언저리에 회색의 테두리가 져 있다. '노년의 홍예문'이다. 그러나 그 폐허의 중심부에는 아직도 늙을 줄을 모르는 지성이 남아 있다.

그가 자기를 관찰하고 있는 것을 알고 미스 테일러는 생각했다. 이이는 노년을 연구하고 있지만, 그러나 다른 사람들도 역시 마찬가지이다. 우리들 늙은이들은 모두 다 피차의 쇠퇴의 증조를 찾으려고 얼마나 눈을 반짝거리고 있는가.

"이거 봐요, 앨릭." 하고 그녀는 말하였다. "말해봐요?"

"레티에게 애를 먹이고 있다고?" 하고 그는 말했다.

그녀는 정체불명의 전화에 대한 것을 그에게 말하고 나서 말했다. "나를 관찰하는 일은 이제 그만해두어요, 앨릭. 내 머리는 아직도 연화되어 있지 않아요."

"레티의 뇌가 연화되어 있소." 하고 그는 말했다.

"그렇지 않아요, 앨릭."

"만약에" 하고 그는 말했다. "누가 정말 그런 전화를 건다고 합시다. 그렇다고 해서, 어째서 내가 범인이 된단 말요? 단순한 흥밋거리로 묻는 말이지만."

"있을 수 있는 일이라고 생각했기 때문이에요, 앨릭. 잘못 생각했을지도 모르지만, 연구를 위해서 당신이 함 직한 일이 아닐까, 실험 삼아서 ㅡ"

"함 직한 일이지." 하고 그는 말했다. "그러나 이번 일에는 내가 범인인 것 같지 않구먼."

"같지 않구먼?"

"아무렴, 같지 않지. 이것이 법정이라면, 나는 양심을 걸고 무죄를 주장하겠소. 그러나 가능성의 문제로서는 긍정도 부정도 할 수 없구먼."

"앨릭, 당신이 범인이에요! 범인이 아녜요?"

"모르겠어." 하고 그는 말했다. "만약에 범인이라면, 모르고 하고 있는 거지. 그렇지만, 내가 지킬과 하이드인지도 모르지 않아? 최근의 사건에서처럼, 이를테면 ㅡ"

"하지만," 하고 그녀는 말했다. "만약에 당신이 범인이라면 경찰에 붙잡히게 될 거요."

"그러기 위해서는 경찰은 범행을 증명해야 되지. 내가 납득할 만한 실증을 보여준다면, 나는 그때는 의심하지 않겠소."

"앨릭," 하고 그녀는 말하였다. "당신예요, 전화를 건 것은?"

"내가 알고 있는 한은 아니오."

"그럼" 하고 그녀는 말했다. "당신은 아니로군요. 당신이 누구를 시켜서 했군요?"

그는 이 질문을 듣고 있지 않은 것 같은 얼굴을 하고, 휴가 중의 동물학자 같은 눈초리로 그래니 바너클을 바라보고 있었다. 그래니 바너클은, 의사가 의과학생들을 데리고 침대 옆에 와 있을 때나, 신부가 성찬용 빵을 갖고 왔을 때처럼, 무엇이고 처분대로 달게 받겠다는 듯한 태도로 그의 눈초리에 자기를 맡기고 있었다.

"좀 어떠냐고 인사라도 하시구려." 하고 미스 테일러는 말했다. "그렇게 보고만 있지 말고."

"어떠세요?" 하고 앨릭은 말했다.

"과히 좋지 않아요." 하고 그래니 바너클은 말했다. 그녀는 방문 밖의 바로 건너편에 있는 약국을 머리로 가리켜 보였다. "간호원장을 바꾸어보아도 좋을 때인데요."

"그렇군요." 하고 대답하면서 앨릭은 머리를 숙여서 모드 롱 병동의 전원에 대해 인사를 하고는 시선을 다시 진 테일러에게로 돌렸다.

"정말" 하고 그녀는 말했다. "당신이 누구한테 시켰어요?"

"그런 것 같지 않구먼."

"그럼" 하고 그녀는 말했다. "당신의 짓도 당신의 앞잡이의 짓도 아니로군요."

근 50년 전에 처음으로 그를 만났을 때, 그녀는 이 '같지 않구먼'이라는 괴상한 말버릇이 여간 기분 나쁘지 않았다. 이이가 머리가 좀 돌지 않았나 하고 그녀는 생각했었다. 몇 년이 지난 뒤에야 비로소 그녀는 이해했다. 이것은 그가 자기의 좋아하는 여성하고 얘기할 때만 쓰는 자기 방위적인 화술이었다. 남자에게는 절대로 그는 그런 말투를 쓰지 않는다. 여자의 마음에 접근하고, 그것에 대항하기 위한 그의 유일한 방법은 상대방을 가볍게 놀려대면서 그것을 재미있어하는 표정을 짓는 것이었다. 여러 해 동안의 교제를 통해서 겨우 그것을 이해했을 때 미스 테일러는 그와 결혼하지 않기를 잘했다고 생각했다. 가벼운 희롱과 아버지다운 태도 — 그것이 습관이 되어버려서, 좀처럼 그는 성숙한 여성과 정당한 관계를 맺을 수가 없다.

그녀는 어느 날 오후의 일을 회상했다. 그것은 벌써 여러 해 전인 1928년에 일어난 일이다. 그와의 연애 사건이 있고 나서 한참 되었었다. 차미안을 따라서 시골 별장의 주말 파티에 가보니, 앨릭 워너도 손님으로 와 있었다. 어느 날 오후에 그는 진 테일러를 산보에 데리고 나갔다 — 차미안은 그것을 재미있어하고 있었다. "진의 증언은 신용할 수 있으니까, 물어보고 싶은 일이 있어."라는 것이다. 그때 두 사람이 교환한 이야기의 대부분은 그녀의 기억에서 사라졌지만, 그가 물어본 최초의 질문만은 기억하고 있다.

"진, 당신은 자기 이외의 인간이 존재하고 있다고 생각하고 있소?"

무슨 말을 묻고 있는지, 당장은 그녀는 이해하지 못했다. 20여 년 전의 그 연애 사건과 무슨 관계가 있단 말인가 하고 그녀는 얼른 생각했다. "말하자면, 진, 사람들을 — 우리들의 주위에 있는 사람들을 — 실제로 존재하고 있다고 생각해요? 아니면 환영이라고 생각해요?"라는 다음번의 질문에도 어쩌면 개인적인 의미가 있는지도 모른다고 생각했다. 그러나 그렇다면 그것은 그녀가 알고 있는 이 사나이에게는 어울리는 질문이 아니다. 연애 관계에 있던 때라 할지라도 그는 결코 "이 세상에도 우리들 두 사람밖에는 존재하고 있지 않아. 우리들만이 존재하고 있어." 하는 따위의 열변을 토하는 타입은 아니었다. 게다가, 이 중년의 사나이와 나란히 걸어가고 있는 그녀 자신만 하더라도 이미 50을 넘은 여자다.

"무슨 뜻이죠?" 하고 그녀는 말했다.

"내가 묻는 말만 생각해요." 이때 그들은 너도밤나무 숲에 다다르고 있었다. 간밤의 폭풍으로 내 모자[12] 위에는 나뭇잎에서 우두둑하고 물방울이 떨어졌다. 그는 그녀의 팔을 잡고 길다운 길도 없는 곳으로 데리고 들어갔다. 그녀는 냉정했지만, 이이가 정신이상이 생겨서 나를 죽일지도 모른다고, 순간적으로 그런 생각이 들었다. 그러나 그다음 순간에는 그녀는 자기가 50이 넘었다는 생각이 들었다. 숲속에서 변태 성욕자에게 목을 졸려 죽는 것은 대체로 젊은 여자들이다. 그렇지만, 하고 그녀는 다시 한번 생각해보았다. 때로는 50이 넘은 여자의 경우도 있다. 그들의 발밑에서 나뭇잎이 부스럭거리는 소리를 냈다. 그녀의 마음속에서 여러 가지 부정과 긍정이 서로 뛰놀았다. 하지만 나는 이 사람을 잘 알고 있다. 이 사람은 앨릭워너다. 그렇지만, 나는 정말 이 사람을 잘 알고 있는가? — 이 사람은 좀 이상한 사람이다. 연인이었을 때도 좀 이상했다. 그러나 이 사람은 명사(名士)이고 어디에 가든지…… 하지만 명사 중에도 남 모르는 악벽(惡癖)을 가진 사람이 있다. 그들의 악벽은 눈에 띄지 않는다. 명성 그 자체가 방패의 역할을 하고 있는 것이다.

"분명히" 하고 그는 여전히 물방울이 떨어지는 좁다란 나무 그늘로 그녀를 끌고 들어가면서 말했다. "이것은 중요한 문제야. 자기의 존재를 자명한 일로 믿고 있는가 말야? 이를테면 말야, 진, 바로 내가 이 순간에 존재하고 있다고 믿어?"

그는 고동색 펠트 모자를 쓴 그녀의 얼굴을 들여다보았다.

"어디로 데리고 가시는 거죠?" 하고 그녀는 걸음을 멈추고 서서 물었다.

---

12 번역문에 '내 모자'로 표기되어 있으나 '그들의 모자'의 오류인 듯함. 원문은 "Every now and then a little succession of raindrops would pelt from the leaves on to his hat or her hat."

"이 젖은 숲으로." 하고 그는 말했다. "지름길을 통해서 나가는 거야. 아니, 내가 묻는 말을 모르겠어? 간단한 질문이야……."

그녀는 나무 사이로 앞쪽을 보고 지금 가고 있는 길이 분명히 널따랗게 트인 밭으로 빠지는 지름길이라는 것을 알았다. 그리고 보면 그의 질문은 전혀[13] 아카데믹한 것이지 그가 폭행 살인을 도모하고 있는 것이 아니라는 것은 알 수 있다. 그런데 어째서 그런 의심을 가지게 되었던가? 여자의 머리란 얼마나 별의별 일이 많이 떠오르는 것일까 하고 그녀는 생각했다. 이 사람은 보통 남자가 아니다.

"나도" 하고 그녀는 그때 대답했다. "그런 의문이 생기는 것을 이해할 수 있어요. 때때로, 아마 반무의식(半無意識) 중의 일이겠지만, 자기 이외의 사람들이 실재하고 있는가 하고 생각해볼 때가 있어요."

"그럼" 하고 그는 말했다. "반 이상 의식적으로 이 문제를 생각해볼 수 없겠어? 당신이 갖고 있는 의식을 전부 동원해서 그 문제에 대답을 해봐."

"그럼" 하고 그녀는 말했다. "말하자면, 자기 이외의 사람들이 존재하고 있다고 보아야지요. 그것이 내 대답예요. 지극히 상식적이죠."

"결론이 너무 빠른데." 하고 그는 말했다. "천천히 좀 생각하고 나서 대답해봐."

두 사람은 숲을 나와서, 갈아 젖힌 밭을 끼고 좁은 길을 마을 쪽으로 걸어갔다. 길이 넓어진 곳에 급한 경사를 끼고 묘지와 교회가 있다. 거기를 지나가다가 미스 테일러는 담 너머로 묘지를 들여다보았다. 그의 질문이 실없는 것이었는지, 진지한 것이었는지, 혹은 양쪽을 다 겸한 것이었는지, 그녀로서는 이제 분명히 알 수가 없었다. 그들이 좀 더 젊었을 때조차도 ― 특히 그 농장에서 지낸 1907년의 7월 중에 ― 그가 어떤 사람인지

---

13 완전히. 전적으로. 원문에는 'entirely'로 표기됨.

도무지 알 수가 없어서, 때로는 무서운 생각이 들었었다.

그녀는 묘지를 바라보고, 그는 그녀를 바라보고 있었다. 그는 모자의 그늘이 진 그녀의 턱이 그 전보다 훨씬 뾰족해진 것을 깨달았지만, 아무런 감정도 느낄 수가 없었다. 젊었을 때는 동그란 얼굴이 오동통했었다. 목소리는 병자의 목소리처럼 마냥 부드러웠었다. 중년이 되자, 용모에 여기저기 모가 지기 시작했다. 목소리는 굵어지고, 턱의 선은 남성적으로 되었다. 그에게는 그것이 재미있었다. 나쁜 일은 아닌 것같이 생각된다. 그는 진이 마음에 든다. 그녀는 걸음을 멈추고 서서 나지막한 돌담 위로 허리를 꾸부리고 묘석을 들여다보았다.

"이 무덤이 일종의 증거지요." 하고 그녀는 말했다. "자기 이외의 사람들이 존재하고 있다는 것의."

"무슨 뜻이야?" 하고 그는 말했다.

그녀로서는 분명치 않았다. 말은 했지만, 이유는 아무래도 분명치 않다. 무슨 뜻으로 말한 것인지 생각해보면 생각해볼수록 더 알 수가 없었다.

그는 담을 넘어 들어가려고 하다가 실패했다. 낮은 담이었지만, 그래도 그는 넘을 수가 없었다. "멀지 않아 쉰이니." 하고 그는 창피한 듯한 얼굴로 하지 않고, 어색한 웃음도 짓지 않고 그녀에게 말했다. 그녀는 갑자기 1907년 당시의 농장에서의 일이 생각났다. 그가 스물여덟 살, 그녀는 서른한 살이었다. 무슨 말 끝에 그가 인제 피차 젊지는 않다는 말을 하는 것을 듣고 그녀는 당황해하고 기분 나쁘게 생각했는데, 이내 그에게는 조금도 악의는 없고, 다만 사실을 말했을 뿐이라는 것을 알았다. 그리고 한 달도 채 되기 전에 그녀는 그런 그의 습관에 길이 들고, "당신하고 나하고는 계급이 틀려요." 하는 따위의 말을 예사로 할 수가 있게 되었다.

그는 묘지의 담에서 묻은 바지의 먼지를 털었다. "나도 멀지 않아 쉰이야. 묘석을 보고 싶은데. 문으로 돌아 들어갑시다.”

그래서 두 사람은 무덤 사이를 돌아다니고, 허리를 꾸부리고 돌에 새겨진 이름을 읽었다.

“묘석은 그렇군.” 하고 그는 말했다. “묘석은 분명히 타인의 존재를 표시하고 있구먼. 이름과 날짜가 돌에 새겨져 있으니까. 결정적인 증언은 아니지만, 적어도 중요한 증언은 돼.”

“물론” 하고 그녀는 말했다. “묘석이 환각일 수도 있겠죠. 나는 그렇게 생각하지 않지만.”

“그래 그 점이 확실히 문제로군.” 이 공손한 대답은 그녀로 하여금 빨끈 골이 나게 했다.

“하지만, 무덤은 아무튼 유력한 증거예요.” 하고 그녀는 말했다. “존재하고 있지 않은 사람을 구태여 땅에 묻을 리는 없으니까요.”

“그렇군, 분명히 그렇군.” 하고 말했다.

두 사람은 집 앞의 짤막한 차 대놓는 길을 어슬렁어슬렁 걸어 올라갔다. 서재의 창가에 앉아서 무엇을 쓰고 있던 레티가 두 사람 쪽을 흘끗 보고, 금방 눈을 돌렸다. 그들이 집 안으로 들어가자, 타는 듯한 빨간 머리를 짧게 자른 라이자 브룩이 나왔다. “두 분이 산보?” 하고 그녀는 명랑한 얼굴로 진 테일러를 보면서 말했다. 앨릭은 곧장 자기의 방으로 가고, 미스 테일러는 차미안을 찾으러 갔다. 도중에서 만난 여러 사람들이 모두 그녀를 보고 인사를 했다. 이 파티에는 진보적인 사람들이 모여 있었다. 1907년의 농장에서의 사건은 그 당시 약간의 물의를 자아냈고, 그것을 여태껏 잊지 않고 있는 사람들도 있을 텐데, 1928년의 여름에 그녀가 이렇게 앨릭과 함께 산보를 하는 것을 별로 아무렇지도 않게 생각하고 있다. 다만 이 파티에는 어딘지 어울리지 않는 한 사람의 준장(准將)만은 예외였다. 별장의 주인이 낙농용의 소에 대한 의논을 할 것이 있어서 초대하였다고 하는 그 준장은 두 사람이 산보를 하는 것을 지나치는 길에 보고, 나중에 레티를 보고, 미스 테일러에게도 들릴 만한 목소리로 물었다. "앨릭하고 같이 가는 부인을 지나는 길에 보았는데, 그건 누구입니까? 새로 오신 손님입니까?" 그러자 레티는, 속으로는 진을 미워하고 있으면서도, 겉으로는 관대한 체하면서 대답을 했다. "네에, 차미안의 하녀예요."

"그런 행동을 어떻게 생각하세요? 다른 하녀들이 좋게 생각하지 않을 텐데요." 하고 준장은 말했다. 그리고 확실히 그것은 사실이었다.

그렇지만 역시, 하고 진 테일러는 모드 롱 병동에서 앨릭의 옆에 앉아서 생각하고 있었다. 놀리기 위해서만의 질문이 아니었을지도 모른다. 반은 진심으로 물어보았는지도 모른다.

"바른 대로 말해봐요." 하고 그녀는 관절염으로 비틀린 두 손을 내려다보면서 말했다.

앨릭 워너는 시계를 보았다.

"가시는 거예요?" 하고 그녀는 말했다.

"아니, 한 10분은 더 있어도 돼요. 하지만 공원을 지나서 가려면 45분가량 걸릴 테니까. 나는 시간을 정확하게 지켜야 해요. 멀지 않아 여든이란 말요."

"당신이 아니어서 안심했어요. 앨릭 — 그 전화…"

"그것 말야, 레티의 망상의 산물이오. 틀림없이 그거요."

"아녜요. 고드프리한테도 두 번이나 전갈을 부탁하여 왔는데요. '데임 레티에게 전해주세요 — 죽을 운명을 잊지 말라고요.'라고."

"고드프리도 들었단 말요?" 하고 그는 말하였다. "그렇다면, 틀림없이 미친 놈의 짓일 거요. 고드프리는 어떻게 생각했답니까? 무서워하고 있나요?"

"데임 레티는 그 말은 안 하던데요."

"아아, 그 사람들이 어떤 반응을 보였는지, 그것이 궁금하군요. 경찰이 너무 빨리 그놈을 잡게 되지 않았으면 좋겠는데. 매우 재미있는 반응을 여러 가지로 알 수 있게 될 것 같은데." 그는 자리에서 일어서서 가려고 했다.

"아 참, 앨릭 — 가시기 전에 — 한 가지 더 좀 물어볼 말이 있어요."

그는 자리에 앉아서, 그녀의 궤 위에 모자를 놓았다.

"미시즈 사이드보텀을 아세요?"

"템페스트 말이죠? 로널드의 아내. 라이자 브룩의 올케. 금년 71세. 내가 처음으로 그녀를 만나본 것이, 1930년, 비스케만(灣)으로 들어가고 있는 기선 위에서였죠. 그녀는 —"

"네에, 그래요. 그이가 이 병원의 운영위원으로 있어요. 이 병동의 간호원장이 적임(適任)이 못 되어서, 우리들은 모두가 그 사람이 다른 병동으로 옮겨 가주었으면 하고 바라고 있어요. 자세한 사정 이야기를 들어보시겠어요?"

"아니," 하고 그는 말했다. "나를 보고 템페스트한테 얘기를 해달란 말이로군요?"

"네에. 그 간호원장이 무척 과로하고 있다는 말을 똑똑히 좀 말해주셨으면 좋겠어요. 얼마 전에 그 사람 때문에 소동이 벌어졌는데도, 결국 아무런 조치도 취해주지 않는군요."

"지금 당장 템페스트한테 말할 수는 없는데, 그이는 지난 주일에 수술을 받으러 사립병원에 입원했거든요."

"중환인가요?"

"자궁에 종기가 생겼대요. 그렇지만 나이가 그쯤 되면, 종기 그 자체는 젊은 여자의 경우처럼 중하지는 않으니까요."

"그래요. 그럼 당분간은 우리들의 일로 당신한테 무슨 청을 해도 안 되겠군요."

"누가" 하고 그는 말했다. "다른 사람이 없나 생각해봅시다. 그 문제를 레티한테는 얘기해보았어요?"

"네, 얘기했어요."

그는 미소를 띠면서 말했다. "레티한테는 더 이상 얘기하지 않는 게 좋아요. 시간만 낭비하는 거요. 서리주(州)의 양로원으로 가는 일을 본격적으로 생각해보도록 하시오, 진. 비용은 그다지 들지 않아요. 고드프리하고 나하고 어떻게 해보겠어요. 차미안도 멀지 않아 그리로 가게 될 거요, 진. 혼자 쓰는 독방을 갖는 게 좋아요."

"지금은 안 돼요." 하고 미스 테일러는 말했다. "나는 여기에서 움직이지 않겠어요. 여기는 친구들도 생겼고, 여기가 내 집인걸요."

"돌아오는 수요일날 오겠어요." 하고 말하고는 그는 모자를 집어들고, 병실을 둘러보면서, 그래니들의 한 사람 한 사람에게 날카로운 시선을 던졌다.

"모두 다 아무 일 없어요." 하고 그녀는 말했다.

2년 전에 처음으로 이 병동에 왔을 때, 그녀는 소문이 자자했던 유명한 서리주의 사설 양로원으로 가고 싶어 했다. 고드프리가 비용 때문에 소란을 피우고 그녀의 면전에서 노골적으로 그것을 문제 삼았다. 새로 생긴 무료병원에 대해서 그의 진보적인 친구들이 말한 것들을 여러 가지로 인용하면서 사립병원보다 얼마나 더 그쪽이 좋은가를 역설하는 것이다. 앨릭 워너는 그에 대해서, 현재는 과도기라는 것, 진 테일러와 같은 지성과 습관을 가진 사람이 공립 양로원의 보통 노인들과 같이 살게 되면 결코 마음이 편하지 않을 것이라는 것을 등을 지적했다.

"그녀가 그렇게 된 것은" 하고 그는 말했다. "어느 정도 우리들의 영향을 받기 때문이오. 단지 그 이유만으로도 우리들이 그녀의 뒷바라지를 해주어야 된다는 것은 당연한 일이오."

그는 서리에서의 진의 비용의 반액을 부담하겠다고 나섰다. 그러나 결국은 데임 레티가 이 논의에 종지부를 찍었다. 그녀는 진을 도발적인 질문으로 억눌렀던 것이다 — "당신은 정말은 남의 신세를 지고 싶지 않다고 생각하고 있지 않아요? 결국 당신은 대중의 한 사람이에요. 공립 양로원은 당신들의 것이에요. 당신들에겐 그 권리가……." 미스 테일러는 대답했다. "물론 나는 공립 양로원 쪽이 좋다고 생각해요." 그녀가 자기의 손으로 입원 수속을 마치고 콜스턴 가를 떠났을 때, 그들은 여전히 매일같이, 그녀를 어떻게 할 것인가에 대한 논의를 되풀이하고 있었다.

앨릭 워너는 그녀를 이 병원에 집어넣고 싶지 않았다. 처음의 1주일 동안, 그는 그녀에게 병원을 옮기는게 좋다고 말했다. 난처해진 그녀는 어떻게 해야 좋을지 몰라서 망설였다. 그녀의 병은 아픈 것이 심해져가고 있었다. 그 아픔을 그녀는 체념하지 못했었다. 논의는 여전히 계속되었고 문제는 여러모로 검토되었다. 그녀를 서리로 옮기는 게 좋을까? 차미안도 곧 그리고 가게 해서 그녀와 함께 있게 하면 어떨까?

"지금은 안 돼요." 하고 그녀는 앨릭 워너가 돌아가고 난 뒤에 생각했다. 그래니 발보나가 안경을 쓰고 별점란을 찾고 있었다. "인제 되겠어요." 하고 미스 진 테일러는 생각했다. 최악의 시기가 지난 지금에 와서는, 나는 이제 옮기고 싶지 않다.

*

아침이 되자, 밝은 햇빛 속에서 차미안은 처음에는 미시즈 페티그루를 용서하고 싶은 생각이 들었다. 그녀는 혼자서 천천히 계단을 걸어 내려갈 수 있었다. 다른 동작은 하기 어려울 것 같아서 옷을 갈아입을 때는 미시즈 페티그루가 마냥 곰살궂게 도와주었다.

"그렇지만" 하고 미시즈 페티그루는 그녀에게 말했다. "침대에서 조반을 드시는 습관을 붙이세요.

"싫어." 하고 차미안은 의자의 등을 짚고 비틀거리며 테이블을 돌아서 자기 자리로 걸어가면서 명랑한 목소리로 말했다. "나쁜 습관야. 침대에선 아침의 차를 드는 것 외에는 다른 것은 하기 싫어. 편안히 주무셨소, 고드프리?"

"리디아 메이가 말야" 하고 고드프리는 신문의 기사를 읽으면서 말하였다. "어저께 나이츠브리지의 자택에서 죽었어. 엿새만 더 살았으면 아흔두 살이 되는 생일날이었대."

"게이어티 극장에 나오던 여자지." 하고 차미안은 말했다. "잘 알아요."

"오늘 아침엔 건강이 아주 좋으시구먼." 하고 미시즈 페티그루가 말했다. "잊지 마시고 약을 잡수세요." 약병은 이미 차미안의 옆에 놓여 있었다. 미시즈 페티그루는 그 병마개를 뽑고, 알약을 두 알 꺼내서 차미안 앞에 놓았다.

"벌써 약은 먹었는데." 하고 차미안은 말했다. "아침의 차하고 같이 먹었는데, 잊어버렸어?"

"아뇨." 하고 미시즈 페티그루는 말했다. "착각을 하고 계시는군요. 어서 드세요."

"그 여자는 돈을 많이 벌었지." 하고 고드프리가 말했다. "1893년에 은퇴하고 난 뒤에, 두 번이나 부자하고 결혼했어. 얼마나 남기고 죽었을까."

"나는 모르는 세대니까요, 물론." 하고 메이블 페티그루가 말했다.

"천만에." 하고 고드프리는 말했다.

"실례지만, 미스터 콜스턴, 내가 모르는 세대예요. 1893년에 은퇴했지요. 나는 1893년에는 아직 어린애였었는걸요."

"기억하고 있어." 하고 차미안은 말했다. "노래를 부를 때 여간 표정이 풍부하지 않았어 — 그 당시엔 그것이 유행이었어."

"게이어티 극장에서 들으셨어요?" 하고 미시즈 페티그루가 말했다. "그러면 —"

"아니, 개인 집의 파티에서 들었어."

"어머, 그럼 마님은 그때는 벌써 어릴 적이 아니셨군요. 자아, 약을 잡수세요." 그녀는 하얀 알약을 두 알 차미안의 앞으로 들이밀었다.

차미안은 그것을 도로 밀어내면서 말했다.

"오늘 아침에 벌써 먹었어. 똑똑히 기억하고 있어. 나는 노상 아침 차하고 같이 먹고 있는걸."

"노상이 아녜요." 하고 미시즈 페티그루는 말했다. "가끔 잊어버리시고 쟁반 위에 놓인 채로 그대로 있어요. 오늘 아침에도 그랬어요."

"그 여자는 열네 형제 중의 막내딸이었어." 하고 고드프리가 신문 기사를 읽었다. "집안은 엄격한 뱁티스트교도.[14] 부친이 세상을 떠난 뒤에, 그녀는 18세 때 라이시엄 극장에서 조그만 역으로 데뷔했어. 엘렌 테리, 서 헨리 어빙 양씨(兩氏)의 지도를 받고는 게이어티 극장으로 옮겨 가서 주역 댄서가 되었어. 당시의 황태자가 —"

"리디아 메이, 칸에서 우리들하고 인사를 했어." 하고 차미안은 오늘 아침에는 기억력이 좋아서 자신이 붙은 모양이었다. "안 그래요?"

"그래 그래." 하고 고드프리가 말하였다. "1910년경이었을 거야."

"그 여자는 의자 위에 올라서서 주위를 둘러보곤, '어유! 황족의 구린내가 나는군, 이 방은.' 하고 말했어요. 생각 나요? 우리들은 여간 당황하지 않았어요, 그래서 —"

"아냐, 차미안, 그렇지 않아. 혼동하구 있군그래. 의자 위에 올라선 것은

14　Baptist. 침례교도.

릴리 시스터즈 중의 한 여자야. 그것도 훨씬 후의 일이지. 리디아 메이는 그런 짓은 안 했어. 그런 짓을 하는 여자가 아니었어."

미시즈 페티그루는 두 알의 약을 약간 차미안의 앞으로 가까이 들이밀었지만, 이번에는 먹으란 말은 하지 않았다. 차미안은 "규정량을 넘으면 안 돼." 하고 말하면서 떨리는 손으로 그것을 병에 도로 집어넣었다.

"차미안, 약을 먹우." 하고 말하면서 고드프리는 소리를 내어 커피를 들이마셨다.

"벌써 두 알 먹었는걸요. 분명히 기억하고 있어요, 분명히. 네 알이나 먹으면 위험할 거예요."

미시즈 페티그루는 천장을 노려보면서 한숨을 쉬었다.

"의사한테 돈만 많이 주면 무얼 해." 하고 고드프리는 말하였다. "의사가 주는 약을 먹지 않으면 아무 소용도 없지."

"고드프리, 약을 지나치게 먹고 독살당하기는 싫어요. 게다가 약값은 내 돈으로 내고 있는 거예요."

"독살이라고요?" 하고 미시즈 페티그루는 말하고는, 참을 수 없는 말을 들었다는 듯이 냅킨을 내놓았다. "그게 무슨 뜻이죠?"

"몸에 탈이 난다고 바꾸어 말해도 돼." 하고 차미안은 말했다. "먹고 싶지 않아요, 고드프리."

"응, 그래." 하고 그는 말했다. "당신이 그렇게 말하면 나도 말하겠는데, 그렇게 되면 우리들이 모두 애를 먹게 된단 말야. 당신이 의사의 지시에 따르지 않고 제멋대로 성미를 부리면 우리들은 도저히 책임을 질 수 없단 말야."

차미안은 울기 시작했다. "알겠어요, 나를 양로원에다 집어넣으려고 그러는 거죠."

미시즈 앤서니가 그때 마침 테이블을 치우러 들어왔다.

"아니," 하고 그녀는 말했다. "누가 마님을 양로원에 집어넣겠다고 그런 단 말예요?"

"이래저래, 모두들 신경이 날카로워졌어." 하고 미시즈 페티그루가 말했다.

차미안은 울음을 그치고 미시즈 앤서니를 보고 말했다. "테일러, 내가 마신 아침 차의 쟁반 말야, 가지고 나갈 때 보았어?"

미시즈 앤서니는 무엇을 묻는 건지 잘 이해가 안 가는 모양이었다. 분명히 듣기는 들었지만, 어쩐지 그것이 사실 이상으로 복잡한 질문같이 들렸던 것이다.

차미안은 되풀이해 말했다. "내가 마신 것 말야 —"

"이것 봐요, 차미안." 하고 고드프리가 말하였다. 미시즈 앤서니가, 아까 말한 미시즈 페티그루의 주장과 어긋나는 대답을 할지도 모른다. 이 두 여자가 충돌하는 일은 어떻게든지 피하고 싶다고 그는 생각하고 있었다. 그가 안락한 일상 생활을 보낼 수 있는 것은 미시즈 앤서니가 있어주기 때문이다. 그렇지 않으면 그는 집을 버리고 호텔 생활을 하는 신세가 될 것이다. 그리고 미시즈 페티그루만 하더라도, 일단 와준 것이니 이왕이면 오래 있어주었으면 좋겠다. 그렇지 않으면, 차미안은 양로원에 가지 않으면 안 될 것이다. "이거 봐요, 차미안, 이제 약 얘기는 그만둡시다." 하고 그는 말했다.

"쟁반이 어떻게 됐어요, 미시즈 콜스턴?"

"내 방에서 가지고 나갈 때, 그 위에 무엇이 놓여 있었던가?"

미시즈 페티그루가 말했다. "물론 아무것도 놓여 있지 않았죠. 마님이 그대로 놓아두신 약은 내가 병에 도로 넣었어요."

"찻잔하고, 잔을 받친 접시만 놓여 있었어요. 쟁반을 내 간 것은 미시즈 페티그루예요." 하고 미시즈 앤서니는 질문의 진의가 무엇인지 아직도 잘 납득이 안 가면서도 될 수 있는 대로 정확하게 대답했다.

미시즈 페티그루는 소란스러운 소리를 내면서 조반장의 접시를 미시즈 앤서니의 쟁반에 얹기 시작했다. 그리고는 미시즈 앤서니에게 말했다. "자아, 어서 나가서 설거지를 합시다."

미시즈 앤서니는 어쩐지 차미안의 기대에 어긋난 것 같은 감이 들어서, 미시즈 페티그루의 뒤를 따라 방문을 나가면서 그녀에게 미안한 듯한 얼굴을 돌렸다.

두 사람이 없어지자, 고드프리는 말하였다. "왜 이렇게 소란스럽게 만드는 거요. 미시즈 페티그루는 정말 화가 났단 말야. 그 사람이 나가버리면—"

"아아" 하고 차미안은 말했다. "당신은 복수를 하고 있구려, 에릭."

"난 에릭이 아냐." 하고 그는 말했다.

"그렇지만 당신은 복수를 하고 있어요."

15년 전에, 그녀는 일흔한 살이 되면서, 기억력이 차츰 감퇴되기 시작하였다. 그와 동시에 그녀는 자기에 대한 고드프리의 태도가 복수의 기회를 노리고 있던 사람처럼 변하고 있는 것을 알게 되었다. 그 자신은 의식하지 못하고 있는 것 같다. 이것은 그가 오랜 세월에 걸쳐서, 재간 있는 유명한 여자의 남편으로서, 자기의 손으로 뿌리지 않은 씨의 수확을 노상 그녀로부터 긁어들이고 있던 일에 대한 본능적인 반동인 것이다.

일흔 살이 넘은 뒤로부터는 단 한 번도 차미안은 그의 눈꼴 사나운 태도를 비난한 일이 없었다. 그가 여태까지 볼 수 없었던 위압적인 태도를 취하여도 그녀는 아무 대꾸도 하지 않고 받아들였다. 그러다가 드디어 그녀의 몸은 눈에 띄게 쇠약해지고, 육체적으로 더 그에게 의지하게 되었다. 일흔이 넘은 뒤부터 그녀는 옛날이면 무분별하다고 생각함 직한 말을 곧잘 내뿜게 되었다. "당신은 복수를 하고 있구려."

그리고 오늘만 하더라도 그는 이런 경우에 노상 쓰는 말투로 대답했다. "무엇에 대한 무슨 복수란 말야?" 그는 정말 알 수 없었다. 요컨대, 그녀는 피해망상증에 걸려들기 시작하고 있다고, 그는 그렇게 생각할 수밖에 없었다. 독살, 복수, 그 다음에는 무엇이지? "당신은 주위의 사람들이 모두 당신을 모함하고 있다고 생각하게 된 모양이지." 하고 그는 말했다.

"누구 때문이지요?" 하고 그녀는 날카롭게 떨리는 목소리로 말했다. "내가 그렇게 되어 있다면?"

이 질문은 그를 노하게 했다. 노여움의 원인은 하나는 그 말의 저변에 여태까지의 그의 비난에는 없었던 깊은 통찰이 들어 있음을 느꼈기 때문이고, 또 하나는 그가 그것에 대답할 말이 없기 때문이었다. 그는 자기가 지독히 무거운 짐을 지고 있는 것 같은 느낌이 들었다.

그날 아침, 그 뒤에 의사가 왔을 때, 고드프리는 홀에서 그를 붙잡고 이야기를 했다.

"오늘 몹시 저기압인데요, 선생님."

"그래요?" 하고 의사는 말했다. "생명력의 표현이지요."

"앞으로도 노상 이럴 바에야 양로원에라도 보낼 생각을 해야지요."

"그것은 좋은 생각입니다. 다만 부인께서 어떻게 생각하실지." 하고 의사는 말했다. "양로원에 가는 편이 훨씬 깨끗하게 간호도 해주고, 낫죠. 댁의 부인보다도 훨씬 병세가 중한 사람으로, 정말 기분 좋은 양로원에 들어가서 엄청나게 좋아진 예가 많아요. 선생님께선 오늘 기분이 어떠세요?"

"나 말예요? 집안의 근심 걱정을 온통 혼자 짊어지고 있는 형편이니 어떻겠어요." 하고 고드프리는 말하였다. 그리고 차미안이 있는 가든 룸의 방문을 가리키면서 말했다. "어서 들어가서 좀 보아주세요." 바라고 있던 동정과 지원을 얻지 못한 것에 대해서 그는 실망하고 있었다. 게다가, 양로원에 들어가면 차미안의 건강은 좋아질지도 모른다는 의사의 말에 어쩐지 그는 당황감을 느꼈다.

의사는 방문의 손잡이에 손을 댔다. "집안일을 너무 걱정하시지 않는 게 좋아요." 하고 그는 말했다. "될 수 있는 대로 외출을 하세요. 방금 말한 것처럼, 양로원으로 옮겨드리면 부인께선 상당히 좋아지실 것 같아요. 그것이 자극이 되는 수도 있으니까요. 물론 연세가 연세이니만큼…… 저항력이…… 그러나 회복될 가능성은 있어요. 주로 신경쇠약이니까요. 부인께서는 비상한 회복력을 가지셨어요. 어딘가에 숨은 힘의 원천이 있어가지고……"

고드프리는 생각하였다. 공연한 아첨이다. 차미안에게 숨은 힘의 원천이 있고, 내가 치료비를 지불하고 있단 말이지.

그는 화를 벌컥 내면서 말했다. "나는 말예요, 저쯤 되면 입원시키는 게 당연하다고 생각해요. 말하자면, 오늘 아침만 하더라도 ─"

"아아니, 당연하다고요?" 하고 의사는 말했다. "양로원을 벌(罰)로서 권하는 게 아닙니다."

"기분 나쁜 자식이야." 하고 고드프리는, 의사가 채 차미안이 있는 방으로 들어가기도 전에, 들으라는 듯이 말했다.

의사가 방문으로 들어간 것과 거의 때를 같이해서 미시즈 페티그루가 프랑스 창문을 열고 들어왔다. "이맘때 치고는 기분 좋은 날인데요." 하고 그녀는 말했다.

"네," 하고 의사는 말하였다. "안녕하세요, 미시즈 콜스턴. 오늘은 기분이 어떠세요?"

"오늘 아침에는요," 하고 미시즈 페티그루가 말했다. "약을 자시지 않지 뭐예요."

"아아, 괜찮아요." 하고 그는 말했다.

"먹었어요." 하고 차미안은 말했다. "아침에 차 마실 때 같이 먹었는데,

아침밥을 먹을 때 모두들 또 먹으라구 하지 뭐예요. 아침 차를 마실 때 먹은 걸 분명히 기억하고 있어요. 두 번씩이나 약을 겹쳐 먹으면 도대체 —”

“과히 큰일날 건 없어요.” 하고 그는 말했다.

“그렇지만 분명히.” 하고 미시즈 페티그루가 말했다. “규정량보다 많이 먹는 것은 위험하죠.”

“앞으로는 약에 대해서는 정신을 차려주세요.” 하고 그는 미시즈 페티그루에게 말했다. “그렇게 하면 두 분이 다 잘못 생각하는 일도 없으시겠고.”

“나는 잘못 생각하지 않았어요.” 하고 미시즈 페티그루가 말했다. “내 기억력은 확실하니까요.”

“그렇다면” 하고 차미안은 말했다. “두 번씩 먹이려고 한 의도를 묻지 않을 수 없군그래. 여느 때처럼 약을 먹은 것은 테일러가 알고 있단 말야. 쟁반 위에 그대로 놓아두지는 않았어.”

의사는 그녀의 맥을 짚어보면서 말했다. “미시즈 페티그루, 잠깐만 자리를 떠주셨으면 —”

그녀는 기가 막힌다는 듯이 깊은 한숨을 쉬고는 방에서 나가버렸다. 그리고 부엌으로 가서 미시즈 앤서니에게 화풀이를 했다. “당신은 오늘 아침에 무엇 때문에 그따위 미친 여자의 편을 들었지?”

“마님은” 하고 미시즈 앤서니는 말했다. “미친 여자가 아니에요. 나한테는 노상 친절해요.”

“그렇지, 미치지는 않았지.” 하고 미시즈 페티그루는 말했다. “교활해. 그 여자는 입으로 말하는 것처럼 쇠약해 있지 않아. 정말이야. 내가 몰래 관찰해본 일이 있어. 그 여자는 자기가 하려고만 하면 족히 몸을 놀릴 수 있어.”

“‘하려고만 하면’이 아니라” 하고 미시즈 앤서니는 말했다. “‘기분이 좋은 날에는'예요. 무어라 해도 나는 이 집에 9년 동안이나 있었으니까요. 마님은 여러 가지로 이해해드리지 않으면 안 될 분이에요. 기분이 좋으신 날이 있고 나쁜 날이 있고. 그분을 가장 잘 이해하고 있는 사람은 나예요."

"나야 꼭 고용살이를 하지 않으면 안 될 처지도 아니야." 하고 미시즈 페티그루는 말했다. "그런 나한테 독살 미수의 혐의를 씌우다니, 기가 막혀서, 원. 설사 내가 그럴 마음이 정말 있다면, 좀 다른 방법을 취하겠어. 모두들 집안 식구들이 보는 앞에서 분량 이상의 약을 먹이지는 않아요."

"그럴 거요." 하고 미시즈 앤서니는 말했다. "좀 옆으로 비켜요." 하고 그녀는 말했다. 그녀는 필요하지도 않은데도 마루를 쓸고 있었다.

"말 좀 조심해, 미시즈 앤서니."

"뭐라고요?" 하고 미시즈 앤서니는 말했다. "우리 집 영감은 말요, 내가 여기에 와서 일하는 것에 반대요. 그이는 지금 하루 종일 집에 있으니까, 내가 없는 것을 싫어해요. 내가 일하고 있는 것은 사소한 독립심 때문예요. 그러니까 결혼하고 난 뒤에도 줄곧 일을 해왔어요. 이제는 나는 일흔이고 우리 영감은 예순여덟, 연금으로 어엿하게 살아갈 수 있어요. 그러니까, 당신이 시끄럽게 굴면 언제든지 여기를 그만둘 수 있단 말요. 나는 벌써 9년 동안이나 혼자서 저분의 시중을 들어왔지만 당신이 간섭을 하고 말썽을 일으키고 하기 전까지는 소리 없이 잘만 해왔어요."

"그 말을" 하고 미시즈 페티그루는 말했다. "미스터 콜스턴한테 이를 테야."

"일러요." 하고 미시즈 앤서니는 말했다. "제발 이르라고요. 주인 영감 같은 건 문제가 아녜요. 내가 소중하게 생각하는 건 마님이지, 주인 영감이 아니니까요." 하고 말하고는 미시즈 앤서니는 멸시하는 태도를 노골적으로 얼굴에 나타냈다.

"그게 무슨 뜻이지?" 하고 미시즈 페티그루는 말했다. "똑똑히 말해봐,

무슨 뜻이지?"

"당신 혼자서 생각해보라고요." 하고 미시즈 앤서니는 말했다. "나는 점심 준비 때문에 바쁘니까요."

미시즈 페티그루는 고드프리를 찾아보았지만, 그는 외출을 하고 없었다. 그녀는 앞문으로 나가서 프랑스 창문 쪽으로 돌아 방 안으로 들어갔다. 의사는 이미 가고 없고 차미안은 책을 읽고 있었다. 미시즈 페티그루는 세찬 게염[15]과 질투를 느꼈다. 자기가 만약에 노망이라도 들게 되면 절대로 이런 호강스러운 대접은 못 받게 될 것이다. 비싼 비용이 드는 의사가 와서 상냥하게 위로를 해주고, 진정제의 주사를 놓아주어서 마음을 진정시켜주고, 집안을 빨끈 뒤집은 소동을 벌인 뒤에도 조용히 앉아서 책 같은 것을 읽고 있을 수 있는 것이다.

미시즈 페티그루는 2층으로 올라갔다. 침실이 말끔히 정돈되어 있는지 둘러보겠다고 하는 것은 표면상의 이유이고, 사실은 흥분을 가라앉히는 것과 무엇인가 찾을 것이 있기 때문이었다. 그녀는 미시즈 앤서니의 앞에서 자제심을 잃은 자기 자신이 생각할수록 싫어졌다. 초연하게 하고 있어야 하였을 것이다. 그런데 번번이 이렇게 된다 — 라이자 브룩의 집에 있을 때에도 — 자기보다 신분이 낮은 하녀들과 상종을 하지 않으면 안 될 때, 지나치게 짝패[16]가 되어버린다. 마음이 부드러운 탓이겠지만, 아무튼 약점이다. 미시즈 앤서니는 처음 사귈 때부터 아무래도 서투르게 다룬 것 같다. 먼저부터 거리를 두고, 소홀하게 대하지 못하게 해야 했을 것이다. 그런데 이제는 미시즈 앤서니하고 말다툼을 할 만큼 자기의 가치를 떨어뜨려놓았다. 그것을 생각하니 미시즈 페티그루는 이만저만 분하지가 않

---

15 게염 : 부러운 마음에 시샘하여 탐내는 욕심.
16 짝패 : 짝을 이룬 사람들의 무리.

았다. 이런 종류의 사람들에게는, 이쪽에서 자기의 이익에 반대되는 바보 같은 짓을 하는 것은 죄악을 저지르는 것이다. 미시즈 페티그루는 깨끗이 정돈해놓은 차미안의 침대 옆에 서서, 분한 마음으로 후회하고, 결심했다. 이 집에서 자기의 위치를 좀 더 견고하게 할 것, 그리고 미시즈 앤서니하고는 앞으로는 거리를 두고 대할 것이라고.

요리 타는 냄새가 계단 중간의 둥근 허공 구멍 아래로부터 올라와서 차미안의 침실에까지 풍겨 왔다. 미시즈 페티그루는 난간으로 몸을 내밀고 코를 쿵쿵거리고는 가만히 귀를 기울였다. 부엌에서는 아무 소리도 들려오지 않는다. 가스불에서 냄비를 허둥지둥 들어내는 기척도 없다. 미시즈 페티그루는 계단 중턱에까지 내려가서 귀를 기울였다. 마당으로 창이 난, 차미안이 앉아 있는 작은 방에서 이야기 소리가 들려온다. 요리가 솥 속에서 타고 있고 감자가 새까맣게 타붙고, 난로에 올려놓은 주전자까지 타고 있는데도, 미시즈 앤서니는 저 안에서 자기 욕만 하고 있다. 미시즈 페티그루는 계단을 다시 올라와서 3층으로의 계단을 올라가서는 자기의 방으로 갔다. 그리고 서랍 속에서 열쇠 상자를 꺼냈다. 열쇠를 네 개 골라내서 까만 스웨이드의 핸드백에 집어넣었다. 그녀는 그 백을, 단순한 하녀가 아니라는 증거처럼 보이려는지, 노상 집 안에서 들고 다니고 있다. 그녀는 차미안의 침실로 내려갔다. 그러고는 차미안의 커다란 책상 뚜껑에 열쇠를 하나하나 맞춰보았다. 세 개째의 열쇠가 맞았다. 책상 속을 열어보지도 않고 그녀는 그대로 뚜껑을 다시 잠갔다. 그 열쇠를 이번에는 서랍에 맞춰보았다. 서랍에는 맞지 않는다. 그 열쇠를 그녀는 핸드백의, 따로 간을 지른 자디잔 물건들이 든 곳에 조심스럽게 집어넣고는 다른 열쇠를 맞추어보았다. 서랍에 맞는 열쇠는 없었다. 그녀는 계단 중턱의 참까지 내려가서 귀를 기울였다. 타는 냄새가 점점 더 지독하게 난다. 미시즈 앤서니는 아직도 차미안의 방에 있다. 지금 곧 차미안의 방에서 나오더라도, 이제부터 10분 동안은 바빠서 손을 뗄 수 없을 것이라고 미시즈 페티그루는 생각했다. 그녀는 핸드백에서 껌을 꺼내서, 종이 껍질을 벗겼다. 껌은 다섯 개들어 있었다. 세 개는 종이에 싸서 백 속에 다시 집어넣고, 두 개를 입속에 넣고는 열려 있는 들창 가의 의자에 앉아서 2, 3초 동안 그것을 씹었다. 손가락 끝을 혀끝으로 축여가지고, 말랑한 껌을 입에서 꺼내서 납작하게 했다. 그 표면을 혓바닥으로 적셔가지고, 한 군데의 서랍 열쇠 구멍에 갖다 댔다. 곧 떼어가지고, 단단하게 굳히려고 차미안의 침대머리에 놓인 테이블 위에 놓았다. 껌을 두 개 더 꺼내가지고 아까와 마찬가지로 씹어 침으로 축여서, 또 한 군데의 서랍 열쇠 구멍에다 갖다 댔다. 그러고는 그녀는 백을 손목에 걸고, 열쇠 구멍 자국이 난 두 개의 껌 조각을 두 손가락 사이에 끼워놓은 채 계단을 올라가서 자기의 침실로 들어갔다. 빳빳하게 굳은 껌을 조심스럽게 서랍에 집어넣고, 열쇠로 잠갔다. 그리고 온 집안에 자욱하게 깔린 연기와 냄새 속을 뚫고 그녀는 아래층으로 내려갔다.

미시즈 페티그루가 바로 맨 아래층의 계단을 내려오기 시작하려고 할 때, 미시즈 앤서니가 창이 난 방에서 마당으로 뛰어나왔다.

"무엇이 타는 냄새가 나지 않아?" 하고 미시즈 페티그루는 말했다.

그녀가 계단을 다 내려왔을 때는 미시즈 앤서니는 벌써 부엌에서 꾸역꾸역 연기를 내고 있는 소스 냄비를 수도꼭지 밑에다 대고 있었다. 냄비 뚜껑 틈에서 파란 연기가 새어 나오고 있었다. 미시즈 페티그루는 냄비 뚜껑을 열었다. 터져나온 연기가 그녀를 뒤로 물러서게 했다. 미시즈 앤서니가 감자가 든 소스 냄비를 놓고 솥 쪽으로 달려갔다.

"가스를 꺼요." 하고 그녀는 미시즈 페티그루에게 말했다. "어머나, 파이가!"

미시즈 페티그루는 투덜거리면서 솥 앞으로 가서 가스 꼭지를 비틀었다. 그러고는 기침을 하면서 부엌에서 뛰쳐나와서 차미안이 있는 데로 갔다.

"무엇이 타나? 냄새가 나는데?" 하고 차미안은 말하였다.

"파이하고 감자가 새까맣게 탔어요.

"저런! 내가 테일러를 붙잡고 얘기를 하고 있어서 그렇게 됐군." 하고 차미안은 말했다.

"냄새가 아주 지독한데. 창문을 열까요?"

미시즈 페티그루가 프랑스 창문을 열자, 파란 연기가 한 줄기 흡사 유령과도 같이 천천히 마당으로 흘러나갔다.

"고드프리가 화를 낼 거야." 하고 차미안은 말했다.

"몇 시나 됐나?"

"20분예요." 하고 미시즈 페티그루는 말했다.

"11시?"

"아뇨, 12시요."

"어머, 야단났는데. 저어, 미시즈 앤서니가 무얼 하고 있나 좀 가봐요. 고드프리가 조금만 있으면 돌아올 거야."

미시즈 페티그루는 프랑스 창문 옆에서 움직이지 않았다. "미시즈 앤서니는" 하고 그녀는 말했다. "암만 해도 후각이 못쓰게 된 모양이에요. 일흔 살밖에 안 된 나이로는 너무 늙었어요. 겉늙은 일흔이요. 이렇게 되기 전에 타는 냄새쯤은 알 것 아녜요."

부엌에서 뒷마당 쪽으로 물이 흘러나가는 소리가 들렸다. 미시즈 앤서니가 타서 못쓰게 된 것들에 물을 채워두는 모양이다.

"나는 아무 냄새도 못 맡았는데." 하고 차미안은 말했다. "내가 저 사람을 붙잡고 얘기를 시킨 게 잘못이었어. 딱하게도 저 사람 —"

"어머, 미스터 콜스턴이 돌아오시네요." 하고 말하면서 미시즈 페티그루는 그를 맞으러 홀로 나갔다.

"아니, 이게 대관절 무엇이 타는 냄새야?" 하고 그는 말했다. "불이 난 거야, 뭐야?"

미시즈 앤서니가 부엌에서 나와서 연방 비난과 불평을 섞어가면서 그에게 사연을 설명하고는, 2주일 후에 그만두게 해달라고 말했다.

"내가 오믈렛을 만들어 가지고 오죠." 하고 미시즈 페티그루가 말했다. 그리고 미시즈 앤서니의 등 뒤에서, 고드프리에게 보라는 듯이 하늘을 쳐다보고는 혼란을 처리하려고 부엌으로 사라졌다.

그러나 고드프리는 아무것도 먹으러 들지 않았다. "모두가 다 당신 때문이야." 하고 그는 차미안을 보고 말했다. "잠잠한 집안이 이렇게 빨끈 뒤집힌 것도 오늘 아침에 당신이 약 때문에 말썽을 일으켰기 때문이야."

"약을 지나치게 먹으면 해로울 줄 알았지요, 고드프리. 해롭지 않다는 걸 몰랐었으니까."

"약을 지나치게 먹을까 하고 생각하는 게 도대체 이상스럽지 않아. 어째서 해롭지 않은지, 그 이유를 알고 싶구먼그래. 의사가 두 알만 먹으라고 처방을 내려놓고, 네 알 먹어도 된다고 하는 것은 도대체 어떻게 되어 먹은 처방이람? 그따위 약은 먹어서 무얼 해? 그 의사한테 나는 약값을 청산하고, 이제 그만두라고 그럴 작정이야. 다른 의사한테 부탁합시다."

"나는 다른 의사는 싫어요."

"미시즈 앤서니는 그만두겠다고 그래. 그러면 어떻게 되는지 알아?"

"있어달라고 내가 타이르죠." 하고 차미안은 말했다. "그 사람은 오늘 아침에 여간 고단하지 않았을 거예요."

그는 말했다. "아무튼, 나는 또 나가봐야겠어. 집에 있으면 숨통이 터질 것 같애." 그는 외투를 가지러 갔다가 돌아오면서 말했다. "미시즈 앤서니를 잘 설득을 해요." 여태까지의 경험으로, 그는 설득을 할 수 있는 것은 차미안뿐이라는 것을 잘 알고 있었다. "그렇게 말썽을 일으켜놓았으니까,

적어도 이만한 일은 해도 돼……."

미시즈 페티그루와 미시즈 앤서니는 외투를 입은 채 앉아서 오믈렛을 먹고 있었다. 창문을 전부 열어놓아야 했기 때문이다. 미시즈 페티그루는 식사를 하는 도중에 또 미시즈 앤서니와 말다툼을 하고, 나중에 그런 짓을 한 자기 자신에 염증을 느꼈다. '거리를 두고 대하기만 하면' 하고 그녀는 후회하면서 생각했다. '마음 먹은 대로 일이 잘 될 텐데.'

미시즈 앤서니는 그날 오후엔 줄곧 차미안과 함께 앉아서 얘기를 하고 있었다. 미시즈 페티그루는 열쇠 자국이 선명하게 박힌 두 조각의 껌을 가지고 캠버웰 그린에 있는 아는 사람을 찾아갔다. 오늘의 실패도 이것으로 벌충이 된다고 생각하면서.

제7장

공기는 차가웠지만, 고드프리는 도로의 양지바른 쪽을 걷고 있었다. 그는 자기의 차를 킹스 로드의 갈림길의, 공습으로 무너진 건물 앞에 두고 왔다. 거기에 세워두면 누가 그의 차인 줄 알더라도 그의 목적지를 명확하게 눈치챌 우려가 없다. 고드프리는 최근의 거의 3년 동안 첼시에 살고 있는 아는 사람을 만날 때마다 역설하기로 하고 있었다 — 첼시에는 나의 단골 안과의(眼科醫)가 있다. 첼시에는 나의 변호사가 있다. 첼시에는 나는 자주 다리를 치료받으러 간다. 아는 사람들 중에서도 비교적 예민한 사람들은 어째서 그가 그런 일을 빈번히 — 거의 만날 때마다 — 역설하는지, 이상하다고 생각하였다. 아무래도 그는 여든이 넘었고, 우연의 일치를 대단한 일처럼 문제 삼는 것도 있음 직한 일이라고 생각하고 있었다.

고드프리로서는 되도록 사람은 조심하는 것이 상책이라고 생각하고 있었다. 안과의하고 변호사하고 다리를[17] 치료하고, 첼시에 잘 오는 이유를 셋이나 만들어놓고도 안심이 안 되어서, 그는 애매한 지점에 차를 세워놓고 그 나머지의 길은 타이트 스트리트까지 일부러 돌아서 걸어가기로 하고 있었다. 타이트 스트리트의 한 지하실에 시인 퍼시 매너링의 손녀딸 올

---

17 번역문에는 '다리의'로 되어 있음.

리브 매너링이 살고 있는 것이다.

지하로 내려가는 계단 입구에서 그는 좌우를 둘러보았다. 아무도 보는 사람은 없었다. 그는 다시 한번 오른쪽을 살펴보고 내려갔다. 그는 문을 밀고 들어가서 말했다. "여보시오, 계시오?"

"층계에 조심하세요." 하고 올리브가 앞쪽으로 문이 난 왼쪽 방에서 소리쳤다. 문 안에서도 또 계단을 세 층 더 내려가야 한다. 고드프리는 조심스럽게 내려가서는 복도를 지나서, 등불이 많이 켜져 있는 방으로 들어갔다. 올리브의 가구는 모두가 나지막한 현대식의 것이고, 주로 노란 빛깔의 것이다. 그에 비하면 그녀 자신은 상당히 어둠침침한 인상이었다. 그녀는 24세. 살갗은 창백하고 약간 푸른색이 돈다. 얼굴은 스페인 여자처럼 생기고, 커다란 눈이 약간 튀어나와 있었다. 벗은 다리의 장딴지가 우둥퉁하다. 그녀는 토막걸상에 앉아, 두 다리를 커다란 전기난로에 쬐면서 『맨체스터 가디언』을 읽고 있었다.

"어머나, 난 누구라고." 하고 그녀는 고드프리가 들어오는 것을 보고 말했다. "목소리가 에릭하고 똑같아요. 에릭이 온 줄 알았어요."

고드프리는 "그럼, 에릭은 런던에 있구먼그래?" 하고 말하고는, 탐색이라도 하듯이 방 안을 둘러보았다.

어느 날 오후에 올리브를 찾아왔다가 여기서 아들인 에릭과 맞부닥친 일이 있었다. 그러나 고드프리는 그때 순간적으로 올리브에게 말했다.

"할아버지 주소를 좀 알고 싶어서. 연락할 일이 좀 있단 말야."

올리브는 킥킥거리고 웃기 시작했다. 에릭은 "아 — 하아" 하고 매우 뜻깊은 듯이, 그리고(나중에 올리브가 그에게 설교한 바에 의하면) 경멸적으로 말했다.

"연락할 일이 좀 생겼어." 하고 고드프리는 아들을 노려보면서 말했다. "시에 관한 일로."

올리브는 공평한 마음을 가진 여자였다. 왜냐하면, 그녀는 매달 고드프리한테서 받는 돈을 거의 전부 에릭에게 준다. 그것이 당연하다고 그녀는 생각하고 있었다. 지난 근 10년 동안, 에릭은 아버지인 고드프리한테서 한푼도 돈을 받아본 일이 없었다. 에릭은 쉰여섯 살이었다.

"에릭은 런던에 있어?" 하고 고드프리는 다시 한번 물었다.

"있어요." 하고 올리브는 말했다.

"나는 오래 앉아 있지 않는 게 좋을 거야." 하고 고드프리는 말했다.

"오늘은 안 와요." 하고 그녀는 말했다. "잠깐 양말을 신고 올게요. 차 드시겠어요?"

"응, 한 잔 줘요." 하고 고드프리는 말하였다. 그는 외투를 반으로 접어서 침대의자 위에 놓고, 그 위에 모자를 얹었다. 그리고 지하실의 창문에 방장이 제대로 쳐 있나 하고 보았다. 그의 취미로는 너무 낮은 노란 의자 하나에 그는 털썩 앉아서 『맨체스터 가디언』을 집어 들었다. 기다리고 있는 동안에 그는 흘끗 증권란을 본다.

올리브가 양말을 신고 차반을 들고 돌아왔다.

"아니, 바쁘세요?" 하고 그녀는 고드프리가 시계를 들여다보는 것을 보고 말하였다. 바쁜 일은 없지만, 그는 그날 오후에는 공연히 초조했다. 자기도 그 원인을 확실히 알 수가 없었다.

올리브는 쟁반을 낮은 테이블 위에 놓고, 나지막한 토막걸상에 앉았다. 그리고는 양말을 채우는 대님이 있는 데까지 스커트를 걷어 올리고, 새침을 떼고 얌전하게 두 다리를 비스듬히 나란히 뻗고 차를 따랐다.

'오늘은 암만 해도 좀 이상스러운데.' 하고 고드프리는 생각하였다. 양말의 윗자락이 있는 데를 노려보고 있는 데는 어쩐지 여느 때와 같은 충족감이 들지 않았다. 그는 시계를 보았다.

올리브는 그에게 차를 내밀면서, 그가 여느 때처럼 양말 대님이 있는 데에 주의를 집중하고 있지 않은 것을 눈치챘다.

"무슨 일이 있었어요, 고드프리?" 하고 그녀는 말하였다.

"아니." 하고 그는 말하면서 차를 받아서 그것을 찔끔찔끔 마시고는, 다시 한번 그녀의 양말 꼭대기를 노려보았다. 어떻게 해서든지 여느 때의 황홀감을 느껴보려고 애를 쓰고 있는 모양이다.

올리브는 담배에 불을 붙이고 그를 쳐다보았다. 그의 눈에는 여느 때의 빛이 없었다.

"왜 그러세요?" 하고 그녀는 말했다.

그 자신도 어찌된 셈인가 하고 생각하고 있었다. 그는 차를 마셨다.

"차(車)를 가지고 있으면" 하고 그는 말하였다. "돈이 여간 많이 들지 않아."

그녀는 킥 하고 터져 나오려는 웃음을 참고는 말했다.

"오오, 그래서요?"

"생활비가 말야." 하고 그는 중얼거렸다.

그녀는 양말 대님 있는 데를 스커트로 가리고, 무릎을 껴안고 앉았다. 노력이 허사가 되었다는 표정이었다. 그것조차도 그는 눈치채지 못하는 모양이다.

"신문에 나 있는 기사 읽어보셨어요?" 하고 그녀는 말했다. "백 살이 되는 생일날, 교회에 나와서 설교를 했다는 목사님 얘기."

"무슨 신문에? 어디에?" 하고 그는 『맨체스터 가디언』 쪽으로 손을 내밀면서 말했다.

"『미러』에요." 하고 그녀는 말했다. "그 신문을 어디에 두었던가. 그 목사님의 말이 말예요, 하나님의 법칙을 지키고 항상 정신을 젊게 갖고 있으면 누구든지 백 살까지 살 수 있대요. 정말 그럴까요?"

"정부의 도둑놈들 때문에" 하고 그는 말하였다. "정신을 젊게 가질 수가 있어야지. 진짜 강탈인걸."

올리브는 듣고 있지 않았다. 듣고 있었다면, 구태여 이런 때에 "에릭은 기운이 없어요." 하고 말하지는 않았을 것이다.

"밤낮 기운이 없는데. 이번엔 무슨 일이 또 있었나?"

"노상 그 일이죠." 하고 그녀는 말했다.

"노상 그 일이라니?"

"돈요." 하고 그녀는 말했다.

"이 이상 에릭한테는 더 해줄 수 없어. 에릭한테는 지나치게 풍족히 해 주었어. 에릭 때문에 나는 파산이야."

이때, 갑자기 계시처럼, 올리브의 양말 대님이 오늘 자기를 매혹하지 않은 이유를 알았다. 돈 문제, 올리브와의 장기 계약에 대한 것이 마음에 걸렸던 것이다. 그것은 3년 전부터 계속되고 있는 계약이었다. 물론 즐거웠다…… 아마 이득을 보았다고도 할 수 있을 것이다…… 그렇지만 이제는 메이블 페티그루가…… 얼마나 큰 횡재인가! 다만 팁 정도의 1파운드로 기분 좋게. 게다가 미인이다. 첼시까지 일부러 나오는 것도 거추장스럽고. 신바람이 나지 않은 것도 당연한 일이다. 더군다나, 올리브와의 경우 같은 관계는 간단하게는 끊을 수가 없고, 또한…….

"요즘 암만 해도 몸이 아주 쇠약해졌어." 하고 그는 말했다. "의사는 나더러 너무 돌아다닌다고 그래."

"그래요?" 하고 올리브는 말했다.

"그래. 좀 더 집안에 가만히 들어앉아 있는 게 좋다고 그래."

"글쎄." 하고 올리브는 말했다. "연세에 비하면 여간 정정하지 않으신데요. 당신 같은 분이 하루 종일 집 안에만 틀어박혀 있을 수는 없을 거예요."

"그렇지." 하고 그는 시인했다. "그게 문제야." 그는 기분이 나서, 그녀의 스커트 밑의 양말 대님과 양말의 위끝이 붙어 있는 부분의 넓적다리에 동경의 눈길을 돌렸지만, 보여줄 것 같은 기미는 없었다.

"의사의 말 같은 건" 하고 그녀는 말했다. "어디 믿을 수가 있어야죠. 그런데, 도대체 의사한테는 어디가 나빠서 가보셨죠?"

"여기저기 몸이 모두 쑤셔. 물론 대단할 건 없지만."

"나이 젊은 사람도" 하고 그녀는 말하였다. "여기저기 몸이 쑤시는 경우가 얼마든지 있지 않아요? 말하자면, 에릭도 ㅡ"

"늙는 모양이지, 그놈도?"

"그런 모양예요, 벌써부터."

고드프리는 말하였다. "자업자득이지. 아니, 그보다도 제 어멈의 책임이야. 그놈을 낳았을 때부터 줄곧 그 여자는 ㅡ"

그는 배 위에다 깍지를 끼고 의자의 등받이에 벌렁 몸을 기댔다. 그러고는 날이 거의 어둑어둑해질 때까지 그의 목소리가 흘러나오는 동안, 올리브는 눈을 감고 되도록 심신을 쉬게 하고 있었다.

*

고드프리는 공습으로 무너진 폐허 앞에 세워둔 차가 있는 데로 다시 왔다. 올리브의 멋들어진 현대식 의자에서 일어났을 때 그는 쥐가 났다. 이야기가 장황해져서 그만 오래 앉아 있게 되었던 것이다. 또 한 사람의 자기한테 갑자기 꾸지람을 들은 것 같은 생각이 들어서, 그는 어색한 듯이 차에 올라타고 꽝 하고 문을 닫았다. 좀 더 위엄이 있는 또 하나의 자기 자신으로 이제부터 되돌아가지 않으면 안 된다.

'어째서 인간은 이런 행동을 하는가? 어째서인가? 하고 그는 킹스 로드를 끼고 차를 달리면서 자신에게 물었다. '어째서 이런 일을 하는가?' 하고 그는 생각해보았지만, 뚜렷한 특정한 행위를 머리 속으로 지목하고 있는 것은 아니었다. '어떤 계기로 시작하게 되었던가? 일생의 어떠한 시기에 인간은 이런 일을 하고 있는 자기 자신을 발견하게 되는가?' 그리고 그는 차미안에 대해서 분격을 느꼈다. 차미안은 그와 결혼하고 나서부터 줄곧, 감수성이 풍부하고 세련된 취미를 가진 천사와 같은 배우자라고 모든 사람들이 생각해왔다. 그런데 인간 자신으로 말하자면, 양조업을 하는 콜스턴 가 출신의 상스러운 사나이로서 그녀 때문에 마지못해 겨우 상종해주는 것이다. 그 때문에 육욕에도 빠지게 된 것이다. 그는 차미안에게 분격을 느끼고는, 미시즈 앤서니와 미시즈 페티그루와의 싸움을 그녀가 잘 처리했는지 어떤지 궁금해서, 집을 향해 되도록 차를 빨리 몰았다. 그는 시계를 꺼내 보았다. 5시 52분 30초. 빨리 집으로 가자, 가자, 술이다. 올리브는 방에 술을 준비해두는 일이 없는 것 같은데, 이상한 일이다. 사지 못한다고 말하지만, 사지 못한다는 것이 이상하다. 그 돈을 도대체 어디에다 쓰고 있는가.

*

6시 반에 앨릭 워너는 올리브의 집에 도착했다. 올리브는 그에게 진과 강장제를 따라주었다. 그는 그것을 옆에 있는 테이블 위에 놓았다. 그리고는, 두꺼운 표지의 노트와 서류를 가방에서 꺼냈다.

"어떻게들 되어가지?" 하고 말하면서 그는 백발의 커다란 머리를 노란색 의자에 기댔다.

"가이 리트가" 하고 그녀는 말했다. "목 때문에 또 진찰을 받았어요. 류머티스 계통의 이상한 병인데, 귀갑(龜甲, 원문으로는 토터스 - 역주)[18]이라는 병이던가 그래요."

"사경(斜頸, 원문으로는 토티콜리스 - 역주)[19]이지?"

---

18 귀갑(龜甲, tortoise) : 거북의 등 껍데기.
19 사경(斜頸, Torticollis) : 목 근육의 섬유조직이 짧아져 목이 한쪽으로 기우는 병

"맞았어요."

앨릭 워너는 노트에 기입했다. "분명히" 하고 그는 말했다. "그 사람다운 기병(奇病)이로군. 그 밖에 또?"

"데임 레티 콜스턴이 또 유서를 다시 썼어요."

"좋아." 하고 그는 말하면서 필기를 했다. "어떻게 고쳤다고 그래?"

"에릭이 또 지워졌고요. 그리고 마틴이 다시 들어갔어요. 아프리카에 있는 또 다른 조카예요."

"에릭이 전화 사건의 범인이라고 생각하고 있는 거로구먼그래?"

"그이는 누구든지 의심을 해요. 좀 이상해요. 그래 가지고 에릭을 떠보는 거예요. 그전의 형사(刑事)도 지워졌고요."

"주임경감 모티머 말이지?"

"네. 데임 레티는 그 사람일지도 모른다고 생각하고 있어요. 우습죠. 이 사건을 개인적으로 조사해달라고 부탁해놓고 금방 그가 범인일지도 모른다고 생각하고 있단 말예요."

"모티머는 몇 살이지?" 하고 그는 물었다.

"얼마 안 있으면 일흔이에요."

"그건 알 수 있는데, 정확히 말해서 언제 일흔이 되지? 안 알아보았어?"

"정확하게 알아보지요." 하고 올리브는 말했다.

"언제나 정확하게 알아봐요." 하고 그는 말했다.

"곧 일흔이 될 거라고 생각되는데요." 하고 올리브는 자기의 태만을 되도록 변호하려는 듯이 말했다. "내년 초에 그렇게 되는 것 같애요."

"정확하게 알아봐주쇼." 하고 워너는 말했다. "당분간은 그는 아직 — 우리들과 한패가 아니지만, 내년에는 그 사람의 일도 시작해봅시다."

적 상태.

"데임 레티는 당신이 범인일지도 모른다고 생각하고 있어요." 하고 올리브는 말했다. "범인예요?"

"그렇지 않을걸." 하고 그는 진력이 나는 듯이 말하였다. 그는 데임 레티한테서도 같은 취지의 편지를 받고 있었다.

"멋있는 대답이로군요." 하고 그는 말했다. "그야, 당신이 할 수 없는 일은 아니지요."

"미시즈 앤서니가" 하고 그녀는 말했다. "오늘 아침에 미시즈 페티그루하고 싸움을 하고는 그만두겠다고 대들었어. 차미안은 미시즈 페티그루가 자기를 독살하려 했다고 말하고 있어."

"그건 대단한 핫 뉴스로군." 하고 그는 말했다. "고드프리가 오늘 여기 왔었지?"

"네. 오늘은 좀 이상하던데요. 어쩐지 보통 때하고는 좀 다르던데요."

"양말 대님에 흥미를 느끼지 않았어?"

"네. 그렇지만 열심히 노력은 하고 있었어요. 너무 돌아다니지 말라고 의사가 그러더래요. 그것을 구실 삼아 가지고, 무슨 말을 넘겨짚어 보려고 하였는지, 그렇지 않으면 ―"

"미시즈 페티그루야 ― 그렇게 생각되지 않아?"

"글쎄." 하고 올리브는 말했다. "설마 그럴라고요." 그녀는 깔깔대고 웃으면서 손을 입에다 댔다.

"조사해봐요." 하고 그는 말했다.

"네." 하고 올리브는 말하였다. "불쌍한 에릭한테 5파운드 지폐를 줄 수 없게 되었군요. 그렇게 될 것 같은데요. 미시즈 페티그루가 그 일을 할 만할까요?"

"할 만해." 하고 앨릭은 말하고는 기입을 했다.

"부엌에 있는 신문에 나 있는 말인데요," 하고 올리브는 말했다. "백 살째 되는 생일날에 설교를 한 목사님이 있대요."

"무슨 신문인데?"

"『미러』예요."

"『미러』도 오려놓게 하고 있는데. 3류 신문만은 가끔 빼먹게 되는 수가 있어. 아무튼 고마워. 이런 일이 있을 때는 꼭 말해줘. 만약의 경우를 위해서 언제나 조심해야 해요."

"알았어요." 하고 올리브는 말했다. 그러고는 심줄이 튀어나온 손이 끊임없이 펜을 움직이면서 조그만 글씨로 노트장을 메워가고 있는 것을 그녀는 술을 찔끔찔끔 마시면서 바라보고 있었다.

그는 얼굴을 들었다. "얼마나 자주" 하고 그는 말하였다. "그는 오줌을 누던가?"

"별걸 다 물어보시네요. 『미러』에도 그런 건 안 씌어 있던데요."

"나는 고드프리의 말을 하고 있는 거야."

"네, 그이요? 그이는 이 방에 두 시간 있을 동안에 두 번 누었어요. 물론 차를 두 잔 마셨지만."

"두 번이란 것은, 여기에 그가 왔을 때의 평균인가?"

"생각이 안 나요. 대체로—"

"무슨 일이든지 정확하게 기억해두도록 해." 하고 앨릭은 말하였다. "노상 눈을 뜨고 기도를 드려야 해. 눈을 뜨고 기도를 드리는 것, 그것이 학자가 되는 유일한 길이야."

"내가 학자요? 별소리를 다 하시네요. 그이는 광대뼈 위에 빨간 점이 여느 때보다 더 많이 돋아 있었어요."

"고마워." 하고 앨릭은 말하고는 노트에 적어 넣었다. "모든 것을 주의해보도록 해, 올리브." 그는 얼굴을 들고 말하였다. "당신과의 관계에 있어서 그 사람을 관찰할 수 있는 것은 오직 당신뿐이란 말야. 나하고 만나고 있을 때는 그는 다른 사람이 된단 말야."

"그렇지요." 하고 그녀는 말하고는 소리를 내어서 웃었다.

그는 웃지 않았다. "고드프리는 미시즈 페티그루 때문에 다시는 당신한 테는 안 오게 될지도 모르니까, 이번에 올 때는 잘 좀 관찰해두어 줘. 이번 엔 언제 올 것 같지?"

"금요일에 올 것 같아요."

"누가" 하고 그는 말했다. "내 뒤의 창문을 두드리고 있는데."

"그래요? 할아버지예요, 필시. 노상 그래요."

그녀는 일어서서 방문 쪽으로 갔다.

앨릭은 재빠르게 말하였다. "그런데, 창문을 퉁퉁 두드리는 것은 자기 의 의사야? 아니면, 그렇게 해서 알리라고 당신이 부탁해서 하는 거야?"

"자기 의사예요. 노상 창문을 꼭 두드려요."

"어째 그럴까, 알아?"

"모르겠어요, 어째서 그러는지."

앨릭은 다시 또 펜을 들고는 노트 위에 허리를 꾸부리고 이 사실을 적어 넣었다. 나중에 이것을, 궁극적인 원인을 알게 되기까지 철저하게 분석해 보는 것이다.

올리브가 퍼시 매너링을 데리고 들어왔다. 퍼시는 대뜸 앨릭 워너의 이 름을 부르고는, 그의 눈앞에다 무슨 월간 문예 잡지 같은 것을 흔들어 보 였다. 표지에는 '켄싱턴 공립 도서관'이라는 커다란 도장이 찍혀 있었다.

"가이 리트 놈의 자식!" 하고 퍼시는 고함을 쳤다. "그 바보 자식이 회상 록의 일부를 발표했는데, 거기에는 어니스트 다우슨을 가리키면서 '프랑 스풍의 권태와 괴롭기 짝이 없는 영감에 사로잡힌, 영탄조의 비겁한 시 인'이라고 부르고 있어. 당치 않는 소리야. 어니스트 다우슨은 정신적으 로나 심미적으로나 스윈번, 테니슨, 베를렌의 후계자야. 이 세 사람의 목소리가 전부 들어 있어. 게다가 다우슨은 당당한 프랑스학자이고, 테니슨과 스윈번 이외에, 분명히 베를렌의 영향을 받고 있어. 원래가 아서 시먼스 유파의 사람이야. 가이 리트는 어니스트 다우슨을 무지무지하게 오해하고 있어."

"몸은 좀 어떠시오?" 하고 앨릭은 의자에서 일어나면서 말했다.

"가이 리트는 연극 비평가로서는 보잘것없고, 소설 비평가로서도 더 보잘것없어. 시에 대해서는 전연 모르고 있어. 시를 논할 자격이 없어. 누가 그만두게 하지 못할까?"

"그 밖에 또 무슨 얘기가 씌어 있습디까," 하고 앨릭은 말했다. "그 회상록에는?"

"피상적인 것뿐야. 그가 헨리 제임스의 소설을 공박했을 때, 그 뒤 어느날 아테네움(문예 구락부—역주)[20] 앞에서 우연히 제임스를 만났대. 그랬더니 제임스가 이렇게 말하더래. '자기에게는 예술가로서의 양심이 있고, 가이에게는 비평가로서의 양심이 있다'고. 아무튼 어떤 문장이고 일단 활자화만 되면—"

"우리들도 불 좀 쬐게 해주세요, 할아버지." 하고 올리브는 말했다.

퍼시는 난로를 등지고 다리를 벌리고 서서 불기를 독차지하고 있었다.

앨릭 워너는 노트를 덮어서 집어넣었다.

시인은 움직이지 않았다.

"헨리 제임스가 요즈음 인기가 있으니까 그러는 거야. 그래서 그놈이 헨리 제임스에게 대해서 쓰고 있는 것이야. 그러면서 불쌍한 어니스트를 웃음거리로 만들고—그 브랜디, 나한테 주는 거라면 너무 많아, 올리브. 반이면 돼—어니스트 다우슨은 우수한 서정시인인데."

20　Athenaeum : 학술 진흥 기관. 도서관. 아테네 신전. 법률·문학의 학교.

그는 술잔을 집어 들고, 새의 발톱처럼 떨리는 손가락으로 그것을 받쳤다. 그러고는 찔끔 한 모금 마시더니, 어니스트 다우슨에 대한 것은 갑자기 잊어버린 모양이다.

그는 앨릭에게 말하였다. "라이자의 장삿날에는 안 보입디다."

"앉으세요, 할아버지." 하고 올리브가 말했다. 그러고는 그를 붙잡아 의자에 앉혔다.

"가지 못했어." 하고 대답하며 앨릭은 퍼시의 말라빠진 얼굴을 옆에서 빤히 바라보고 있었다. "그때 포크스턴에 가 있었기 때문에."

"무서운, 등골이 오싹해지는 체험이었어." 하고 퍼시는 말했다.

"어떻게?" 하고 앨릭은 말했다.

노시인은 미소를 띠었다. 그러고는 목구멍 속에서 우러나오는 날카로운 목소리로 말하기 시작했다. 라이자의 화장에 대한 기억이 그의 마음의 눈으로부터 탐욕스러운 그의 육안에까지 굴절해 오는 듯한 느낌을 주었다. 그가 이야기하고 있는 동안에, 앨릭의 눈도 역시 탐욕스럽게 그에게 쏠려 있었다.

*

앨릭 워너가 가버린 뒤에도 퍼시는 손녀딸의 방 안에 남아 있었다. 그녀는 버섯과 베이컨으로 저녁밥을 차리고 두 사람은 쟁반을 무릎 위에 놓고 먹었다. 그녀는 그가 먹는 것을 가만히 관찰해보았다. 그는 몇 개 남지 않은 이빨로 토스트를 깨물고, 먹기 어려운 딱딱한 껍질까지도 말끔히 먹는다.

마지막 한 조각 껍질과 싸우면서 그는 얼굴을 들고는 그녀가 자기를 보고 있는 것을 보았다. 모조리 다 먹고 나서 그는 말했다. "마지막까지 참고 견뎌야 한다."

"무슨 소리예요, 할아버지?"

"마지막까지 참고 견뎌야 한다. 큰 일에 있어서나 작은 일에 있어서나, 그것이 외적인 승리를 획득하는 비결이야."

"저, 할아버지, 차미안 파이퍼의 소설을 읽어보신 일이 있어요?"

"그럼, 물론이지. 우리들은 모두들 그 여자의 책을 읽었어. 그 여자는 미인이었어. '포트리' 시대에 그 여자가 무대에 서서 시를 낭독하는 것을 네가 한 번 들어보았더라면. 해럴드 먼로가 노상 말하고 있었어 ―"

"그 여자의 아들인 에릭한테서 들었는데요, 그 여자의 소설이 재판(再版)되어 나온다는 말이 있다는데요. 그 여자의 소설에 다시 관심이 높아지고 있어요. 논문을 쓸 사람도 있다고, 에릭이 말하던데요. 그런데 그 여자의 소설은 모두가, 요컨대 등장인물이 서로를 '한물갔다'고 말하고만 있는 소설이라죠. 관심이 높아졌다는 것도 경박한 소리구. 요컨대, 그 여자가 상당히 늙었는데도 아직도 살아 있고, 옛날에 유명했기 때문이라죠."

"그 여자는 아직도 유명해. 줄곧 유명했어. 너의 무식도 곤란하구나, 올리브. 차미안 파이퍼를 모르는 사람이 어디 있니?"

"어머, 모르는 사람이 없단 말예요? 얼마 되지 않은 나이 먹은 사람들 이외에는 이름을 들어본 사람도 없어요. 그렇지만 또다시 인기가 부활하는군요. 논문이 나오고 ―"

"너는 문학에 대해서 아무것도 몰라."

"한물갔다." 하고 그녀는 재빠르게 받아 넘겼다. 왜냐하면 퍼시 자신도, 아직도 자기의 시는 정말 잊혀지지 않고 있다고 생각하고 있는 것이었다. 그래서 그 대답이 좀 잔인했다고 생각하고, 그 벌충으로 그녀는 조부에게 3파운드를 내주었다. 그는 그 잔혹한 대꾸를 사실은 알아차리지를 못했다. 그로서는 차미안의 경우도 자기 자신의 경우도, 도대체가 망각 기간이라는 것이 없었으니까, 부활이라는 생각은 감히 있을 수가 없다. 그러나 그는 올리브가 주는 3파운드를 받았다. 그녀의 부업에 대해서는 그는 아직도 모르고 있었지만, 어머니 쪽에서 받은 얼마간의 재산 이외에 그녀는 BBC에서 가끔 여배우 노릇을 하고 있다.

그는 그 돈을 가지고는 버스와 지하철로 레스터 스퀘어로 갔다. 여기의 우체국은 밤새도록 일을 보고 있다. 그는 여러 장의 전보지(電報紙)를 뜯어 커다랗게 천천히 대문자로 전문(電文)을 썼다. 수신인은 서리주 스테드로스트, 올드스테이블의 가이 리트였다.

어니스트 다우슨에 대한 당신의 의견은 터무니없는 착각이다. 그는 신랄한 시인이고 자기 연민이나 감상은 눈곱만큼도 없다. 어니스트 다우슨은 정신적으로 스윈번, 테니슨의 후계자, 특히 베를렌의 시에 사로잡혀 있었다. 다우슨의 시는 요즘의 시와는 달리 소리를 내고 낭송하는 데 적합하다.

좀 더 미칠 듯한 음악을, 좀 더 독한 술을 달라고 소리쳐 외쳤고

드디어 잔치는 끝나고 등불이 꺼졌을 때 시나라여

떨어져 내리는 것은 그대의 그림자, 밤은 너의 것이다 운운

이것을 소리를 내서 읊어보라. 당신의 판에 박은 듯한 값싼 조롱 따위는 맥을 못 출 것이다. 당신의 의견은 터무니없는 착각이다 — 퍼시 매너링.

그는 전보지 뭉치를 요금계에 내밀었다. 계원이 유심히 얼굴을 바라보는 것을 보고, 퍼시는 석 장의 파운드 지폐를 들추어 보였다.

"정말" 하고 계원은 말했다. "이것을 전부 치실 작정입니까?"

"네, 그렇소이다." 하고 퍼시 매너링은 소리를 질렀다. 그러고는 1파운드짜리 지폐를 두 장 내주고, 계원이 거슬러주는 돈을 받아 가지고는, 등불이 환한 밤거리로 사라졌다.

　데임 레티 콜스턴은 여기까지 집에서 재워주는 여종을 두지 않고 편하게 살고 있었는데, 빈번히 걸려 오는 기분 나쁜 전화를 받게 하기 위해서 하는 수 없이 여종을 두었다. 이상하게도, 그 여종한테는 문제의 사나이가 한 번도 그 무서운 말을 하지 않는다. 그 대신, 그녀가 온 뒤의 2주일 동안에, 누구한테서인지 여러 차례나 잘못 전화가 걸려 왔다. 하루에 세 차례나 그런 일이 있었을 때 데임 레티는 질문을 연발함으로 여종을 놀라게 했다.

　"누가 걸었어, 그웬? 남자야?"

　"번호를 잘못 건 거예요."

　"남자야?"

　"네. 그렇지만 번호를 잘못 돌린 거예요."

　"뭐라고 그래? 똑똑히 생각해봐. 뭐라고 그랬어?"

　"미안합니다, 잘못 걸었습니다." 하고 그웬은 화를 내면서 대답했다. "그렇게 말했어요."

　"어떤 목소리야?"

　"아유, 마님도. 남자의 목소리라고 그러지 않았어요? 틀림없이 혼선이 된 거예요. 전화에 대해선 저는 제 손바닥처럼 환히 다 알고 있어요."

"알았어. 그런데 젊은 사람의 목소리야, 나이 먹은 사람의 목소리야? 요전에 잘못 걸려 온 전화하고 똑같은 목소리야?"

"글쎄요. 잘못 걸려 오는 전화는 저한테는 모두가 똑같게 들리니까요. 마님이 직접 받아보시죠 —"

"그냥 물어보았을 뿐이야." 하고 데임 레티는 말했다. "어쩐지 그웬이 우리 집에 온 뒤부터는 잘못 걸려 오는 전화가 많아진 것 같아서 말야. 그 것도 노상 남자한테서 걸려 오는 것 같거든."

"어떻게 하시는 말씀이죠, 마님? 그게 무슨 의민지, 좀 똑똑히 말해주세요."

데임 레티는 여종이 짐작한 것 같은 의미로 말한 건 아니었다. 그날은 그웬이 저녁 때부터는 외출을 하는 날이고, 고드프리가 저녁을 먹으러 오는 것을 레티는 즐거운 마음으로 기다리고 있었다.

8시경에, 두 사람이 식사를 하고 있을 때 전화 벨이 울렸다.

"고드프리, 좀 받아줘요."

그는 홀로 뛰어나갔다. 수화기를 들고 번호를 알리고 있는 것이 그녀가 앉아 있는 데까지 들려왔다. 이어서 "네, 그렇습니다." 하고 그는 말했다.

"누구세요? 누구십니까?" 하고 그가 말하고 있는 것이 들렸다. 그러고 는 그는 수화기를 놓았다.

"고드프리," 하고 그녀는 말했다. "그 사나이죠?"

"그래." 하고 그는 커다란 목소리로 대답했다. "'데임 레티에게 전해주세요, 죽을 운명을 잊지 말라고요.' 그 말만 하고 전화를 끊었어. 이상한 놈이란 말야." 그는 자리에 앉아서 다시 수프를 먹기 시작했다.

"큰소리를 낼 건 없어요, 고드프리. 조용히 하세요."

그녀는 역시 커다란 몸을 떨고 있었다.

"정말 이상스럽구먼. 레티는 누구한테 필시 원한을 사고 있을 거야. 혓

바닥이 잘 돌지 않는, 교양도 없는 놈 같은데."

"아녜요, 고드프리. 교양은 있는 것 같애요. 목소리는 기분이 나쁘지만."

"교양도 없는 놈이야. 그놈의 목소리를 듣는 게 이번이 처음이 아니거든."

"귀가 좀 나쁜 것 아니에요, 고드프리? 중년의, 교양도 있는 사나인데, 어째서 이런 분별 없는 짓을 ―"

"운송점(運送店)의 일꾼 아이 정도야."

"천만에요. 경찰에 전화 걸어주세요. 꼭 보고를 해달라니까 ―"

"소용 없어." 하고 그는 말했다. 그러나 그녀가 말을 들을 것 같지 않은 것을 보고 그는 말했다. "식사나 끝내고 나서. 식사나 끝내고 나서 걸지."

"그 사나이가 그 전화를 걸어 온 것은 그웬이 2주일 전에 오고 난 뒤에 처음이에요. 그웬이 전화를 받으면 '미안합니다. 잘못 걸었습니다.'라고만 그래요. 하루에도 두세 차례씩 그런 일이 있어요."

"누가 전화를 잘못 거는 수도 있지. 이런 경우에는 다른 집의 전화하고 혼선이 되어서 그럴 거야. 전화국에 고장이 났다고 알렸나?"

"알렸어요." 하고 그녀는 말했다. "아무 이상도 없대요."

"필시 혼선이 되어서 ―"

"아녜요." 하고 그녀는 말했다. "그웬하고 똑같은 소리를 하시는군요. 자꾸 혼선 혼선 하고 혼선 타령만 하고. 나한테는 짐작이 가는 사람이 있어요. 주임경감인 모티머라고 생각해요."

"모티머하고는 전혀 목소리가 달라."

"그럼 그 사람의 공범자예요."

"당치도 않은 소리야. 그만한 지위에 있는 사람이 설마."

"그러니까 경찰이 범인을 잡지 못하고 있는 것이에요. 경찰에서는 알고 있지만, 그 사람이라는 걸 똑똑히 밝히고 싶지 않을 거예요. 자기들의 주임이었던 사람이니까."

"레티한테 원한을 품고 있는 사람이 있는 거야."

"모티머라니까요."

"그럼, 왜" 하고 고드프리는 말하였다. "한사코 그 사람한테 이 사건을 의논하는 거지?"

"의심하고 있다는 걸 알리고 싶지 않아서 그래요. 함정에 걸려들지도 모르거든요. 아무튼, 요전에도 말했지만 나는 그 사람을 유서에서 빼버렸어요. 이 일은 그 사람은 아직도 모르고 있지만."

"노상 유서를 고치고 있구먼그래, 레티는. 원한을 갖고 있는 사람이 많은 것이 무리는 아니로군." 고드프리는 레티가 유서를 고친 것을 올리브한테 누설한 것이 양심에 거리꼈다. 그는 말했다. "범인을 알 수 없는 것도 무리는 아냐."

"요즘 에릭한테서 소식이 없어요?" 하고 데임 레티가 말했기 때문에, 그는 올리브한테 말한 것을 환히 생각하면서 한층 더 양심에 거리낌을 느꼈다.

고드프리는 말했다. "에릭은 6주일 전부터 런던에 와 있었는데, 어젯밤에 콘월로 도로 갔어."

"그런데, 여기에는 안 들렀어요. 왜 좀 더 빨리 알려주지 않으셨어요?"

"나도 그 애가 런던에 와 있는 줄은 몰랐었어. 우리 두 사람을 다 아는 친구한테서 바로 어제 들었는걸."

"두 사람을 다 아는 친구란 누군데요? 에릭은 무엇을 하고 있었어요? 어떤 친군데요?"

"얼핏 생각이 안 나는구먼." 하고 고드프리는 말하였다. "벌써 에릭의 일에 관심이 없는 지가 오래돼서."

"좀 기억력을 단련하시는 게 어때요?" 하고 그녀는 말했다. "매일 밤 자기 전에요, 그날 한 일을 다시 한번 생각해보도록 하세요. 에릭이 우리 집엘 들르지 않는다는 것은 좀 뜻밖인데요."

"우리한테도 안 들렀는데," 하고 고드프리는 말하였다. "레티를 찾아보러 올 리가 없지 않아."

"적어도" 하고 그녀는 말했다. "자기의 이해 정도는 분간할 만한 사람이라구 생각했는데."

"무얼. 레티가 에릭을 몰라서 그래. 쉰여섯이나 되는데도 완전한 낙오자야. 모르는군그래, 레티. 그 나이의 그런 타입의 사람은 늙은이들을 보기가 못 견디게 싫은 거야. 자기가 그렇게 되어가고 있는 것을 생각하게 되니까 말이야. 에릭도 나이가 드는 것을 느끼기 시작하고 있다고 그러더구먼그래. 레티, 레티는 그 애를 아직도 어린애라고 생각하고 있지? 우리들은 둘이 다 그렇게 생각하고 있는지도 모르지만."

그날 밤 침대에 누워 있을 때, 데임 레티는 뚜렷이 알게 된 것 같은 느낌이 들었다. 결국 그 전화의 진범은 에릭이다. 그의 목소리라면 내가 알 테니까, 자기가 직접 걸지는 않는다. 반드시 공범자가 있다. 그녀는 일어나서 전등을 켰다.

*

한밤중에 데임 레티는 화장복 차림으로 의자에 앉아서 만년필에 잉크를 갈아 넣었다. 그러면서 그녀는 지금 막 쓴 페이지를 바라보고는, 어쩌면 이렇게 떨린 글씨일까, 하고 생각했다. 그러나 금방, 문을 쾅 하고 닫아버리듯이, 그런 생각을 쫓아버렸다. 그녀는 펜 끝을 씻고, 종이를 넘기고는 에릭에게 보낼 편지를 계속해 썼다.

……게다가, 6주일 전부터 에릭이 런던에 와 있었다는 말을 들었는데, 나한테 들르기는커녕, 알리지도 않다니 너무하다고 생각해요. 어머님의 일로 의논하고 싶은 일이 있어요. 요전에 만났을 때 얘기한 서리의 사설 양로원에 들여보낼 수속을 하지 않을 수 없는 형편에 이른 것 같아요.

그녀는 펜을 놓고, 설핏한 머리에서 고급 머리핀을 한 개 뽑았다가 다시 꽂았다. 에릭에게는 좀 더 미묘한 태도를 취할 필요가 있을 것 같다고 그녀는 생각하였다. 전기 스탠드 밑에서, 그녀의 얼굴에 깊은 주름살이 잡혔다. 두 가지 생각이 동시에 머리에 떠올랐다. 나는 몹시 지쳐 있다는 것이 하나. 또 하나는, 조금도 지쳐 있지 않았다, 용기 백배해서 늠름하게 돌진하고 있다는 것. 그녀는 다시 펜을 들고 종이 위에 떨리는 글씨를 계속해서 써 나갔다.

나는 요즘 개인적인 일에 있어서 다소 방침을 변경했어요. 요전에 에릭이 런던에 와 있다는 것을 알려주었더라면, 그 일에 대해서도 의논할 수 있었을 텐데.

이만하면 미묘한 표현이 될까? 아니, 이것은 너무 미묘한 표현이야, 적어도 에릭에게는.

다소의 변경이란 것은 물론 나의 유서에 관계되는 일예요. 에릭의 사촌 되는 마틴은 남아프리카에서 대단한 성공을 하고 있지만, 역시 다소의 것은 남겨주지 않으면 불쌍하다고 나는 노상 생각하고 있었어요. 내가 죽은 뒤에, 친척들 사이에서 싸움이 벌어지는 일이 있어서는 안 되지요. 물론 에릭의 위치는 거의 달라진 것이 없지만, 역시 의논을 할 수 있었더라면 좋았다고 생각해요. 에릭의 사촌 되는 앨런이 전쟁터에서 쓰러지고 난 뒤에, 내가 유서에 변경을 가한 것을 기억하고 있지요…….

이만하면 된다고 그녀는 생각했다. 이만하면 미묘한 표현이다. 에릭은 아무튼 전쟁터에서 살아 돌아왔으니까. 그녀는 계속해 썼다.

에릭하고 여러 가지 얘기하고 싶은 것이 있었는데, 나는 인제 할머니가 다 되었고, 장년기의 끝 무렵에 이르고 있는 에릭이 여러 가지 일로 바쁠 것이라는 것은 잘 알고 있어요. 미스터 메릴리즈가 지금 수정한 유서를 청서하고 있는 중이고, 이 이상 나는 그것을 만지작거리고 싶지 않아요. 그렇지만, 요전에 런던에 6주일 동안 와 있을 때 에릭이 우리 집에 들를 생각을 했더라면, 그에 대해서 얘기할 수 있었을 거라고 생각해요. 에릭이 런던에 와 있었다는 것은 떠나고 난 뒤에 비로소 알았으니까요.

이만하면 충분하다고 그녀는 생각했다. 이 편지를 읽으면 그는 곧 다음 열차를 집어 타고 허겁지겁 달려올 것이다. 만약 그가 범인이라면, 그것을 내가 알고 있다는 것을 눈치챌 것이다. 내가 공포에 질려서 죽을 줄 알고, 하고 그녀는 생각했다. 천만에, 어림도 없는 일이다. 그렇지만, 나를 원망하고 있는 사람이 도대체 누구일까, 하고 그녀는 다시 생각하기 시작하였다. 에릭한테 그런 힘이…… 공범자를 쓸 만한 경제력이 있을까. 모티머의 경우라면, 하고 그녀는 생각했다. 간단한 일이다. 아무튼 내 유서 안에 들어 있는 사람임에 틀림없다. 그리고 그녀는 에릭에게 보내는 편지를 봉하고 우표를 붙여서 홀의 쟁반 위에 얹어놓고, 위스키를 한 모금 마시고는 침대 속으로 들어갔다. 그녀의 머리는 베개 위에서 천천히 바른쪽으로 왼쪽으로 여러 번 돌려졌다. 잠이 오지 않았다. 서재에서 몸이 너무 얼었던 것이다. 다리에 쥐가 올랐다. 강력한 친구가 있었으면, 하고 그녀는 생각하였다. 나한테 힘을 돋우어줄 만한 친구가 있었으면. 나는 누구한테 의지할 수 있을까 하고 그녀는 생각해보았다. 고드프리는 이기적이고, 차미안은 연약하고, 진 테일러는 누워 있는 몸이다. 테일러에게는 하소연은 할 수 있지만, 내가 필요로 하고 있는 힘은 없다. 앨릭 워너를 찾아가볼까. 나는 그 사람한테 조력을 받은 일이 한 번도 없다. 테일러도 그렇다. 그에게는 남을 도와줄 만한 힘이 없다.

갑자기 그녀는 벌떡 일어나 앉았다. 무엇인가 가볍게 뺨에 스치는 것이 있었다. 그녀는 전등을 켰다. 베개 위에 동전 하나만 한 커다란 거미가 고동색 다리를 활짝 벌리고, 꼼짝도 않고 있다! 그녀는 몹시 흥분을 하고 그것을 보고 있다가, 정신을 차리고, 그것을 베개에서 집어버리려고 했다. 손을 뻗치려고 했을 때, 또 한 마리의 빛깔이 좀 하얀 거미 다리를 한, 솜털투성이의 벌레 같은 것이 베드 스탠드의 그늘이 진 베개 위에 앉아 있는 것이 보였다. "그웬!" 하고 그녀는 고함을 쳤다. "그웬!"

그러나 그웬은 깊은 잠이 들어 있다. 데임 레티는 허둥지둥 그것을 잡으려고 한다. 그것이 깃털인 것을 안다. 또 하나의 것도 그것이다.

그녀는 또다시 베개에 머리를 뉘었다. 베개도 헐었구나, 새 베개를 만들어야겠다.

그녀는 불을 껐지만, 여전히 잠이 안 와서, 몇 번이나 머리의 방향을 바꾸었다. '누가' 하고 그녀는 생각했다. '나의 힘이 되어줄 사람이 없을까? 그녀는 아는 사람들을 하나하나 생각해보았다 ― 그중에 나보다 힘이 센 늠름한 사람은 없을까?

'템페스트다.' 하고 그녀는 맨 끝에 가서 생각이 났다. 템페스트 사이드 보텀의 힘을 빌리자. 데임 레티가 40년에 걸친 위원 생활을 하는 사이에, 템페스트는 노상 그녀의 적수였고, 그녀의 일을 생각하면 레티는 입맛이 쓸 때가 많았다. 특히 라이자의 장례식에서 템페스트가 억세고 민첩하게 사람들에게 지시를 내렸을 때는 참을 수가 없었다. 그런데 지금 그녀에 대한 걸 생각하니 어쩐지 기운이 난다. 이 문제를 해결할 수 있는 사람이 있다면, 그건 템페스트다. 템페스트라면 그 협박자를 찾아낼 것이다. 베개 위에서 데임 레티의 머리가 움직이지 않게 되었다. 내일 리치먼드에 가서 템페스트에게 얘기해보자. 아무래도 템페스트는 아직 일흔 정도밖에 안 되었을걸. 템페스트의 바보 남편인 로널드가 집에 없었으면 좋겠는데, 하고 그녀는 생각했다. 하기는, 집에 있다 해도 귀머거리니까 상관은 없지만. 데임 레티는 간신히 잠이 들었다. 거대한 어머니 같은 템페스트 사이드보텀의 힘으로 사건이 필시 해결될 것이라고 꿈결 속에서 아물아물 생각하면서.

*

"잘 주무셨소, 에릭?" 조반의 테이블 주위를 자기의 자리 쪽으로 비틀비틀 움직여 가면서 차미안이 말하였다.

"에릭이 아녜요." 하고 미시즈 페티그루가 말하였다. "오늘 아침에도 또 좀 혼란이 있는데요."

"응, 그래? 무슨 혼란이 생길 원인이 있었던가?" 하고 차미안은 말했다.

고드프리는 말다툼이 벌어질 것 같은 기미를 느끼고, 신문에서 눈을 들고 아내에게 말했다. "어젯 저녁에 레티가 말하는데, 매일 밤 그날에 일어났던 일을 외어보는 버릇을 붙이면 기억력이 퍽 좋아진다는데."

"그래요." 하고 차미안은 말했다. "그것은 가톨릭에서 하고 있는 거예요. 가톨릭에서는 하루 한 일을 매일 밤 돌이켜서 생각하여보라고 노상 말하고 있지요. 훌륭한 —"

"그것하고는 달라." 하고 고드프리는 말하였다. "전연 달라. 당신이 말하고 있는 것은 도덕적인 의미의 행동뿐이지만, 내가 말하는 건 모든 하루의 일들이야. 하룻 동안에 경험한 모든 일들을 생각해보도록 하면, 어젯 저녁에 레티가 말한 것처럼, 여간 좋아지지를 않아. 그리고, 당신은 가톨릭이 그렇다고 하지만, 그 정도의 일은 대체로 다른 종교에서도 다 하고 있어. 내가 생각하기에는, 내성(內省)이란 것은 개인을 노예화하고 행동의 자유를 방해하는 거야. 당신 자신을 예로 들어봅시다. 심리학에서 말하는 것을 보면 —"

"누가 말하는 것이라고요?" 하고 차미안은 미시즈 페티그루가 그녀에게 내어주는 찻잔을 받으면서 딴전을 피우듯이 말했다.

고드프리는 다시 신문을 읽기 시작하였다. 그러자, 차미안은 미시즈 페티그루를 상대로 그 문제를 논의하기 시작했다.

"하룻 동안에 일어난 일을 전부 생각해보지 않으면 도덕적인 행위를 생각할 수도 없게 되는 것이 아닐까요? 그러니까 마찬가지 얘기예요. 레티가 권한 것도, 형식은 틀리지만 —"

고드프리는 신문을 놓았다.

"똑같지 않다니까 그래." 그는 장방형의 토스트를 홍차에 담갔다가 입에 집어넣었다.

미시즈 페티그루는 중재인 역할을 할 수 있는 좋은 기회라는 듯이 자리에서 일어났다. "이제 이만 정도로 해둡시다." 하고 그녀는 차미안에게 말했다. "테일러가 마님을 위해서 만든 맛있는 계란 부침개를 잡수어보셔요."

"테일러는 여기 없어." 하고 차미안이 말했다.

"테일러라고?" 하고 고드프리가 말했다.

미시즈 페티그루는 그에게 눈짓을 했다.

고드프리는 무슨 말을 하려고 입을 열었다가 다시 다물어버렸다.

"테일러는 양로원에 있어." 하고 차미안은 말했다. 머리가 맑아진 것이 그녀로서는 기분이 좋았다.

고드프리는 소리를 내면서 신문을 읽었다. "'모틀링' ― 듣고 있는 거요, 차미안? ― '12월 10일, 니아살랜드의 좀바에서. 코스모스 페트위 모틀링 소령, 나이트 훈장의 보지자(保持者), 고(故) 유지니의 부군(夫君), 패트리샤와 유진이 가장 사랑하는 부친 향년, 91세.' 듣고 있는 거요, 차미안?"

"전쟁터에서 죽었나요?"

"딱도 하셔!" 하고 미시즈 페티그루가 말했다.

고드프리는 무슨 말을 하려고 입을 열려다 말았다. 그는 신문을 다시 집어들고, 그 안에서 입속말처럼 말하였다. "아냐, 좀바야. 모틀링은 이름이야. 그 사람은 퇴역하고 나서 좀바에 가 있었어. 당신은 그 사람을 기억하지 못할 거야."

"저는 기억하고 있어요." 하고 미시즈 페티그루가 말했다. "그분의 부인이 아직 살아 계실 때, 라이자가 노상 ―"

"전쟁터에서 죽었나?"

"전쟁터에서예요." 하고 미시즈 페티그루는 말했다.

"'사이드보텀.'" 하고 고드프리가 말했다. "듣고 있는 거야, 차미안? '12월 8일, 리치먼드의 맨더빌 사립 병원에서. 템페스트 에덜 사이드보텀, 로널드 찰스 사이드보텀의 가장 사랑하는 부인. 장례식은 가족장.' 나이가 적혀 있지 않군."

"템페스트 사이드보텀이라고요!" 하고 말하면서 미시즈 페티그루는 그의 손에서 신문을 빼앗으려고 손을 뻗쳤다. "어디 좀 보여주세요."

고드프리는 신문을 옴츠리고 무슨 말을 하려고 입을 열려다가는, 또 그만두고, 그 대신 말했다. "아직 다 안 읽었어."

"어머나, 템페스트 사이드보텀이!" 하고 미시즈 페티그루가 말했다. "역시 암은 할 수 없지."

"시시한 여자였거든." 하고 고드프리는 말하였다. 흡사 그녀가 죽었다는 것이 그것을 결정적으로 증명하고 있다는 듯한 말투였다.

"앞으로 누가" 하고 미시즈 페티그루가 말했다. "불쌍한 로널드를 보살펴주지. 지독한 귀머거리인데."

고드프리는 그녀가 무슨 뜻으로 그런 말을 하였는지 살펴보려고 그녀를 바라보았는데 그녀의 짤막한 굵은 코는 찻잔 그늘에 가려지고, 눈은 멍하니 마멀레이드를 바라보고 있었다.

그녀는 사실은 템페스트의 죽음에 대해서는 거의 분격을 느끼고 있었다. 바로 한 달 전에 그녀는 사이드보텀 내외와 협력해서 라이자 브룩의 유서의 일로 소송을 제기하자고 약속했다. 템페스트는 가이 리트가 남 몰래 라이자와 결혼하고 있었다는 것을 알고, 하는 수 없이 미시즈 페티그루에게 접근해서 화해를 하려고 했다. 미시즈 페티그루는 단독으로 하는 편이 낫다고 생각하고 있었지만, 적지 않은 비용이 들기 때문에 생각을 다시했다. 그녀는 템페스트와 함께, 가이 리트와 라이자 브룩의 결혼이 정식이 아니었다는 이유로 소송을 제기하기로 동의했다. 소송의 이유가 약하다는 충고도 있었지만, 템페스트는 돈을 갖고 있는 데다가. 대고[21] 하고 싶어 했고, 미시즈 페티그루는 문제에 직접 관련이 있는 서한을 갖고 있었다.

로널드 사이드보텀은 지극히 소극적이었다 — 세상을 떠들썩하게 하고 싶지 않았던 것이다. 그러나 템페스트 쪽에서는 해보고 싶어 했다. 그러던

21　대고 : 무리하게 자꾸. 계속하여 끊임없이.

템페스트가 죽었다는 것은 미시즈 페티그루에게는 충격이었다. 이제부터는 로널드에게 매달리는 수밖에 없다. 그녀는 성공의 가능성을 재어보려는 듯이 물끄러미 마멀레이드의 항아리를 바라보고 있었다.

고드프리는 다시 신문을 보고 있었다. "가족장이라. 조화는 안 보내도 되겠군."

"로널드한테 조문 편지라도 써 보내세요." 하고 차미안이 말했다. "나는 템페스트를 위해서 로사리오의 기도를 드리겠어. 아아, 그이의 처녀 시절이 생각나는구먼. 오스트레일리아에서 갓 왔었어. 백부가 도싯의 수도원장으로 있었어 ― 우리 집 백부님도 마찬가지였어, 미시즈 페티그루 ―"

"당신 백부는 도싯이 아니야. 요크셔에 있었어." 하고 고드프리가 말했다.

"그렇지만, 템페스트의 백부처럼, 시골의 수도원장 노릇을 했어요. 당신은 잠자코 있어요, 고드프리. 미시즈 페티그루한테 얘기하고 있는 거니까."

"또 저러신다, 메이블이라고 부르시라니까." 하고 미시즈 페티그루는 고드프리에게 눈짓을 하면서 말했다.

"그이의 백부는 말야, 메이블," 하고 차미안은 말했다. "수도원장이었어. 우리 백부님도 마찬가지였어. 이것이 우리 두 사람의 공통점이었어. 그 밖에는 별로 공통점이 없었어, 미시즈 페티그루. 그리고, 처녀 때에는 그이가 물론 훨씬 젊었었어."

"지금도 당신보다는 훨씬 젊어." 하고 고드프리가 말했다.

"아녜요, 고드프리, 지금은 안 그래요. 그렇지, 미시즈 페티그루, 나는 두 분의 백부님들이 같이 계셨을 때의 일을 똑똑하게 기억하고 있어. 우리들은 모두 도싯에 살고 있었어. 주교님하고 평의원 회장님하고, 우리들의 두 백부님이 계셨어. 아아, 불쌍한 템페스트. 그 아이는 여간 심심해하지 않았어. 모두들 성서라든가 'Q'라는 사본(寫本)에 대한 얘기를 하고 있었어. 'Q'가 다만 사본을 가리키는 말이라는 것을 듣고 템페스트는 여간 골을 내지 않았어. 그 애는 말이지, 어떤 주교님의 얘기를 하고 있는 줄 알고, '큐 주교님이 누구야?' 하고 커다란 소리로 물었거든. 모두들 간간 대소를 했지. 그러다가 템페스트가 불쌍해져서 말야, 모두들 위로해주려고, 'Q'란 아무 의미도 아니라고, 사본을 말하는 것도 아니라고 그랬지. 사실 그랬어. 아무것도 아닌 'Q' 때문에 서로들 시비를 해가면서 그렇게 밤 늦게까지 자지도 않고 떠들어대는 것을 보고, 나는 정말 이상하게 생각했어. 템페스트가 몹시 골을 냈지만, 정말 그 애는 누가 놀리거나 하면 참지를 못했어."

미시즈 페티그루는 고드프리에게 눈짓을 했다.

"차미안," 하고 고드프리는 말했다. "너무 흥분하고 있구려."

분명히 그녀는 이때 몸을 떨면서 울고 있었다.

제 9 장

하나는 모드 롱 병동의 조직을 바꾸기 위하여서, 또 하나는 템페스트 사이드보텀이 죽은 것 때문에 버스테드 간호원장은 다른 병동으로 옮겨졌다.

그녀는 템페스트의 보호를 받고 있었다. 그래서, 주로 그 때문에 병원의 운영위원회는 여태껏 노인병동은 그녀의 힘에 겹다는 의견을 받아들이지 않고 있었다. 운영위원회 멤버의 대부분은 바로 최근에 위원이 된 전문가의 남녀들인데, 여러 가지 점에서 그들은 템페스트를 두려워하고 있었다. 혹은 오히려 그녀가 그만두게 되면, 그보다 더 나쁜 사람이 올까 보아서 두려워하고 있었는지도 모른다.

그들로서는, 시대에 뒤떨어진 타입의 위원들이 모조리 죽어 없어지기까지는 한두 사람의 잔존자들 하고는 억지로라도 참고 사귈 필요가 있었다. 만약에 템페스트가 화를 내고 그만두게 되면, 그보다 더 무섭고, 더 음흉한, 까다로운 자선사업가가 올지도 모른다. 그들이 두려워한 것은 주로 그것이었다. 템페스트는 위원회에서 극적인 발언을 하고, 위원장에게 거만한 태도를 취하고, 원칙적으로 모든 지출에 반대하고, 물리요법 의사와 정신병 의사를 극도로 경멸하고 — '정신'이라든가 '물리'라든가로 시작되는 말을 템페스트는 모두 똑같은 것이라고 생각하고 전적으로 받아들이지 않았다 — 말하자면 그녀는 대체로 위원회의 이상(理想)과는 모순된 존재였지만, 반동도 이쯤 되면 오히려 애교가 있다. 그녀의 방식이 얼마나 그릇된 것인가를 그녀 자신이 노상 증명하고 있다. 그리고 분명히 그 때문에 그녀는 위원의 자리에 머물러 있을 수 있었고, 때에 따라서 배짱도 부릴 수 있었다. 버스테드 간호원장의 건(件) 같은 조그마한 일은 대체로 그녀의 마음대로 할 수 있었다. 위원들이 그녀를 무서워한 이유로서는 이와 같이 뚜렷하지 않은 다른 이유도 몇 가지 있었지만, 그것은 오히려 본능적인 것으로서, 아무도 그것을 털어놓고 말하지는 않았다. 위원회에서의 그녀의 목소리는 유능은 하지만 소심한 여러 전문가들에게 이상한 위압감을 주었다. 수많은 사회적 지위를 갖고 있는 콧대가 센 젊은 여자들조차도, 자기 자신에게 회의를 갖고 있지 않은 위대한 여장부 미시즈 사이드보텀의 조그만, 파란 수정 같은 눈이 표독하게 쏘아보는 데는 감히 고개를 들지 못한다. '무서운 여자야.' 하고, 그녀가 나간 뒤에는 모두들 항용 그렇게 생각했다.

"1950년대가 지나면" 하고 그 역시 벌써 일흔세 살이나 되는 위원장이 말했다. "모든 일이 한결 수월해질 거요. 지금은 과도기예요…… 나이 먹은 사람들은 개혁을 싫어해요. 권위를 잃고 싶지 않으니까요. 1960년대의 중턱쯤 가면 모든 일이 한결 수월해질 거예요."

그런 말을 듣고 위원들은 템페스트를, 이 현상 유지의 거암(巨巖)을 그럭저럭 견디어보려고 했다. 1960년대의 중턱에 이르기까지.

그런데 그녀가 죽어버리고, 위원회에 템페스트와 등신대(等身大)의 공백이 남게 되었다. 그 공백을 위원들은 당장에라도 메우려고 했지만, 아직도 메우지를 못하고 있었다. 하나님을 노하게 해서 복수심에 불타는 제2의 템페스트가 보내어지기를 원하거나 하는 것처럼, 1월 1일에 버스테드 간호원장을 다른 병동으로 이동시켰다. 노인병동의 조직을 바꾼다는 그럴듯한 이유가 있었기 때문에, 버스테드 간호원장은 별로 항의도 하지 않았다.

이 전직의 뉴스는 조직 변경의 뉴스보다도 먼저 그래니들의 귀에 들어왔다.

"이 눈으로 보기 전에는 믿을 수 없어." 하고 그래니 바너클이 말했다.

그 주일이 다 가기 전에 새 간호원장이 왔다. 몸이 뚱뚱한 활발한 여자로서, 볼에 살이 두둑하게 붙고, 활기 있는 걸음걸이로 걷는다.

"이런 사람이라야 해." 하고 그래니 바너클은 말했다. "버스테드 간호원장은 너무 말라깽이였어."

이 새 간호원장은 그래니 그린이 정신 없이 계란 부침개를 접시에서 떠서 자기의 궤 속에다 집어넣고 있는 것을 보고는, 두꺼운 널빤지 같은 허리에 손을 짚고 말하였다.

"아니, 도대체 무얼 하구 있는 거예요, 당신은?"

"이런 사람이라야 해." 하고 그래니 바너클은 말하였다.

그녀는 만족한 표정으로 베개 위에서 눈을 감았다.

"몇 달 만에 겨우 안심이 되는군." 하고 그녀는 말했다. "버스테드 간호원장이 갈려 가는 것을 보았으니까, 인제는 언제 죽어도 좋아."

그리고 그녀는 또다시 베개에서 벌떡 일어나 앉더니, 팔을 쳐들고 앞쪽을 가리키면서 예언했다.

"이 병동의 사람들은 모두 다 이제 무사히 올겨울을 넘기게 될 거야."

미스 바너클에 따라서 노상 기분의 영향을 받는 미시즈 발보나는 별점을 읽고 있었다.

"그래니 바너클 — 인마궁(人馬宮). *장거리 여행을 떠나기에 가장 알맞은 날. 오늘은 당신이 오리지낼리티를 발휘할 수 있는 날이다.*"

"오!" 하고 그래니 바너클은 말했다. "오리지낼리티라고. 오늘은 바지를 앞뒤를 바꾸어 입어야겠군."

원장이 순시를 하기 전에 환자들의 얼굴을 씻기고, 옷을 갈아입히고, 머리를 빗겨서 깨끗이 해놓으려고, 간호원들이 다른 날처럼 돌아다녔다. 간호원들은 그래니 바너클이 흥분하고 있는 것을 보고, 맨 나중에 해주기로 했다. 그렇지 않으면 그녀는 몸단장을 하는 시간에는 흥분하기 쉽다. 특히 버스테드 간호원장이 있을 때는, 등에 분가루를 바르기 위해 꾸부리게 하거나 침대에서 의자로 내려앉게 하거나 할 때면 으레 외마디 소리를 질렀다.

"이거 봐, 등이 모두 벗겨지겠어." 하고 그녀는 소리를 지른다.

"몸을 움직이지 않으니까, 욕창이 모두 생긴단 말예요, 그래니."

그녀는 하나님을 부르면서, 간호원들이 자기 팔을 뿌리째 뽑아버리려고 한다고 소리를 지른다. "전능하신 하나님께 맹세하거니와, 나는 도저히 일어나 앉아 있을 수 있는 형편이 못 돼." 하고 고함을 친다. 물리요법 의사가 그녀의 손발을 움직여보려고 하면, 그녀는 한사코 신음 소리를 내면서, 관절이 부러진다고 소리를 질러댄다.

"죽여다오." 하고 그녀는 명령한다. "빨리 죽여줘."

"자 어서, 그래니, 조금만 운동을 해봅시다."

"부러졌다! 뼈가 부러지는 소리가 안 들려? 죽여달라니까, 빨리 —"

"다리를 주물러드릴게요, 그래니. 아유, 다리도 참 예뻐라."

"사람 살려! 간호원이 나를 죽인다."

그러나 대체로, 사실은 그래니 바너클은 트집을 잡아 조금쯤 떠들어대는 것을 좋아했다. 떠들어대면 그녀는 쾌활해진다. 어느 의미에서는, 그녀는 병동 전원의 떠들어대고 싶은 충동의 배출구였다. 그 때문에 다른 그래니들은 떠들고 싶은 것도 참고, 얌전하게 하고 있는 경향이 있었다. 물론 커다란 소리로 불평을 하는 그래니도 없는 것은 아니지만, 그것은 주로 머리를 빗길 때의 몇 초 동안만이었다. 그래니 그린은 머리를 빗겨주면 그 뒤에 반드시 간호원들에게 말했다.

"당신들이 잘라버리기 전에는 나는 여간 고운 머리를 하고 있지 않았는데."

사실은 잘라내 버릴 만한 머리카락이 거의 없었던 것이다.

"위생상 좋아요, 그래니. 머리가 길면 머리를 풀 때 여간 아프지 않거든요."

"나는 여간 고운 머리를—"

"나도 그랬어." 하고 그래니 바너클이 선언한다. 특히 버스테드 간호원장이 그 자리에 있을 때에는 반드시 그 말을 했다. "잘라버리기 전에 내 머리를 좀 보여주었더라면."

"무얼, 누워 있는 몸으로는 짧은 머리가 시원하고 좋지 뭘." 하고 그래니 테일러가 조그마한 소리로 혼잣말을 한다.

그녀의 머리는 원래는 길고 숱이 많았는데, 정말 짧게 하는 편이 좋다고 그녀는 생각했던 것이다.

"오늘은 예쁘장하게 웨이브를 해드릴게요, 그래니 바너클."

"어머, 나를 죽이려고 하는군, 이 사람이."

새 간호원장이 취임한 날, 몹시 흥분을 하고 맨 끝 차례로 돌려둔 그래니 바너클의 차례가 왔을 때 그녀의 몸에 열이 있다는 것을 알았다.

"침대에서 내려놔 주어요, 응?" 하고 그녀는 간호원에게 부탁했다. "버스테드가 없어졌으니까 오늘은 일어나 보고 싶어."

"안 돼요, 열이 있어서."

"간호원님, 오늘은 나는 일어나고 싶단 말요. 유서 용지를 집어주지 않겠소? 내 궤 속에 묶어놓은 게 있으니까. 새로 유서를 써서 새 간호원장을 집어넣어 주고 싶어. 그 사람 이름이 무어지?"

"루시예요."

"루시 로켓은" 하고 그래니 바너클은 새된 목소리로 노래를 불렀다. "버림을 받았다—"

"가만히 누워 계셔요, 그래니 바너클. 조금 있으면 열이 내리게 해드릴게."

한바탕 떠들고 난 뒤에, 그녀는 하라는 대로 했다. 이튿날, 역시 자리에 누워 있지 않으면 안 된다는 말을 듣고 그녀가 커다란 목소리로 항의를 하면서 약간 몸부림을 쳤을 때, 건너편 침대에 있던 미스 테일러는 그래니 바너클의 목소리가 유별나게 가늘고 날카로워진 것을 알았다.

"간호원님, 오늘은 나는 일어나겠어요. 유서 용지를 집어줘요. 새로 유서를 만들어서 새 간호원장을 집어넣고 싶어요. 그 사람, 이름이 무어지?"

"루시예요." 하고 간호원장이 말했다. "혈압이 높아졌어요, 그래니."

"끝의 이름이 뭐야?"

"루시. 루시 간호원장이에요."

"이투성이(이는 영어로 '라우시'[22]라고 한다 – 역주)의 간호원장." 하고 그래니 바너클은 새된 목소리로 말했다. "아무튼 유서 안에 집어넣기로 하지. 나 좀 붙들어줘요……."

의사가 나간 뒤에 그녀는 주사를 맞고 잠시 잠이 들었었다.

1시가 되어서, 모두들 점심을 먹고 있을 때 그녀는 눈을 떴다. 루시 간호원장이 밀크 커스터드를 가지고 그녀 침대에까지 가서 스푼으로 먹여주었다. 방 안은 조용했다. 그래니들의 스푼이 접시에 닿는 소리나, 이야기 소리가 조금도 없어서 한결 귀에 잘 들렸다.

3시경에 그래니 바너클은 다시 또 눈을 뜨고, 공기가 새어 나오는 것 같은 소리로 헛소리를 하기 시작했다. 처음에는 겨우 들릴락 말락 한 정도의

---

22 Lousy : 이투성이의. 불결한. 비열한. 비참한. 형편없는.

소리였는데, 차차 날카로운 커다란 목소리로 변하였다. "석간, 석간." 하고, 전날의 신문팔이는 피리 같은 소리를 냈다. "석간, 석가안, 이닝 스타아, 이닝 스타아, 석가안, 이닝 스타아."

주사를 놓아주고, 그녀의 입으로 조금씩 물을 흘려넣어 주었다. 그녀의 침대를 방의 맨 끝 쪽으로 옮겨놓고, 주위에 칸막이가 둘러쳐졌다. 오후에 의사가 와서 잠시 동안 칸막이 속에 들어가 있다가 나가버렸다.

새 간호원장이 이따금씩 들어와서 칸막이 속을 들여다보았다. 5시 가까이 되어서, 두서너 명의 문병객들이 돌아가기 시작했을 때, 루시 간호원장은 또 한 번 칸막이 속으로 들어갔다. 그녀가 그래니 바너클에게 말을 걸자 가냘픈 소리로 대답이 있었다.

"의식이 있구먼." 하고 미스 발보나가 말했다.

"응, 말은 하는구먼."

"좋지 않아요?" 하고 미스 발보나는 간호원장이 자기의 침대 옆을 지나가자 물었다.

"그다지 좋지 않은데요." 하고 간호원장은 대답했다. 누구의 발소리가 들릴 때마다 몇 사람들의 환자들이, 마치 죽음의 천사를 맞이하는 것 같은, 기대와 공포가 뒤섞인 얼굴로 입구 쪽을 지켜보고 있었다. 6시 가까이가 되어서 남자의 발짝 소리가 들려 왔다. 저녁 식사의 쟁반을 앞에 놓고, 침대 등받이에 기대고 앉아 있던 환자들은 먹기를 중지하고, 누가 왔나 하고 눈길을 돌렸다.

아닌 게 아니라, 조그만 상자를 껴안은 신부였다. 미스 발보나와 미스 테일러는 신부가 옆으로 지나갈 때 성호를 그었다. 신부는 간호부를 동반하고 칸막이 속으로 들어갔다. 병실은 조용했지만, 보청기를 끼고 모두 귀가 잘 안 들리는 환자들에게는 그가 외는 소리는 간간이 어렴풋이 밖에 들리지 않았다.

미스 발보나의 눈물이 저녁 식사의 쟁반 위에 떨어졌다. 그녀는 자기 부친의 임종의 성찬을 생각하고 있었다. 부친은 그 후 회복을 하고 6개월을 더 살았다. 칸막이 뒤에서, 신부는 지금 자비로운 하나님의 손에 그래니 바너클을 맡기려 하고 있을 것이다. 그래니 바너클의 눈과 귀와 코와 입과 손과 발을 씻고 그녀가 보고, 듣고, 냄새 맡고, 맛보고, 얘기하고, 손으로 만지고, 발로 걸어다니고 하면서 범한 모든 죄의 용서를 구하고 있을 것이다.

신부는 나가버렸다. 저녁 식사를 다 한 환자는 두서너 명밖에 안 되었다. 식사를 하지 않은 환자에게는 오발틴[23]이 배급되었다. 7시에 간호원장이 식당으로 가기 전에 다시 한번 칸막이 속을 들여다보았다.

"어때요?" 하고 어떤 그래니가 말했다.

"잘 자고 있어요."

약 20분 후에 간호원이 칸막이 속을 들여다보고, 안으로 들어가서 잠시 동안 있다가 나왔다. 환자들은 병실을 나가는 그녀를 지켜보고 있었다. 밖에서 그녀는 심부름꾼한테 무슨 말을 전하자, 심부름꾼은 식당으로 가서 문을 열고 병동의 간호원장을 불렀다. 심부름꾼은 손가락을 하나 쳐들고, 간호원장의 환자 한 사람이 죽었다는 것을 알렸다.

미스 테일러가 이 병동에 온 뒤에 환자가 죽은 것은 이것이 세 번째였다. 그때의 절차도 그녀는 알고 있었다. "죽은 사람을 위해서 한 시간 동안은 가만히 놓아두어요." 하고, 어떤 간호원이 언젠가 그녀에게 설명해주었다. "그렇지만 단 한 시간뿐예요. 시체가 굳어지기 시작하니깐요. 한 시간이 지나면, 우리들은 마지막 처리를 해요 — 깨끗하게 씻기고, 매장할 수 있게 말끔히 해놓아요."

....

23 Ovaltine : 우유 음료를 만들기 위한 분유 또는 착향(着香)된 분유의 상표.

9시 5분에, 병동의 어둠침침한 종야등(終夜燈)[24]의 불빛 속을 그래니 바너클이 수레에 운반되어 갔다.

"나는 한잠도 못 잘 것 같애." 하고 미시즈 리위스 덩컨이 말했다. 한잠도 못 잘 것 같다고 말한 환자는 그 밖에도 많이 있었지만, 사실은 그날 밤은 모두들 여느 때보다도 한결 더 고단하게 곤히 잠이 들었다. 아침까지 병동은 아무 소리도 없이 조용했다. 열한 명의 환자가 흡사 한 사람의 몸뚱이처럼 숨을 쉬고 있었다.

*

그 이튿날 모드 롱 병동의 조직 변경이 시작되었다. 그리고 환자들은 이런 꼴을 보지 않고 죽은 그래니 바너클이 정말 팔자가 좋았다고 모두들 말했다.

여태까지는 모드 롱 병동에는 열두 대의 침대가 방 안의 절반을 차지하고 있을 뿐이었다. 그녀들은 주로 고령의 환자들이 있는, 다른 훨씬 큰 병동에서 꿰져 나와서 이리로 온 것이었다. 새로운 배치에 의하면, 모드 롱 병동의 나머지 절반의 빈 칸에 고령의 환자 아홉이 더 들어오기로 되었다고 한다. 이 사람들은 병실의 구석 쪽에 집어넣기로 되어 있었다. 벌써 그 준비를 하고 있을 때부터 간호원들은 그 구석 쪽을 '노인병 코너'라고 불렀다.

"저 사람들이 걸핏하면 말하는 그 말은 무슨 뜻이야?" 하고 그래니 로버츠는 미스 테일러에게 물었다.

"노령하고 관계가 있는 말야. 아주 퍽 늙은 환자들이 오는 모양이야."

---

24 종야등 : 밤새도록 켜놓는 등불.

"그럼 우리들은 틴에이저[25]로군그래."

그래니 발보나가 말했다. "이번에 오는 친구들은 아마 백 살이 넘은 사람들일걸."

"무슨 소리인지 안 들리는구먼 — 귀나팔을 낄 테니까 가만히 있어." 하고 그래니 로버츠가 말했다. 그녀는 자기의 조그마한 보청기를 노상 귀나팔이라고 부르고 있었다.

"저것 봐." 하고 그래니 그린이 말했다. "저런 것을 갖고 오는데 그래."

간이 침대가 일렬로 병실 안으로 굴러 들어와서 예정된 노인병 코너에 정렬되고 있는 것이었다. 이 침대는 병원의 다른 침대와 거의 같았지만 놀라울 만한 차이점이 있었다. 소아용 침대처럼 높다란 난간이 붙어 있는 것이다.

그래니 발보나가 성호를 그었다.

그 뒤를 따라, 환자들이 손수레로 운반되어 왔다. 오래전부터 있는 환자들에게 신참자들을 소개시키는 데는 아무래도 이것은 최상의 방법은 못 되었다. 모두 다 상당히 노쇠해 있는 데다가, 이 이동으로 흥분을 한 신참자들은 여느 때보다도 더 소란을 떨었고, 입에서 흘러나오는 침의 분량도 여느 때보다 더 많았다.

루시 간호원장이 그래니들의 침대 옆으로 와서, 새로온 병세가 중한 사람들에 대해서는 인내가 필요하다고 설명했다. "신참자들 중에서 누가 다치거나 하면 안 되니까, 노인병 코너의 가까이에는 뜨개질 바늘 같은 것을 잊어버리고 놓아두면 안 돼요. 우스운 일이 있더라도 놀라서는 안 돼요."

그러자 간호원장은 새로운 한 환자를 가리키면서 간호원에게 가보라고 이르지 않으면 안 되었다. 가냘픈, 주름살투성이의, 예쁘장한 조그마한

25 teenager : 13세에서 19세 사이의 소년과 소녀를 이르는 말.

환자가 혼자서 침대의 난간을 넘어 나오려 하고 있었다. 간호원은 뛰어가서 그 노파를 침대 속으로 도로 밀어넣었다. 노파는 어린애처럼 울음소리를 냈다 — 역시 어린애의 울음소리를 닮은 노파의 울음소리였다.

간호원장은 침착한 어조로 그래니들을 보고 계속해서 말했다. "여러분은" 하고 그녀는 말했다. "이번에 온 환자가 중병이 든 불쌍한 사람들이란 것을 잊지 말아주세요. 놀라거나 하지 말고, 진중하게 잘해주세요. 얌전히, 조용히 해서 간호원들에게 방해가 안 되게."

"우리들도 금방 이제 저렇게 될 텐데." 하고 그래니 그린이 말했다.

"쉿!" 하고 간호원장은 말했다. "그런 말은 하지 말아요. 저이들은 노인병 환자들이니까."

그녀가 나가고 난 뒤에 그래니 덩컨이 말했다. "중년 때에는 나는 노상 이제 늙으면 편하게 쉴 수 있다고, 그것만 바라고 있었는데!"

또 한 사람의 다른 노인병 환자가 침대의 난간을 뛰어넘으려 하고 있었다. 간호원이 뛰어가서 붙들어서 밀어넣었다.

"아아 — 아," 하고 그래니 덩컨이 말했다. "불쌍한 그래니 바너클은 이런 꼴을 보지 않고 죽기를 잘했어. 불쌍한 사람들이야 — 저 사람들한테 너무 우락부락하게 하지 말아요, 간호원님!"

그런데 그 환자 쪽에서 간호원의 모자를 빼앗고는, 물이 먹고 싶다고 떠들어댔다. 간호원은 모자를 다시 쓰고, 또 한 사람의 간호원이 플라스틱 컵을 노파의 입에 갖다 대고 있을 때, 그래니들에게 말했다. "이 양반들도 이제 곧 얌전해져요. 이사를 해왔기 때문에 흥분을 해서 그래요."

소란스러운 하룻밤이 지나고 아침이 되자, 신참자들은 상당히 조용해졌다. 다만 한두 명이 보통 얘기를 할 때에 커다란 목소리를 내는 사람이 있고, 거의 전부가 침대에서 밖으로 들려 나와서 잠시 동안 간호원을 붙잡고 비틀거리고 서 있을 때에 마룻바닥을 적신다. 오후가 되자, 여의사와 조수가 장기판을 들고 들어와서, 네 명의 새 환자들이 있는 옆에 그것을 놓았다. 네 명이 다 일어나서 의자에 앉아 있는데도 손은 쓰지 못한다. 그녀들은 슬리퍼와 양말을 벗겨서, 다리를 주무르고 문질러주고 하는데도 별로 불평을 하지 않았다. 양말과 슬리퍼를 다시 신겨주고, 장기판이 발 밑에 놓여 있을 때 어떻게 하면 되는지를 그녀들은 잘 알고 있는 듯한 표정이었다.

"이봐, 봤어?" 하고 그래니 발보나가 말했다. "저 사람들, 발로 장기를 두고 있는데 그래."

"정말야." 하고 그래니 로버츠가 말했다. "아니, 여기가 곡마단 흉내를 내는 덴 줄 아나?"

"노인병이란 저런 정도가 아녜요." 하고 간호원이 자신 있게 말했다.

"그래니 바너클이 저런 꼴을 보지 않고 죽기를 정말 잘했군."

미스 테일러는 앨릭 워너를 위해서 이 새로운 경험을 되도록 많이 흡수하려고 했다. 그러나 그래니 바너클의 죽음과 자기의 관절염의 통증과 노쇠한 환자들의 소란스러운 소리 때문에 마음이 어수선하기만 했다. 그날이 끝날 무렵에, 그녀는 소리를 내고 울고 있었다. 울면서도 간호원이 알면 어쩌나 하고 걱정하고 있었다. 알게 되면 병이 악화되었다고 보고할 것이고, 그렇게 되면 내일의 미사에 출석하지 못하게 된다. 친척이 없는 그래니 바너클을 위해서, 그녀는 미스 발보나와 둘이서 미사에 나가겠다고 부탁을 해놓았던 것이다.

미스 테일러는 그대로 잠이 들었다. 한밤중에 손발이 쑤셔서 잠이 깨었지만, 가만히 자고 있는 척하고 주사를 부탁하지 않았다. 이튿날 아침 11시에 미스 발보나와 미스 테일러는 손수레를 타고 병원의 예배당으로 갔다. 그 밖에도 세 명의 그래니들이 모드 롱 병동에서 출석하였다. 세 사람은 가톨릭 신자는 아니었지만, 어떤 의미로나 그래니 바너클에게 집착을 갖고 있던 사람들이었다 ─ 애정, 경멸, 원한, 그리고 연민 등으로.

미사를 드리고 있는 동안에, 하나의 불합리한 생각이 미스 테일러의 머릿속을 스쳐갔다. 그녀는 당장에 그 생각을 쫓아버리고 기도에 전념했다. 그러나 데임 레티를 괴롭히고 있는 범인의 정체에 관한 이 미칠 듯한 생각은 그 뒤에도 여러 번 그녀의 머리에 떠오르곤 했다.

제10장

"미스터 고드프리 콜스턴이십니까?" 하고 전화의 사나이는 말했다.

"네, 그렇습니다."

"죽을 운명을 잊지 말아요." 하고 사나이는 말했다.

"데임 레티는 없어요." 하고 고드프리는 당황해하면서 말했다. "당신은 누구요?"

"당신한테 말하고 있는 거요. 미스터 콜스턴."

"당신은 누구냐 말야?"

사나이는 전화를 끊었다. 고드프리는 여전히 키가 컸지만, 겨울 동안에 줄자로 재어 보아가지고는 모를 정도로 졸아든 것 같았다. 뼈대는 오히려 그전보다도 더 커졌다. 말하자면, 뼈대는 장년 시절이나 마찬가지의 크기인데, 뼈대 사이의 인대가 늙을수록 점점 졸아들어서 뼈대가 커진 것같이 보인다. 미시즈 페티그루가 그의 집에 온 가을부터 이 전화가 걸려 온 3월의 아침까지의 사이에 고드프리의 이 변화는 급작스러운 진전을 보이고 있었다.

그는 수화기를 놓고 종종걸음으로 서재 안으로 들어갔다. 미시즈 페티그루가 뒤따라 들어왔다. 그녀는 그전보다도 더 건강해 보이는 것이 그다지 늙은 것 같아 보이지 않았다.

"고드프리, 누구한테서 전화지요?" 하고 그녀는 말하였다.

"사나이야…… 모르겠는데. 레티한테 건 전화일 텐데 나한테 거는 전화라고 분명히 말했어. 그 전갈은 분명히 —"

"뭐라고 그래요?"

"노상 레티한테 말하는 그 말이야. 그것을 그 사나이는 '미스터 콜스턴 당신한테 말하고 있는 거요, 미스터 콜스턴.' 하고 말했어. 도무지 알 수 없는데."

"이제 그만." 하고 미시즈 페티그루는 말했다. "진정합시다요."

"식기대의 열쇠, 갖고 있소?"

"갖고 있어요." 하고 메이블 페티그루는 말했다. "술을 마시려고요?"

"조금 마시는 편이 나을 거야."

"갖고 올게 앉아 있어요."

"독한 것을 가지고 와요."

"염려 말고, 가만히 앉아 있어요."

돌아온 그녀는 젊어 보이는 까만 드레스를 입고 새까만 머리에는 이마 위에서 빗어 올린 하얀 줄이 진 새 머리 타래가 섞여 있다. 그녀는 머리카락을 짧게 잘라 올리고 있었다. 손톱을 핑크색으로 칠하고 커다란 두 개의 반지를 낀 손가락은 고드프리에게 주는 브랜디 소다의 술잔을 들고 있는 기다란 주름살투성이의 손에다 풍족한 고대의 왕자 같은 품격을 돋궈주고 있었다.

"고마워." 하고 고드프리는 술잔을 받으면서 말하였다. "대단히 고마워."

그는 의자에 깊숙하게 앉아 브랜디를 마시면서, 그녀가 무엇을 하며 무엇을 말하려고 하는지 궁금해서 가끔 그녀 쪽을 바라보았다.

그녀는 그의 맞은편에 앉아 있었다. 그가 술을 다 마시기까지 그녀는 아무 말도 하지 않았다. 다 마시고 나자 "나 좀 봐요." 하고 말했다.

"나 좀 봐요. 그 따위는 순전한 상상에 지나지 않아."

그는 자기는 아직도 그렇게 기능이 노쇠해 있지 않다는 말을 하려고 중언부언 중얼거렸다.

"그럼" 하고 그녀는 말했다. "그런 말을 한다면 변호사는 이미 만났겠죠?"

그는 내주에 만나겠다는 등의 말을 했다.

"오늘 오후에 만나기로 약속이 되어 있어요."

"오늘 오후? 누가? 왜?……"

"오후 3시에 당신이 찾아가겠다고, 내가 말해놓았어요."

"오늘은 안 돼." 하고 고드프리는 말하였다. "가고 싶은 기분이 안 드는데. 그 사무실은 외풍이 여간 세어야지. 내주일에 가지."

"운전하기가 귀찮으시면 택시로 가요. 그다지 멀지 않으니까."

"내주일에 가지." 하고 그는 소리를 질렀다. 브랜디를 마셔서 기운이 났던 것이다. 그러나 브랜디의 효과는 점점 줄어져갔다. 점심 때 차미안이 말했다. "무슨 일이 있었어요, 고드프리?"

전화 벨이 울렸다. 고드프리는 뜨끔해서 얼굴을 들었다. 그리고 미시즈 페티그루에게 말했다. "받지 말아."

미시즈 페티그루는 다만 "미시즈 앤서니가 들었을까? 못 들었을 거야." 하고 말했다.

미시즈 앤서니는 귀가 어두워져가고 있었다. 전화 벨소리는 아무래도 그녀에게는 들리지 않았던 모양이다.

미시즈 페티그루는 성큼성큼 홀로 걸어가서 수화기를 들었다. 그리곤 금방 돌아와서 차미안에게 말했다.

"마님께 온 전화예요. 카메라맨이 내일 4시에 만나고 싶대요."

"좋아요." 하고 차미안은 말했다.

"내일 오후에는 제가 볼일이 있어 나가야겠어요."

"상관 없어." 하고 차미안은 말했다. "당신 사진을 찍으러 오는 게 아니니까. 4시에 오면 된다고 말해줘요."

미시즈 페티그루가 그것을 전하러 갔을 때, 고드프리가 물었다.

"또 담화 기사야?"

"아뇨. 카메라맨이에요."

"이렇게 뻔질나게 모르는 사람들이 찾아오니 귀찮아 못 살겠구먼. 오늘 아침에는 기분이 나쁜 일이 있었어. 거절해요."

그는 의자에서 벌떡 일어나더니 문밖에다 대고 소리를 질렀다. "이거 봐요, 미시즈 페티그루, 그 사람한테 오질 말라고 거절해줘."

"벌써 오라고 그랬는데요." 하고 미시즈 페티그루는 자리에 앉으면서 말했다.

미시즈 앤서니가 방문 쪽에서 얼굴을 들이밀었다.

"부르셨어요?"

"우리들은" 하고 미시즈 페티그루가 터무니없는 커다란 소리로 말했다. "방해를 받지 않고 식사를 하고 싶었어. 그렇지만 전화는 내가 받았어."

"대단히 미안합니다." 하고 말하고는 미시즈 앤서니는 가버렸다.

고드프리는 카메라맨의 일로 여전히 투덜거리고 있었다.

"거절하지 그래. 모르는 치들이 너무 많이 와."

차미안은 말했다. "내가 이 집에 있을 날도 얼마 안 남았어요."

"그런 말 하지 마세요." 하고 미시즈 페티그루는 말했다. "아직도 10년은 충분히 더 사실 텐데요."

"글쎄, 그래서" 하고 차미안은 말했다. "나는 서리주의 사설 양로원으로 가기로 작정했어. 뭐니뭐니 해도 그곳 시설은 거의 완전한 것 같애. 개인의 프라이버시가 지켜지고 있고. 프라이버시란 정말 귀중한 거야.”

미시즈 페티그루는 담배에 불을 붙이고, 연기를 차미안의 얼굴에다 천천히 내뿜었다.

“아무도 당신의 프라이버시를 방해하려는 사람은 없지 않아.” 하고 고드프리가 중얼거렸다.

“그리고 자유도.” 하고 차미안은 말했다. “양로원에 가면 나한테도 반가운 손님들을 맞아들일 자유가 있어요. 카메라맨이든, 모르는 사람이든 ─”

“이렇게 건강이 좋아졌는데,” 하고 고드프리는 기를 쓰고 말했다. “이제 와서 양로원에 갈 필요는 없단 말야.”

미시즈 페티그루는 또다시 차미안 쪽으로 연기를 내뿜었다.

“그리고” 하고 말하면서, 그는 미시즈 페티그루를 흘끗 거들떠보았다. “우리들한텐 그만한 여유가 없어.”

차미안은 대답할 필요가 없다는 듯 잠자코 있었다. 사실상 그녀에게는 저작(著作)에서 생기는 수입도 있고, 적어도 미시즈 페티그루가 손을 댈 수 없는 얼마간의 재산도 있다. 올겨울 동안에 그녀의 소설의 인기가 되살아난 것으로 해서 그녀의 머리는 예민해졌다. 기억력도 좋아지고 건강 상태도 1월달에는 기관지염에 걸려서 일주일 동안을 밤낮으로 노상 간호원이 붙어 있었지만, 최근에는 몇 년래로 처음 보는 좋은 컨디션이었다. 그렇다고는 하더라도 역시 천천히 몸을 움직일 수밖에 없고 걸핏하면 신장(腎臟)에 고장이 생기고는 한다.

고드프리는 라이스 푸딩[26]을 마구 입에 처넣고 있었다. 자기가 무엇을

────────────

26 rice pudding : 쌀에 달걀, 우유, 크림, 설탕, 향료 따위를 섞고 과실, 야채 따위를 넣어 만든 푸딩.

먹고 있는지도 모르고 있는 모양이다. 도대체 무슨 생각을 하고 있을까 하고 차미안은 생각했다. 미시즈 페티그루는 이번에는 무슨 일로 그를 괴롭히고 있을까, 미시즈 페티그루는 그의 과거를 어느 정도 알고 있을까, 그리고 그가 이렇게까지 하면서 그녀의 입을 봉해야겠다고 생각하고 있는 것은 무슨 까닭일까. 나한테는 어디까지 고드프리에 대한 의무가 있는 건가—아내로서의 의무의 한계는 어디에 있는가, 하고 그녀는 생각했다. 서리의 사설 양로원에 들어갔으면 좋겠다고 그녀는 생각하면서, 그렇게 생각하는 자기 자신에 놀라고 있었다. 여태까지 그녀는 남한테 폐를 끼치는 것을 싫어하고, 생판 모르는 남보다는 고드프리 쪽이 낫다고 생각하고 있었던 것이다.

"여든일곱이나 되어가지고 집을 나간다니." 하고 고드프리는 거의 탄원하는 듯한 목소리로 말하였다. "그것은 자살 행위야. 갈 필요도 없어."

미시즈 페티그루는 연방 초인종을 눌러도 대답이 없는 것을 보고 말했다. "아니, 미시즈 앤서니는 아주 귀가 먹은 모양이로군. 보청기를 껴야지 안 되겠는데." 그러고는 자기의 차와 차미안의 밀크를 갖고 오라고 미시즈 앤서니에게 이르러 나갔다.

그녀가 나가고 난 뒤에 고드프리는 말했다.

"오늘 아침엔 기분 나쁜 일이 있었어."

차미안은 막연한 표정을 짓고 대답을 회피했다. 미시즈 페티그루의 일로 고드프리가 무슨 난처한 고백이라도 시작하려는 것이 아닌가 하고 생각하고 있었다.

"듣고 있는 거야, 차미안?" 하고 고드프리는 말하였다.

"네, 듣고 있어요. 어서 말해보세요."

"레티의 그 사나이한테서 전화가 왔어."

"레티는 불쌍도 하지, 지긋지긋하게 언제까지 레티를 괴롭힐 작정이지,

그 사나이는."

"전화는 나한테 걸려 왔어. '당신한테 말하고 있는 거요, 미스터 콜스턴.' 하고 말하던데. 망상도 아무것도 아냐. 이 귀로 똑똑히 들었단 말야."

"그래요? 그래 무슨 말을 해요?"

"당신도 알고 있지 않아." 하고 그는 말했다.

"그래요. 그럼, 그렇게 들어두면 되지 않아요?"

"그게 무슨 소리야?"

"무슨 소리는 무슨 소리예요." 하고 차미안은 말하였다.

"그놈이 도대체 누구일까. 경찰은 어째서 잡지 못한다지. 세금은 또박또박 내고 있으면서 남한테서 이런 협박을 받고 있다니 이런 어처구니없는 일이 어디 있담."

"어떻게 하겠다고 협박을 했어요?" 하고 차미안은 말했다. "그 사나이가 말하는 것은 다만 ―"

"기분이 잡친단 말야." 하고 고드프리는 말하였다. "그 때문에 발작을 일으키게 될지는 누가 아는가. 만약 또 한 번 걸어 오기만 하면 『타임스』에 투서할 작정이야."

"미시즈 페티그루한테 왜 의논을 안 하시지요?" 하고 차미안은 말했다. "요새(要塞) 같은 튼튼한 여잔데."

그렇게 말하고 나서 그녀는 갑자기 뼈만 남은 몸을 웅크리고 있는 그가 불쌍해졌다. 그녀는 그의 곁을 떠나서, 난간을 움켜잡고 천천히 계단을 올라가, 오후의 휴식을 취하러 갔다. 미시즈 페티그루의 일로 곤경에 빠져 있는 고드프리를 남겨놓고 내가 집을 나갈 수 있을까 하고 그녀는 생각하였다. 나 역시 할머니가 되기 훨씬 전에 말썽이 생길 것 같은 편지 따위를 모조리 처치하지 않았더라면 지금쯤 난처한 입장에 몰리게 되었을지도 모른다. 그녀는 미소를 띠면서, 어쩐지 무슨 비밀이 있는 것같이 보이는 자기의 책상을 바라보았다. 잠가놓은 그 서랍을 미시즈 페티그루가 뒤져볼 것을 그녀는 알고 있었다. 미시즈 페티그루는 거기에서 아무런 비밀도 발견해내지 못하였다. 그렇지만 고드프리는 역시 현명한 사람은 못 되었을 것이다.

*

고드프리는 뻗대다 못하여 드디어 약속한 대로 변호사한테 가기로 했다. 미시즈 페티그루가 하루만 더 있다가 가겠다는 것을 막무가내로 반대한 것은, 그가 문제의 전화에 대한 얘기를 하는 것을 듣고 깜짝 놀랐기 때문이었다. 분명히 그는 머리가 이상해져가고 있다. 이럴 리가 없었다. 그녀의 손아귀에 들었느니 어쩌니 하는 소문이 나기 전에 그를 변호사한테 보내는 게 좋다.

그는 차를 꺼내서 타고 나갔다. 10분쯤 후에 미시즈 페티그루는 큰길 끝에 가서 택시를 집어타고 그의 뒤를 따랐다. 그가 변호사한테 갔는지의 여부를 확인하기 위해서이니까 변호사 사무실의 앞을 지나치면서 고드프리의 차가 서 있는 것을 보기만 하면 된다고 생각하고 있었다.

사무실 앞에는 그의 차가 없었다. 택시로 슬론 광장을 한 바퀴 돌아보았다. 역시 고드프리의 차는 보이지 않았다. 그녀는 차에서 내려서, 사무실 건너편에 있는 카페로 들어가서는 그가 오는 것이 보이는 자리에 가서 앉았다. 그러나 4시 15분 전이 되었는데도 그의 차는 나타나지 않았다. 변호사한테 오는 도중에 그가 건망증을 일으킨 것이나 아닌가 하고 그녀는 갑자기 생각하였다. 첼시에 안과 의사와 수족병 전문의사가 있다는 말을 들었는데, 필시 착각을 일으켜서, 눈의 진단이나 발의 치료를 받으러 갔는지도 모른다. 아직도 그는 노망한 것 같지는 않았고, 오늘 아침까지만 해도 조금도 이상이 없었다. 그렇지만 오늘 아침의 전화 얘기 같은 바보 같은 소리를 하는 것을 보면, 무슨 일을 저지를지 마음이 놓이지 않는다. 얼마 안 있으면 그의 나이가 여든 여덟이 된다는 것을 생각해야지.

그렇지 않으면 속이고 있는 것일까. 그 전화는 사실은 변호사한테서 온 것이고, 약속을 확인하기 위해서는 걸어온 것을 고드프리가 취소한 것이 아닌가. 도대체가 아무런 전조도 없이 갑자기 누이동생처럼 머리가 돌아 버린다는 것이 이상하다. 그는 단지 책임을 회피하고 싶어서 머리가 이상하여진 것 같은 시늉을 하고 있을 것이다.

미시즈 페티그루는 커피 값을 치르고 고동색 다람쥐털의 외투를 입고 킹스 로드의 큰길을 걷기 시작했다. 수족병 전문의의 병원 앞에도 그의 차는 없었다. 어쩌면 집에 벌써 돌아갔는지도 모른다. 그녀가 옆길 쪽을 흘끗 보았을 때, 어스름한 푸른 황혼 속에 공습으로 부서진 집 앞에 고드프리의 차가 눈에 뜨인 것 같았다. 역시 그렇다. 자세히 보니, 분명히 그것은 고드프리의 복스홀이었다.

미시즈 페티그루는 민첩하게 주위를 둘러보았다. 공습으로 부서진 집의 건너편 전부에는 사람들이 살고 있고 숨을 만한 곳이 없다. 부서진 집 그 자체를 살펴볼 필요가 있었다. 그녀는 먼지투성이의 돌층계를 올라갔다. 이상하게도, 돌층계에는 먼지가 앉은 우유병이 여러 병 놓여 있다. 부서진 방문은 반쯤 열려 있었다. 그 방문을 마저 밀어 열고 그녀는 속을 들여다보았다. 허물어진 벽돌과 석회 벽 너머로 뒷곁의 들창까지가 환히 들여다보인다. 종이가 바스락거리는 소리가 들렸다 — 혹은 쥐인지도 모른다. 그녀는 뒷걸음질을 쳐서 다시 밖으로 나와 섰다. 그리고 그녀는 생각해보았다. 이 폐허가 된 문턱에 얼마 동안을 참고, 서 있을 수 있을까. 고드프리가 어떤 방향에서 차 있는 데로 돌아오는지, 이쪽은 들키지 않고 보고 있지 않으면 안 될 텐데.

차미안은 4시에 눈을 떴다. 집에 사람이 아무도 없는 것을 느꼈다. 미시즈 앤서니는 요즘 하오 2시만 되면 집에 가버린다. 고드프리도, 미시즈 페티그루도 외출을 한 모양이다. 차미안은 자리에 누운 채 가만히 귀를 기울이면서 집에 자기 혼자밖에 없다는 느낌을 확인하고 있었다. 아무 소리도 안 들린다. 그녀는 천천히 일어나서 옷을 주워 입고, 난간의 기둥을 하나 움켜잡고는 계단을 내려갔다. 첫번째의 참까지 내려갔을 때 전화 벨이 울렸다. 그녀는 서두르지 않았다. 그러나 전화는 그녀가 그 앞에 가기까지 계속해서 울리고 있었다.

"미시즈 콜스턴입니까?"

"네, 그렇습니다."

"차미안 파이퍼 — 시군요?"

"네, 기자분이세요?"

"죽을 운명을" 하고 전화의 목소리는 말했다. "잊지 말아요."

"아, 그 일에 대해서는" 하고 그녀는 말하였다. "나는 30년 이상을 기회 있을 때마다 생각해왔어요. 내 기억력은 어떤 일에 대해서는 전혀 생각이 안 나는 것이 있어요. 여든여섯이 벌써 되었거든요. 그렇지만, 어쩐지 죽음에 대한 것만은 잊지 않고 있어요. 언제 죽게 될지 모르지만."

"그것 참 좋은 말씀입니다." 하고 상대방은 말하였다. "그럼, 안녕히 계세요."

"네, 안녕히 계세요." 하고 그녀는 말하였다. "댁에서는 어느 신문사 분이시죠?"

그러나 전화는 벌써 끊겨 있었다.

차미안은 서재로 가서 꺼져가는 난롯불을 조심스럽게 다시 피어 오르게 했다. 억지로 몸을 꾸부리느라고 피로해서, 그녀는 잠시 커다란 의자에 앉아서 쉬었다. 잠시 후에 차를 마실 시간이 되었다. 잠시 동안 그녀는 차에 대한 것을 생각해보았다. 그러고는 일어서서 부엌으로 걸어갔다. 거기에는, 미시즈 페티그루가 차를 해 내갈 때를 위해서 미시즈 앤서니가 준비해놓은 쟁반이 있었다. 그러나 미시즈 페티그루는 외출하고 없다. 차미안의 몸에 갑자기 불안과 환희의 전율이 스쳐갔다. 자기가 차를 만들 수 있을까. 옳지, 해보자. 큰 주전자를 수도 꼭지 밑에다 들이대고 있자니 무거움이 느껴진다. 물이 절반쯤 차자 더욱더 무거워졌다. 손아귀 속에서 그것이 흔들릴 때마다, 앙상하게 여윈 커다란 점이 박힌 그녀의 팔목이 아프고 건들건들 떨린다. 겨우 무사히 주전자를 가스 풍로 위에 얹을 수 있었다. 그녀는 여태까지 미시즈 앤서니가 자동 점화기를 쓰는 것을 보아왔다. 그대로 해보았지만, 불이 붙지 않는다. 성냥으로 켜자. 여기저기 성냥을 찾아보았지만 보이지 않는다. 그녀는 서재로 다시 돌아와서, 고드프리가 집에서 만든 초를 한 자루 단지 속에서 꺼내었다. 위태로운 자세로 허리를 꾸부리고, 난로의 불에 촛불을 붙였다. 그러고는 조그마한 흔들리는 불꽃을 조심스럽게 떨리는 한쪽 손으로 쥐고, 그 손을 또 한 손으로 될 수 있는 대로 움직이지 않도록 꼭 받쳐 들고 부엌까지 갔다. 드디어 주전자 아래서 가스가 타오르기 시작했다. 차미안은 티포트를 덥히려고 난로 위에 얹었다. 그리고 그녀는 미시즈 앤서니의 의자에 앉아서 물이 끓는 것을 기다렸다. 자기가 기운이 세고, 무서운 게 없는 것 같은 기분이 들었다.

물이 끓기 시작하자 그녀는 티포트에 차 이파리를 넣고, 자 이제부터가 난관이라고 생각했다. 큰 주전자를 약간 들어 올려서 그 주둥이를 티포트 위에 기울여보았다. 그녀는 될 수 있는 대로 뒤로 몸을 빼고 서 있었다. 더운물은 티포트 속으로 들어가고, 난로 위로는 어지간히 엎질러져 나갔지만 옷이나 발에는 떨어지지 않았다. 그녀는 티포트를 쟁반 위까지 들고 갔다. 티포트는 흔들거렸지만 간신히 가만히 그것을 놓을 수 있었다.

그녀는 찻주전자를 바라보았다. 더운물이 도무지 골치로군. 이제까지 이렇게 잘해왔는데, 여기서 실수를 해서 데거나 하면 추태다. 그러나 자기는 기운이 세고, 무서운 것이 없는 것 같은 기분이 들었다. 찻주전자가 옆에 놓여 있지 않은 티포트만으로는 무의미하다. 그녀는 찻주전자에 더운물을 잔뜩 따랐다. 이번에는 약간 발에 튀었지만 화상을 입을 정도는 아니었다.

쟁반에 모든 준비가 갖추어지자, 그녀는 미시즈 앤서니의 의자에 그대로 앉아 마실까 하고 생각했다.

그러나 서재에는 자기가 살린 난롯불이 있다. 그녀는 쟁반을 바라보았다. 이것을 도저히 갖고 갈 도리가 없다. 찻그릇들을 하나하나 들고 가기로 하자. 설령 한 반 시간쯤 걸려도 좋으니까.

그녀는 하나하나 날랐다. 도중에서 쉰 것은 한 번뿐이었다. 우선 티포트. 이것은 서재의 난로 위에 놓았다. 그리고 찻주전자. 이 두 개는 위험한 것이었다. 찻잔과 받침 접시. 또 한 벌의 찻잔과 받침 접시. 고드프리나 미시즈 페티그루가 돌아와서 차를 들고 싶어 할지도 모르니까. 버터 케이크, 잼, 접시 두 개, 칼 두 자루, 스푼 두 개. 그리고 또 한 번 개리볼디 비스킷을 가지러 갔다. 그것을 차에 찍어 먹는 게 차미안의 취미였다. 그것을 바라보고 있자니, 그녀는 어렸을 때 개리볼디 때문에 소동을 일으킨 일이 역력히 생각났다. 그녀의 부친이 언제나 『타임스』의 투서란에 난 자기의 유창한 편지를 아침 기도를 드리고 난 뒤에 낭독해 들려주었다. 그런 일까지도 생각이 났다. 개리볼디 비스킷이 세 개 접시에서 미끄러져서 홀 바닥 위로 떨어져 깨졌다. 그녀는 그냥 접시를 테이블에까지 갖다 놓고, 또 다시 돌아와서 부서진 비스킷을 조그만 부스러기까지도 말끔히 주웠다. 칠칠치 못하다고 누구한테 흉을 잡히기는 싫다, 하고 그녀는 생각했다. 그러나 역시 이날은, 그녀는 무서운 것이 없는 것 같은 기분이었다. 마지막으로, 쟁반과 깨끗한 행주를 가지러 갔다. 그리고 발을 멈추고는, 난로 옆에 엎지른 물을 훔쳤다. 모두 다 날라 오고 나서 그녀는 방문을 닫았다. 자기의 의자 옆의 나지막한 테이블 위에 쟁반을 얹고, 그 위에 찻그릇들을 얌전하게 정돈해놓았다. 이제 겨우 끝났다. 20분 걸렸다. 그러고는 5분쯤 그녀는 의자에 앉은 채 감사하고 싶은 마음으로 꾸벅꾸벅 졸았다. 그러고는 조심스럽게 차를 따랐다. 받침 접시에 아주 조금 엎질러졌다. 그 아주 조금은 그녀는 역시 찻잔에 도로 따라 넣었다. 모든 것이 여느 때와 같았다. 다른 것은 다만 그녀가 행복한 고독을 즐기고 있다는 것, 그리고 차가 그다지 뜨겁지 않다는 것. 그녀는 차를 마시기 시작했다.

*

미시즈 페티그루는 백회[27]가 벗겨진 현관 밑에 서서 시계를 보았다. 어둠침침해서 글자판이 잘 보이지 않는다. 그녀는 돌층계를 내려와서, 가로등 밑까지 가서 시계를 보았다. 4시 40분이었다. 다시 또 공습으로 허물어진 현관 밑으로 갔다. 돌층계를 두 계단 올라갔을 때 난데없이 순경이 나타났다.

"무엇을 잃어버리셨나요?"

"아뇨, 친구를 기다리고 있어요."

순경은 돌층계를 올라가더니, 삐걱거리는 방문을 밀어 열고 회중전등으로 내부를 구석구석 비춰 보았다. 그녀의 친구들이 숨어 있을지도 모른다고 생각하고 있는 듯한 태도였다.

미시즈 페티그루는 생각했다.

"이건 너무한데. 정말 별꼴을 다 당하는구먼. 이 추운 데 서서 순경한테

---

27 백회(白灰) : 탄산 칼슘을 열분해하여 생기는 염기성 산화물. 하얀 고체나 가루.

심문까지 당하다니. 이제 곧 일흔네 살이나 되는 사람이." 방문 뒤의 저쪽 땅 위에서 무엇인가가 바스락하고 소리를 냈다. 그녀는 그쪽을 보았다. 아무것도 보이지 않는다. 그런데, 그때 무엇인가 그녀의 몸에 닿는 것이 있었다. 손바닥으로 발등 위를 쓰다듬어주는 것 같은 느낌이었다. 그녀는 질겁을 하고 뒤로 물러섰다. 그녀의 눈은 순간적으로 난간 사이를 빠져나가는 쥐의 뒷모습을 보았다. 그녀는 외마디 소리를 질렀다.

순경이 길을 건너서 그녀 쪽으로 왔다. 분명히 길 건너의 어떤 집 문간에서 그녀를 지켜보고 있었던 것이다.

"왜 그러시죠?" 하고 그는 말했다.

"쥐가" 하고 그녀는 말했다. "내 발등 위로 지나갔어요."

"이런 데 서 계시면 안 됩니다."

"친구를 기다리고 있는 거예요."

"성함은?"

그녀는 그가 "직업은?" 하고 묻는 줄 알았다. 그래서 그녀는 아마 내가 생각하고 있는 것보다 훨씬 젊어 보이는 모양이지, 하고 생각했다. "맞춰보세요. 세 가지 질문은 해도 되니까." 하고 그녀는 쾌활하게 말했다.

"이런 데 서 계시면 곤란합니다. 댁은 어디십니까?"

"그런 건 알아 무얼 해요?"

"누구, 같이 오신 분은 안 계신가요?" 하고 그는 말했다. 그제서야 그녀는 알았다. 나를 그렇게 젊게 본 것이 아니라, 머리가 좀 이상하다고 생각하고 있는 모양이로군.

"친구를 기다리고 있는 거예요." 하고 그녀는 말했다.

순경은 난처한 표정으로 그녀 앞에 서 있었다. 그녀의 얼굴을 살펴보면서, 어떻게 하면 좋을까 하고 생각하고 있다.

방문 뒤에서 바스락거리는 소리가 났다. 미시즈 페티그루는 찔끔하고 놀랐다. "아, 쥐?"

바로 그 순간에 순경의 커다란 몸뚱이 뒤에서 차의 문 닫는 소리가 들렸다.

"저기 내 친구가 왔어." 하고 말하면서 그녀는 순경의 옆으로 빠져나가려고 했다. "어서 비켜요."

순경은 뒤를 돌아다보고, 차를 자세히 살펴보려고 했다. 고드프리의 차는 벌써 움직이기 시작하고 있었다.

"고드프리! 고드프리!" 하고 그녀는 외쳤다. 그러나 차는 가버리고 말았다.

"친구분은 곧 가버리셨군요." 하고 순경은 말했다.

"당신이 자꾸 말을 거는 바람에 놓쳐버렸지 뭐예요."

그녀는 돌층계를 내려가기 시작했다.

"무사히 돌아가실 수 있습니까?"

순경은 그녀가 가는 걸 보고 한숨을 돌린 모양이었다.

그녀는 대답도 하지 않고, 별꼴을 다 보았다고 생각하면서 킹스 로드에서 택시를 잡아탔다.

그녀가 집에 도착했을 때, 고드프리는 차미안에게 타이르고 있었다.

"차를 끓여서 여기까지 당신이 어떻게 들고 올 수 있었겠어? 안 그래? 미시즈 페티그루가 갖다 준 거지. 잘 생각해봐. 꿈을 꾸고 있었던 거지."

차미안은 미시즈 페티그루를 보고 말했다.

"당신은 오후에는 쭉 집에 없었지 않아, 미시즈 페티그루?"

"메이블이라고 불러주세요."

"아 참, 그렇지 메이블. 내가 내 손으로 차를 끓여서 여기까지 가지고 왔는데, 고드프리는 곧이듣지 않아. 저렇게 사람의 말을 믿지 않는 사람은 처음 봤어."

"내가 갖다 놨어요" 하고 미시즈 페티그루는 말했다. "산보를 하러 나가기 전에. 요즘 미시즈 앤서니가 빨리 집에 가니까, 그렇게 해놔야겠다고 생각해서요."

"내 말이 틀리지 않았지?" 하고 고드프리는 차미안에게 말했다.

차미안은 잠자코 있었다.

"일어나서 차를 끓였다는 소리를 그럴듯하게 하지만" 하고 고드프리는 말하였다. "도대체가 그런 소리가 곧이들리겠느냐 말야."

차미안은 말했다. "나는 몸뿐만이 아니라 머리까지도 못쓰게 됐나 봐요, 고드프리. 서리의 양로원으로 가겠어요. 그렇게 하기로 아주 정했어요."

"아마" 하고 미시즈 페티그루는 말했다. "그게 제일 좋을 거예요."

"양로원엔 무엇 때문에 간단 말야. 이거 봐," 하고 고드프리는 말하였다. "누가 당신보고 양로원에 가라고 그랬어? 내가 말하는 것은 다만 ―"

"나는 자야겠어요, 고드프리."

"오, 참, 저녁상을." 하고 미시즈 페티그루가 말했다.

"저녁은 생각 없어." 하고 차미안은 말했다. "차를 맛있게 먹어서."

미시즈 페티그루는 가까이 가서 차미안의 팔을 잡으려고 했다.

"괜찮아. 나 혼자 잘 수 있어."

"이제 그만, 화는 내시지 말고. 푹 주무세요. 내일은 카메라맨이 올 테니까요." 하고 미시즈 페티그루는 말했다.

차미안은 천천히 방에서 나가서 2층으로 올라갔다.

"변호사 만나셨어요?" 하고 미시즈 페티그루는 말했다.

"날이 왜 이렇게 추워." 하고 고드프리는 말했다.

"변호사는 만나보셨겠죠?"

"못 만났는데. 사실은 무슨 급한 환자가 생겨서 나갔다고 그러는데. 다시 한번 찾아가 봐야지, 내일까지, 메이블."

"급한 환자요?" 하고 그녀는 말했다. "만나볼 약속을 한 것은 변호사지, 의사가 아녜요. 당신은 차미안보다도 더 중태로군요."

"응, 그래 그래, 메이블, 변호사야. 미시즈 앤서니가 들으면 어떻게 하려고 이렇게 야단이오."

"미시즈 앤서니는 없어요. 있으면 어때, 밤낮 귀머거리인걸. 당신은 오후에, 쭉 여기 있었나요?"

"응? 응." 하고 그는 말했다. "경찰에 갔었어."

"뭐라고요?"

"경찰에 말야. 한참 기다렸어."

"이거 봐요, 고드프리. 내가 무슨 짓을 하였다는 증거라도 있나요? 아시겠어요? 증거가 있어야 해요. 하려면 해봐요. 경찰에 가서 뭐라고 그랬어요? 말해봐요, 뭐라고 그랬느냔 말예요?"

"내가 말한 것을 그대로 옮길 수는 없지만. 이제 경찰이 어떻게 좀 해주어도 좋은 때가 아니냐고 그렇게 말했지. '나의 누이는 그 사나이한테 벌써 6개월 이상을 애를 먹고 있소.' 그리고, '이번에는 나까지도 당하게 되었소.' 그리고, '경찰이 어떻게 손을 써주어도 좋은 때가 아니겠소.' 하고. 그리고—"

"아니, 그 전화 말이로군요. 당신의 걱정거리는 그것밖에 없어요? 아니, 정말, 고드프리, 그것밖에?……"

그는 의자 속에서 몸을 움츠렸다. "왜 이렇게 추워." 하고 그는 말했다. "위스키는 있나?"

"없어요." 하고 그녀는 말했다. "다 먹었어요."

그는 자기의 침실로 가는 길에 살며시 차미안의 방문을 열어보았다.

"아직도 자지 않아?" 하고 그는 나지막한 소리로 말했다.

"네." 하고 그녀는 눈을 뜨고 말했다.

"기분은 어때? 뭐 먹고 싶은 건 없어?"

"없어요. 고마워요, 고드프리."

"양로원엔 가지 말아요." 하고 그는 소곤거리듯이 말하였다.

"고드프리, 오늘 오후에는 내가 내 손으로 차를 끓인 거예요."

"알았어." 하고 그는 말했다. "당신이 끓였어. 그렇지만, 양로원에는 —"

"고드프리" 하고 그녀는 말하였다. "내 충고를 들을 생각이 있으면, 에릭한테 편지를 쓰세요. 에릭하고 화해하세요."

"왜? 왜 그런 말을 하는 거요?"

그러나 그녀는 그 말을 하게 된 이유를 말하려고 하지 않았다. 그는 이상하게 생각하였다. 자기로서도 에릭한테 편지를 쓰려고 생각하고 있던 참이었다. 도대체가 차미안은 나의 일이나 나의 고민에 대해서, 내가 생각하고 있는 것보다도 더 잘 알고 있는 것인가 혹은 다만 우연히 생각난 것을 말해본 것에 불과한 것인가.

*

"약속하세요." 하고 올리브 매너링은 말했다. "이 일을 완전한 직업적인 것으로 취급하겠다고."

"약속하겠어." 하고 앨릭 워너는 말했다.

"그렇지만" 하고 올리브는 말했다. "위험한 일이고 절대로 비밀로 해야 할 일이거든요." "나도 아무한테도 말하지 않기로 하고 있는 거예요."

"나도 아무한테도 절대로 말하지 않겠어." 하고 앨릭은 말했다.

"순전히 연구를 위한 거예요." 하고 올리브는 말했다.

"그럼, 물론이지."

"어떻게 기입하시겠어요?" 하고 올리브는 물었다. "아무 데에도 이름을 써 넣거나 하면 안 되니까 말예요."

"내가 죽으면, 실명이 기입되어 있는 서류는 전부 태워버리게 되어 있어. 예증이 누구의 것인지 절대로 모르게 될 거야."

"좋아요." 하고 올리브는 말했다. "그이는 오늘 오후에는 여간 비참해 보이지 않던데. 정말 불쌍할 정도였어요. 미시즈 페티그루 말예요, 아시죠?"

"양말 대님 유희 같은 것 말이지?"

"아녜요. 그 장난은 벌써 끝났어요."

"협박이로군."

"그래요. 미시즈 페티그루는 고드프리의 옛날의 일을 전부 탐지해낸 모양예요."

"라이자 브룩하고의 연애 관계 말이지."

"그것하고, 그 밖의 여러 가지 일을. 그 당시에는 흐지부지되었지만 콜스턴 양조장의 돈에 관한 스캔들도 있어요. 미시즈 페티그루는 모조리 다 알고 있어요. 고드프리의 비밀 서류를 찾아내 가지고."

"고드프리는 경찰에 갔는가?"

"안 갔어요. 무서운 모양이에요."

"보호를 받을 수 있을 텐데 그래. 무엇이 무서워서 그러노? 물어보았어?"

"주로 마나님을 무서워하고 있어요. 마나님한테 알리고 싶지 않아서요. 자존심을 깎이고 싶지 않아서 그럴 거예요. 마나님은, 나는 물론 만나보지 못했지만, 상당히 종교적으로 경건한 사람인 모양이더군요. 그리고 작가로서도 유명했지요. 그래서, 영감님보다도 섬세하다는 점에서 모든 사람들한테 동정을 받고 있는 모양이에요."

앨릭 워너는 필기를 했다.

"차미안은," 하고 그는 말하였다. "고드프리에 관해서는 무슨 일을 알게 되어도 기분 나쁘게 생각하거나 하지 않을 텐데. 그런데, 그 사람은 차미안이 알게 될까 보아서, 그것을 무서워하고 있단 말이지?"

"네, 그래요."

"대부분의 사람들은 차미안 쪽이 고드프리를 무서워하고 있다고 말할 거야. 상당히 구박하고 있으니까."

"그래요? 나는 그 사람한테서밖에 듣고 있지 않으니까. 고드프리는 지금 아주 우울해요."

"얼굴빛을 주의해 보았어?"

"혈색은 좋던데요. 그렇지만 체중은 줄었어요."

"그전보다 허리가 더 꾸부러졌소?"

"상당히 더 꾸부러졌어요. 위스키를 통 마시지를 못하고 있어요. 미시즈 페티그루가 잠가놓고 안 꺼내 주거든요."

앨릭은 그것을 적어 넣었다. "긴 안목으로 보면, 그러는 편이 그 사람을 위해서 좋을지도 몰라." 하고 그는 말하였다. "그 나이로는 너무 많이 마셨거든. 미시즈 페티그루의 일을 어떻게 처리할 작정이지?"

"돈으로 해결하는 거죠. 그렇지만 그 여자 쪽에서는 자꾸 금액을 올리고 영감은 돈을 주기가 싫고. 그런데 요즘에 와서는 그 여자는 자기한테 유리하게 그에게 유서를 고치도록 하려고 하고 있대요. 고드프리는 오늘 변호사한테 간다고 하고 집을 나왔는데, 변호사한테는 가지 않고 나한테 들렀어요. 나를 보고 에릭한테 그 여자를 혼을 내러 와달라고 부탁을 해주었으면 하는 모양이에요. 그렇게 하면 에릭도 그만큼 손해를 보지 않을 거라는 거지요. 하지만, 에릭은 양친을 여간 원망하고 있지 않거든요. 어머니한테는 질투를 하고 있고. 어머니의 소설의 재판(再版)이 나오게 되고 나서부터는 더 그래요. 사실은 에릭도 상당한 평가를 받을 만한데, 시대가 시대이니만큼……"

"에릭과 같은 젊은 사람한테는" 하고 앨릭은 말하였다. "흥미 없어. 고드프리의 얘기를 계속해봐요."

"그 양반은 에릭하고 화해하고 싶다고 그러던데요. 그에 대해서는 내가 에릭한테 편지를 쓰기로 약속을 했으니까. 써 보낼 작정이지만, 그러나 사정이 그래서 —"

"미시즈 페티그루는 자기 돈이 좀 있나?"

"글쎄, 모르겠는데요. 그런 여자의 일은 좀 알 수가 없지 않아요? 어제 들은 얘기 같아서는, 그다지 많은 돈은 없는 모양이에요."

"어제 들은 얘기란 무언데?"

"그건요," 하고 올리브는 말했다. "로널드 사이드보텀한테 들은 얘기예요. 어저께 그이가 왔어요. 고드프리한테서 들은 얘기는 아녜요."

"무슨 얘기인데?" 하고 앨릭은 말했다. "이거 봐요, 올리브, 당신이 특별히 누구하고 만나서 얘기를 할 필요가 있을 때에는 언제나 특별 수당을 내가 지불한다는 것은 알고 있지?"

"알고 있어요." 하고 올리브는 말했다. "너무 서둘지 마세요. 이것이 특별한 얘기라는 것만 알아주시기만 하면 돼요."

앨릭은 자기의 조카라도 보듯이, 그녀를 보고 미소를 지었다.

"로널드 사이드보텀은" 하고 그녀는 말했다. "템페스트가 죽어서, 결국 라이자 브룩의 유서에 이의를 신청하지 않기로 결정했어요. 원래 템페스트가 생각한 일이었으니까요. 라이자의 가이 리트와의 결혼이 정식 결혼이 아니니 하는 것이 문제가 되었더라면 모든 일이 여간 불쾌하게 되지 않았을 것이라고, 로널드는 그렇게 말하더군요. 미시즈 페티그루는 템페스트가 죽었을 때 사이드 보텀 내외하고 같이 소송에 가담하고 있었기 때문에 소송이 취하된 것을 여간 분해 하고 있지 않대요. 겨울 동안 내내 로널드를 구워삶으려고 무척 애를 써봤는데, 안 된 모양이에요. 로널드는 심지가 여간 깊지 않고 아무한테도 그렇게 호락호락하게 넘어갈 사람이 아녜요. 선생님은 로널드를 잘 모르시죠. 귀머거리예요. 그렇지만—"

"로널드는 40여 년 전부터 알고 있어. 그 사람이 당신의 눈에는 남의 말에 넘어갈 사람같이 보이지 않는다니 그것 참 재미있는 말이군."

"그이는 눈에 띄지는 않지만, 좋은 데가 있어요." 하고 그녀는 말했다. 템페스트가 죽고 나서 조금 뒤에 그녀는 조부와 함께 화랑을 거닐다가 로널드 사이드보텀을 만나서, 노인 둘을 데리고 와서 저녁 식사를 같이 한 일이 있었다. "그렇지만 40년 이상을 로널드를 알고 계시다면, 이제 더 이상 나한테 듣고 싶은 일은 없으시겠네요?"

"그런데 나는 로널드를 안 지가 40년이 넘지만 당신이 보는 것처럼 그 사람을 볼 수는 없어."

"그 양반은 미시즈 페티그루를 여간 싫어하지 않아요." 하고 올리브는 혼자서 무엇인가 생각하고 있는 듯한 미소를 띠면서 말했다. "미시즈 페티그루는 라이자의 유산을 그다지 많이 못 갖게 될 거야. 지금까지 받은 것은 다람쥐 털로 만든 외투밖에 없어요."

"자기의 돈으로 이의 신청을 할 생각이 있는가 미시즈 페티그루는?"

"없어요. 이의를 신청하기에는 이유가 너무 약하다는 말을 듣고 있거든요. 라이자 브룩은 노항 봉급을 또박또박 지불하고 있었으니까, 소송을 제기할 만한 이유가 없는 거죠. 게다가, 아무래도 그 여자한테는 소송을 제기할 만한 돈이 없는 것 같아요. 그래서 사이드보텀 부부한테 의지하고 있었어요. 유서에는 가이 리트가 살아 있지 않는 경우에는 그녀에게 돈이 가기로 되어 있지만 가이 리트는 아주 건강이 좋고 팔팔하다고 만나는 사람한테마다 떠벌리고 다니고 있거든요. 그래서 미시즈 페티그루는 될 수 있는 대로 고드프리한테서 빨아내려고 하고 있는 거예요."

앨릭 워너는 필기를 끝내고 수첩을 덮었다. 올리브는 그에게 술을 따라 주었다.

"불쌍한 고드프리." 하고 올리브는 말하였다. "그 영감한테는 다른 걱정거리가 또 있어요. 누이동생인 데임 레티를 괴롭히고 있는 그 정체불명의 전화가 고드프리한테도 걸려 왔어요 — 적어도 자기는 그렇게 생각하고 있어요. 그렇게 생각하면, 정말 걸려 온 거나 마찬가지 아녜요?"

앨릭 워너는 다시 수첩을 펼치고, 조끼 호주머니에서 펜을 꺼냈다.

"전화의 사나이는 무어라고 말하더래?"

"똑같은 말예요. '당신은 곧 죽을 겁니다'라고 했다든가 뭐라고 했다든가."

"항상 정확하게 들어두어야 해요. 데임 레티의 사나이는 '죽을 운명을 잊지 말아요'라고 그래. 고드프리가 들은 것도 그것이었나?"

"그랬을 거예요." 하고 그녀는 말했다. "이런 일은 여간 피로하지 않아요."

"알고 있어. 그랬을 거야. 그 전화는 몇 시쯤 해서 걸려왔는가?"

"오전 중이에요. 그 이상은 모르겠어요. 차미안의 의사가 돌아가고 난 뒤에 금방 걸려왔대요."

앨릭은 기입을 다 하고는 다시 수첩을 덮었다. 그리고 올리브에게 말했다. "가이 리트는 소송을 취하한 것을 알고 있나?"

"모르겠어요. 어제 오후에 바로 결정이 났다고 하니까요."

"아직 모를 거야." 하고 앨릭은 말하였다. "라이자의 돈은 가이 같은 취미를 가진 사람에게는 여간 중요하지 않을 거야. 그 사람은 요즘 돈에 쪼들리고 있으니까."

"그 사람 얼마 못 살 것 같지 않아요." 하고 올리브는 말했다

"라이자의 돈이 그의 얼마 안 되는 여생을 한결 즐겁게 해줄 거야. 이 얘기는 별로 비밀로 할 필요는 없지?"

"없어요." 하고 올리브는 말했다. "하지만, 미시즈 페티그루가 고드프리의 약점을 쥐고 있는 일…… 그 점만은 절대로 비밀이에요."

앨릭 워너는 집에 돌아가서, 가이 리트에게 보낼 편지를 썼다.

경애하는 가이 형

이미 알고 계실지 모르지만, 로널드 사이드보텀도 미시즈 페티그루도 라이자의 유서에 대한 이의 신청의 고소를 단념했습니다.

축하합니다. 이 행운을 오래도록 즐기시기를 기원합니다.

정식 통지가 가기 전에 미리 앞질러서 간섭을 하는 것 같아서 미안합니다. 만약에 다행히도 내가 이 일을 처음으로 귀형에게 알리는 것이라면, 이 편지를 읽고 난 직후와 한 시간 후와 이튿날 아침의 세 차례의 맥박과 체온을 재어주실 수 없으실지요. 그 결과를, 만약에 알고 있다면 귀형의 평상시의 맥박 횟수와 체온과 함께 나에게 알려주셨으면 좋겠습니다.

그렇게 해주시면 나의 기록에 귀중한 자료가 늘어나는 폭이 되니, 정말 감사하겠어요.

총총

추기. 그 밖에도 이 낭보가 귀형에게 어떤 반응을 일으켰는지 알려주신다면 물론 지극히 감사하겠습니다.

편지를 부치고 돌아오자, 앨릭 워너는 기록을 정리하기 시작했다. 전화

가 두 번 걸려 왔다. 처음의 것은 고드프리 콜스턴한테서 걸려 온 것이고, 앨릭은 그때 마침 고드프리의 기록표를 손에 들고 있었다.

"오오," 하고 고드프리는 말했다. "집에 있었군."

"응. 찾고 있었나, 나를?"

"아니," 하고 고드프리는 말하였다. "그런데, 얘기할 게 좀 있어. 경찰에 아는 사람 혹시 없나?"

"별로 없는데," 하고 앨릭은 말하였다. "모티머가 은퇴하고 난 뒤에는."

"모티머는 안 돼." 하고 고드프리는 말하였다. "문제의 정체불명의 전화 때문에 모티머는 그것을 조사하는 데 몇 달씩 걸리고 있어. 그 전화의 사나이가 요즘은 나한테도 전화를 걸어온단 말야."

"9시에서 10시까지의 한 시간 동안은 시간이 있어. 클럽으로 올 수 있지?"

앨릭은 수첩으로 다시 돌아갔다. 15분 후에 두 번째의 전화가 걸려왔다. 남자의 목소리가 말하였다. "죽을 운명을 잊지 말아요."

"다시 한번 말해줄 수 없나요?"

상대방은 다시 한 번 되풀이해 말했다.

"고맙소이다." 하고 앨릭은 말하고는, 상대방보다도 한순간 앞질러서 수화기를 놓았다.

그리고, 그는 자기 자신에 관한 카드를 꺼내서 기입을 했다. 그다음에, 또 한 장의 카드에 참조 번호를 달아서, 자세한 주석을 덧붙여놓았다. 마지막으로, 일기첩에 몇 줄 기입을 하고, 맨 끝에 이런 말을 적었다. '문제점 ― 집단 히스테리.'

들창에서 들어오는 4월의 기분 좋은 햇빛 속에서, 엠린 모티머는 안경을 쓰고, 블라우스의 주름을 펴고 있었다. 겨울의 두툼한 저고리를 벗어버리고, 블라우스와 카디건을 다시 입을 수 있는 것이 그녀로서는 여간 기분 좋지 않았다.

그날 아침에, 그녀는 파슬리의 씨를 뿌리려고 마음먹고 있었다. 될 수 있으면 카네이션과 스위트피의 새싹을 솎아주고도 싶다. 아마 헨리는 장미 가지를 쳐주고 있을 것이다. 헨리의 병은 위험한 고비는 넘겼지만 괭이질을 한다든가, 아무튼 힘들게 허리를 꾸부리고 하는 일은 좋지 않다. 그는 노상 먼발치로 감시를 하고 있지 않으면 안 된다. 저녁때 사람들이 다 가고 난 뒤에[28], 헨리에게는 구스베리에, 베도병이 들지 않게 유황석회를 뿌리고, 부패병이 들지 않게 배나무에 보르도 배합제를 뿌려달라고 하자. 까치밥나무도 싹이 너무 자라면 안 된다. 해야 할 일이 여간 많지 않다. 헨리가 과로하지 않게 해야 한다. 그렇군, 배나무에 약을 뿌리는 일 같은 것은 못 하게 해야겠군. 허리에 너무 힘을 주고 무리를 할지도 모른다. 그 사람들도 필시 그를 기진맥진하게 할 것이고.

---

28 번역문에는 '사람들이 다 가고 난석회 뒤에'라고 되어 있는데 오류로 보임.

그날 아침, 그녀의 귀는 예민했다. 헨리는 2층에서 활발하게 움직이고 있다. 콧노래까지 부르고 있었다. 간간이 들창 밖에 놓여 있는 히아신스의 향기가 짤막한 불규칙한 파도처럼 밀려든다. 엠린은 날카롭고 기분 좋게 코를 찌르는 자극을 느끼면서 그것을 들이마셨다. 그녀는 따뜻한 맛있는 차를 찔끔찔끔 마셨다. 티포트에 보온 커버를 덮어, 헨리를 위해서 차를 식지 않게 했다. 그리고 안경에 손을 대고 초점을 맞추고, 조간을 읽기 시작했다.

이내 헨리 모티머가 내려왔다. 그가 들어왔을 때 엠린은 약간 얼굴을 돌리더니, 이내 다시 신문을 들여다보았다.

그는 프랑스 창을 열고 햇빛과 공기를 온몸에 가득 쐬면서, 잠시 동안 서서 정원을 바라보고 있었다. 그러더니 창문을 닫고 테이블에 앉았다. "오늘은 괭이질을 좀 해야지." 하고 그는 말했다.

그녀는 당장에 반대하지는 않았다. 적당한 시기를 기다리지 않으면 안 된다. 헨리가 후두염 때문에 신경이 날카로워지고 있는 것은 아니다. 오히려 그것은 주의와 습관의 문제였다. 헨리가 말한 것에 반대할 때, 그녀는 항상 잠시 시간을 두고 하기로 하고 있다.

그는 손을 들고 햇빛이 쐬는 창문 밖 쪽을 손등으로 가리켰다. "어떨까?" 하고 그는 말했다.

그녀는 얼굴을 들고 미소를 띠고는, 고개를 한 번 끄덕거렸다. 그녀의 얼굴에는 온통 자디잔 주름살이 지고, 군데군데 조그마한 뼈가 튀어나온 부분의 피부만이 팽팽했다. 등은 곧장 뻗어 나고, 몸집은 예쁘장하고, 거동은 침착하다. 그녀는 머리의 절반을 분주히 발동시키고, 오늘 오후에 올 손님을 위해서 준비해야 할 좌석 수를 생각하고 있었다. 그녀는 헨리보다 네 살이나 위였다. 헨리는 2월 초순에 일흔 살이 되었고, 그 바로 직후에 처음으로 심장의 발작을 일으켰다. 그에게는 의사를 병의 화신(化身)이라고 생각하려는 경향이 있어서, 의사가 매일같이 왕진을 오지 않게 되고 나서부터 병이 훨씬 나아졌다는 말을 하곤 했다. 처음엔 오후에만은 일어나 있어도 된다는 허락을 받았고, 그 후에는 하루 종일 일어나 있을 수 있게 되었다. 의사는 그에게, 걱정을 하지 말 것, 노상 정제의 약상자를 갖고 다닐 것, 식이요법을 엄수할 것, 절대로 무리하게 일하지 말 것 등을 명령했다. 엠린에게는 필요할 때는 언제나 전화로 연락을 해달라고 일러놓고 의사는 이 집에서 사라졌고, 헨리는 한숨을 돌렸다.

주임경감을 지낸 헨리 모티머는 키가 늘씬하게 큰, 머리가 벗겨진 활발한 노인이었다. 머리의 양쪽과 뒤쪽에는 회색 머리털이 빈틈없이 나 있다. 눈썹은 시꺼멓고 굵다. 그리고 정확하게 말하자면, 코는 크고, 입술은 두껍고, 눈은 조그맣고, 턱은 거의 목 속으로 파묻혀 있다. 그렇지만, 그가 미남자가 아니라는 것은 정확한 말이 아니다. 얼굴에서는 조화라는 것이 지극히 큰 역할을 한다. 이제는 오지 않는 의사의 충고에 따라서 그는 토스트에 버터를 엷게 바르면서 아내에게 말했다. "오늘 오후엔 그 사람들이 올 거야."

"오늘 아침 신문에 또 그 얘기가 나와 있던데요." 하고 그녀는 말했다. 잠시 동안 그 소리를 하지 않고 가만히 있었던 것은 오늘 찾아오는 손님들의 일로 지나치게 피로하지 않도록 주의하려는 뜻에서였다. 이제 와서 새삼스럽게 형사 사건에 골몰하기 시작한대서야, 구태여 경찰을 그만둔 의미가 없지 않은가.

그는 손을 내밀고, 그녀는 그 위에 신문을 놓았다.

"전화마(電話魔) ― 또 협박." 하고 그는 소리를 내서 읽고, 그다음은 묵독했다.

작년 8월 이래 정체불명의 사나이로부터 짓궂은 전화를 받고 애를 먹고 있다는 노인들의 불평에 대해서 경찰은 여전히 어찌할 바를 모르고 있다.

이 장난의 배후에는 2명 이상의 범인이 있는 것 같고, 신고에 의하면, 목소리의 종류는 '아주 젊다', '중년', '노인' 등으로 여러 가지가 있다.

내용은 노상 '당신은 오늘 밤 죽을 것이다'라는 경고다.

피해를 받은 노인들의 전화는 당국과 연결이 되어 있고, 경찰에서는 되도록 범인에게 오래도록 말을 하게 하라고 노인들에게 요청하고 있다. 그러나 이런 방법을 포함한 모든 수사는 아직 같아서는 모두가 성공을 보지 못하고 있다고, 어제 경찰은 발표하고 있다.

일당의 범행은 처음에는 런던의 중앙부에 국한되어 있었던 것이, 최근에는 서리주 스테드로스트에 거주하는 지난날의 평론가 미스터 가이 리트(75세)로부터도 신고가 있고, 범행은 광범위하게 확대되어가고 있는 것이 판명되고 있다.

여태까지 '장난 전화'를 받고 신고해온 수많은 피해자 가운데에는 데임 레티 콜스턴(79세, 훈공상 수상자, 형벌개선운동의 선구자)의 올케 차미안 파이퍼(미시즈 고드프리 콜스턴, 85세, 작가, 『일곱 번째의 어린아이』 등의 작품이 있음) 등이 포함되어 있다.

데임 레티는 어제 기자들에게 이렇게 말했다. "이 사건에 대해서는 경찰청에서 아무래도 열의가 모자라요. 나는 사립 탐정한테 부탁하고 있어요. 태형이 폐지된 것이 여간 유감스럽지 않군요. 이런 악질적인 사나이는 흠뻑 좀 맞아야 해요."

차미안 파이퍼의 부군 고드프리 콜스턴(86세, 콜스턴 양조장의 전사장)도 이 장난 전화의 피해자 중의 한 사람인데, 그는 어제 이렇게 말했다.

"우리들은 그 전화를 별로 대단하게 생각하지 않아요. 아주 여간 공손한 청년이 아니던데요."

경시청 대변인의 말에 의하면, 범인을 찾아 내기 위한 모든 가능한 방법이 취해지고 있다는 것이었다.

헨리 모티머는 신문을 놓고, 아내가 내어주는 차를 받았다.

"정말 이상한 사건이로군요?" 하고 아내는 말했다.

"이런 일은 경찰에서도 여간 애를 먹지 않거든." 하고 그는 말했다.

"그렇기만 언젠가는 붙잡히겠죠?"

"글쎄." 하고 그는 말했다. "모든 증거를 생각해볼 때 붙잡힐 것 같지 않은데."

"그래요. 당신은 증거에 대해서는 귀신같이 잘 아시니까."

"그 증거의 각도에서 생각해볼 때," 하고 그는 말했다. "내 의견으로서는, 범인은 죽음의 신 그 자체야."

이렇게 말하는 그의 말을 듣고도, 그녀는 그다지 놀라지 않았다. 관리 생활을 할 때에도, 그것을 그만둔 뒤에도, 항상 그가 생각하는 것에 따라 왔기 때문에 그녀는 그가 무슨 말을 해도 그다지 놀라지 않았다. 그가 늙어갈수록 아이들은 그의 말을 대수롭게 생각하지 않았다. 그의 말은 밖의 세상에서 훨씬 더 중히 여겨지고 있다. 요즈음에는 커다란 손자들까지도 그를 사랑하고는 있지만, 그가 다른 사람들에 대해서 갖고 있는 가치를 조금도 이해하려 들지 않는다. 그도 그것을 알고 있지만, 조금도 개의치 않았다. 그러나 엠린은 헨리를 결코 은퇴한 후에 취미 생활을 시작하는 다른 노인들처럼 어쩌다 철학을 시작한 기특한 할아버지로 생각할 수는 없었다. 그녀는 자기의 생각을 아이들한테 알리려 들지 않는다. 자기는 아이들의 비위를 맞춰주면서, 아이들이 보기에는 어디까지나 온전한 실제적인 사람이 되고 싶다. 그러나 그녀는 헨리를 신뢰하고 있었다. 신뢰하지 않을 수 없었다.

그녀는 부지런히 일하고 있는 그를 잠시 동안 그대로 내버려두더니, 방으로 불러들여가지고 쉬게 했다. 이제 앞으로 2, 3주일만 더 있으면 그는 편지가 오는 것을 고대하게 될 것이다. 시골에 있는 옛 친구한테서 2주일가량 낚시질을 하러 오라는 초대의 편지가 온다. 꼭 기적과 같은 기분이 든다 — 이처럼 또 봄이 돌아와서, 이제 곧 헨리가 이런 말을 할 것을 생각하면. "해리한테서 편지가 왔어. 강에서 벌써 아지랑이가 뜬대. 모레쯤 떠날까 봐." 그러면 잠시 동안 그녀는 혼자 있게 된다. 아니, 어쩌면 부활제가 지나면 딸들 중에서 누가 올지도 모른다. 잘 마르기만 하면 잔디밭 위에서 조그만 손자놈들이 대굴대굴 구르며 놀 것이다. 그녀는 파슬리 씨를 뿌렸다. 그러고는 부풀어 오르는 마음으로 생각하고 있었다. 오후에 헨리를 만나러 오는 대표단이란 어떤 사람들일까 하고.

*

킹스턴 온 템스에 있는 헨리 모티머의 집은 헨리의 지시대로 찾아오면 어렵지 않게 찾을 수 있다. 그러나 대표의 일행들은 상당히 찾기 어려운 집이라고 생각하였다. 그들은 고드프리의 자동차와 두 대의 택시에 분승(分乘)해서, 예정보다도 30분이나 늦게, 신경도 몸도 지칠 대로 지쳐가지고 도착하였다. 고드프리의 차에는 고드프리 자신하고, 차미안, 데임 레티, 미시즈 페티그루가 타고 있었다. 한 대의 택시에는 앨릭 워너와 데임 레티의 여종 그웬. 두 번째의 택시로 온 것은 라이자 브룩의 언니인 선교사 재닛 사이드보텀이었다. 그녀의 차에는 한 쌍의 노부부와 미혼의 노부인 한 사람이 타고 있었지만, 이 세 사람은 다른 사람들하고는 전혀 안면이 없었다.

맨 처음에 차에서 내린 것은 미시즈 페티그루. 맞춰 입은 새 옷을 맵시 있게 입고 있었다. 헨리 모티머가 웃는 낯으로 좁다란 길을 걸어 내려가서 악수를 했다. 다음에는 고드프리가 내렸다. 그다음에는 두 대의 택시에서 모두들 쏟아져 나와서, 왁자지껄하면서 차비를 찾거니 세거니 하고 있다.

차미안은 고드프리의 차 뒷자리에서 말하였다. "아, 정말 즐거운 드라이브였어. 올해 들어서는 처음이야. 오늘은 강이 여간 근사하지 않은데."

"잠깐만, 잠깐만 기다려요, 고드프리." 하고 차에서 부축을 받고 나오면서 데임 레티가 말했다. 그녀는 지난 겨울 동안에 몸은 뚱뚱해졌지만 체력은 감퇴되었다. 시력도 약해져서, 보도 가장자리 돌에 발을 잘 내딛지 못하는 것이었다. "잠깐만 기다려요, 고드프리."

"늦었어." 하고 고드프리는 말하였다. "차미안, 가만히 앉아 있어요. 레티가 나올 때까지 움직이지 말아요."

헨리 모티머는 문을 붙잡고 서 있고, 미시즈 페티그루가 데임 레티의 한쪽 팔을 잡았다. 그 팔을 레티가 홱 뿌리쳐서, 핸드백이 포도 위에 떨어지고, 속의 것들이 흐트러져 나왔다. 택시에서 내려선 사람들은 허둥지둥 레티의 소지품을 주우려고 달려들었는데, 레티 자신의 몸은 다시 차 속으로 들어가서, 육중한 소리를 내고 좌석 위로 떨어졌다. 증인으로 데임 레티를 따라온 젊은 그웬은 문간에 서서 깔깔대고 웃었다.

엠린 모티머가 활발한 걸음걸이로 좁은 길을 걸어와서 그웬에게 말했다. "웃고만 있으면 어떡해요, 젊은 아가씨." 하고 그녀는 말했다. "서서 웃고만 있지 마시고, 어서 가서 노인들 좀 도와드리세요."

그웬은 어안이 벙벙해서, 그 자리에 그대로 서 있었다.

"아주머니의 것을 어서 주워드리세요." 하고 미시즈 모티머는 말했다.

여종이 그만두겠다고 할까 봐 겁을 내고 있는 데임 레티는 차 속에서 소리를 질렀다.

"나는 저 사람의 아주머니가 아녜요, 미시즈 모티머. 괜찮아, 그웬."

미시즈 모티머는, 보통때는 골을 잘 내는 여자가 아니었지만, 그웬의 두 어깨에 손을 대고 세차게 밀면서, 노인들이 어설프게 허리를 꾸부리고 백에서 쏟아져 나온 것들을 줍고 있는 데까지 몰고 갔다. "이 사람한테 줍게 하세요." 하고 그녀는 말했다.

　그러나 떨어져 있는 것은 거의 없었다. 앨릭 워너가 허리를 꾸부려 차 밑에 들어가 있는 데임 레티의 안경집을 우산 끝으로 끌어내리려고 하는 것을 헨리 모티머가 옆에서 가르쳐주고 있다. 그때에 비로소 질겁을 했다가 깨어난 그웬이 미시즈 모티머에게 말했다. "당신이 나한테 무슨 참견을 할 권리가 있죠?"

　"괜찮아, 그웬, 괜찮아." 하고 데임 레티는 차 속에서 소리를 질렀다.

　미시즈 모티머는 좀 더 그웬에게 하고 싶은 말이 있었지만, 그만 잠자코 있기로 했다. 그녀는, 흥분한 쇠약한 노인들이 이런 꼴로 자기의 집에 찾아온 것을 보고 우선 야단났구나 하는 생각부터 들었다. 이 노인들의 자식들은 어디에 있나 하고 그녀는 생각했다. 그리고 조카나 조카딸들은? 어째서 내버려두고 있는가?

　그녀는 그웬을 밀어젖히고, 차 속의 데임 레티에게 손을 내밀었다. 반대편 쪽의 문으로 헨리 모티머가 차미안에게 손을 내밀고 있었다. 데임 레티를 부축해내면서, 미시즈 모티머는 남편이 무리를 하고 나중에 몸에 탈이나 나지 않았으면 좋겠는데, 하고 생각하고 있었다. 그녀는 데임 레티에게 말했다. "여러분들이 오셔서 갑자기 봄이 온 것 같아요." 레티가 포도로 내려왔을 때, 미시즈 모티머가 눈을 들어보니, 앨릭 워너의 눈이 자기한테 쏠려 있다. 그녀는 생각했다. 저 사람은 무엇 때문인지 모르지만 나를 관찰하고 있다.

　차미안은 헨리 모티머의 팔을 잡고, 즐겁게 어정어정 좁은 길을 걸어갔다. 헨리는 그녀에게, 최근에 훌륭한 장정으로 재판이 되어 나온 그녀의 소설『그란델라의 문』을 다시 한번 읽어보았다는 얘기를 하고 있었다.

"내가 그것을 읽은 지가" 하고 차미안은 말하였다. "벌써 50년이 넘는군요."

"그 시대가 아주 참 잘 묘사되어 있어요." 하고 모티머는 말했다. "아아, 그것을 읽고 있으면 여러 가지 일이 생각나요. 꼭 한 번 더 읽어보세요."

차미안은, 언젠가 면회를 하러 온 젊은 기자들이 상당한 매력을 느꼈다고 한, 그 바람둥이 같은 눈초리로 그를 흘겨보면서 말했다. "헨리, 당신의 연세로는 그 책이 처음 나왔을 무렵의 일은 잘 모르실 텐데."

"아뇨, 천만에." 하고 그는 말했다. "내가 벌써 경관이 되어 있었을 때인데요. 경관은 절대로 무슨 일을 잊어버리는 법이 없어요."

"아주 집이 좋군요." 하고 말하면서 차미안은 홀 안에서 기다리고 있는 고드프리의 모습을 보았다. 또 나는 저이의 기분을 잡치게 한 모양이다. 그녀가 소란스럽게 남의 관심을 끌거나 하면 노상 그는 시무룩해하고 있는 것이다.

회담은 그렇게 빨리 시작되지는 않았다. 엠린 모티머는 홀에서 대표단의 여자들과 나지막한 소리로 의논을 하고 있었다. 방에 들어가기 전에 우선 '2층'에 올라갔다 오시든지, 아니면, 만약에 층계를 올라가기가 고되시면 아래층에도 장소가 있어요. 부엌으로 들어가서 곧장 가면 바로 오른쪽. "차미안," 하고 미시즈 페티그루가 커다란 목소리로 말했다. "저기 가서 뒤를 보고 오죠. 나하고 같이 가세요. 빨리."

헨리 모티머는 남자들의 외투와 모자를 정중하게 옷장 위에 얹어놓고, 희망자를 2층으로 안내하고는, 나머지 남자들을 식당으로 들여보냈다. 기다란 테이블 위에는, 산뜻한 수선화를 꽂은 꽃병하고, 한쪽 끝에 두툼한 서류 뭉치가 있는 것밖에는 아무것도 놓여 있지 않았다. 그웬은 벌써 거기에 앉아서, 혼자 잔뜩 부어 있었다.

고드프리가 들어와서, 방 안을 이리저리 둘러보았다.

"이 방인가?" 하고 그는 말했다.

앨릭 워너는 생각했다 — 차 대접을 하지 않나 하고. 아마 그것을 걱정하고 있을 거야. 차 대접을 못 받을 줄 알고 있는 모양이야 —

"응, 이 방이 제일 좋을 것 같은데." 하고 헨리는 의논이라도 하는 듯한 어조로 말하였다. "그렇지 않아? 테이블 가에 둘러앉아서, 차를 들 시간까지 천천히 얘기를 할 수 있을 거야."

"그래!" 하고 고드프리는 말하였다. 앨릭 워너는 혼자서 속으로 개가(凱歌)를 올렸다.

드디어 일동은 테이블 주위에 자리를 잡고, 안면이 없는 세 사람이 소개되었다. 미스 로틴빌과 잭 로즈 부처(夫妻). 미시즈 모티머는 물러나갔다. 방문이 그녀의 뒤에서, 마치 일을 시작하라는 신호처럼 소리를 내고 닫혀졌다. 부드러운 햇볕이 테이블과 주위에 앉은 사람들을 비춰 주고, 공중에 떠도는 먼지, 몇 사람의 검은 양복에 묻어 있는 먼지의 반점, 노인들의 주름살투성이의 뺨과 손, 그웬의 짙은 화장 같은 것이 똑똑하게 보인다.

그중 안락한 의자에 자리를 잡고 앉은 차미안이 제일 먼저 입을 열었다. "방이 아주 멋있구먼."

"오후엔 햇빛이 들어서." 하고 헨리가 말했다. "햇빛이 너무 세게 쬐는 분은 없으세요? 차미안 — 방석을 하나 더 까시지."

안면이 없는 세 사람은 서먹서먹해서 서로 얼굴들만 바라보고 있었다. 그들은 다른 사람들처럼 40년이나 50년 이상의 구면이 아니다. 그러니만큼 자연히 마음이 놓이지 않았다.

고드프리는 한쪽 팔을 움직여 소매를 바깥쪽으로 젖히면서 말했다. "그 전화의 사나이는 아무리 생각해도 괘씸한 놈이야, 모티머."

"당신이 한 증언의 사본(寫本)이 여기 있어요, 콜스턴." 하고 헨리 모티머는 서류를 펼치면서 말했다. "여러분의 증언을 하나하나 읽어드릴 테니까, 더 첨부하실 말씀이 있으면 나중에 말씀해주세요. 이런 의사 진행에 별로 이의가 없으시겠죠?"

뚜렷이 불찬성을 표명하는 사람은 없었다.

그웬은 창밖을 내다보고 있었다. 재닛 사이드보텀은 묘하게 만들어진 보청기의 전지(電池)를 만지작거리고 있다. 미시즈 페티그루는 한쪽 팔을 테이블 위에 얹고 턱을 괴고는 열심히 듣고 있는 표정을 하고 있었다. 차미안은 파란빛의 새 모자 밑으로 하트형의 얼굴에 부드러운 표정을 짓고 앉아 있었다. 앨릭 워너는 세 명의 새로 온 사람들을 열심히 관찰하고 있었다. 우선 미시즈 로즈, 그리고 그녀의 남편, 그리고 미스 로틴빌. 미시즈 로즈는 체념한 표정으로 노상 눈썹을 치켜올리고, 이마에 깊은 주름살을 짓고 있다. 그녀의 남편은 얼굴을 약간 한쪽으로 기울이고 있다. 그의 어깨는 여간 크지 않았다. 커다란 입이 턱과 뺨, 코와 같은 곡률(曲率)[29]로 아래쪽으로 처져 있다. 로즈 내외는 근 여든 살이나 되어 보인다. 혹은 더 많이 먹었는지도 모른다. 미스 로틴빌은 몸집이 작고, 살이 없고, 골을 내고 있는 것같이 보인다. 입의 왼쪽 귀퉁이와 바른쪽 눈을 동시에 노상 찡긋거리고 있었다.

헨리 모티머의 목소리는 그다지 경관 티는 안 나지만 명확했다.

"……오전 11시가 막 넘었을 때…… 세 차례에 걸쳐서 …… 교양이 없는 사나이 목소리 같았다. 말투는 협박적이고. 내용은 언제나……"

"……하루에도 각각 다른 시간에…… 처음의 것은 3월 12일. 내용은…… 말투는 지극히 예사로운 일을 말하는 것 같은…… 짓궂은 젊은 사나이 같은…… 아무튼 젊은 목소리로……"

29　곡률 : 굽은 선이나 굽은 면의 굽은 정도를 나타내는 값.

"……아침 일찍부터…… 작년 8월부터 매주같이. 교양 있는 중년 남자의 목소리예요……말투는 상당히 기분 나쁜……"

"아주 퍽 공손한 청년의 목소리였어요……." 이것은 차미안의 증언이었다. 고드프리가 참견을 하였다. "그런 말을 하는 사람이 공손한 청년일 리가 없지 않아. 머리를 좀 써봐요, 차미안."

"세 차례가 다 한결같이" 하고 차미안은 말하였다. "아주 여간 공손한 목소리가 아니었어요."

"좋습니다." 하고 헨리는 말했다. "다음으로 넘어가겠습니다. 차미안은 할 말이 있으시면 나중에 첨부해주세요."

그는 차미안의 증언을 끝까지 다 읽었다. "틀림없어요." 하고 차미안은 말했다.

"공손할 리가 없지 않아." 하고 고드프리가 말했다.

"미스터 가이 리트." 하고 헨리는 다음 종이를 집어 들면서 말했다. "아아, 가이는 안 왔구먼, 그렇지 참—"

"가이한테서 전갈해달라는 부탁을 받았는데." 하고 앨릭이 말했다. "1940년까지의 사생활에 다치지 않는 한, 그에 대한 아무런 말을 해도 상관 없다던데."

"지팡이를 두 개씩 짚지 않으면 못 걸어다녀." 하고 고드프리가 말했다.

"가이의 증언도" 하고 헨리는 말했다. "대체로 다른 분들의 것과 같은데, 한 가지 아주 재미있는 새로운 사실이 있어요. 전화 요금이 싸지는 6시에서 7시 사이에, 런던에서 장거리 전화로 걸려온대요. 그의 의견으로는, 범인은 학생이라는 거요."

"당치도 않은 소리예요." 하고 데임 레티가 말하였다.

"중년의 사나이예요."

"런던에서 시골로 거는 장거리 전화는" 하고 헨리가 말했다. "조사해보려면 간단해요. 그런데 경찰은 아직도, 스테드로스트의 가이 리트에게 장거리 전화를 건 사람을 찾아내지 못하고 있어요."

"정말" 하고 데임 레티가 말했다. "경찰은 —"

"그러나, 이 문제에 대해선 나중에 얘기하기로 합시다." 하고 헨리는 말했다. "다음은 미스터 로널드 사이드보텀 — 아아, 로널드도 안 왔구먼. 로널드는 웬일이에요, 재닛?"

"로널드는 청년이에요 — 짓궂은 청년이라고 아까 말했는데요." 하고 재닛 사이드보텀은 대답했다.

"로널드 말이야." 하고 고드프리는 그녀의 귀에다 대고 소리를 질렀다. "어째서 로널드는 안 올까. 온다고 그랬는데."

"으응, 로널드요? 으응, 나를 데리러 오겠다고 그랬는데. 잊어버렸구먼. 곤란한데, 정말. 아무리 기다려도 안 와서 전화를 걸어보았더니 집에도 없다지 뭐예요. 요즘의 로널드에 대해선 나는 정말 책임을 못 지겠어. 도대체 집에 붙어 있는 것을 못 보았거든."

앨릭 워너가 조그만 일기첩을 꺼내서, 연필로 무엇인지를 갈겨 썼다.

"로널드의 증언에 의하면" 하고 모티머가 말했다. "전화로 사나이는 상당히 늙은 사람이고, 찢어지는 듯한 떨리는 목소리로, 탄원하는 듯한 말투라고 그래요."

"그이 집 전화가 좀 이상한 모양이군요." 하고 데임 레티가 말했다. "그 사나이의 목소리는 힘찬, 기분 나쁜 목소리예요. 중년의 사나이예요, 잊지 마세요. 헨리, 그 사나이에 대해서는 내가 누구보다도 가장 경험이 많아요."

"그야, 레티, 당신이 애를 많이 먹은 것은 인정해요. 그럼 미스 로틴빌, 당신의 증언은······ '오전 3시····· 외국인·····'"

미시즈 모티머가 방문 쪽에서 얼굴을 들이밀었다. "차 준비가 다 되었는데요, 헨리. 아침 식사하던 방에 차려놓았으니까요 —"

"5분만 더 있다 가겠소, 엠린."

그녀는 사라져버렸다. 고드프리가 따라가고 싶은 얼굴로 그녀가 사라진 쪽을 바라보고 있었다.

"마지막으로 미스터 로즈?" 하고 헨리가 말했다. "전화는 이틀을 계속해서 오정에 나의 회사로 걸려왔다…… 목소리는 공무원 같고…… 나이는 중년이 넘은 사람……."

"정확한 것 같은데." 하고 데임 레티가 말했다. "다만 나는 역시 기분 나쁜 목소리라고 생각해요."

"혀 꼬부라진 소리는 아닙디까?" 하고 고드프리가 물었다.

"미스터 로즈의 증언에는 혀 꼬부라진 소리였단 말이 없어요 — 혀 꼬부라진 소리였습니까, 미스터 로즈?" 하고 헨리가 말했다.

"아뇨, 아뇨. 공무원 같은 목소리였어요. 우리 집 사람은 군인 같다고 그러지만, 나는 관청에 다니는 사람이라고 생각했어요."

모두들 한꺼번에 지껄여댔다.

"아냐요, 틀려요." 하고 재닛 사이드보텀은 말했다. "그 사나이는 —"

"공범이," 하고 데임 레티는 말했다. "분명히 공범이 있어요."

미스 로틴빌은 말했다. "주임경감님, 확실히 동양 사람이에요, 틀림없어요."

헨리는 소란이 가라앉을 때까지 잠시 기다리고 나서, 미스터 로즈에게 물었다. "당신의 증언은 지금 읽은 것하고 같지요?"

"꼭 같습니다." 하고 미스터 로즈는 말했다.

"그럼, 차를 들고 얘기를 계속하기로 하죠." 하고 헨리는 말했다.

미스터 로틴빌이 말했다. "여기, 내 왼쪽에 앉으신 부인의 증언을 아직 안 읽으셨어요." 그녀의 왼쪽의 부인이란 것은 미시즈 페티그루였다.

"난[30] 여러분들과 같은 전화를 받은 일이 없어요." 하고 그녀는 말했다. "그러니까, 증언할 것도 없어요."

애릭 워너는, 그녀의 격렬한 어조를 듣고, 이것이 거짓말을 하는 게 아닌가 하고 생각했다.

미시즈 모티머는 모든 준비가 다 되어 있는 테이블 위에 은 찻주전자를 놓고 앉아 있었다.

"이리 와서 내 옆에 앉으세요." 하고 그녀는 그웬을 보고 곰살궂게 말했다. "차를 돌릴 때 좀 거들어주어요."

그웬은 담배에 불을 붙이고, 앉으라는 자리에 비스듬히 몸을 꼬고 앉았다.

"당신도 그 전화의 욕을 당했어요?" 하고 엠린 모티머는 그녀에게 물었다.

"나요? 아뇨, 내게 걸려 오는 것은 잘못 건 전화예요."

미시즈 페티그루는 미시즈 모티머에게 귀띔을 해주었다. "나는 전화로 욕을 본 일이 한 번도 없어요. 우리들끼리만의 얘기지만, 그건 모두 다 꾸며서 하는 말들 같아요. 저 사람들이 말하는 것을 나는 한마디도 믿지 않아요. 자기들한테 주의를 끌고 싶어서 그러는 거예요. 어린애들처럼."

"정원이 멋이 있는데." 하고 차미안이 말했다.

*

그들은 또다시 식당으로 모였다. 저녁 햇빛이 비치는 속에서 난로의 불이 가냘프게 보인다.

헨리 모티머가 말했다. "가령, 인생을 다시 한번 살 수 있다면, 나는 죽

---

30 번역문에는 '날'이라고 되어 있는데 오류로 보임.

음이라는 것을 매일 밤 생각해보는 습관을 붙이겠어. 말하자면, 죽음을 잊지 않는 훈련을 하는 거지. 이것처럼 인생을 충실하게 해주는 훈련은 없어. 죽음이 찾아왔을 때, 그것이 당황한대서야 쓰나. 인생에 있어서 당연히 예기(豫期)해야 할 사태의 하나니까 말이야. 항상 죽음을 느끼고 있지 않으면 인생은 맛이 없어. 달걀의 흰자만 먹고 사는 셈이지."

데임 레티는 갑자기 날카로운 소리로 말했다. "범인은 누구예요, 헨리?"

"그 점에 있어서는, 레티, 나는 무력해요."

그녀가 너무나 유심히 그의 얼굴을 노려보는 것을 보고, 나를 의심하고 있는 모양이로구나 하고 그는 생각했다.

"레티는 당신이 범인인 줄로 알고 있어." 하고 앨릭은 서슴지 않고 말했다.

"나한테" 하고 헨리는 말했다. "그만한 정력과 근면이 있다고 레티가 생각하고 있을 리가 없는데."

"요컨대 우리들로서는" 하고 고드프리가 말하였다. "그 사나이가 전화를 걸지 않게만 하면 돼. 그러기 위해서는 우선 그 사람을 찾아내야겠어."

"나는" 하고 재닛 사이드보텀이 말했다. "죽음을 인종(忍從)해야 한다는 미스터 모티머의 지금 하신 얘기는 상당히 유익한 위안이 되는 말이라고 생각해요. 종교적인 사고방식이 요즘 너무나 등한시되고 있으니까 말예요. 감사합니다, 미스터 모티머."

"대단히 감사합니다, 재닛. 내가 말하는 것은 '죽음을 인종한다'는 것과는 좀 다르지만요. 그리고 나는 특히 종교적인 사고방식을 주장하려고 한 것이 아녜요. 내가 말하고 싶은 것은 요컨대 —"

"나한테는 여간 종교적으로 들리지 않았어요." 하고 재닛은 말했다.

"고맙습니다, 재닛."

'불쌍한 청년이야.' 하고 차미안은 생각에 잠겼다. '고독해서 그럴 거야.

그러니까 누구한테 얘기를 하고 싶어서 전화를 걸지도 모르지.'

"경찰에는 물론 기대할 수 없군. 정말예요, 헨리. 이 문제는 이제 의회에라도 내놓을 수밖에 없게 됐어요." 하고 레티는 경고라도 하듯이 말했다.

"여러분의 증언에 여러 가지로 커다란 차이점이 있는 것으로 보아," 하고 헨리는 말했다. "경찰은 한때 한 사람이 아닌 여러 사람의 공동 범죄라고 추정하고 있었어요. 그런데 범죄학과 자연과학의 모든 수사 방법을 써보았는데도 아직까지 아무런 성과도 보이지 않아요. 그런데 단 한 가지, 모든 증언에 공통되는 요소가 있어요. '죽을 운명을 잊지 말라'는 말예요. 죽음을 잊지 않는다는 것은 분명히 훌륭한 일이에요. 죽음은 바로 진리니까요. 자기의 죽음을 잊지 않는다는 것은 말하자면 자기를 살리는 길이에요."

"그래서 요점을 말하자면 —" 하고 고드프리가 말하였다.

"고드프리," 하고 차미안이 말하였다. "여러분이 모두 헨리의 말을 열심히 듣고 계신데."

"아주 여간 위안이 되지 않는군요." 하고 재닛 사이드보텀이 말했다. "미스터 모티머, 얘기를 계속해주세요."

"네, 계속하세요." 하고 미스 로틴빌이 말하였다. 그녀도 역시 헨리의 철학적인 담화를 재미있게 듣고 있었다.

그리고 미시즈 로즈도 인종과 체념의 눈으로 구슬픈 노년의 지혜를 기울여서 고개를 끄덕거렸다.

"여러분은" 하고 앨릭 워너가 말했다. "집단 히스테리의 가능성을 생각해보신 일은 없습니까?"

"전화 벨이 울리는 원인이?" 하고 미스터 로즈가 양쪽 손을 커다랗게 벌리면서 말했다.

"당치도 않은 소리예요!" 하고 데임 레티가 말하였다. "집단 히스테리란 문제도 안 돼요."

"아니, 아니," 하고 모티머가 말했다. "이런 사건에서는 어떤 가능성도 문제가 될 수 있어요. 그것이 곤란한 점이에요."

"도대체" 하고 앨릭은 그의 독특한 날카로운 눈초리를 주임경감에게 돌렸다. "당신은 신비주의자요?"

"글쎄, 여태껏 나는 그런 질문을 받아본 일이 없어서."

"문제는" 하고 미스터 로즈가 말했다. "도대체 누가 하나님에 대한 두려움을 우리들에게 심어주려 하고 있는가 하는 것입니다."

"그리고 그 동기는 뭐죠?" 하고 고드프리가 말했다. "나는 그것을 알고 싶어요."

"동기의 문제는, 여기에 있는 증언으로 판단해볼 때, 개개의 경우에 따라서 다를지도 모르죠." 하고 모티머가 말했다. "우리들이 인식하지 않으면 안 될 것은, 좌우간 어떤 경우에 있어서도 우리들이 스스로 범인이라고 생각한 인물이 범인이라는 것일 거요."

*

"여보, 그분들한테" 하고 엠린 모티머는 모두들 가고 난 뒤에 말했다. "당신의 추측을 말씀하셨어요?"

"아니 — 그런 말은 안 했어. 그 대신, 약간 철학적인 설교를 해주었지. 시간 보내는 데는 그만이더군."

"그런 설교를 좋아들 했을까요?"

"부인들 중에서 몇 사람만은 좋아하더군. 그 젊은 아가씨도 다른 얘기처럼 심심하게 여기지는 않는 모양 같았어. 레티는 그 반대였지만."

"어머나, 레티가!"

"반나절을 어처구니없이 보냈다고 그러던데."

"그런 실례 말이 어디 있어요. 그렇게 애를 써서 차 대접까지 했는데."

"차 맛이 아주 좋던데. 어처구니없이 보낸 것은 이쪽이야. 그럴 수밖에, 무슨 다른 도리가 있어야지."

"나는 말예요." 하고 엠린은 말했다. "당신이 똑똑히 '죽음의 신이 범인이다.' 하고 말했더라면 좋았다고 생각해요. 그 말을 들을 때의 그 사람들의 얼굴을 좀 보고 싶었어요."

"그건 내 개인의 결론이지. 다른 사람의 몫까지 단정할 수야 있나."

"그럼, 그 사람들은 자기들 자신이 결론을 내릴 수 있을까요?"

"내리지 못할 거야. 자 그럼, 배나무에 약이나 뿌리고 와야겠군."

"그렇지만 여보," 하고 미시즈 모티머는 말했다. "당신은 벌써 오늘 하루 치의 일을 다 하신 폭예요. 나도 하루 치는 넉넉히 피로해졌는데요."

"그 사람의 곤란한 점은" 하고 그는 말했다. "경시청을 전지전능의 신으로 알고 있는 거야. 우리들은 단순한 경찰관밖에 지나지 않는데."

그는 난로 옆에서 독서를 하려고 식당으로 갔다. 의자에 앉기 전에, 테이블 주위의 의자를 제자리에 나란히 놓고, 몇 개의 의자를 벽가의 그전 자리에 도로 갖다 놓았다. 재떨이에 든 것을 모조리 난로에 쏟아버렸다. 그는 어둠침침하게 저문 창밖을 내다보면서, 좋은 날씨의 여름이 왔으면 좋겠다고 생각했다. 엠린에게는 아직 얘기하지 않고 있지만, 그는 퇴직할 때 자동차를 희생하고 얻은 요트를 이번 여름에는 꼭 타볼 작정을 하고 있었다. 그는 벌써부터 자기의 귓전에 상쾌한 습기에 찬 바람을 느끼고 있었다.

전화 벨이 울렸다. 그는 홀로 나가서 수화기를 집어들고, 몇 초 후에 그것을 다시 놓았다. 나한테 걸려 오는 것은 노상 여자야. 다른 사람들한테 걸려 오는 것은 모두 남자인데, 나한테 거는 것은 노상 품위 있는, 공손한 말투를 쓰는 이 여자야.

제12장

　"내가 생각한 것을 까놓고 얘기했지" 하고 미시즈 페티그루가 미시즈 앤서니에게 말하였다. "이렇게 말했어. '모두들 새빨간 거짓말예요, 경감님. 제일 먼저 데임 레티가 말하기 시작하고 그다음에 고드프리도 거기에 한몫 끼고 싶은 생각이 들어서, 차츰차츰 전염하게 된 거예요. 나는 내가 죽는 날까지, 그것은 모두가 꾸며낸 일이라고 맹세할 수 있어요.'라고. 그렇지만 그 사람은 내 말에 찬성하지 않았어. 왜 그런지 알아? 그 이유를 말해줄까? 만약에 그게 데임 레티의 상상에 지나지 않는다는 말에 찬성하면, 레티의 유서에서 빠지게 될 테니까 그러는 거야."

　미시즈 페티그루는 사실은 어느 날 조용한 오후에 정체불명의 전화를 받은 일이 있었지만, 그것을 잊어버리기로 하고 있었다. 그녀에게는 기분 나쁜 사태는 모두 없었던 것으로 생각하고, 그에 대해서는 완전히 백지로 돌아갈 수 있는 강한 능력이 있다. 이를테면 18년 전에 얼굴의 주름살을 펴는 수술을 받은 일이 있는가 없는가 하고 물어본다면 그녀는 그것을 부정할 것이고, 사실상 받지 않았다고 믿고 있는 것이다. 그리고 그럴 필요까지는 없는데도, 색다른 농담처럼 얼굴의 주름살을 펴거나, 그 밖의 젊어지는 수술을 '정말' 받은 사람들의 이름을 가르쳐준다.

　그래서 미시즈 페티그루는 정체불명의 그 전화의 목소리를 듣지 않았다고 자기 자신에게 납득시키고 있다. 그 사건을 무시하고 있을 뿐만 아니라, 깨끗이 정신의 기록에서 지워버렸다. 수화기를 놓는 동시에 자기의 인생에서 그 부분만은 꺼멓게 먹칠을 해 지워버렸던 것이다.

"모두들 있지도 않은 일을 공연히 상상을 해가지고." 하고 미시즈 페티그루는 말했다.

"정말" 하고 미시즈 앤서니는 말했다. "우리들은 모두 언젠가는 천국에 불려 가겠지만, 나는 그런 사내한테서 오는 전화는 싫어요. 돈을 내라면 냈지 그런 전화는 정말 싫어요."

"그런 사내가 어디에 있단 말야." 하고 미시즈 페티그루는 말했다. "내 말이 무슨 말인지 들려?"

"나는 보청기를 끼고 있으니까, 당신이 말하는 것쯤은 들린다고요. 그렇게 큰 소리를 지르지 않아도 돼요."

미시즈 페티그루는 또다시 그 죄악감에 사로잡혔다. 미시즈 앤서니한테 큰 소리를 지르고 하면서 자기의 가치를 떨어뜨리고 말았다. 어째서 깍듯이 거리를 두고 대하지 못하는가. 그에 대한 보상으로 그녀는 초연한 태도로 부엌에서 나와서는 고드프리를 찾으러 갔다.

괘씸하게도, 그는 차미안과 난로 옆에 마주 앉아 있었다.

"제발, 고드프리, 이제 그 얘기를 또 뇌까리지는 맙시다. 오오, 당신이구려. 미시즈 페티그루." 하고 차미안이 말했다.

"이 사람은 테일러가 아니야." 하고 고드프리가 제풀에 초조해하면서 말했다.

"알아요." 하고 차미안은 말했다.

고드프리는 불쾌한 표정으로 미시즈 페티그루를 바라보았다. 그 집에는 남자에게 위안이 될 만한 것이란 아무것도 남아 있지 않다. 게다가 그는 차미안이 건강을 회복하게 될수록 더욱더 불안을 느끼게 되었다. 아내에게 불행이 있으면 좋겠다고 생각하고 있는 것은 아니지만, 아내가 기운을 얻게 되면 그는 노상 그에 반비례해서 기운을 잃게 된다. 그는 아내의 얼굴을 바라보면서, 이것은 일시적이다, 오래가지는 않는다, 어차피 다시 또 악화될 것이다, 하고 생각하고 있었다. 나는 이제 노인이 다 되고, 게다가 궁경(窮境)에 처해 있다. 미시즈 페티그루는 그날 오후에, 그가 다시 또 변호사를 찾아가겠다는 약속을 해놓았다. 그로서는 그러고 싶은 마음이 조금도 없다. 언젠가는 변호사를 만나보아야 되겠지만, 어제 킹스턴까지 왕복을 하고 헛되이 시간을 보내서, 여간 피로하지 않았다. 그리고 그 미친놈의 모티머가 차미안을 쫗고 까불러서 ― 모두들 차미안을 가지고 야단법석을 하고, 아무 일도 못 하는 늙은 병자인데, 아직도 무슨 대단한 인물처럼 떠받들어 모시고 ― 그 때문에 고드프리는 머나먼 지난날의 원한을 다시 또 온통 생각하게 되고 말았다. 차미안이 성공할 때마다 그는 그것을 자기의 실패로 생각하고는 한다. 이제는 그것이 습관이 되어버려서, 그녀의 몸이 나빠지지 않으면 그는 정말 기운이 나지 않는 것이다.

차미안은 그를 보고 말하고 있었다. "그 일은 어젯 저녁에 그만큼 얘기하지 않았어요. 이제 그 얘기는 그만두세요. 개인적으로는 나는 헨리 모티머를 좋아하고 있고, 드라이브는 여간 기분 좋지 않았어요."

미시즈 페티그루도 역시 차미안의 정신적 회복에 불안을 느끼고 있었다. 회복의 원인은 분명히 옛날의 그녀의 소설이 부활한 데에 있을 것이다. 그러나, 또 하나의 그것은 미시즈 페티그루의 횡포를 물리치려는 의지와 노력의 덕택이었다. 미시즈 페티그루는 이렇게 되면 차미안이 고드프리보다 오래 살 가능성조차도 있는 것 같은 기분이 들었다. 차미안을 양로원으로 보내야 한다. 고드프리가 마음이 약해져가지고 차미안의 동정심에 호소하면서, 같이 살자고 설득만 하지 않는다면 그녀는 반드시 양로원으로 간다.

고드프리는 난로 너머로, 그의 편이자 적인 차미안을 쳐다보고, 그다음에 메이블 페티그루를 쳐다보았다. 두 사람 사이에 앉아 있는 그녀를, 그는 여간 무서워하고 있지 않다. 그리고 그는 결심하였다. 오늘 오후에도 미시즈 페티그루를 따돌리고 올리브를 만나러 가자.

메이블 페티그루는 생각했다. 나는 저 사람의 마음을 책 읽듯이 읽을 수 있어. 그녀는 이미 40년 이상을 독서를 한 일이 없다. 도저히 독서에 정신을 집중시킬 수가 없는데, 그래도 '책 읽듯이'라고 이때 그녀는 생각하였다. 그리고, 그가 변호사한테 갈 때 따라가려고 결심했다.

점심이 끝난 뒤에 차미안이 자기의 방에 누워 있자니 미시즈 페티그루가 들어왔다.

차미안은 눈을 뜨고, "노크 소리가 안 났는데, 메이블." 하고 말했다.

"네." 하고 미시즈 페티그루는 말했다. "그러셨을 거예요."

"반드시 노크를 하고 들어와요." 하고 차미안은 말했다.

"미시즈 앤서니는" 하고 미시즈 페티그루는 말하였다. "건망증이 심해서, 음식도 제대로 못 만들어요. 사흘 동안이나 내리 소금을 상에 안 가지고 온 것, 아시죠? 어저께의 야채 요리에는 나비벌레가 들어 있었어요. 그 여자는 글쎄 췌장(膵臟) 볶음에 그 마늘을 전부 집어넣고 — 셀러리인 줄 알았다니까, 글쎄 그 정도예요. 오늘 아침에도 고드프리의 계란을 어찌나 단단하게 삶았는지, 입에도 안 대시지 않았어요."

"옆에서 좀 보살펴주도록 해요, 메이블. 당신은 그리 바쁘지 않으니까."

겨울 동안을 두고 차미안이 조금씩 몸에 익혀온 이 단호한 태도를 보고, 미시즈 페티그루의 감정 — 모든 행동을 채찍질하는 원동력이 되는 감정 — 은 목구멍 위까지 복받쳐 올라왔다. 차미안의 침대 옆에 바싹 다가가서 아래를 내려다보고 서 있는 페티그루의 호흡은 가쁘고 거칠어졌다.

"앉아요, 메이블. 숨이 가쁜 모양이구먼." 하고 차미안은 말했다.

미시즈 페티그루는 앉았다. 차미안은 그녀를 바라보면서 생각하고 있었다. 미시즈 앤서니에 대한 이 새로운 불평은 표면적인 의미와는 달리 무엇을 의미하고 있는 것일까. 그녀의 마음은 의지할 곳을 찾아서, 또다시 서리주의 양로원을 생각했다. 아마 진 테일러도 옛날에 콜스턴 가의 생활에 견딜 수 없게 될 때면, 은행에 맡겨둔 돈을 생각하고 마음을 달랬을 것이다.

미시즈 페티그루의 숨소리는 더욱더 거칠어졌다. 차미안이 회복되기 시작한 뒤부터 마음속에서 점점 부풀어 오른 울화가 갑자기 지금 가슴에 치밀어 올랐던 것이다. 차미안은 분명히 고드프리에 대해서 커다란 힘을 갖고 있다 — 너무 강력해서 차미안 자신은 그것을 의식하지 못하는 모양이다 — 미시즈 페티그루는 그것을 지극히 부당하다고 느끼고 있었다. 지난 겨울 동안 그렇게 협박을 당하고 강요를 당하면서 고드프리가 여태까지 그녀가 하라는 대로 해온 것도, 근원을 따지고 보면 차미안의 강렬한 개성 때문이다. 고드프리는 스페인과 벨기에에서의 라이자 브룩과의 비참한 방탕이 차미안에게 알려지게 되는 것을 두려워하고 있다. 메이블 페티그루가 그에게, 1902년, 1903년, 1904년에 라이자 브룩과 고드프리와의 사이에 교환된 편지를 전부 손에 넣었다고 귀띔해주었을 때, 당장에 그의 머리에 떠오른 것은, 차미안이 알면 안 된다는 것이었다. 에릭이나 그밖의 아무한테는 말을 해도 된다. 다만 차미안한테만은 알리고 싶지 않다.

이것이 차미안의 감정에 대한 각별한 고려를 의미하는 것이 아니라는 것은 미시즈 페티그루도 알고 있었다. 각별한 고려를 위한 것이라면 그녀로서도 참을 수 있었을지도 모른다. 진정한 이유는 그녀로서는 이해할 수 없는 것이고, 그렇지만, 확실히 그것은 존재하고 있는 것이다. 그것이 있기 때문에 그는 그녀가 하라는 대로 하고 있다. 그가 두려워하고 있는 것은 암만 해도 차미안이 그보다 우월한 위치에 서는 것, 그녀의 앞에서 그가 프라이드를 잃는 것이다. 메이블 페티그루는 사실상 예상 이상으로 고드프리를 잘 이용하고 있었지만, 지금 차미안의 침실에 앉아서, 차미안의 이해할 수 없는 힘에 맹렬한 격분을 느끼고 있었다.

"당신은 해소(咳嗽)[31] 기운이 좀 있는 것 같구려." 하고 차미안은 말하였다. "될 수 있는 대로 안정을 하고 있어요. 곧 고드프리한테 전화로 의사를 부르라고 할 테니까."

미시즈 페티그루는 콜스틴 양조장의 오직(汚職)[32] 사건에 대한 것을 생각하고 있었다. 그 당시 그것은 곧 흐지부지되고 말았지만, 그에 관한 서류는 현재 그녀가 보관하고 있는 것이다. 그래서 고드프리가 만약에 그 서류가 공표되는 걸 소스라치게 두려워하고 있다면 그 기분은 그녀도 이해할 수 있다. 그런데, 그가 두려워하고 있는 것은 라이자 브룩과의 사이에 주고받은 편지뿐이다. 차미안이 알게 되면 곤란하다. 차미안에 대한 프라이드. 차미안에 대한, 차미안 같은 늙어빠진 노파에 대한 프라이드.

차미안은 침대 옆의 초인종 단추에 손을 뻗쳤다. "고드프리가 의사한테 전화를 걸어줄 거야."

"아니에요, 이제 다 나았어요." 하고 말하면서 미시즈 페티그루는 조금씩 호흡을 가다듬고 있었다. 하지 않으면 안 될 일이 있을 때에는 그녀는 수녀 같은 자제력을 발휘하는 것이다. "약간 숨이 좀 가빠졌을 뿐이에요. 미시즈 앤서니는 정말 힘이 들어 못해먹겠어요."

차미안은 베개에 몸을 기대고, 하트형의 얼굴 위에서 권태스럽게 손을 쥐었다. "그전에 해소로 고생한 일이 있소, 메이블?"

"해소가 아녜요. 약간 숨이 가빠졌을 뿐예요." 미시즈 페티그루의 얼굴

---

31 해소 : 목이나 기관지의 점막이 자극을 받아 반사적으로 일어나는 세찬 호흡 운동.
32 오직 : 직권을 남용하여 맡고 있는 직책을 더럽힘.

위의 위험한 홍조가 가셔져갔다. 위기를 모면하고 그녀는 천천히 심호흡을 하고 나서, 담배에 불을 붙였다.

"당신한테 기가 막힌 용기가 있구려, 메이블." 하고 차미안은 말했다. "그것을 정당한 목적에 쓰기만 한다면 당신의 용기가 부러워요. 나는 가끔 친구들이 주위에 없으면 여간 허전한 생각이 들어. 요즘은 찾아오는 친구들도 거의 없고. 친구들이 나쁜 게 아냐. 내가 발작을 일으킨 뒤부터, 그 사람들이 오면 고드프리가 싫어해요. 친구들이 매일같이 많이 찾아왔을 때는 나도 용기에 꽉 차 있었는데."

"양로원에 가면 나아지실 거예요." 하고 메이블 페티그루는 말했다. "마님 자신도 아실 거예요. 동료들이 많이 있고, 친구들도 간간이 찾아들 오실 게고."

"사실은 나는 양로원에 가고 싶어. 그런데" 하고 차미안은 말했다. "고드프리에게는 내가 필요해요."

"그것은 잘못 생각하시는 거예요." 하고 미시즈 페티그루는 말했다.

차미안은 다시 또 그 일을 생각하고 있었다. 이 여자는 고드프리의 어떤 비밀을 쥐고 있는가? 콜스턴 양조장 사건인가? 아니면 수많은 그의 방탕 중의 한 가지인가? 혹은 두 가지 이상인가? 물론 고드프리와 같은 남자와의 결혼 생활에 있어서는 노상 아무것도 모르는 척하고 있지 않으면 안 된다. 그의 프라이드를 위해서. 조용하게 그와 함께 살아가기 위해서는 그것이 유일한 방법이었다. 이때 그녀는 갑자기 고드프리한테 가서 이렇게 말해주고 싶은 충동을 느꼈다. "당신의 과거에 대해서 무슨 이야기를 들어도 나는 조금도 놀라지 않아요. 비밀이라고 생각하고 있는 일의 거의 전부를 난 알고 있어요. 설사 몰랐던 일이 있어도, 역시 놀라지 않을 거예요."

하지만, 그녀에게는 그만한 용기가 없었다. 그는 가만히 있지 않을지도 모른다 — 반드시 가만히 있지 않을 것이다. 50여 년 동안을 두고 마치 집에 있으면서 '외출 중'이라고 사람을 속이는 것처럼 모두 다 알고 있으면서 모르는 척해온 것을 그는 결코 용서하지 않을 것이다. 그녀가 알고 있었던 것의 복수로서, 이 이상 그가 또 어떤 지독한 압박을 가해 올는지?

그리고, 그와 얼굴을 맞대고 앉아서 그런 말을 서로 주고받는다는 것은 생각만 해도 무서운 일이었다. 몇 년 전에 말했어야 할 것이다. 그러나, 역시 말해서는 안 될 일이었을 것이다. 결혼 생활이란 대개 지나치게 솔직한 것이니까. 그것은 상스러운 현대적인 생각이고, 그 때문에 이혼까지는 가지 않더라도 가정이 쑥밭이 되는 수가 많다…….

또한, 그녀로서도 역시 자기의 프라이드가 있다. 고드프리한테서 받은 굴욕을 그녀는 마음속으로 되씹고 있었다. 그녀가 조금이라도 칭찬을 받거나 인정을 받거나 하면, 그 대가로서 반드시 고드프리의 원망스러운, 저속한 폭발적인 보복을 받지 않으면 안 되었다.

'그러나, 저 사람을 구하기 위해서라면' 하고 그녀는 생각했다. '나의 프라이드를 희생할 수 있어. 용기의 문제야. 내가 할 수 있는 최대한도의 일은, 이 집에서 그의 곁에 있어주는 일이야.' 그녀는 미시즈 페티그루의 용기가 부러웠다.

미시즈 페티그루는 일어나서 그녀의 침대 옆으로 왔다.

"마님이 양로원에 안 가시고 여기에 계시면 그만큼 고드프리한테는 폐가 되어요. 마님이 필요하다니, 천만의 말씀예요."

"나는 안 가겠어." 하고 차미안은 말했다. "자, 그럼 나는 한잠 자야겠어. 지금 몇 시요?"

"나는" 하고 미시즈 페티그루는 말했다. "미시즈 앤서니의 일로 얘기를 하러 들어온 거예요. 그 사람은 이제 요리는 못 만들어요. 우리들이 모두 배탈이 나겠는걸요. 식사 준비는 내가 맡아 해야겠어요. 그리고, 그 사람이 집에 가기 전에 만들어놓고 가는 저녁밥은 차고 맛이 없어서. 찬 밥을 먹고 자다니, 나는 그런 대접은 싫어요. 요리는 내가 맡아 해야겠어요."

"그렇게 해준다면 고맙지." 하고 중얼거리면서, 차미안은 이 말 뒤에 무엇이 숨어 있나 하고 생각하고 있었다. 미시즈 페티그루와 이야기를 하면, 말 뒤에 노상 무엇이 있는 것 같은 생각이 든다.

"그러지 않으면," 하고 미시즈 페티그루는 말했다. "우리들 중의 누가 독살을 당하게 될지도 몰라요."

"그렇다면 큰일이지!" 하고 차미안은 말했다.

"독살예요." 하고 미시즈 페티그루는 말했다. "독살이란 간단한 거예요. 생각해보세요."

그녀는 방문을 열고 나갔다.

차미안은 무서운 생각이 드는 동시에, 오랫동안 잠들고 있던 비평 의식이 마음속에서 눈을 뜨기 시작했고, 미시즈 페티그루의 말의 안가(安價)[33]한 멜로드라마를 짐작할 수 있었다. 그러나, 결국은 무서운 생각이 더 들기만 했다. 그녀는 겁이 나서 자리에 누운 채로 생각했다. 미시즈 페티그루라면, 확실히 음식을 자기의 마음대로 취급하게 되면 나를 독살하지 못할 사람이 아냐. 독살이란 것은 손쉽게는 성공하지 않지만, 미시즈 페티그루는 발각되지 않는 방법을 알고 있을 거야. 생각하면 생각할수록 차미안은 무서워졌다. 다른 여자라면, 하고 그녀는 생각했다. 남편한테 가서 "우리 집의 가정부가 나를 독살하겠다고 공갈을 치는데요." 하고 말할 수 있을 것이다 ― 혹은 친구들이나, 아들이나, 의사한테 조사를 하여달라고 주장할 수도 있다. 하지만, 고드프리는 겁이 많고, 앨릭은 나한테 적의를 품고 있으며, 의사는 필시 노인들에게서 항용 볼 수 있는 망상에 사로잡혀 있다고 생각하고 나를 달래려고 할 것이다.

---

33 안가 : 값이 쌈. 싼값.

인제 이 일은 낙착된 거다 — 하고 그녀는 생각했다. 이만하면 이제 고드프리에 대한, 나의 오랜, 오랜 동안의 의무도 끝났다. 나는 양로원으로 가자.

이 결심은 그녀에게 개운한 해방감을 주었다. 양로원에 들어가면 나는 겁에 질린 병자가 아니라, 어제 모티머와 함께 있을 때처럼, 참다운 인간으로 다시 돌아갈 수 있다. 나에게는 존경과 주목이 필요하다. 아마 찾아와줄 사람도 있을 것이다. 고드프리가 반가워하지 않아서 여기에 오라고 하지 못한 사람들을, 거기서라면 초대도 할 수 있다. 그 양로원은 스테드 로스트에서 그다지 멀지 않다. 가이 리트도 차를 타고 보러 올 것이다. 가이 리트는 재미있는 사람이다.

현관문이 닫히고, 연이어 자동차 문을 닫는 소리가 들렸다. 그러고는 또 곧 이어서 미시즈 페티그루의 발짝 소리가 현관문 쪽으로 급히 달려갔다. 그녀가 문을 열고, "고드프리, 나도 갈 테야요. 기다려요." 하고 부르는 소리가 들렸다. 그러나, 차는 벌써 출발하고, 고드프리는 가버렸다. 미시즈 페티그루가 요란스럽게 문을 닫고, 자기의 방으로 갔다. 2, 3분 후에 그녀는 계단을 내려가더니 밖으로 나갔다.

*

미시즈 페티그루는 고드프리에게, 변호사한테 갈 때는 같이 가자고 미리 다짐해놓았었다. 또 따돌림을 당한 것을 알았을 때, 그녀는 분명히 깨달았다. 그 사람은 변호사하고의 약속을 지킬 생각이 없는 것이다. 그녀는 부리나케 모자와 외투를 걸치고, 큰길로 나가서 택시를 잡았다.

우선 제일 먼저 그녀는 킹스 로드 끝의, 공습으로 무너진 집 앞에 가보았다. 거기에는 예상한 대로 고드프리의 차가 있었다. 그러나 고드프리의 모습은 보이지 않았다. 어디에 갔는지 모르지만, 아무튼 목적지에 가기 전에 붙잡을지 모른다고 생각하면서, 그녀는 운전수에게 그 근처를 빙빙 돌아 보라고 했다.

　고드프리는 그때 올리브의 집을 향해서 걸어가고 있었다. 그의 걸음걸이로는 아무리 빨리 걸어도 7분가량 걸린다. 갑자기 소나기를 만난 그는, 그러지 않아도 수그리고 다니는 머리를 한층 더 수그리고, 타이트로(路) 쪽으로 돌아가고 있었다. 올리브가 차(茶) 준비를 해놓고 있으면 좋을 텐데, 하고 그는 생각했다. 오늘은 다른 손님이 없었으면 좋겠는데. 그러면 그녀의 조부의 주소 따위를 얼빠진 말투로 물어보거나 하지 않아도 된다. 올리브는 아마 다소곳이 이야기를 들어줄 수 있는 기분이 되어 있을 것이다. 그 아가씨는 이야기를 잘 들어주기 때문에 위안이 된다. 에릭한테서 편지도 와 있을 것이다. 어떤 편지일까 하고 고드프리는 생각하여보았다. 미시즈 페티그루 때문에 그가 욕을 보고 있는 것을, 편지로 몰래 에릭한테 알려주겠다고 올리브는 약속하였다. 에릭한테 부탁을 해보겠다고 약속하였던 것이다. 부모들하고 다시 화해를 하게 된다면, 에릭도 필경 말할 수 없이 기쁠 것이다. 에릭은 여태까지는 기대에 어긋나기만 했지만, 이번에야말로, 사람 구실을 할 수 있는 좋은 찬스다. 에릭이 모든 일을 잘 처리하여줄 것이고, 에릭의 편지는 벌써 올리브한테 와 있을 것이다.

　그는 바깥 문까지 와서, 그것을 떼밀어 열었다. 주위의 땅바닥에 여느 때에는 볼 수 없었던 쓰레기들이 허다하게 흐트러져 있었다. 쓰레기통은 넘쳐나도록 차 있고, 헌 구두, 핸드백, 혁대 같은 것들이 뚜껑 밑으로 불거져 나와 있다. 주변의 포도(鋪道) 위에는 신문지, 깡통, 녹슨 스탠드 갓 같은 것들이 버려져 있었다. 고드프리는 생각하였다. 올리브가 봄의 대청소를 시작하느라고 헌 물건들을 모두 버린 모양이로구나, 어지간히 비경제적이고, 얌전치도 않구나. 밤낮 고생을 한다고 투덜거리고 있지만, 이래 가지고야 고생을 하는 게 당연하지.

초인종을 눌러도 대답이 없었다. 올리브의 방의 격자창(格子窓)[34]이 있는 데까지 가서, 비로소 그는 방장이 떼어지고 없는 것을 알았다. 들여다보니, 방 안이 텅 비어 있다. 집을 잘못 들어온 게 아닌가. 그는 돌층계를 올라가서 문패를 살펴보았다. 다시 돌층계를 내려와서, 빈방 안을 들여다보았다. 올리브는 분명히 이사를 간 것이다. 그것을 알았을 때, 제일 먼저 그가 생각한 것은 될 수 있는 대로 빨리 이 집 근처에서 떠나야겠다는 것이었다. 아무래도 이것은 이해할 수 없는 사태다. 이해할 수 없는 일은 어떤 일이고 고드프리는 감당을 못 한다. 올리브가 어떤 스캔들에 휩쓸려 들었는지도 모른다. 요전 주일에 그녀를 만났을 때는 이사를 하겠다는 얘기는 비치지도 않았다. 그가 거기에서 나와서 타이트로를 걸어가기 시작하자 스캔들이 돌발한 것 같다는 공포심이 점점 더 커지고, 올리브에 관한 모든 일을 잊어버리고 싶다 — 그것이 그의 유일한 소원이 되었다.

그는 킹스 로드를 가로질러서, 석간 신문을 사 가지고, 차가 세워져 있는 옆길로 돌아 들어갔다. 차가 있는 데까지 가기 전에 택시가 그의 옆에 와 멎었다. 미시즈 페티그루가 그 안에서 나왔다.

"아니, 여기 있었군요." 하고 그녀는 말했다.

그녀가 택시 요금을 내고 있는 동안에, 그는 신문을 손에서 늘어뜨린 채로 죄의식에 질려서 서 있었다. 미시즈 페티그루를 앞에 두고, 그가 품은 최대의 감정은 이 죄의식이었다. 여태까지의 한평생 동안에 그가 생각한 일, 말한 일, 한 일 중의 어느 것 치고, 이처럼 큰 죄의식을 불러일으켜 본 것이 없다 — 서서 기다리고 있는 그의 옆에서 택시 요금을 지불한 미시즈 페티그루가 그를 돌아다보고 이렇게 물어보았을 때처럼. "어디 가 있었어요?"

---

34 격자창 : 창살을 가로세로로 일정하게 간격을 두어 직각이 되게 짜맞춘 창문.

"신문을 사러 갔었어." 하고 고드프리는 말했다.

"여기에다 일부러 차를 세워놓고 걸어서 신문을 사러 갔더란 말예요?"

"걷고 싶어서." 하고 고드프리는 말하였다. "몸이 좀 찌뿌드드해서."

"약속 시간이 넘은 것 같은데. 빨리 가요. 나도 같이 오겠다고 했는데, 왜 혼자 왔어요?"

"잊어버렸어," 하고 고드프리는 차에 올라타면서 말하였다. "당신이 같이 오겠다고 한 것을. 빨리 변호사한테 가려고 정신이 없었어." 그녀는 차의 반대편으로 돌아서 차 안으로 들어와 앉았다.

"내가 타는데 문도 안 열어주는구려." 하고 그녀는 말했다.

고드프리는 그녀가 하는 말을 처음엔 못 알아들었다. 벌써 오랫동안을 두고 그는 노령을 구실 삼아서 청년 시절에 지켜온 예절을 생략해왔기 때문에, 이제는 이미 자동적으로 예절을 무시한 동작을 하게 되고, 그것이 흡사 오랜 세월을 두고 획득한 권리처럼 생각되고 있다. 지금의 그녀의 말로, 자기의 습관이 일시에 무너져버릴 것 같은 공포를 느끼면서, 그는 슬론 광장을 향해 난폭하게 차를 몰고 있었다.

그녀는 신문을 집어 들고 제1면을 훑어보았다.

"로널드로군." 하고 그녀는 말했다. "로널드가 신문에 났는데. 사진이 나와 있어. 결혼했구먼. 안 돼요, 보지 말아요. 앞을 보고 있어요, 사고 나요. 정신 차려요 — 빨간 불예요."

적신호로 고드프리가 브레이크를 걸자, 두 사람은 왈칵 앞쪽으로 몸이 쏠렸다.

"아이구, 조심해요." 하고 그녀는 말했다. "좀 더 곰살궂겐 못 부리나요."

그는 그녀의 무릎 위에 놓인 신문을 내려다보았다. 로널드의 축 늘어진 얼굴이 명랑한 미소를 띠고 이쪽을 쳐다보고 있었다. 로널드의 팔을 끼고 억지로 웃는 듯한 미소를 띠고 있는 것은 올리브. 그 위에 이런 제목이 붙

어 있었다 — '신랑은 79세의 홀아비, 신부는 24세.'

"올리브 매너링이!" 하고 고드프리는 얼결에 입을 놀렸다.

"오오, 아는 여자예요?"

"내가 아는 시인의 손녀딸야." 하고 고드프리는 말하였다.

"신호가 바뀌었잖아요, 고드프리." 하고 미시즈 페티그루는 진력이 난 듯한 소리를 냈다.

그는 전속력으로 발차를 했다.

"'유복한, 지난날의 증권 브로커……'" 하고 미시즈 페티그루는 소리를 내서 읽었다. "빈틈없는 계집애로군, 아주. '미스 매너링…… 영화의 엑스트라와 BBC의 성우로서…… 첼시, 타이트로의 자기의 집을 떠나서……'"

미시즈 페티그루의 머릿속에서 지그소 퍼즐의 그림 조각이 차차 형태를 갖추기 시작했다. 올리브의 사진을 가만히 보고 있자니, 어쩐지 마음과 마음이 서로 통하는 것 같아서 미시즈 페티그루는 짐작이 갔다. 고드프리가 공습으로 무너진 집 앞에 차를 세우고, 어디에 가서 오후를 보냈는지.

"고드프리, 물론 이것은 당신한테는 커다란 타격일 거요." 하고 그녀는 말했다.

아아, 그녀는 모든 일을 알고 있구나, 하고 그는 생각했다. 변호사의 사무실 앞에 차를 세우고, 미시즈 페티그루를 차 속에서 기다리게 하고, 몸을 옴츠리고 그는 돌층계를 올라갔다. 드디어 하는 수 없이 유서를 고치지 않으면 안 될 막다른 지경에 이르게 되면, 그녀의 요구에 선수를 써야겠다는 생각이 없지도 않았지만, 그는 이제 그럴 기운조차 없었다. 변호사한테 모든 것을 다 털어놓고 얘기해볼까 하고 생각한 일도 있었지만, 이제 그런 생각은 하지 않았다. 메이블 페티그루는 모든 것을 다 알고 있다. 차미안에게 샅샅이 다 얘기할지도 모른다. 새로 작성할 유서의 내용을 그는 이렇게 작성했다 — 법률로 정해진 최소한도의 것을 아들에게, 그 나머지의 대부분을 미시즈 페티그루에게 물려준다. 그리고 차미안이 나보다 오래 살게 되는 경우에 받게 되는 금액의 대부분도, 결국은 미시즈 페티그루가 상속받을 것.

"그렇지만," 하고 변호사는 말했다. "이것을 작성하려면 아무래도 시간이 좀 걸립니다."

"당장 만들어주세요." 하고 고드프리는 말했다.

"좀 시간이 걸리는 편이 좋지 않아요, 미스터 콜스턴? 다시 한번 생각해보실 수 있으니까요. 미시즈 페티그루는 댁의 가정부이지요?"

"당장 만들어주세요." 하고 고드프리는 말했다. "될 수 있는 대로, 하루속히."

"그 친구 좀 돌지 않았어?" 하고 고드프리는 그날 밤 차미안을 보고 말하였다. "여든 살이나 되어가지고 스물네 살 먹은 계집애하고 결혼을 하다니. 정말 돌았어. 그리고 그치는 귀가 아주 절벽이란 말야."

"고드프리," 하고 그녀는 말하였다. "나는 일요일날 아침에 양로원으로 가겠어요. 의사하고 은행의 일은 말끔히 다 처리해놨어요. 잡역부회(雜役婦會)에서 내일 몇 명 내 짐을 꾸리러 올 거예요. 재닛 사이드보텀이 나하고 같이 가줄 거예요. 당신한테 폐를 끼쳐드리고 싶지 않아서요, 고드프리. 당신이 나를 데리고 가기는 괴로울 거예요. 나는 그 정체불명의 전화에는 이 이상 도저히 견디어낼 것 같지 않아요. 그 소리를 들을 때마다 빨리 죽으라는 소리 같아서. 전화가 안 보이는, 마음이 놓이는 곳에 가서 살고 싶어요. 레티한테 얘기했더니, 내 결심에 찬성해주었어요. 미시즈 페티그루도 그것이 제일 좋은 길이라고 생각하고 있어요. 그렇지, 메이블? 모두 다 찬성이에요. 나는 여간 슬프지 않아요. 하지만, 언젠가는 어차피 그렇게 될 거고. 당신도 노상 말하시지 않았어요 —"

"그렇지만 당신은 전화에 대해선 아무렇지도 않게 생각하지 않았소?"

하고 그는 소리를 질렀다. "당신은 정말 아무렇지도 않게 생각하고 있었지."

"아녜요, 여간 기분 나쁘지 않아요. 이 이상 도저히 참을 수 없어요."

"기분 나빠 하고 계셔요." 하고 미시즈 페티그루는 말하였다.

"하지만, 당신이 전화를 안 받으면 될 것 아뇨." 하고 그는 소리를 질렀다.

"그렇지만, 전화 벨이 울릴 때마다, 또 그 사람한테서 하고 생각하게 되는걸요." 차미안은 약간 몸을 떨었다.

"확실히 전화 때문에 상당히 기분 나빠 하고 계셔요." 하고 미시즈 페티그루가 말했다.

그녀들의 말을 뒤집어 엎기는 이제 불가능하다고 그는 생각했다.

제13장

"내가 놀란 것은, 사실은" 하고 앨릭 워너는 미스 테일러에게 말했다. "잠깐 동안 내가 분명히 질투를 느낀 일이야. 올리브는 물론 기분 좋은 아이고, 아주 양심적으로, 수집할 수 없는 모든 자료를 나한테 제공해주었어. 그 애가 없으면 나는 여간 아쉽지 않아. 그런데 이상한 것은, 이 마음의 아픔이야. 결혼한다는 것을 알고 선뜻 느낀 로널드에 대한 선망이야. 올리브는 원래가 좋아하는 타입이 아니었는데도."

"그 반응을 적어두셨소?"

"그럼, 적어두었지."

그랬을 거야, 하고 미스 테일러는 생각했다.

"그럼, 적어두었지. 신앙심이 두터운 크리스찬에게 간혹 탈선이 있을 때에는 노상 기록을 해두고 있지."

그가 '신앙심이 두터운'이라고 말한 것은 진 테일러의 흉내였다. 언젠가 아무튼 퍽 오래전에, 그녀가 그를 그렇게 부른 일이 있었는데, 요컨대 그것은 그가 단 두 번 교회의 입구에 서서 외경감과 호기심을 가지고 한 사람의 목사를 관찰한 일이 있었던 것을 가지고 그러는 것이다. 그가 알고 있던 그 목사는, 아무도 없는 건물 속에서 자기 혼자서 저녁 기도를 드리고 있었다 ─ 그때 앨릭의 외경감과 호기심은 주로 기도책을 손에 들고 놀랄 만큼 끈기 있게 생명 그 자체와 같은 습관을 끝까지 지키고 있는 인간의 표본에 대한 것이었다.

"그래니 그린이 죽었어요." 하고 미스 테일러가 말하였다.

"오오, 어쩐지, 그 여자의 침대에 모르는 사람이 있더구먼. 그래, 그래니 그린은 뭘로 죽었어?"

"동맥경화증. 그것이 드디어 심장으로 갔어요."

"으응, 그랬구먼. 우리들의 연령은 동맥의 연령이라지 않소. 훌륭한 죽음이었는가?"

"글쎄."

"당신은 그때 자고 있었구먼." 하고 그는 말했다.

"아뇨, 깨어 있었어요. 여간 소란스러웠어야지."

"고요한 임종이 아니었구먼그래."

"그럼, 우리들한테는 고요하지 않았어요."

"나는 항상" 하고 그는 말했다. "훌륭한 죽음이었는지 어땠는지, 그것이 알고 싶어. 좀 잘 보아두어요."

잠시 동안 그녀는 아주 그가 밉살스럽게 보였다. "훌륭한 죽음이란" 하고 그녀는 말했다. "위엄 있는 태도를 보였다든가 안 보였다든가로 결정되는 것이 아니죠. 영혼의 자세가 문제예요."

갑자기 그는 그녀가 싫어졌다. "그것을 증명해보시오." 하고 그는 말했다.

"내 말이 틀렸다는 증명을 해봐요." 하고 그는 피곤한 목소리로 말했다.

"그러고 보니" 하고 그는 말했다. "나는 오늘 당신의 건강을 묻는 것을 잊어버리고 있었군. 기분이 어때요, 진?"

"좀 좋아졌어요. 그런데 눈이 침침해서 아주 죽겠어요."

"차미안은 드디어 서리의 양로원으로 갔어. 당신도 같이 그리로 가고 싶지 않소?"

"고드프리는 그럼 미시즈 페티그루하고 단둘이만 남게 되었군요."

"당신은 물론 차미안하고 같이 있고 싶지."

"아뇨." 하고 그녀는 말했다.

그는 병실을 둘러보고, 소란스러운 구석 쪽을 바라보았다. 거기에는 노쇠 환자들이 텔레비전의 주위에 몰려 있고, 그 때문에 여느 때처럼 소란스럽지는 않지만, 그래도 때때로 이[齒]와 목구멍 속에서 여러 가지 소리를 내고, 가끔 회화의 뜻만은 알 수 있는 장광설을 늘어놓고는 한다. 움직일 수 있는 사람들은 가끔 의자에서 일어나서 병실 안을 왔다 갔다 하면서, 누워 있는 사람들에게 손을 흔들기도 하고 말을 걸기도 했다. 키가 큰 한 환자가 혼자서 컵에 물을 따라서 입술에 갖다 대려고 하다가, 채 닿기도 전에 목적지를 잊어버리고, 다른 물주전자에 그 물을 쏟아 넣었다. 그리고 그 컵을 거꾸로 자기의 머리 위에 엎어서, 남아 있던 얼마 안 되는 물이 이마 위로 흘렀다. 이런 묘기가 그녀에게는 무척 재미있는 모양이었다. 대체로 노인병 환자들은 머리 위에 물건을 엎어놓는 것을 좋아하는 경향이 있다.

"재미있는데." 하고 앨릭은 말하였다. "재미있는 것이, 노망하고 미친 것하고는 좀 달라. 이 사람들의 행동은 이를테면 내가 가보는, 포크스턴의 성 오브리 양로원의 노인들과는 세세한 점에서 여러 가지로 달라. 거기에는 평생의 태반을 정신이상자로 지내온 환자도 있는데, 어느 점에서는 그들 쪽이 다만 노망으로 머리가 이상스러워진 사람들보다도 일관성이 있고, 훨씬 질서가 있어. 이성적이 아닌 행동에 있어서는 같은 노인이라도 정말 미친 사람들 쪽이 훈련을 쌓아왔거든. 그렇지만, 이런 일은" 하고 앨릭은 말하였다. "당신한테는 흥미가 없을 거야. 노인병학에 관심이 없으니까, 이 사람들하고 밤낮 같이 있어도 당신은 재미있을 리가 없겠지."

"나는 마음속으로는 노인병 학자일지도 몰라요. 저 사람들은 별로 피해를 주는 일도 없고. 인제는 저 사람들한테는 조금도 마음을 쓰지 않아요. 앨릭, 나는 고드프리 콜스턴이 불쌍한 생각이 들어요. 차미안은 건강도 좋아져가고 한다는데, 왜 인제 하필 집을 나가고 싶어 한다죠?"

"정체불명의 전화가 기분 나빠서 못 견디겠다는데."

"그건, 괜한 소리예요. 미시즈 페티그루가 억지로 가게 했을 거예요. 미시즈 페티그루는" 하고 미스 테일러는 말하였다. "고드프리의 여생을 필경 비참하게 만들 거예요."

그는 모자에 손을 가져갔다. "차미안하고 같은 양로원에 들어갈 일을" 하고 그는 말했다. "잘 생각해보아요. 당신이 그럴 마음이 생기면, 나는 여간 좋지 않겠어."

"그렇지만 앨릭, 나는 친해진 여기의 친구들하고 떨어질 수가 없어요. 미스 발보나나, 미스 덩컨이나……"

"그리고 저 사람들도?" 하고 그는 노인병 환자들이 있는 쪽으로 머리를 흔들어 보였다.

"저것은 우리들에 대한 죽음의 경고예요, 당신네들한테 걸려 오는 전화하고 꼭 같은."

"그럼 잘 있소, 진."

"아, 앨릭, 조금만 더 있다가 가세요. 꼭 좀 이야기할 게 있어요. 잠깐 거기 앉아서, 내 생각을 가다듬게 해주세요."

그는 가만히 앉아 있었다. 그녀는 베개에 기대어 안경을 벗고는, 염증을 일으키고 있는 쪽의 눈을 수건으로 살며시 눌렀다. 그러고는 다시 안경을 꼈다.

"잘 좀 생각을 해봐야 알아요." 하고 그녀는 말했다. "날짜에 관한 문제가 뒤얽혀서. 기억에 있기는 있는데, 2, 3분가량 생각을 좀 해봐야 알아요.

기다리실 동안에, 그러니 그린의 침대에 새로 온 환자와 얘기나 좀 해보세요. 미시즈 빈이라고 해요. 나이는 아흔아홉 살, 9월이면 백 살이 돼요."

그는 미시즈 빈에게 말을 걸러 갔다. 그녀는 베개에 파묻힌 몸집이 아주 작아 보이고, 이가 없는 조그만 입은 O형으로 벌리고, 피부는 얇고 하얗게 뼈 위에 펼쳐져 있고, 커다란 눈구멍 속의 눈망울은 어린애처럼 물끄러미 한군데만 바라보고 있고, 듬성듬성한 짧은 백발이 이마 위에 흐트러져 있다. 머리는 가냘프게 앞뒤로 쉴 새 없이 끄덕거리고 있다. 만약에 여기가 부인 병동이 아니라면, 하고 앨릭은 생각했다. 이 노인은 남자인지 여자인지 알아보기 힘들 것이다. 그녀를 보고, 그는 포크스턴의 정신병 환자의 한 사람이 생각이 났다. 1918년 이래의 자기를 신이라고 생각하고 있는 노인이다. 앨릭이 미시즈 빈에게 말을 걸자, 공손한, 조리에 닿는 대답을 했다. 가냘프고 날카롭게 숨을 내쉬고 들이쉬고 하면서 대답을 하는 품이, 마치 흉골 부근에 원시적인 갈대피리가 있어서 거기에서 소리가 나오는 것 같았다.

그는 미스 발보나한테 가서 인사를 하고, 그날의 자기의 점괘를 물었다. 그리곤 미시즈 리위스 덩컨에게 고개를 끄덕여 보이고, 또한 안면이 있는 몇 사람의 환자들에게 손을 흔들었다. 노인병 환자의 한 사람이 다가와서 그와 악수를 하고, "지금 은행에 가는 길예요." 하고 말했다. 그리고 방 밖으로 나가더니, 간호원의 부축을 받고 다시 들어왔다. 간호원은 그녀에게 말했다. "자, 이제 은행에 갔다 왔어요."

그 환자가 즐거운 듯이 노인병 환자들이 있는 곳으로 돌아가는 것을 유심히 관찰하면서, 앨릭은 노인병 환자들이 은행에 대한 이야기를 하는 빈도를 생각해보았다. 그는 진 테일러가 있는 데로 돌아갔다.

그녀는 말하였다. "고드프리 콜스턴한테 당신의 입으로 전해주세요. 차미안은 결혼을 한 이듬해부터 여러 차례 부정(不貞)한 일을 했어요. 차미안이 제네바 호반에 별장을 갖고 있던 1902년 여름부터 시작해서, 그해 동안에 차미안은 여러 번 하이드 파크 게이트에 있는 애인의 아파트에 갔어요. 그것이, 1903년, 1904년을 지나기까지 계속되고, 옳지 그래, 그해 가을에 차미안이 퍼드셔에 갔을 때에도 계속되었어요 — 고드프리는 그때 런던을 떠날 수가 없었지요. 비아리츠에서도 토퀘이에서도 만나고 있었어요. 알았어요, 앨릭? 그 애인이란 것이 가이 리트예요. 1905년에도 내리죽 — 9월까지 하이드 파크 게이트의 그의 아파트로 만나러 갔어요. 잘 들어두어요, 앨릭. 고드프리 콜스턴한테 이 사실을 전부 이야기해야 해요. 가이 리트예요. 그리고 1907년 9월에, 그 사람하고도 손을 끊었어요, 똑똑히 기억하고 있어요. 나도 그 사람들하고 같이 돌로마이트에 있었거든요. 그 후에 차미안은 병을 앓았어요. 가이가 차미안보다 열 살이나 나이가 아래라는 것은 아시죠? 그리고 1926년에 다시 가까워져가지고, 18개월가량 계속했어요. 바로 내가 당신하고 만났을 무렵이에요, 앨릭. 가이는 차미안을 보고 고드프리하고 헤어지라고 하였어요. 차미안이 여러 번 그렇게 하려고 마음먹은 것을 나는 알고 있어요. 그런데 차미안은 가이한테 다른 여자들이 또 많이 있는 것을 알았어요 — 라이자 브룩이라든가, 그 밖에 또 여러 명 — 차미안은 진심으로 그를 믿을 수가 없었지요. 그를 잃고 여간 슬퍼하지 않았어요. 그이하고 같이 있으면, 차미안은 여간 즐거워하지 않았거든요. 그 후에 차미안은 가톨릭 신자가 되었어요. 그러니까, 이런 사실이 있다는 것을 당신이 직접 고드프리한테 이야기해야 해요. 그는 한 번도 차미안을 의심한 일이 없어요. 차미안은 모든 일을 아주 솜씨 있게 해치웠거든요. 연필 가지고 계셔요, 앨릭? 적어두시는 게 좋을 거예요. 맨 처음은 1902년 —"

"여보, 진." 하고 그는 말했다. "이 일은 고드프리나 차미안에게는 중대한 문제요. 말하자면, 그렇게 오랫동안 같이 지내온 처지인데, 당신이 진심으로 차미안을 배반하려고 든다는 게, 나로서는 납득이 안 가요.”

“배반하고 싶지는 않아요.” 하고 그녀는 말했다. “하지만, 그렇게 해야겠어요, 앨릭.”

“고드프리는 벌써 알고 있는지도 몰라.”

“알고 있는 것은 차미안하고 가이하고 나뿐이에요. 라이자 브룩도 알고 있었는데, 사실은 그것 때문에 차미안을 여간 잔인하게 협박하지 않았어요. 차미안이 신경쇠약에 걸린 것이 그 무렵예요. 그리고 가이가 라이자하고 결혼한 것도, 사실상의 이유는 라이자의 입을 봉하고, 스캔들의 공포에서 차미안을 구해주기 위해서였어요. 결코 정식적인 결혼은 아니었지만, 그렇지만 아무튼 가이는 차미안을 위해서 라이자하고 결혼했어요. 이것은 그 사람을 위해서 말해두고 싶어요. 물론 가이 리트는 여간 매력이 있지 않았지만.”

“지금도 매력이 있지.” 하고 앨릭은 말했다.

“그래요? 그렇지요, 그렇고말고요. 자, 앨릭, 지금 말한 것을 적어두세요.”

“진, 후회할 거요.”

“앨릭, 당신이 만약에 고드프리한테 이야기해주지 않으면, 데임 레티한테 부탁해야겠어요. 그렇게 되면 사태는 차미안한테는 훨씬 더 불쾌한 것이 될 거예요. 고드프리 콜스턴은 차미안에 대한 도덕적인 열등감을 해소할 필요가 있다고 생각해요 — 적어도, 그렇게 해볼 가치가 있어요. 차미안의 방탕에 대한 것을 알면, 자기의 방탕이 폭로되는 것을 겁내지는 않게 될 거예요. 그러기 위해서는 아무리 그가 차미안의 흠집을 미끼로 삼아 대들고 고소하고 하더라도, 아무리 그가 —”

“차미안은 여간 놀라지 않을 거야. 당신을 믿고 있으니만큼.” 하고 겉으로는 반대하는 체하면서도 속으로는 그가 그녀의 말에 솔깃해서 흥미를 느끼기 시작하고 있는 것을 그녀는 알고 있었다. 여태까지 그는 자기의 호기심을 만족시키기 위한 일이라면, 불화를 일으키는 것쯤은 조금도 겁내지 않고 한 사람이었다. '이번에는 틀림없이 내 목적에 가담해줄 거야.' 하고 그녀는 생각했다.

"신의라는 것은 지켜야 할 때도 있고 버려야 할 때도 있어요. 차미안만 하더라도, 인제는 그만한 것은 알아야 할 나이예요." 하고 그녀는 말했다.

그는 호기심에 찬 눈초리로 그녀의 얼굴을 바라보면서, 거기에서 여태까지 그가 보지 못했던 것을 찾아내려고 했다. 말하자면 잠재적인 질투라고도 할 수 있는 것을.

"종교적인 사람일수록 도무지 복잡하고 까다롭군. 당신이 그런 짓을 하면 차미안이 마음 아파할 거야."

"차미안도 종교적인 사람이에요."

"아냐, 그 사람은 신앙을 갖고 있다는 것뿐야." 이 일을 그는 벌써부터 이상스럽게 생각하고 있었다. 원래가 차미안을 기쁘게 하려고 신자가 된 미스 테일러 쪽이 차미안보다도 훨씬 더 깊이 종교에 빠지게 되었다.

그는 미스 테일러가 제공한 자료를 기입하기 시작했다. "똑똑히 말하세요." 하고 그녀는 말했다. "내가 전해달라는 말이라는 것을. 손을 놀릴 수만 있다면 내가 직접 그이한테 편지를 쓸 텐데. 미시즈 페티그루를 무서워할 필요는 없다는 말도 전해주세요. 불쌍한 사람이야."

"당신은 차미안에게 질투를 느껴본 일이 있소?" 하고 그는 말했다.

"있지요, 물론." 하고 그녀는 말했다. "가끔요."

앨릭은, 차미안의 정사(情事)를 자세히 적어 내려가면서 생각하였다. 고드프리는 이 이야기를 듣기 전과 듣고 난 뒤에, 맥박과 체온을 재달라면 기분 좋게 승낙해줄까. 아마 싫달걸, 하고 그는 생각했다. 가이 리트는 두말 않고 승낙해주었지만, 아무래도 가이는 장난꾸러기니까. 그러나 아무튼 말해보자.

*

"여보, 테일러." 하고 데임 레티가 말했다. "이제 앞으로는 당신을 찾아 뵈러도 못 올 것 같애. 저렇게 시끄러운 사람들이 있으니, 내 신경은, 요즘 잠을 잘 못 자서, 저런 노망한 할머니들한테는 못 견디겠어. 정말, 어떻게 할 작정으로 저런 사람들을 나라의 비용을 들여서 살려 둔다지."

"나는 말예요." 하고 미스 테일러는 말했다. "조용히 죽을 수 있다면 그 편이 좋아요. 하지만, 그런 말을 하면 의사들이 무척 싫어할 거예요. 새로운 약이나 새로운 치료법을 무척 자랑하고 있거든요. 끊임없이 새로운 것이 나오고 — 이런 식으로 계속해서 새 발견이 나오면, 나 같은 것도 영원히 죽지 못하게 되지 않을까 하고, 가끔 근심이 돼요."

이 말이 농담인지 아닌지, 데임 레티는 잠시 동안 판단을 못했다. 그녀는 의자 위에서 육중한 몸을 움직이면서 자리를 고쳐 앉고, 그 말의 뜻을 생각해보았다. 얼굴을 찡그리고, 밑으로 처져 내릴 듯한 깊은 주름살을 짓고.

미스 테일러는 친절하게 설명을 가했다. "될 수 있는 대로 사람을 오래 살게 하는 것은 물론 정당한 목표이지만요."

데임 레티는 병실 한구석의 노인병 환자들 쪽을 바라보았다. 그때 그들은 매우 얌전하게 하고 있었다. 한 노파가 난간이 달린 침대에서 일어나서, 무슨 노래 같은 것을 부르고 있었다. 두서너 명의 환자들한테 친척들이 찾아와 있었는데, 거의 말은 하지 않고, 다만 허약한 늙은 조상과 함께 앉아서 면회 시간을 보내고 있다. 가끔 침묵을 깨뜨리고 가족의 소식 같은 것을 커다란 소리로 알리면, 환자는 절반쯤 안 것 같은 얼굴로 대답한다. 가령 그것이 암탉이나 수탉의 울음소리 같은 것이든, 좀 더 내용 있는 대답이든 간에, 면회인들은 잠자코 그것을 듣고 있다. 나머지 노인병 환자들은 텔레비전이 있는 구석에 모여서, 구경을 하고 비평을 하고는 한다. 분명히 그들은 지금 아무런 불평도 없는, 만족한 상태에 있었다.

그런데 레티는 아무튼 여기에 왔을 때부터 다른 때와는 달리 이상하게 초조해하고 있었다. 미스 테일러가 말을 걸어도 대답도 하지 않고, 침대 옆의 의자를 갑자기 미스 테일러의 곁으로 끌어당기고 곧 이야기를 시작하였다.

"테일러, 우리들은 모두 함께 모티머를 만나러 갔었어. 아무 소용도 없었어 —"

"그러셨다지요. 미스터 워너가 어제 와서 그런 말을 하더군요."

"전혀 아무 소득이 없었어. 모티머는 신용할 수 없어. 경찰은 물론 그 사람을 비호하고 있지. 그 사람한테는 여러 명의 공범자가 있어 — 한 사람은 젊은 남자 같고, 또 한 사람은 혀 꼬부라진 소리를 하는 중년 남자이고, 그리고 외국 사람이 한 사람, 그리고 또 —"

"모티머 주임경감은" 하고 미스 테일러는 말했다. "정상적인 사람이라고 나는 생각하고 있었는데요."

"정상적? 물론 정상적인 사람이지. 누가 정신이상자라고 그랬나. 테일러, 나는 아주 큰 실수를 했어. 내 유서에 그 사람이 들어가 있다는 것을 그 사람한테 말을 했단 말야. 위원회에서는 그 사람은 언제나 믿음직스럽고, 생각이 깊은 사람이라고 생각했지 뭐야. 그런데 지금 생각해보니까 그 사람은 사실은 음모가야. 내가 이렇게 오래 살 줄은 몰랐지. 그러니까, 그런 방법으로 나를 위협을 해서 빨리 죽이려고 그러는 거야. 물론 나는 그 사람을 유서에서 빼버렸고, 그렇게 한 것을 그가 전해 들을 수 있는 방법을 강구해놓았지. 그러면 그런 협박을 그만둘 거라고 생각했거든. 그런데 그는 점점 더 화가 나서, 더욱더 지독하게 협박을 하는구먼. 나 이외의 사람들한테까지 그런 정체불명의 전화를 걸고 있는 것은 다만 자기의 정체를 감추기 위한 술책이야. 알았어, 테일러? 술책이란 말이야. 그리고 에릭도 분명히 한몫 끼고 있다고 생각돼. 에릭한테 편지를 냈는데도 답장이 오지 않지 뭐야. 그것만 보아도 이상스럽지 않아. 그들의 제1목표, 그들이 노리고 있는 과녁은 나야. 그런데, 요즘 또 새로운 사태가 벌어졌어. 2, 3주일 전에 우리 집의 전화를 끊게 한 것, 알지?"

"알아요." 하고 대답하고는, 미스 테일러는 피곤한 눈을 감고 쉬게 했다.

"그런데, 그리고 나서 며칠 후에, 내가 자려고 하고 있는데, 침실의 창문 쪽에서 분명히 무슨 소리가 들렸어. 알지, 그 창문 밖은……."

데임 레티는 2, 3주일 전부터, 매일 밤 자기 전에 집안을 돌아다니며 살펴보는 습관이 생겼다. 그저 조심하는 수밖에 없어. 안락의자의 뒤쪽, 찬장 속, 침대 밑, 집안을 샅샅이 구석구석까지 살펴보고 다닌다. 살펴보고 다니는 동안에도 도처에서 무엇이 삐걱거리는 소리라든가 그 밖에 여러 가지 이상한 소리가 들려온다. 이렇게 매일 밤 집안과 정원을 살펴보는 데 45분은 걸리고, 그것이 끝나고 나면 데임 레티는 여종의 히스테리를 제대로 처리할 수 있는 형편이 못 된다. 일주일 동안 그 일을 되풀이하고 나니까, 그웬은 드디어 이 집은 도깨비집이고 데임 레티는 미쳤다고 선언하고는 나가버렸다.

그래서 오늘 미스 테일러를 만나러 모드 롱 병동에 들어왔을 때, 데임 레티는 도저히 노인병 환자들을 견뎌낼 수 있는 기분이 못 되었다.

"그럼" 하고 미스 테일러는 과감히 말했다. "그 소리가 난다는 것을 경찰에 알리셨죠? 만약에 누가 집안에 몰래 침입하려고 한다면, 반드시 경찰에서도—"

"경찰?" 하고 데임 레티는 아직도 내 말을 못 알아들었느냐는 듯이 말투에 힘을 주며 말했다. "경찰은 말예요, 모티머하고 그 사람의 공범자들을 비호해주고 있단 말예요. 경찰에 다니는 사람들은 노상 자기들끼리는 서로 보아주고 있어요. 에릭도 한패야. 모두 다 한통속이야."

"시골의 사설 양로원에 들어가셔서 좀 휴양하고 오시는 게 어때요. 여러 가지 일로 무척 피로하실 거예요."

"싫어." 하고 데임 레티는 말했다. "정말 싫어, 테일러. 노망도 하지 않고 내 발로 걸어다닐 수 있는 동안에는, 나한테 사설 양로원에 가라는 말은 하지 말아요. 지금, 새로 또 식모를 구하고 있는 중이야. 좀 나이 든 사람을. 사람 얻기가 여간 힘이 들지 않아. 모두들 자기의 전용 텔레비전을 요구하고 있지 뭐야." 그녀는 텔레비전 주위에 모여 있는 노인병 환자들에게 눈길을 돌렸다. "나라로서도 상당한 비용이지. 저 따위 물건은 무엇 때문에 발명했다지."

"그렇지만, 저 사람들을 위해서는 더할 나위 없는 좋은 발명이죠. 어쨌든 저 사람들의 주의력을 집중시켜주니까요."

"테일러, 나는 이제 여기엔 안 오겠어. 아주 기분이 우울해져."

"어디든 좀 쉬러 가세요, 데임 레티. 집안일도, 전화일도 다 잊어버리고."

"내가 고용한 사설 탐정까지도 모티머하고 한패야. 조종을 모두 모티머가 하고 있어. 에릭도……"

미스 테일러는 안경 뒤의 아픈 눈을 살며시 눌렀다. 눈을 감고 싶은데, 그리고 면회 시간의 마감을 알리는 종이 빨리 울렸으면 좋겠는데 하고 그녀는 생각했다.

"모티머가…… 모티머가…… 에릭이……" 하고 데임 레티의 얘기는 계속되었다. 미스 테일러는 털어놓고 다 얘기해버리고 기분이 좀 나아졌다.

"내 생각으로는" 하고 그녀는 말했다. "정체불명의 전화의 주인공은 말하자면 죽음의 신 그 자체인 것 같은 생각이 들어요. 이것은 이미 할 수 없는 일이 아닐까요. 데임 레티, 죽음을 잊고 있으면 죽음의 신이 그것을 생각나게 하는 거지요. 이 사실을 솔직하게 받아들일 수 없다면, 차선책은 역시 휴양이라도 하러 나가는 거겠지요."

"머리가 차츰 이상하게 되는구려, 테일러." 하고 데임 레티는 말했다. "당신한테 이제 이 이상 아무 일도 해줄 수 없어요." 돌아가는 길에 그녀는 밖의 의료실에 들러서, 얘기할 게 있다고 간호원장을 불러내서, 미스 테일러가 정신이상이 생겼으니 감시할 필요가 있다고 일러놓고는 갔다.

*

데임 레티의 집에서 나오고 난 뒤 그웬은 그녀의 보이 프렌드를 보고, 매일 밤의 순시에 대한 것을 모조리 얘기한 것은 오히려 당연한 일이었을지도 모른다. 머리가 이상스러워진 데임이 집 안을 샅샅이 돌아다니고, 찬장이나 구석 쪽을 모조리 들여다보고 회중전등으로 정원의 나무 새까지 비춰보고, 그래 가지고야 눈이 어두워지는 것도 당연하지 뭐야.

"그러면서도 경찰에 알려서는 안 된다는 거야." 하고 그웬은 말했다. "그 여자는 경찰을 신용하지 않아. 그도 그럴 거야, 웃음거리가 될 테니까. 그렇지만, 나는 아주 혼이 났어. 글쎄, 무슨 소리가 안 들리나 하고 듣고 있으면 온 집에서 별의별 소리가 다 들리고, 어둠 속에 무슨 이상한 게 자꾸 보이고, 마당에서 무엇인가와 부딪치고 깜짝 놀라 보면 대개 그 데임이고. 하지만, 정말 그 집엔 도깨비가 있어. 그러니 그 이상 참을 수가 있어야지."

그웬의 보이 프렌드는 재미나는 얘기라고 생각하고, 그가 근무하는 공사 현장에서 그 얘기를 다른 사람들한테 모두 했다.

"우리 암컷이 햄스테드 근처의 데임이란 백작 부인이라나 하는 노파의 집에서 일을 하고 있었는데…… 매일 밤 집 안을 돌아다니면서 살피고…… 무슨 소리가 날 적마다 도적이 들었다고 그러고…… 경찰에는 알리지도 않고 말야…… 우리 암컷은 일주일 전에 뛰쳐나와 버렸어. 아주 넌덜머리가 난다고…….”

“머리가 그렇게 돈 것들이 정말 있어.” 하고 동료 중의 하나가 말했다. “정말야. 지금도 생각이 나는데, 전쟁 때에 내가 연대장의 당번 노릇을 하고 있었을 때야, 그치가…….”

이리하여 그웬의 이야기가 이 일터에 온 지 얼마 안 되는 한 노동자의 귀에까지 들어갔다. 이 청년은 별로 범죄자 타입은 아니었지만, 그가 알고 있는 어떤 창문닦이 인부가 이런 종류의 정보를 한 건에 2파운드로, 때로는 3파운드도 내고 수집하고 있다. 그러나 그러려면 정확한 주소를 알 필요가 있었다.

“그 백작 부인이란 것이 어디에 살고 있대?” 하고 그는 그웬의 애인에게 물었다. “햄스테드의 히스 근처라면 나도 환하게 알고 있는데.”

그웬의 애인은 말했다. “아아, 쇠푼 있는 근사한 치들이 살고 있는 데야. 해클턴 라이스야. 우리 암컷은 말야, 머지않아 그 할멈은 정신병원의 자동차에 실려 갈 거라고 그래. 그 패거리들 중의 하나야. 왜 신문에 났지 않아? ― 그 장난 전화 얘기. 그 할멈은 기어코 전화를 끊어버리고…….”

젊은 노동자는 창문닦이 인부한테 이 정보를 갖고 갔지만, 당장에 돈은 주지 않았다. “연락을 해서 주소를 확인해보아야 해.”

창문닦이 인부도 역시 자기가 실제로 일을 하고 있는 것이 아니라, 정보를 제공하고 돈을 받고 있는 것이었다. 연락을 해본 결과, 2, 3일 후에 좋다는 답장이 와서, 10파운드가 그에게 지불되었다. 다만, 문제의 노파는 사실은 백작 부인이 아니었다는 것이다. 창문닦이 인부는 수입의 일부를 약속대로 젊은 노동자에게 나눠주고, 정보가 약간 정확하지 않다는 것과 당분간은 아무한테도 이런 얘기를 하지 않는 게 좋다는 것 등을 일러주었다.

이리하여 데임 레티의 집과 그녀의 밤마다의 순찰은 감시를 받게 되었다.

미스 테일러를 마지막으로 방문한 날, 그녀는 5시가 넘어서 택시로 햄스테드에 돌아왔다. 우선 직업 소개소에 들러서, 식모를 구했는지의 여부를 물어보았다. 중년의, 신원이 확실한, 자면서 있을 수 있는 사람. 아직 못 구했는데요, 데임 레티. 아무튼 유의해두겠으니까요. 그녀는 거기에서 집에까지 걸어서 왔다.

우울한 기분으로 그녀는 차를 끓이고, 부엌에 그대로 서서 그것을 마셨다. 그러고는 헐떡거리며 서재로 가서 에릭에게 편지를 쓰기 시작했다. 만년필의 잉크가 떨어졌다. 그녀는 잉크를 갈아 넣고 계속해 편지를 썼다.

……집의 어머니는 불쌍하게도 기어코 양로원으로 들어가버리고, 그렇게 끔찍하게 아드님 생각을 하던 아버지도 아주 늙어서, 요즘 갑자기 건강이 나빠지고 있어요. 그런 것을 생각해서 에릭한테 말하는 것이지만, 나한테 적어도 편지쯤은 보내고 그동안에 소식이 없었던 이유라도 설명해주어요. 에릭이 부모들하고 뜻이 안 맞는 것은 잘 알고 있어요. 그렇지만 두 분이 다 앞으로 살 날이 얼마 남지 않은 이제야말로, 에릭이 될 수 있는 한 보상을 해야 할 시기라고 생각해요. 바로 요 전에도 집의 아버지는 자기로서는 지나간 일은 깨끗이 잊기로 하겠다고 말하더구먼요. 이 편지도 사실은 집의 아버지가 그 말을 에릭한테 전해달라고 해서 써 보내는 거예요.

그녀는 펜을 놓고 창밖을 내다보았다. 보지 못하던 차가 한 대, 건너편 쪽 집 앞에 서 있었다. 누가, 딜린저네 집 사람들이 집을 비우고 있는 것을 모르는 사람이 찾아온 모양이로군. 약간 추운 기가 돌아서 그녀는 방장을 치려고 일어났다. 남자가 한 사람 차 안에 앉아 있었다. 그녀가 방장을 치고 있을 때, 차는 떠나가버렸다. 그녀는 책상으로 다시 가 앉아서 펜을 들었다.

　　에릭이 런던에서 하고 있는 일을, 나를 협박하려고 하는 일을 내가 모르고 있다고 생각하면 큰 잘못이에요. 내가 조금이라도 겁을 내고 있다고 생각하면 큰 잘못이에요.

　그녀는 이 부분을 펜으로 지웠다. 이런 말을 쓰려고 한 것은 아니었다. 처음에는 분명히 이런 식으로 쓰려고 했지만, 다시 생각을 하고, 좀 더 호소하는 식으로 쓰려고 했던 것이다. 그만 그것을 잊어버리고 있었다. 에릭과 같은 사나이한테 대해서는 좀 방법을 생각할 필요가 있어. 그녀는 새 종이를 꺼내서 처음부터 다시 쓰기 시작하고, 또 한번 도중에, 무슨 소리가 들린 것 같은 생각이 들어서 뒤를 돌아보았다.

　　집의 어머니는 불쌍하게도 기어코 양로원으로 들어가버리고, 그렇게 끔찍하게 아드님을 생각하던 아버지도 아주 늙어서, 요즘 갑자기 건강이 나빠지고 있어요. 그런 것을 생각해서 에릭한테 말하는 것이지만, 나한테……

　그녀는 편지를 다 쓰고, 겉봉의 주소 성명을 써서 봉하고, 6시의 우체부가 올 때까지 투함(投函)을 하고 오랄 작정으로 그웬을 부르려고 했다. 그러다가, 그웬이 이미 그만둔 것이 생각났다.
　데임 레티는 하는 수 없이 편지를 홀의 테이블 위에 놓았다. 그리고 간신히 기운을 내어서 저녁 식사 생각을 하고, 스위치를 틀고 뉴스를 들었다.

그녀는 저녁 반찬으로 생선 조림을 만들어, 그것을 먹고, 설거지를 했다. 9시 반까지 그녀는 라디오를 들었다. 그리고 스위치를 끄고 홀로 나가서, 5분가량 거기에서 귀를 기울이고 서 있었다. 차례차례로 여러 가지 소리가 들렸다. 처음에는 부엌 쪽에서, 그다음에는 바른쪽의 식당에서, 그리고 2층에서도.

그러고 나서 45분 동안을 그녀는 집 안과 마당을, 안팎으로 철저하게 살펴보는 일로 보냈다. 그러고는 안팎의 문을 잠그고 고리를 채웠다. 방을 하나하나 모두 잠그고, 자물쇠를 한데 모아놓았다. 드디어 자러 가려고 2층으로 가는 계단을 천천히 올라가면서 그녀는 두서너 계단마다 서서 숨을 가다듬고, 귀를 기울였다. 지붕 위에 분명히 누가 있다.

그녀는 침실로 들어가자 방문을 잠그고, 문고리 밑에 의자를 세워놓았다. 분명히 아래 마당에 누가 있다. 내일은 꼭 의회 의원한테 연락해야겠다. 월요일에 낸 요전번의 편지 — 그것이 화요일 날이었던가 — 에 그는 아직 답장을 안 보내고 있다. 이제 답장을 보낼 만한 때도 되었는데. 경찰의 부패는 중대한 일야. 의회에서 문제 삼게 해야지. 인간은 보호를 받을 권리가 있는 것이니까. 그녀는 손을 뻗쳐서, 침대 옆에 든든하게 세워놓은 묵직한 단장을 만져보았다. 그리고 드디어 그녀는 잠이 들었다. 갑자기 귓전에서 무슨 소리가 들려서 그녀는 눈을 뜨고, 허둥지둥하면서, 이번만은 헛들은 것이 아니라는 것을 알았다.

그녀는 불을 켰다. 2시 5분이었다. 남자 하나가 그녀의 화장대 앞에 서서, 서랍을 모조리 빼내어 뒤지고 있다. 남자는 그녀 쪽으로 눈을 돌렸다. 침실의 문은 열려 있었다. 복도에는 불이 켜져 있고 누군가 또 한 사람이 거기에서 걸어다니고 있는 발짝 소리가 들렸다. 그녀가 비명을 지르고 단장을 움켜쥐고 침대에서 일어나려고 했을 때, 복도에서 사나이의 목소리가 말하였다. "인제 됐어, 가자." 화장대 옆에 있던 남자는 순간적으로 찔

끔하고 망설이다가 다음 순간에는 레티의 옆에 있었다. 그녀의 입과 고동
색 눈이 한껏 크게 벌어졌다. 노파의 손에서 남자는 단장을 비틀어 빼앗아
가지고는 굵다란 손잡이 쪽으로 그녀를 마구 때려 죽였다. 그녀는 여든한
살이었다.

제14장

　나흘 후에 우유 배달부로부터, 데임 레티의 문간에 4일분의 우유가 그 대로 밀려 있다는 신고를 받고, 경찰이 그녀의 집으로 들어가 보았다. 시 체는 절반은 침대 속에, 절반은 침대 밖으로 삐져나와 있다.

　그동안 레티한테서 아무 소식이 없었지마는, 고드프리는 조그만 불안 조차도 느끼지 않고 있었다. 그녀의 전화가 단절된 뒤부터는 거의 그녀와 는 연락이 없다. 게다가 그날 아침에는 그에게는 따로 생각하지 않으면 안 될 일이 있었다. 앨릭 워너가 찾아와서 테일러로부터의 전갈을 남겨놓 고 갔다. 그 이상하고, 불쾌하고, 파렴치한, 그러나 활력제 같은 전갈. 물 론 그는 워너를 쫓아버렸다. 앨릭은 그것을 예기하고 있었던 듯이, 고드프 리가 "나가!" 하고 고함을 쳤을 때도, 단단히 무대 연습을 하고 온 배우처 럼 침착한 태도로 물러 나갔다. 그러나 앨릭은 날짜와 지명이 죽 적혀 있 는 종이를 한 장 남겨놓고 갔다. 그 종이를 검토해보고 있는 동안, 고드프 리는 요즘 몇 달 동안에 한번도 맛보지 못한 것 같은 이상한, 건강한 기분 이 들었다. 그는 술집으로 가서 하이볼을 부탁하고는, 우선 앞으로의 방침 을 정하였다. 그리고 술을 마시면서 그는 가이 리트에게 은근히 경멸감을 느꼈다. 그러나 가이에 대한 생각을 하는 것은 별로 기분 나쁘지는 않다. 말하자면 가이는 현재의 이 행복감과 연결되어 있기 때문에. 그는 한 잔을 더 주문하고, 허리를 두 겹으로 꼬부리고 두 개의 지팡이에 매달려 있는 가이의 모습을 생각하면서 혼자서 웃었다. 추한 자식이야. 옛날부터 그랬어, 그 썩어빠진 난장이 같은 새끼.

*

가이 리트는 서리주 스테드로스트의 올드스테이블의 자기 방에서 여러 가지로 애를 써가면서 잡지에 연재 중인 회상록을 쓰고 있었다. 고생이란 주로 육체적인 것이고, 별로 정신적인 노력은 아니다.

만년필의 굵다란 대를 쥔 그의 손가락은 천천히 움직인다. 이 손가락이 도움이 되는 것도 앞으로 1년 정도일 것이다 — 이 비틀어진, 우툴두툴하게 관절이 튀어나온 손가락이 현재 도움이 된다고 말할 수 있다면. 이따금씩 그는 원망스러운 눈초리로 그 손가락을 흘겨본다 — 앞으로 1년은 쓸 수 있을 것 같지만, 그것도 올겨울의 추위 여하에 달렸다. 사람이 늙으면, 하고 가이는 생각했다. 어쩌면 이렇게 원시적으로 될까. 아무리 익숙해진 환경 속에서 안락하게 지내고 있어도 북극의 젊은 탐험가 이상으로 대자연의 위협을 받게 된다. 그리고 자연 법칙이 조금만 거세져도 하고 싶은 일이 전부 뒤죽박죽이 된다. 가이는 무릎의 관절 속에 장해가 있어서, 한쪽 발에 체중을 주면 흐느적하고 꾸부러져서, 또 한쪽 발의 바깥쪽까지 퉁겨져 나간다. 그러나 그는 '이 개 ×같은 중력의 법칙'이라고 입버릇처럼 욕을 하면서도, 거의 언제나 지극히 쾌활했다. 목의 근육에도 류머티스가 있어서, 그 때문에 그는 노상 머리를 비스듬히 뻗치고 있다. 그렇지만 그는 눈과 몸을 될 수 있는 대로 이 결함에 적응시키고, 무엇을 볼 때에는 반드시 곁눈질을 하고, 외출을 할 때에는 하인과 자동차, 아니면 두 개의 지팡이의 힘을 빌렸다. 그의 하인 노릇을 하는 사나이는 아일랜드 출신의 중년 독신자로서, 신앙심이 두텁고, 조용한 목소리로 말을 하고, 발끝으로 가만히 걸어다닌다. 가이는 그를 무척 귀여워하고, 맞대놓고는 '토니', 안 들을 때는 '소리 안 내고 걷는 예수'라고 부른다.

토니가 아침 커피와 우편물을 가지고 들어왔다. 우편물이 도착하는 것이 노상 늦는다. 토니는 두 통의 편지를 페이퍼 나이프 옆에, 커피는 가이의 앞에 놓고 바지 정강이를 손으로 쓰다듬으면서 머뭇거리며 미소를 지었다. 가이가 가톨릭에 개종하기를 바라고, 현재 그는 '9일간의 기도'를 계속하고 있었다. "자네가 나를 위해 기도를 드리면 드릴수록 나는 더 완강한 죄인이 되어가는 것 같애, 토니. 가령 지금보다 더 완강한 죄인이 될 수 있다면 말야." 하고 가이한테 놀림을 받아도, 그는 그것을 그만두지 않는다.

가이는 큰 봉투부터 뜯어보았다. 회상록의 다음 호의 게재분 교정쇄다. "이것 봐, 토니," 하고 그는 말했다. "이 교정울 좀 봐주게."

"아아, 저는 안경이 없어서 못 읽겠는데요."

"지극히 부드러운 표현을 하는군, 토니." 왜냐하면, 토니는 글 읽는 것이 그다지 능숙하지 못하다. 그렇지만 꼭 읽지 않으면 안 될 때에는 한 자 한 자 손가락으로 짚어가면서 간신히 읽는다.

"정말 죄송합니다." 하고 말하고는 토니는 사라져버렸다.

가이는 또 하나의 편지를 뜯어보고서 미소를 지었다. 이 미소도 역시, 목이 비틀려 있어서 그렇게 된다는 것을 모르는 사람에게는 단순한 기분 나쁜 표정으로 밖에 보이지 않을 것이다. 편지는 앨릭 워너한테서 온 것이었다.

가이 군(君).
미안하지만 나는 전번 호(號)의 자네 『회상록』을 퍼시 매너링한테 보내주었어. 아무래도 그는 어디에서든지 그것을 읽게 될 것이니까. 자네가 또 다우슨에 대해서 쓴 부분을 읽고 그는 약간 흥분했으리라고 생각돼.

보내준 잡지를 보고 매너링은 나한테 고맙다는 답장을 보내 왔는데, 거기에 자네를 만나러 가겠다는 말이 있더구먼. 물론 자네하고 담판을 하기 위해서이지. 내 희망으로서는, 그가 그다지 난폭한 말로 대들지 않고, 자네도 될 수 있는 대로 관대한 태도를 취해주었으면 좋겠어.

그런데 자네한테 부탁이지만, 둘이서 토론을 하고 나서, 될 수 있는 대로 빠른 기회에 어떻게든지 그의 맥박과 체온을 재서 나한테 알려주지 못하겠나. 가장 좋은 것은, 물론 토론을 하는 도중에 재어주었으면 좋겠는데, 그것은 어려울 거야. 토론하는 과정에서의 그의 혈색, 말투(얼마나 뚜렷한가 등등), 그 밖에 거동 전반에 걸쳐서, 어떤 일이든 관찰한 결과를 알려준다면, 잘 알겠지만, 나에게는 여간 고마운 일이 아냐.

매너링이 자네의 집에 도착하는 것은 내일, 말하자면 자네가 이 편지를 받는(받을 것이라고 생각되는) 날 오후 3시 40분경일 거야. 기차 시간이나 그 밖의 필요한 예비 지식은 모두 내가 그에게 제공해주었어. 잘 있게.

오로지 감사하는 마음으로,

앨릭 워너

가이는 편지를 다시 봉투에 집어넣고, 차미안이 있는 양로원에 전화를 걸어서 오늘 오후에 면회를 하러 가도 좋겠느냐고 물어보았다. 간호원은 여기저기로 문의를 해보더니, 승낙하는 회답을 해주었다. 그래서 그는 토니에게, 3시 15분에 나갈 테니 차 준비를 해달라고 부탁했다.

아무래도 그는 차미안을 만나보아야 하겠다고 생각하고 있었다. 오늘은 따뜻하고 날씨도 좋다. 가끔 구름이 끼기는 하지만. 그는 앨릭 워너에게 조금도 기분 나쁜 생각을 갖고 있지 않았다. 그놈은 선천적인 장난꾼이다. 다만 그것을 자각하고 있지 않은 것은 그놈다운 좋은 점일 것이다. 불쌍한 것은 퍼시야, 하고 그는 생각했다. 오늘 오후에 일부러 여기까지 먼 길을 허탕을 치러 올 테니까.

3시 15분에 집을 나갈 때, 그는 올드스테이블의 현관문에 '2, 3일 동안 외출합니다'란 쪽지를 써 붙여놓았다. 아무래도 곧이들릴 것 같지는 않지만, 이것을 믿고 안 믿고는 퍼시 자신이 결정할 문제다.

"이것은 거짓말이죠." 하고 말하면서 토니는 차 속으로 들어와 앉아서, 주인을 병원까지 데려다 주려고 출발했다.

*

차미안은 새 방이 마음에 들었다. 큼지막한 방이고, 의자와 침대는 밝은 빛깔의 옛날식 사라사로 꾸며져 있다. 이 방에 있자니 그녀는 학교 시절의 여교장의 방이 생각난다. 그 시절은 매일같이 어찌된 셈인지 날씨가 좋았고, 모두들 서로 사랑하고 있는 듯이 보였다. 모두들 서로 사랑하고 있는 것이 아니라는 것을 알게 된 것은 열여덟 살이 되고 난 뒤였다. 이것은 항상 좀처럼 다른 사람들에게는 납득시킬 수 없는 사실이었다. "그렇지만, 차미안. 열여덟 살이 되기까지는 악의나 증오 같은 것도 경험했을 텐데?"

"나중에 생각해보고 비로소" 하고 차미안은 대답하는 것이었다. "사람들의 행동에 불협화음이 있다는 것을 알았어. 그 시절에는 모든 것이 화목하게 융화되어 있는 것같이 보였어. 사람들은 모두들 서로 사랑하고 있고."

향수라는 장미 빛깔로 과거를 미화하고 있는 것이라는 말을 들은 일도 있었다. 그러나, 그녀는 열여덟 살에 악(惡)이라는 것을 처음 알았을 때의 충격을 똑똑히 기억하고 있다 — 실마리는 별로 큰 사건은 아니었다. 언니가 그녀를 보고 뼈아픈 소리를 했던 것이다 ─ 그러나 차미안은 철이 들고 나서부터 노상 말로만은 알고 있던 '죄'라든가 '중상'이라든가 하는 것의 실체를 이때 비로소 알았던 것이다.

그녀의 방 창문 밖에는 잔디가 깔려 있었고, 잔디밭 한가운데에 커다란 느릅나무가 서 있었다. 창가에 앉아 있으면 다른 환자들이 마당을 거닐고 있는 것이 보인다. 옛날 학교 시절의 휴게 시간에 다른 소녀들이 거닐고 있는 것을, 창가에 앉아서 여교장과 함께 차를 마시면서 바라보고 있었을 때와 똑같은 기분이었다.

"모든 것이" 하고 그녀는 가이에게 말했다. 가이는 바로 조금 전에 애를 써가면서 간신히 방을 가로질러서 창가에까지 왔던 것이다. "여기에서는 순결해 보여. 어쩐지 원죄에서 말끔히 해방된 것 같은 기분이야."

"당신한텐 필경 따분할 거야." 하고 가이는 말했다.

"물론 그것은 착각이지만."

젊은 간호원이 차를 갖고 와서 두 사람 사이에 놓았다. 가이는 그녀에게 추파를 던졌다. 간호원은 마주 추파에 응하고는 밖으로 나갔다.

"좀 점잖게 굴어요, 가이."

"집에서 나올 때, 고드프리는 어땠어?"

"상당히 우울해하던데. 그 정체불명의 전화 때문에 기분 나빠 하고 있어." 그녀는 하얀 수화기 쪽을 가리켰다. 그 공손한 청년은 그녀의 머릿속에서는 어쩐지 수화기 같은 모습을 하고 있었다. 그래서 그는 집에서는 까맣지만, 여기서는 하얗다. "당신도 전화 때문에 애를 먹고 있어, 가이?"

"내가? 전혀. 다소의 장난은 나도 좋아하니까."

"고드프리는 괴로워하고 있어. 똑같은 일에 대해서도 반응은 사람마다 놀라울 정도로 다르거든."

"나는 말야" 하고 가이는 말하였다. "그 젊은 놈한테, 지옥으로나 가라고 호통을 치려고 하고 있어."

"그래요? 고드프리는 괴로워하고 있어. 게다가, 우리 집엔 좋지 않은 가정부가 있어가지고, 그것이 역시 또 고드프리를 괴롭히고 있단 말이야. 고드프리한테는 괴로운 일이 여간 많지 않아. 그이는 변했어, 가이. 많이 늙었어."

"당신 소설의 부활이 기분 나쁜 게 아냐?"

"가이, 나는 고드프리의 욕은 하고 싶지 않아. 그렇지만 당신한테만 하는 말이지만, 확실히 그이는 질투를 하고 있어. 그 나이가 되면 이제는 그런 감정은 없어질 것 같은데, 역시 있어. 그이는 말야, 가이, 나를 만나러 온 젊은 평론가한테 아주 실례되는 짓을 했어."

"그치는 여태껏 한 번도 당신을 이해한 일이 없어." 하고 가이는 말했다. "그렇지만 당신은 역시 그치한테 대해선 죄의식 같은 것을 가지고 있는 모양이로군."

"죄의식? 그렇지 않아, 가이. 아까도 말한 것처럼 여기에 있으면 나는 이상할 정도로 마음이 순결해져."

"아무튼" 하고 그는 말했다. "죄의식은 독선이 되는 수가 많거든. 고드프리의 일로 당신이 정당하다든지 정당하지 않다든지 생각할 계제가 못돼."

"나한테는 신부님이 정기적으로 와주어요." 하고 그녀는 말했다. "윤리적인 충고라면 나는 신부님한테 부탁하겠어, 가이."

"아아, 알았어, 알았어." 가이는 울퉁불퉁한 손을 그녀의 무릎 위에 얹었다. 요즘 여자라는 것을 다루는 법을 잊어버리고 있었던가 보다.

"그리고 말야," 하고 차미안은 말했다. "그이가 에릭하고 사이가 멀어진 것은 알지. 사실은 고드프리가 나빠요, 가이. 이런 말은 하기 싫지만, 그리고 에릭은 분명히 기대에 어긋난 자식이었지만, 내가 생각하기에는 아무래도 고드프리의 태도가 —"

"에릭은" 하고 가이는 말했다. "쉰다섯이지?"

"쉰일곱야," 하고 차미안은 말했다. "다음 달이면."

"쉰일곱이면" 하고 가이는 말했다. "책임감을 몸에 붙일 시간은 있었을 텐데."

"에릭한테는" 하고 차미안은 한숨을 쉬었다. "책임감이 없어. 그렇지만 나는, 그 애가 화가가 되었더라면 좋았다고 생각한 일이 있어. 그 애의 문장에는 그다지 희망을 가질 수가 없었지만, 그림은 — 어딘지 재간이 있어 보여, 적어도 나는 그렇게 생각해. 그런데, 고드프리가 지독하게 돈에 인색해서, 고드프리는 —"

"내가 기억하기에는" 하고 가이는 말했다. "고드프리가 더 이상 돈을 못 주겠다고 말한 것이, 에릭이 마흔네 살이 넘은 뒤였던 것 같은데."

"그리고 레티도" 하고 차미안은 말했다. "유서 일로 여간 지독하게 굴지 않았어. 언제나 에릭한테 태산 같은 약속을 하고는, 퇴짜를 놓고, 퇴짜를 놓고 하였어. 어째서 자기의 생전에 에릭한테 무엇이든 해주지 못하느냐 말야."

"당신은" 하고 가이는 말하였다. "돈으로 에릭의 원한이 풀릴 줄 알아요?"

"글쎄," 하고 차미안은 말했다. "그렇게 생각하지는 않아. 여러 해 전부터 나는 미시즈 앤서니를 통해서 몰래 에릭한테 상당한 금액의 돈을 보내주고 있는데, 그 애는 여전히 원한을 품고 있어. 물론 내 소설이 마땅치 않은 거야."

"아름다운 소설인데." 하고 가이는 말했다.

"에릭은 문체가 마음에 들지 않는 거야. 고드프리가 에릭을 다루는 법이 자고로 좋지 않았어. 그것이 나빴어."

"아름다워." 하고 가이는 말했다. "요전에 나는 『일곱 번째의 어린애』를 다시 한번 읽어보았는데, 특히 좋다고 생각되는 것은 끄트머리에, 레인코트를 입은 에드나가 헤브리디언 해안 절벽 끝에 서서, 물보라에 몸을 적시고, 머리카락을 얼굴에 휘날리며 있는 장면이야. 뒤를 돌아다보니까, 칼이 거기 있어, 당신의 연인들에 대해서 한 가지 말할 수 있는 것은, 차미안, 그들은 예비적인 말이 필요 없어. 다만 얼굴을 서로 바라보아 그것만으로 아는 거지."

"그것이" 하고 차미안은 말하였다. "에릭에게는 비위에 안 맞는 거야."

"에릭은 리얼리스트야. 시대 감각도 사랑도 없어."

"그런데 가이, 요즘의 젊은 사람들은 그 사랑 때문에 내 책을 읽어주는 걸까?"

"취미나 친절로 읽어주는 것은 아냐. 그러나 사랑은 정신을 높여주고, 마음의 눈을 지배하는 것이니까. 가치 있는 예술품이 한번 시들었다가 다시 발견된다면, 그것은 그것을 발견하는 사람에게 사랑이 있기 때문이라고 나는 생각해. 그렇지만 시대 감각이 거기에 동반되지 않으면 당신의 소설은 못 읽어."

"에릭에게는 사랑이 없어."

"그것은 아마 그가 중년이기 때문일 거야. 정말 젊은 사람들은 훨씬 더 명랑해."

그녀는 듣고 있지 않았다. "에릭한테는 고드프리하고 똑같은 데가 많아." 하고 그녀는 말하였다. "고드프리한테는 내가 못 본 체하지 않으면 안 될 일이 어찌나 많았는지, 여태껏 잊어버릴 수가 없어. 손수건에 루주가 묻어 있고 —"

"고드프리에 대한 죄의식을 버려요." 하고 가이는 말하였다. 그는 차미안과 좀 더 재미있는 얘기를 할 수 있으리라고 기대했다. 이렇게 불평을 늘어놓는 차미안을 본 일이 없다. 먼저부터 고드프리의 일 같은 것을 물어 보지 않았더라면 좋았다고 그는 생각하였다. 그녀의 이야기가 그를 우울하게 했다. 엎질러진 사탕처럼, 아무리 깨끗이 쓸어도 번번이 찌끼가 남아가지고 발바닥에 들러붙는다.

"당신의 소설은 말이지," 하고 그는 말했다. "구성이 아주 튼튼해. 이를테면 『일곱 번째의 어린애』에서는, 물론 에드나는 그리즈워디하고 결혼하지 않을 거라고 독자는 생각하지. 그러나 앤서니 갈런드와 커널 요빌과의 그만한 긴장된 대립이 있기 때문에, 그들과 가브리엘과의 관계가 밝혀질 때까지는, 틀림없이 에드나가 어느 쪽하고는 결혼을 할 것같이 보여. 더군다나, 물론 에드나에게 일종의 '비밀의 생활'이 있는 것을 독자는 노상 느끼고 있는 것이고. 특히 너플레트의 정원에서 그녀가 혼자 있을 때, 칼과 개브리얼을 우연히 만나게 될 때 말야. 그때 독자는 결국 그녀가 다만 그리즈워디의 친절에 못이겨서 그와 결혼하게 되리라는 것을 알게 되지. 그리고 분명히, 칼의 진정한 감정은 마지막 페이지에 이르기까지 알 수가 없지. 아니, 오히려 독자는 알고 있지 — 하지만, 그 자신은 알고 있는지 어쩐지 모르지. 나는 그 소설을 여태까지 잊어버리지 않고 있지만, 그래도 사실은 요전에 다시 읽어보았을 때, 에드나가 절벽에서 투신을 하지 않아서, 한숨을 후유 쉬었어. 문체는 고사하고, 서스펜스나 구성만 보더라도 훌륭해."

"그렇지만" 하고 차미안은 미소를 띠고 창문 밖의 하늘을 쳐다보면서 말했다. "나는 소설을 쓰고 있으면 도중에서 항상 혼란을 일으키고, 이제부터 앞으로 어떻게 되는지 갈피를 잡지 못해."

가이는 생각했다. 그녀는 지금 — 알고 있단 말야, 차미안 — 이렇게 말하려고 하고 있다. 등장인물들이 제멋대로 움직이려고 하는 것 같애, 하고.

"등장인물들이" 하고 차미안은 말했다. "조금 지난 뒤에는, 내 펜을 움직여주는 것 같애. 그렇지만 처음에는 항상 어리둥절해져. 그럴 때면 나는 곧잘 이런 혼잣말을 해. '처음에 우리들이 남을 속이려 들 때, 얼마나 어지러운 거미줄을 짜게 되는 것일까?'라고." 하고 그녀는 말했다. "소설이라는 예술은 사람을 속이는 것하고 꼭 같애."

"그럼 실생활에서," 하고 그는 말했다. "실생활에서 남을 속이는 것도 예술인가?"

"실생활에서는" 하고 그녀는 말했다. "전혀 달라. 모두가 다 하나님의 섭리야. 내 자신의 생활을 생각해보더라도…… 고드프리는……."

실생활의 문제 같은 것은 끄집어내지 않을걸 그랬다고 가이는 생각했다. 소설 이야기를 계속했더라면 좋았을걸. 차미안은 고드프리의 일로 정신이 뒤집혀 있다. 분명히 그렇다.

"고드프리는 아직 한 번도 찾아오지 않았어. 내주일에 오기로 되어 있어. 만약에 올 수 있다면. 하지만, 몸이 약해져서. 글쎄 가이, 그이의 최대의 적은 자기 자신이야. 그이는……."

어쩌면 이렇게 평범하고 따분할까, 하고 가이는 생각했다. 아무리 재미있는 사람이라도 죄의식에만 조금 사로잡히면 이렇게 되어버린다.

그는 5시에 돌아갔다. 그가 하인의 부축을 받고 차를 타는 것을 차미안은 창에서 내다보고 있었다. 그녀는 고드프리의 일만 줄곧 지껄여댄 자기 자신에게 화를 내고 있었다. 우리 가정의 일로 가이가 흥미를 느껴본 적은 한 번도 없었는데. 가이는 아주 재미있는 말벗인데. 사라사의 가구가 놓여 있는 방까지도 공허하게 느껴졌다.

가이가 차창에서 손을 흔들었다. 뻣뻣한, 괴로워 보이는 손짓이었다. 그때 비로소 차미안은 또 한 대의 차가 있는 것을 보았다. 그것은 가이가 자기의 차에 타려고 할 때 도착한 차였다. 차미안은 유심히 바라보았다.

고드프리의 차 같다. 틀림없다. 속에서 고드프리가 독특한 그의 으쓱거리는 몸짓을 하면서 나왔다. 아마 미시즈 페티그루한테서 빠져나오고 싶어서, 그 충동으로 온 것일 거야, 하고 그녀는 생각했다. 이왕이면 조용한 호텔에 가서 혼자 살면 될 텐데. 그러나, 그녀에겐 길을 건너 걸어오는 그의 얼굴이 뜻밖에도 명랑하고 건강해 보였다. 그녀는 어쩐지 피로를 느꼈다.

*

가이 리트는 돌아오는 차 속에서 생각해보았다. 도대체 나는 노년과 함께 가져야 할 평정과 자유의 감각을 사실상 누리고 있는 것인가. 어제의 나는 늙어빠진, 조용한 사람이었다. 오늘의 나는 다시 젊음을 느끼고, 그다지 평정하지 않았다. 인생의 어느 순간에 자기가 노년의 어느 단계에까지 와 있다는 것을 도대체 어떻게 알 수 있는가? 그저 대체로, 하고 그는 생각했다. 나는 평정과 자유를 누리고 있는 폭이 되지만, 그것은 결코 옛날에 생각하고 있던 것과 같은 것이 아니다. 아마 비교적 걱정 없이 조용하게, 초월해 있는 편일 것이다. 그 이유는 주로, 내가 금방 기진맥진해버리는 것이다. 차미안이 아직도 그렇게 기운이 있는 것은 놀랄 만한 일이다 ─나보다 열 살이나 나이가 위인데도. 아마 나는 상당히 늙어 보일 거야, 하고 그는 생각했다. 생활에 조금도 부자유하지 않은 것만 해도 나는 행복이지. 이제 라이자의 유서의 검인도 끝날 것이니, 올겨울은 어디 따뜻한 지방에 가서 지낼 수 있을지도 모른다. 나는 라이자의 유산을 받을 만한 대가를 지불하고 있다. 차미안이 고맙게 생각하지 않는 것을 나는 조금도 원망하지 않는다. 차미안을 위해서 라이자의 입을 봉한다. 다만 그것만을 위해서 라이자와 결혼을 할 만한 사나이는 그다지 많지 않을 것이다. 그런 결혼의 비밀에 견딜 수 있는 사나이는 그다지 많지 않을 것이다. 그 결혼은 단순한 법률상의 결합에 지나지 않았다. 라이자의 변태적인 욕망을 충분히 만족시켜주기 위한 하나의 수속에 지나지 않았다.

"난 결혼할 필요가 있어." 하고 그녀는 그녀의 독특한 목쉰 소리로 말했었다. "남자가 가까이 있는 것은 싫지만, 내가 결혼하고 있다는 생각을 하지 않으면 좀처럼 즐길 수가 없어."

경솔하게도 그들은 그 문제에 대해서 편지를 교환했다. 자칫하면 그 편지 때문에 라이자의 유산에 대한 그의 권리가 뒤엎어졌을지도 모른다. 템페스트의 소송이 성공하리라고는 그는 생각하지 않았지만, 아무튼 소송 문제가 일어나면 불쾌했을 것이다. 하지만, 결국 그 문제는 없어졌다. 그는 라이자의 유산을 받게 될 것이다. 그만한 대가를 그는 이미 지불했다. 라이자에게는 만족을, 차미안에게는 안전을 주었으니까.

차미안은 아무래도 나의 행동을 고맙게 생각한 일은 없을 것이다, 하고 그는 생각했다. 그러나 나는 차미안을 지극히 사랑하고 있다. 그녀는 멋있는 여자였다. 1년 전에, 그녀의 머리가 좀 이상스러워졌을 때조차도, 그녀를 만나보고 멋있다고 생각했을 정도이다. 이렇게 몸이 훨씬 좋아졌는데, 고드프리의 일로 그렇게 괴로워하고 있는 것은 여간 애석한 일이 아니다. 그러나 여태까지의 차미안과, 오늘날과 같은 상태에 있는 차미안을 나는 한결같이 극진히 사랑하고 있다. 게다가 라이자의 유산도 손에 들어왔다. 이번 겨울에는 트리니다드 근처가 기분 좋을 것이다. 아니면 바베이도스 쯤. 편지를 보내서 좀 문의해보아야겠다.

차가 올드스테이블에 도착하자 퍼시 매너링이 뒷마당에서 나타나서, 차를 향해 가까이 다가오면서, 가이가 쪽지를 써 붙여놓은 문간 정면 쪽으로 잡지를 휘둘러 보였다.

"2, 3일 동안 외출합니다." 하고 퍼시는 소리를 질렀다.

"이제 돌아오는 길이야." 하고 가이는 말했다. "곧 토니가 와서 붙잡아 줄 테니까, 안으로 들어가서 같이 한잔 하세나. 그러니 들판의 백합꽃을 너무 놀라게 하지 말게."

"2, 3일 동안 외출합니다." 하고 퍼시는 소리를 질렀다. "웃기지 말아."

토니가 종종걸음으로 차에 돌아와서는 가이의 팔을 잡았다.

"기다리고 있었어." 하고 퍼시는 소리를 질렀다. "자네를 말이야."

가이는 토니의 손을 잡고 차에서 내려서면서, 회상록의 전회 분을 정확하게 생각해내려고 애를 쓰고 있었다. 어니스트 다우슨에 대해서 도대체 무엇을 써가지고 이렇게 퍼시를 노발대발하게 만들었는가. 방문 안으로 발을 들여놓는 순간에 가이는 그것을 알았다. 왜냐하면, 퍼시가 먼저 그 이야기를 지껄이기 시작했기 때문이었다.

"자네는 시나라를 노래한 시를 인용했지. '나는, 그대에게 시나라여, 내 딴에는 충실했다.' 그리고 자네는 이런 말을 썼어. '그렇다, 이것이 항상 다우슨의 수법이었다. 남의 아내 — 친구의 아내다! — 의 품에 안겨서 숨진다.' 이렇게 썼지. 자네는. 안 그래?'

"그렇게 썼을 거야," 하고, 의자에 털썩 주저앉으면서 가이는 말했다. "자네가 그런 말을 하는 것을 보니."

"그런데, 자네도 잘 알고 있을 거야." 하고 퍼시는 소리를 질렀다. "다우슨을 술집에서 구해내가지고, 간호를 해주고 먹여살리고 한 것은 셰라드야. 분명히 다우슨은 셰라드 부인의 품에 안겨 죽었어. 이 뱀 같은 자식아. 그 여자는 말야, 폐병의 마지막 발작으로 괴로워하고 있는 그를 부둥켜안고 기운을 내라고 격려해주고 있었던 거야. 그것을 너도 알고 있지. 그러면서 마치 다우슨하고 그 여자가 —"

"나는 완고해진 노평론가에 지나지 않아." 하고 가이는 말했다.

퍼시는 주먹으로 테이블을 내리쳤다.

"평론가라고? — 넌 말할 수 없이 더러운 쥐새끼야."

"완고해진 노저널리스트야." 하고 가이는 말하였다.

"김이 무럭무럭 나는 전갈(全蠍)이야. 네게는 남을 사랑하는 마음도 없어?"

"남을 사랑하는 마음 같은 건 나는 몰라." 하고 가이는 말했다. "나는 여 태껏 전갈이 김을 무럭무럭 낸다는 말은 들어본 일도 없어. 다우슨의 시를 좋다고 생각한 일은 한 번도 없어."

"너는 나쁜 놈이야 — 그 사람의 인격을 모욕하다니. 그것하고 시하고 는 아무 관계도 없는 일이야."

"나는 있을 수 있는 일이라고 생각해서 쓴 거야." 하고 가이는 말했다. "전혀 터무니 없는 일을 쓴 것은 아냐."

"값싼 야료[35]야." 하고 퍼시는 소리를 질렀다. "값싼 농담을 위해서는 무 슨 짓이라도, 너는 무슨 짓이라도 —"

"확실히 값싼 것이었다는 것은 인정해." 하고 가이는 말하였다. "그 원 고의 고료는 형편없이 적었으니까 말이야."

퍼시가 가이의 의자에 기대놓았던 단장 하나를 움켜쥐었다. 가이도 또 하나의 단장을 집어 들고, 커다란 소리로 토니를 부르면서, 소학생 같은 얼굴로 비스듬히 퍼시를 바라보았다.

"취소문을 써." 하고 퍼시 매너링은 늑대 같은 얼굴로 말했다. "안 쓰면, 네 요 야비한 조그만 골통을 바숴버릴 테야."

가이는 퍼시의 단장을 향해서 엉성하게 자기의 단장을 내휘둘렀다. 조 금만 잘 하면 퍼시의 떨리는 손에서 단장을 내려뜨리게 할 수 있었을 텐 데, 퍼시가 자세를 바로잡고, 두 손으로 단장을 잡고 가이의 단장을 마룻 바닥 위에 떨어뜨렸다. 바로 그 순간에, 토니가 쟁반 위에 유리잔을 댕그 랑거리면서 들어왔다.

---

35 야료(惹鬧) : 까닭 없이 트집을 잡고 마구 떠들어대는 짓.

"예수님, 마리아님." 하고 토니는 말하면서, 쟁반을 내려놓았다.

"토니, 미스터 매너링한테 내 단장을 돌려달라고 그러게."

퍼시 매너링은 초록빛이 도는 두 개의 이빨을 드러내고 험상궂은 몰골로 버티고 서서, 움켜쥔 단장으로 대뜸 누구에게라도 달려들 것 같은 기세를 보였다.

토니는 발을 살살 끌고 조심스럽게 방 안을 돌아서, 책상을 끼고 퍼시 앞에 가 섰다. 그는 머리를 숙이고 눈을 두리번거리면서, 돌진하려는 황소처럼 연고동색 눈썹 밑으로 두 사람을 노려보았다. 다만, 그는 그다지 황소같이 보이지는 않았다.

"무슨 일이든 조심을 좀 해서 하세요." 하고 그는 쌍방에다 대고 말했다.

퍼시는 떨리는 단장에서 한쪽 손을 떼고, 그 발칙한 잡지를 집어서 토니 쪽에다 흔들어 보였다.

"너의 주인은" 하고 그는 말했다. "나의 죽은 친구에 대해서 말도 안 되는 거짓말을 했단 말이다."

"있을 수 있는 일이죠." 하고 토니는 책상 끝에 손을 대면서 말했다.

"책상 위에 종이나 한 장 내드려." 하고 가이가 말했다. "미스터 매너링이 지금 손에 들고 계신 잡지의 편집자한테 항의서를 쓰시겠다니까."

시인은 사납게 이빨을 드러냈다. 가이의 의자 옆 사이드 테이블에서, 고맙게도 전화 벨이 울렸다.

"전화 좀 받아주게." 하고 가이는 토니에게 말했다.

그러나, 토니는 아직도 단장을 움켜쥐고 있는 퍼시한테서 눈을 떼지 않았다.

전화 벨이 계속해서 울렸다.

"전화를 받아주시면, 제가 지금 말씀하신 종이를 꺼내겠습니다." 하고 토니는 말했다. "사람은 한 번에 한 가지 일밖에 못 하는 법이니까요." 그는 서랍을 열고 종이를 한 장 꺼냈다.

"으응, 자넨가." 하고 가이가 말하고 있었다. "그런데 말일세, 지금 좀 바쁘다네. 시인 친구가 찾아와서, 지금 막 한잔 하려는 참이야."

소년 같은 맑은 목소리가 가이의 귀에 울려 왔다. "친구분은 미스터 퍼시 매너링인가요?"

"그래." 하고 가이는 말했다.

"얘기 좀 하고 싶은데요."

"자네한테야." 하고 말하면서 가이는 수화기를 퍼시한테 내주었다.

"나한테? 누가? 무슨 일이야?"

"자네한테야." 하고 가이는 말했다. "학교에 다닐 나이의 소년 같은데."

퍼시는 미심쩍은 얼굴로 전화에 대고 소리를 질렀다. "여보세요, 누구시오?"

"죽을 운명을 잊지 마시오." 하고 사나이의 목소리가 말했다. 그것은 소년의 목소리 같지는 않았다.

"나는 매너링이란 사람이야, 퍼시 매너링."

"알고 있어요." 하고 그 목소리는 대답하고, 전화는 끊겼다.

퍼시는 당황한 눈초리로 방 안을 둘러보았다. "모두들 얘기하고 있는 그놈야." 하고 그는 말했다.

"술 가지고 오게, 토니." 하고 가이가 말했다.

"그놈이야." 하고 소리를 지른 퍼시는 마음속으로 탐욕스럽게 무엇을 찾고 있는 듯이 눈을 번뜩이고 있었다.

"귀여운 소년이야, 아주. 시험 공부 때문에 과로한 모양이야. 순경한테 붙들리게 될 거야, 아무래도."

"소년이 아냐." 하고 말하면서 퍼시는 술잔을 집어들고 단숨에 들이켰다. "아주 의젓한 어른의 목소리야. W.B. 예이츠처럼 기품 있는 목소리였어."

"미스터 매너링에게 술을 따라드리게, 토니." 하고 가이는 말했다. "미스터 매너링은 저녁 식사를 하고 가실 거야."

퍼시는 술을 따르게 하고, 단장을 내려놓고 의자에 앉았다.

"별 체험을 다 하는군." 하고 그는 말했다.

"불사(不死)의 세계와의 접촉이지." 하고 가이는 말하였다.

퍼시는 가이를 쳐다보면서 전화기를 가리켰다. "이 흑막은 자넨가?"

"아냐." 하고 가이는 말했다.

"아니라." 노인은 술잔을 비우고, 시계를 들여다보고는 의자에서 일어났다. "기차 시간을 놓치겠군." 하고 그는 말했다.

"자고 가지 그래." 하고 가이는 말하였다. "정말 자고 가게."

퍼시는 엉거주춤한 표정으로 방 안을 서성거렸다. 그리고, 잡지를 집어 들고 말했다.

"이거 봐 —"

"편집자한테 보낼 항의문을 쓰려면 거기에 종이가 있네." 하고 가이는 말했다.

"으응." 하고 노인은 말했다. "그건 내일 쓰지."

"『차일드 해럴드』 속에" 하고 가이는 말했다. "자네하고 얘기하고 싶은 한 구절이 있는데. 그것은 —"

"누구 하나" 하고 퍼시는 말했다. "과거 50년 동안에 『차일드 해럴드』를 이해한 사람이라곤 없어. 끝의 두 편부터 시작해야 해. 그것이 시를 이해하는 '열쇠'란 말이야. 여러 가지 에피소드는 —"

토니가 방문 쪽에서 얼굴을 들이밀었다. "부르셨습니까?"

"아니. 그런데, 아주 일러두지만, 미스터 매너링은 주무시고 가실 테니까 그리 알게."

퍼시는 그날 밤을 유하고, 이튿날 아침에 편집자에게 보내는 항의문을 썼다. 그길로 내처 3주일 동안을 체류하고, 그동안에 '죽을 운명을 잊지 말라'라는 제목의 셰익스피어풍의 소네트를 썼다. 최초의 원고에서는, 끄트머리의 2행은 이렇게 되어 있었다.

　　　깊은 곳에서 고요한 외침은 울려 온다
　　　"잊지 말라 ― 오오, 죽을 운명을 잊지 말라!"

제2고(稿)에서는,

　　　그러나 커다란 한숨 소리처럼
　　　나의 귀에 메아리쳐 오는 소리 ― "죽을 운명을 잊지 말라!"

제3고에서는,

　　　뒤얽혀서 아득한 곳에서 오는 외침 소리는
　　　"오오, 인간이여, 죽어야 할 것이여, 죽을 운명을 잊지 말라!"

이 밖에도 여러 가지 미정고(未定稿)와 수정이 있었다.

*

에릭 콜스틴과 미시즈 페티그루는 고드프리의 귀가를 기다리고 있었다.

"오늘은 그 양반, 머리가 좀 이상해진 것 같아요." 하고 미시즈 페티그루가 말했다. "오늘 아침에 워너가 찾아온 것하고 무슨 관계가 있을 거예요. 그다지 오래 여기에 머물러 있었을 리는 없어요. 내가 잠깐 길 건너로 담배를 사러 갔다 와보니까, 문간에 워너가 서 있었어요. 고드프리를 만나고 싶으냐고 물어보니까, '지금 고드프리를 만나고 나오는 길예요.' 하고 말하던데. 그렇지만 나는 무슨 얘기를 했는지 꼭 밝혀낼 테야—두고 보세요, 밝혀낼 테니까. 그리고 말예요, 내가 안에 들어가니까 고드프리가 내 얼굴을 보고 아주 기분 나쁠 정도로 빙그레 웃고 이번에는 그 양반이 밖으로 나가더군요. 나는 따라가 보려고 했지만 늦었어요. 점심을 자시러도 안 들어오시고. 아직도 식탁 위에 그 양반의 생선 요리가 그대로 놓여 있어요. 나는 꼭 밝혀내고 말 테야."

"아버지는 벌써 유서에 사인을 했는가요?" 하고 에릭은 말했다.

"아직 안 했어요. 변호사가 시간이 좀 걸린대요."

확실히 시간이 좀 걸릴 거야, 하고 에릭은 생각하였다. 올리브의 그 편지를 받아보고 그는 즉시 다음 번 런던행 기차를 탔다. 그리고 제일 먼저 한 일은 변호사를 방문하는 일. 그다음에 한 일은 미시즈 페티그루를 만나서 이야기를 하는 일이었다.

미시즈 페티그루는 에릭의 잔에 술을 따랐다. 그때 그의 조그만 손이 눈에 띄었고, 그녀는 가슴이 섬뜩했다. 그날로, 이것이 벌써 두 번째였다.

에릭은 작달막한 사나이이고, 외모는 오히려 어머니 편을 많이 닮았다. 다만 그의 경우에는 여성적인 용모나 체격이 이상한 인상을 준다. 허리통도 크고 머리도 크다. 눈은 차미안처럼 크고 휘둥그렇다. 턱은 뾰죽하고, 코는 자그마하고 예쁘장하다. 입이 큰 것은, 멀지 않아 그날 밤 박살(搏殺)[36] 시체로 발견될 데임 레티와 비슷하였다.

---

36 박살 : 사람이나 짐승을 손으로 쳐서 죽임.

그러나 에릭과 같은 사나이를 나는 여태껏 여러 사람 겪어보았으니까, 하고 미시즈 페티그루는 자기 자신에게 말했다. 언동의 세세한 점까지 똑같은 사나이는 만나본 일이 없지만 전체적인 경향은 나로서는 잘 알 수 있다. 아무튼 정상적인 사나이는 아니다. 왜냐하면, 그는 무척 돈을 탐내고 있지만, 그보다도 더 강력한, 비뚤어진 욕구를 만족시키기 위해서는 거액의 돈을 서슴지 않고 희생할 수도 있을 것 같기 때문이다. 여태까지만 해도…… 이를테면 사회적 야심을 충족시키기 위해서 모처럼 손에 넣을 수 있는 돈을 단념한 사나이를 여러 사람 본 적이 있다.

그 정도로 그녀는 지금 눈앞에 있는 상대방을 통찰하고 있다고 생각하고 있었다. 이런 사나이는 복수를 위해서 어떠한 희생도 할 수 있다고 생각할 수 있어, 하고 그녀는 생각했다. 그렇지만, 정말 이 사람을 신용해도 될까?

"내가 이런 일을 하는 것은" 하고 그는 조금 아까 그녀에게 말했다. "도덕적인 이유 때문이에요. 이것은 아버지를 위해서도 좋은 일이라고 나는 믿고 있어요. 굳게 믿고 있어요. 필시 좋은 약이 될 거예요."

아아, 그렇지만 에릭은 믿을 만한 사람이 못 돼! 그의 조그만 손과 차미안을 닮은 여자 같은 눈을 바라보면서 그녀는 생각했다. 내가 이 사람을 신용한 것은, 혹은 바보 같은 짓이었는지도 몰라.

*

에릭은 믿을 만한 사람이 못 되었다. 올리브의 편지에는, 그의 부친이 '미시즈 페티그루라나 라는 여자'한테 재산의 대부분을 유증(遺贈)[37]하라는 공갈을 당하고 있다고 적혀 있었다. 에릭은 즉시로, 아무 생각도 하지 않

---

37 유증 : 유언으로 재산을 물려줌. 또는 그런 행위.

고 행동으로 나섰다. 콘월로부터의 기차 속에서 별로 생각도 하지 않고, 줄곧 즐거운 예상에만 빠져 있었다. 당황하고 있는 고드프리. 상심하고 있는 차미안. 겉으로는 욕심이 많아 보이지만, 사실은 고운 마음씨를 갖고 있을지도 모르는 미시즈 페티그루. 그것이 상책이라고 생각되는 경우에, 모든 사람들의 일은 모든 사람들에게 폭로해 보일 수 있는 스릴. 당장에라도 충분한 현금이 들어오고, 레티 고모한테 찾아가서, 그녀에 대해서 사실을 어떻게 생각하고 있는가를 말해줄 수 있는 스릴.

그녀에 대해서 어떻게 생각하고 있는지, 그 자신이 알고 있었던 것은 아니다. 젊었을 때부터 그에게는 하나의 확신이 있었다. 친척들이 자기를 못쓰게 만들었다는 것. 모두가 다, 친척들까지도, 에릭이 스물두 살에서 스물여덟 살이 되기까지 — 즉 1923년에서 29년까지 — 의 사이에는 그렇게 생각하고 있었다. 그는 친척들의 생각을 모두 다 배척하였지만, 단 한 가지만은 예외였다. "아무래도 우리들이 에릭을 못쓰게 만든 것 같애. 어째서 이렇게 되었을까? 불쌍한 에릭. 차미안이 너무했어. 차미안은 어머니로서 그에게 충분한 일을 못해주었어. 고드프리는 지나치게 관대하고 지나치게 엄격하고, 지나치게 인색하고, 지나치게 돈을 많이 주었어, 등등." 그러자 시대의 풍조가 바뀌고 어른들이 이런 생각에서 졸업했을 무렵에는, 에릭은 이미 그걸 자기의 신념으로 삼고 있었다. 레티가 휴가를 틈타서 기분 전환을 시키려고 그를 어디에든 데리고 가면, 그는 레티의 돈을 훔쳐내고, 호텔의 종업원들이 그 혐의를 받게 된다. 레티가 형무소 시찰에 그의 관심을 돌리도록 하려고 하면, 그는 웜우드 스크러브스 형무소에 몰래 편지와 담배를 집어넣어 주고는 한다. "불쌍하게도, 에릭은 운이 나빴어. 그런 시시한 학교엔 집어넣지 않았더라면 좋았을걸. 진급 시험에 급제할 리가 없지 않아. 차미안이 나빠…… 레티가 나빠…… 고드프리는 한 번도 보살펴준 일이 없지……" 에릭은 미술학교에 들어갔지만, 그림 튜브

여섯 개를 훔치고 퇴학을 맞았다. 프로이트파(派)의 정신 분석 의사에게 보내보았는데, 그 의사는 마음에 들지 않는다고 한다. 그래서 애들러파, 그 다음에는 개성존중파의 분석도 받았다. 그러는 동안에, 클럽의 보이하고 동성 연애 사건을 일으켜서, 또 다른 정신병 의사한테 다니게 되었다. 이 의사는 지극히 동정적인 사고방식을 가진 사람이고, 에릭도 현저하게 나아지고, 대뜸 하녀 한 사람과 문제를 일으켰다. 차미안은 가톨릭 신자가 되었다.

"에릭도 이제 이런 단계에서 졸업하게 될 거야." 하고 차미안은 말하였다. "우리 할아버지도 젊었을 땐 여간 말썽꾸러기가 아니셨으니까."

그러나 친척들도 종말에는 에릭의 상태가 자기들의 잘못이라는 생각을 하지 않게 되어, 에릭은 깜짝 놀랐다. 그는, 자기들이 한 말을 취소한 그들을 위선적이고 냉담하다고 생각했다. 모두들 다시 자기에 대해서 옛날식으로 말해주었으면 좋겠다고 그는 생각하였다. 그러나, 그가 37세가 될 무렵에는, 모두들 그에게 어지간히 신랄한 소리들을 하게 되었다. 그는 콘월에다 조그만 별장을 사가지고, 거기에서 그들의 돈을 마셨다. 전쟁이 발발했을 때 그는 알코올중독 환자 수용소에 들어가 있었다. 수용소에서 나오자 군대에 소집되었는데, 정신상의 경력 때문에 불합격이 되었다. 그는 차미안을 미워하고, 고드프리를 미워하고, 레티를 미워하였다. 또한 기사(技師)로서 상당한 성공을 하고 있는, 사촌 되는 앨런을 미워했다. 앨런은 어렸을 때는 노상 에릭보다 머리가 나쁘다고 생각되고 있었던 것이다. 에릭은 흑인 여자와 결혼을 하고, 6개월 후에 이혼하였다. 그때는 고드프리가 뒷수습을 해주었다. 때때로 에릭은 차미안에게 와 고드프리, 레티에게 편지를 보내고, 그들을 미워한다는 말을 했다. 1947년에 고드프리가 더 이상 돈을 주지 못하겠다는 선언을 하자 에릭은 레티와 화해를 하고, 얼마간의 현금을 정기적으로 대줄 것과 많은 유산을 물려주겠다는 약속을 받았다. 그러나 레티는, 돈을 부쳐주어도 그가 전혀 자기한테는 오지도 않는 것을 알자, 송금을 중지하고 유서에 대한 이야기만을 하기로 했다. 에릭은 소설을 쓰고, 차미안의 명성의 덕으로 그것을 출판할 수 있었다. 소설 그 자체도 차미안의 것과 똑같았다.

"불쌍하게도, 에릭에게는" 하고 차미안은 말하였다. "독창성이 그다지 없어. 그렇지마는 고드프리, 그 애도 이렇게 정말 일을 시작했으니까, 우리들이 원조를 해주어야 할 거예요."

2년 동안에 걸쳐서 그녀는 자기의 전재산을 그에게 부쳐주었다. 에릭은 그녀를 인색하다고 생각하고 그녀가 자기의 소설에 질투를 느끼고 있다고 생각하고는, 그것을 입 밖에 내놓고 말하기도 하였다. 고드프리는 그에게 편지 쓰기를 거부했다. 차미안은 가이 리트에게 털어놓고 말했다. "고드프리는 집안에서 소설가가 또 하나 나오는 것을 속으로 겁내고 있을 거야." 그녀는 이때, "물론, 고드프리는 노상 에릭을 그 따분한 양조 회사에다 집어넣고 싶어 했으니까." 하고 덧붙여 말했지만, 이것은 엄밀한 의미에서 사실이 아니고, 얼마간 체면을 차리기 위한 설명이었다.

50세가 될 무렵에 에릭은 그 자신의 정신적 특질 같은 것을 발휘하기 시작하였다. 친척들에게 보내는 그의 편지의 내용이, 난폭한 독설에서 차디찬 논리적인 비난으로 변했다. 철이 들고 나서부터 친척들이 어떻게 그를 못쓰게 만들었는가를, 일일이 예(例)를 들어가면서 뚜렷하게 증명하는 것이다.

"중년에 접어들더니 에릭은 고드프리하고 아주 똑같아져가고 있어." 하고 차미안은 말했다. "고드프리 자신은 물론 그것을 모르고 있지만."

에릭은 차미안의 소설을 불결한 쓰레기라고는 말하지 않게 되었다. 소설을 하나하나 분석해서, 좋지 않은 대목에 대해서 조소(嘲笑)하고, 전체를 사정 없이 후려 갈긴다. 그러한 그의 노력을 칭찬해주는 친구도 몇 사람

있었다.

"하지만, 그 애는 내 소설을 아주 진지하게 다루어주어." 하고 차미안은 말했다. "내 작품에 대해서 그렇게 써주는 사람도 없어."

1950년대의 중간쯤 해서, 차미안의 건강은 이미 쇠퇴해가고 있었다. 그녀의 소설의 부활은 에릭에게는 뜻밖이었다. 사소한 몇 군데를 빠뜨리고 안 보았기 때문에, 그는 시대의 풍조 속의 어떤 요소에 대한 판단을 잘못하고 있었다. 친구들을 만나 보고, 뜻밖에도 많은 사람들이 복고조의 차미안열(熱)에 들떠 있는 것을 알고 그는 분개했다.

차미안이 미시즈 앤서니를 통해서 몰래 부쳐주는 돈을 그는 잠자코 받고 있었다. 그의 두 번째의 작품에, 데임 레티는 내심으로 공감을 느꼈다. 그것은 '리얼리스틱하고, 잔혹할 정도로 솔직하다'는 평을 받은 소설인데, 리얼리스틱하고 잔혹할 정도로 솔직한 그의 재능을 키우기 위해서 바쳐야 할 정력을 그는 바야흐로 차미안에의 적의를 위해서 낭비하고 말았다. 차미안의 소설의 부활이 그의 목줄띠를 눌렀다. 그는 이제 아무것도 못 쓰게 되었다.

고드프리와 차미안과 레티가 전화로 협박을 받고 있다는 신문 기사도 그에게 활기를 주지는 못했다.

전중(戰中) 전후(戰後)를 통해서, 주로 그는 유복한 부인네들의 신세를 지고 살아왔다. 그중에서도 라이자 브룩에게서 가장 많은 도움을 받았다. 라이자가 죽고 난 뒤에는, 그녀의 대신이 돼줄 만한 사람이 영 나타나지 않았다. 모두들 구차해졌다. 이런저런 걱정으로 에릭은 어지간히 체중이 불었지만, 아무튼 할 수 없는 일이다. 곤경이 거의 절정에 달했을 때, 그는 올리브한테서 편지를 받았던 것이다. '당신의 아버님께서는 미시즈 페티그루라나 라는 여자한테 공갈을 당하고, 아주 난처한 입장에 있어요. 만약에 당신이, 어머님한테는 알리지 않고 어떻게 해드릴 수 있으면, 아버님은 과거의 일을 다 잊어버리고, 당신하고 화해를 하실 거예요……"

그는 흥분을 하고 당장에 다음번 런던행 기차를 타고 차중(車中)에서는 주로 여러 가지 가능성을 몽상하는 일에 시간을 보냈다.

6시 15분 전에 패딩턴역에 도착했을 때, 이제부터 어떻게 하겠다는 생각은 아직도 그에게는 없었다. 그는 우선 바에 들어가서 술을 마셨다. 7시에 거기에서 나오자, 공중전화가 눈에 띄었다. 그는 아버지의 변호사한테 전화를 걸었다. 그리고, 아버지한테서 부탁을 받았다고 말하고는, 그날 밤에 만나러 가겠다는 약속을 하였다. 그는 변호사로부터, 새로운 유서의 작성을 되도록 장기간 지연시키겠다는 보증을 받았다. 그 밖에도 변호사는 여러 가지의 충고를 해주었지만, 그는 듣고 있지 않았다.

올리브한테 들러보았는데, 그녀는 이사를 가고 없었다. 그날 밤은 노팅힐 게이트의 그다지 반가워하지 않는 친구의 집에서 자고, 이튿날 11시에 미시즈 페티그루한테 전화를 걸고, 켄싱턴의 어느 식당에서 그녀와 함께 점심을 먹었다.

"알아두어야 할 것은, 미시즈 페티그루," 하고 그는 말했다. "내가 당신의 편이라는 거예요. 아버지는 좀 아픈 맛을 보아야 해. 나는 도덕적인 견지에서 이 문제를 생각하고 있는 것이고, 그러니까 돈에 대한 것을 기분 좋게 단념하겠어요."

"아무래도" 하고 미시즈 페티그루는 말했다. "말씀하시는 것을 잘 못 알아 듣겠는데요, 미스터 에릭." 그녀는 입가를 손수건으로 씻으면서 아랫입술을 오므렸다.

"아버지는" 하고 에릭은 말하였다. "자기의 지독한 외도를 어머니한테 알리게 되느니보다는 차라리 죽는 편이 낫다고 생각할 거예요. 나 역시 그래요. 그러니까, 미시즈 페티그루," 하고 말하면서, 그는 벌써 오랜 옛날에 매력을 잃어버린 미소를 띠었다. "당신은 아버지하고 나하고 두 사람을 손아귀 속에 쥐고 있는 셈이에요."

미시즈 페티그루는 말했다. "나는 양친께는 할 만큼 해드렸어요. 불쌍한 댁의 어머니께서 양로원에 들어가시기 전까지는, 모든 일을 내가 혼자 해드려야 했어요. 그만큼 견뎌낼 수 있는 사람은 그리 많지 않을 거예요. 어머니께선 아무튼 ─ 글쎄 당신도 늙은이들이 어떻다는 것은 잘 아시겠지요. 내 자신도 늙은이라고 나는 생각하고 있어요. 그렇지만 ─"

"아니 천만에," 하고 에릭은 말하였다. "당신은 아무리 봐도 예순 살밖에는 더 안 돼 보여요."

"그래요? 그렇지만 어머니의 시중을 들어보니까 역시 나이가 느껴지던데요."

"그럴 거예요. 우리 어머니는 처치 곤란한 변덕장이니까," 하고 에릭은 말했다. "감당해낼 수 없어요."

"정말 감당할 수 없었어요. 게다가, 아버님도……"

"아버지도 안 되죠." 하고 에릭은 말하였다. "늙은 개예요."

"정확하게 말해서 당신은" 하고 미시즈 페티그루는 말했다. "어떤 생각을 하고 계시죠, 미스터 에릭?"

"네, 당신의 뒤를 밀어드리는 것이 내 의무라고 생각했어요. 그래서 이렇게 만나보러 온 거예요. 돈 같은 것은," 하고 에릭은 말하였다. "나한테는 문제가 아녜요."

"아니, 돈이 모든 것을 좌우하는 세상인데요, 미스터 에릭 ─"

"에릭이라고, 허물없이 불러주세요." 하고 그는 말하였다.

"에릭," 하고 그녀는 말하였다. "최상의 친구는 자기의 호주머니예요."

"그야 물론, 필요할 때 다소의 돈이 있는 것은 나쁘지 않죠. 필요할 때 말예요. 정말 아버지 같은 이는 그런 생활을 해왔는데도 이렇게 오래 살다니, 놀라운 일야."

"에릭, 나는 절대로 당신을 부자유하게 해드리지 않아요. 말하자면, 시기가 올 때까지……."

"당신은 언제든지 아버지한테서 현금을 끌어낼 수 있나요?"

"네, 있어요."

그럴 거야, 하고 에릭은 생각했다.

"둘이서 같이 아버지를 만나는 게 좋을 것 같은데." 하고 에릭은 말했다.

그녀는 그의 조그만 손을 보았다. 이 사람을 신용해도 좋을까 하고 그녀는 생각했다. 유서에는 아직 서명도 봉인도 안 하고 있다.

"나를 믿으세요." 하고 에릭은 말하였다. "두 사람의 지혜가 혼자보다 나으니까."

"생각해보겠어요." 하고 그녀는 말했다.

"혼자 하고 싶어요?"

"아니, 그런 게 아니에요. 말하자면, 당신의 말은 지금 갑자기 처음 듣는 말이고, 나는 고드프리와 차미안에게 그만큼 봉사를 해왔으니까, 역시 당연한 권리로서 —"

"나로서는 역시" 하고 에릭은 말하였다. "서리에 있는 어머니를 만나러 가서, 아버지의 사소한 잘못을 얘기해주는 것이 당연한 의무일 거요. 기분 나쁜 일이기는 하지만, 그렇게 하는 것이 여러모로 말썽도 없어지고 좋을 거요. 아버지도 마음의 부담이 없어질 것이고, 당신도 더 이상 아버지의 일에 관심을 가질 필요가 없게 되죠. 당신도 여간 괴로운 일이 아닐 테니까."

그녀는 발끈해가지고 되받았다.

"당신은 아버지의 정사(情事)의 자세한 것은 모를 거예요. 나는 알고 있어요. 당신은 증거를 갖고 있지 않지만, 나는 갖고 있어요. 뚜렷이 글로 씍

어진 증거를.”

“아뇨, 나도 증거를 갖고 있어요.” 하고 그는 말하였다.

공갈인가, 하고 그녀는 생각했다.

“언제 아버지를 만나겠어요?” 하고 그녀는 말했다.

“지금 곧.” 하고 그는 말했다.

그러나 그들이 집에 도착하였을 때 고드프리는 아직도 돌아와 있지 않았다. 미시즈 앤서니도 자기의 집에 가고 없었다. 미시즈 페티그루는 어쩐지 무서운 생각이 들었다. 그리고, 에릭이 집 안을 돌아다니면서, 도자기의 장식품을 집어들고, 거꾸로 세워서 감정을 하기 시작하기도 하고 하자 그녀는 몹시 우울해졌다. 그렇지만 그녀는 침착을 잃지 않았다. 지금 눈앞에 있는 상대방을 나는 잘 알고 있다. 적어도 잘 알고 있는 것이 당연할 것이다. 이만큼 경험을 쌓아온 난데.

그가 돌아다니다가 말고 차미안이 쓰고 있던 의자에 와 앉자, 그녀는 그의 머리를 쓰다듬어주면서 말했다. “가엾어라, 그이들한테 구박만 받고.”

그는 커다란 머리를 그녀의 가슴에 기대고 기분이 좋다고 생각했다.

차를 든 뒤에 미시즈 페티그루는 가벼운 천식의 발작을 일으키고, 마당에 나가서 그것을 진정시켰다. 방에 돌아와보니까, 아까 에릭이 앉아 있던 의자에 고드프리가 앉아 있지 않은가. 그러나, 그것은 틀림없는 에릭이었다. 그는 자고 있었다. 머리를 옆으로 축 늘어뜨리고 있다. 얼굴은 차미안하고 똑같은데, 그런 자세를 하고 있는 것은 고드프리하고 아주 흡사했다.

*

차미안은 들창으로 고드프리를 보았을 때, 뜻밖에도 건강하고 명랑해 보인다고 생각했는데, 그런 인상은 그가 방 안으로 들어왔을 때 한층 더 강해졌다.

"좋은 곳인데." 하고 그는 주위를 둘러보며 말했다.

"이리로 와 앉으세요, 고드프리. 가이 리트가 방금 다녀갔어요. 난 좀 피로한 것 같애."

"아아, 가는 걸 보았어."

"네, 아주 안됐어요. 일부러 찾아와주고 해서. 걷지도 잘 못하는 사람이."

"……형편없더군." 하고 말하면서 고드프리는 만족한 듯이 의자 뒤로 몸을 기대고 앉아서, 두 다리를 크게 벌렸다. "옛날엔 그자도 팔팔했었지. 1902년의 여름에는 제네바 호반의 별장, 1907년까지는 하이드 파크 게이트의 그자의 아파트, 그리고 스코틀랜드, 비아리츠, 토케이, 그리고 당신이 병이 났을 때는 돌로마이트, 그리고 19년 후에 그자가 에버리로(路)에 살고 있을 때는, 대충 ―"

"담배나 내놔요." 하고 차미안은 말했다.

"뭐?" 하고 고드프리는 말했다,

"담배 좀 내놓으란 말이에요, 고드프리. 안 주면 간호원을 불러서 가지고 오라고 할 테야."

"이거 봐, 차미안, 당신은 담배를 피우지 않는 게 좋아. 글쎄 ―"

"죽기 전에 한 번 피워야지요. 가이 리트의 얘기지만 ― 당신도, 고드프리, 큰 소리를 할 처지는 못 되지 않아요. 당신도. 라이자 브룩. 웬디 루스. 엘리너 ―"

"거지 같은 꼬마새끼 같으니." 하고 고드프리는 말하였다. "꼴 좋지. 아직도 일흔다섯밖에 안 되는데, 지팡이를 두 개씩이나 짚고 허리를 꼬부리고."

"진 테일러한테 들었지." 하고 그녀는 말했다. 그리고 그녀는 손을 내밀면서 말했다. "담배 좀 내놔요, 고드프리."

그는 담배를 한 대 빼주고는 불을 붙여주었다.

"미시즈 페티그루는 나가라고 해야겠어." 하고 그는 말했다. "건방진 쌍년. 미시즈 앤서니를 못살게만 굴고."

차미안은 담배 연기를 들이마셨다.

"또 다른 뉴스는 없어요?" 하고 그녀는 말했다.

"앨릭 워너가" 하고 그는 말했다. "노망이 들었어. 오늘 아침에 나한테 와서 맥박하고 체온을 재보자는구먼. 나가라고 소리를 질러버렸지."

차미안은 웃음을 터뜨리고, 영 웃음을 안 그쳐서 드디어 간호원이 와서 침대 속으로 데려다 뉘었다. 고드프리는 방에서 끌려나가서, 반숙한 계란과 버터를 바른 얄따란 빵을 대접받고, 그대로 집으로 돌아가야 했다.

*

8시에 그들은 저녁 식사를 끝마쳤다. 미시즈 페티그루는 말했다. "9시까지 돌아오지 않으면 경찰에 전화를 하는 게 나을 거예요. 사고가 났을지도 모르니까. 그 차는 위태로워서, 자동차 도로에선 마음을 못 놓아요."

"근심할 것 없어요." 하고 말하며 에릭은, 아무튼 새로 꾸민 유서에 아직 서명은 하지 않았으니까, 하고 생각하고 있었다.

"그렇지만, 나는 노상 그 양반 일에는 마음이 안 놓여요." 하고 그녀는 말했다. "그러니까 나는 역시 당연한 권리로서 ―"

고드프리는 여느 때보다도 신중하게 차를 몰고 있었다. 워너가 가르쳐준 말은 틀림없을 것이라고 알고, 그는 목숨을 아끼고 싶은 생각이 들었다. 원래 인간이 워너가 가르쳐준 말을 의심하고 있었던 건 아니다. 차미안도 가엾게 되었다. 아무튼 그치도 인제는 잘난 체하거나 자기가 옳다고 생각하거나 할 자격은 없다. 차미안이 교만한 태도를 보이거나 한 일은 별로 없지만, 그렇게 노상 순결한 듯한 얼굴을 하고 있으면, 인간은 자기가 지독하게 비열한 동물인 것 같은 느낌이 든다. 그치도 가엾게 되었어. 그렇게 오랫동안 같이 살아왔는데 이제 와서 그런 말을 남한테 발설하다니, 테일러도 심보가 나쁘지. 하지만 결과에 있어선, 테일러는 자기도 모르게 좋은 일을 한 셈이지.

드디어 집에까지 왔다. 늙은 사람으로서는 상당히 먼 길이었다.

고드프리는 안경을 손에 들고, 눈을 비비면서 집으로 들어왔다.

"도대체 어디 가 계셨어요?" 하고 미시즈 페티그루가 말했다. "에릭이 기다리고 있어요."

"오오, 에릭, 너 왔구나." 하고 고드프리는 말하였다. "한 잔 들어라."

"벌써 한 잔 했는데요." 하고 에릭은 말했다.

"에릭은 당신께 얘기할 게 있대요, 고드프리."

"미시즈 페티그루하고 저하고는 이번 일에 있어서 같은 생각을 갖고 있어요, 아버지."

"무슨 일인데?"

"새로 꾸미시는 유서 말예요. 우선 나는 내가 받아야 할 몫을 받아야겠어요."

"너는 배가 나왔구나." 하고 고드프리는 말하였다. "나는 아직 배가 안 나왔는데."

"안 주신다면, 우리들은 어머니한테 가서 사실 얘기를 다 하겠어요."

"잘 생각해보세요, 고드프리." 하고 미시즈 페티그루가 말했다.

"냉큼 이 집에서 나가라." 하고 고드프리는 말하였다. "10분 이내에 안 나가면 경찰을 부를 테다."

"좀 피곤하신 모양이군요." 하고 미시즈 페티그루는 말했다. "그렇죠?"

"그리고 당신도 내일 아침에 우리 집에서 나가주시오." 하고 그는 그녀에게 말했다.

현관의 초인종이 울렸다.

"누구야?" 하고 미시즈 페티그루가 말했다. "차에 불을 켜놓는 것을 잊어버리신 모양이군요, 고드프리?"

고드프리는 벨소리가 들려온 것도 모른 체하고 말했다. "너희들이 차미안한테 무슨 얘기를 하려는지 모르겠지만, 그 사람은 벌써 다 알고 있어."

"뭐라고요" 하고 미시즈 페티그루는 말했다.

현관의 초인종이 또 울렸다.

고드프리는 두 사람을 남겨놓고, 문을 열러 나갔다. 남자 두 사람이 문간 밖에 서 있었다.

"미스터 콜스턴이십니까?"

"그렇습니다."

"잠깐 말씀드릴 게 있는데요. 우린 경찰에서 온 사람입니다."

"차의 불은 켜져 있는데." 하고 고드프리는 말했다.

"누이동생 되는 분의 일입니다." 하고 나이가 좀 든 쪽의 남자가 말했다. "데임 레티 콜스턴에 대한 일예요."

이튿날은 일요일이었다. '괴전화의 범인, 드디어 체포'라는 표제가 신문에 나왔다. '노구제사업가(老救濟事業家), 침실에서 피살. 보석류와 그 밖의 귀중품 분실.'

"무엇을 찾고 있으면" 하고 헨리 모티머는 아내에게 말했다. "어쩌다 다른 것이 눈에 띄는 거야."

미시즈 모티머는 새처럼 뻐끔뻐끔 입을 벌렸다 다무렸다 하고 있었다. 두 살 먹은 아이한테 스푼으로 먹을 것을 입에 떠 넣어주고 있는데, 스푼에 얹은 말랑말랑한 계란을 먹으려고 아이가 입을 벌릴 때마다, 그녀도 무의식적으로 입을 벌린다. 이 아이는 그녀의 외손자이고, 딸이 두 번째의 애기를 배고 있는 동안 그녀가 맡아서 보아주고 있다.

미시즈 모티머는 아이의 입을 씻어주고, 우유 컵을 아이의 손이 자라지 않는 곳으로 밀어놓았다.

"무엇을 찾고 있으면 어쩌다 다른 것이 눈에 뜨이는 거야." 하고 헨리 모티머가 말했다. "경찰이 레티 콜스턴의 서류를 조사해보았는데, 과거 40년간에 걸쳐서 여러 가지 날짜의 유서가 22통이나 나왔대."

"할 일도 없었구먼." 하고 엠린 모티머는 말하였다. "그렇게 자주 마음이 변했던가." 그녀는 손자의 볼을 간질이면서, 그의 얼굴 앞에서 꼬끼오 하고 닭 우는 시늉을 해보이고, 아이가 웃느라고 입을 벌리고 있는 동안에 스푼으로 나머지 계란을 떠 넣어주었는데, 그는 거의 모두 그것을 토하고 말았다.

"고드프리 노인은 불쌍하게도, 검시(檢屍)를 할 때 목을 놓고 통곡을 했다지요. 누이를 퍽 사랑하고 있었을 거예요." 하고 그녀는 말했다.

그녀는 아이한테 우유 컵을 내주었다. 그는 그것을 두 손으로 쥐고, 구멍에다 눈을 대고 요리조리 속을 들여다보면서 소리를 내며 마셨다.

아이가 마당의 울타리 속에 들어가 노는 것을 보고 미시즈 모티머는 남편에게 말했다. "레티 콜스턴의 유서 말예요, 아까 어떻게 되었다고 그러셨죠?"

"경찰이 수사의 기초 작업으로 고인의 서류를 조사해보았대. 무슨 살인 사건의 실마리가 발견되지나 않을까 하고. 그래서 물론, 유산의 상속자들을 전부 조사해보았지. 22통의 유서니까 상당한 인원수지."

"범인은 고인이 알지 못하는 사람이죠?"

"그래요 ― 그런데, 이것은 범인이 붙잡히기 전의 얘기니까. 한 사람 한 사람 조사해보고 있는데……"

데임 레티를 살해한 범인은 사건이 일어난 날부터 3주일이 지나기 전에 붙잡히고, 지금 재판을 기다리고 있다. 그런데 그 3주일 동안에 경찰은 그녀의 서류를 철저하게 조사하고, 22통의 유서의 유산 상속자 중의 생존자 전원에 대해서 조용히 그 행방을 찾아내고, 조사하면서, 한 사람씩 용의를 풀어갔다. 단지 한 사람 약간 의심이 가는 이름이 있었다. 1918년의 날짜가 붙은 유서 가운데에, 노팅엄의 라이자 오브라이언이라는 이름이 있다. 그런데 기록을 조사해보니까, 라이자 브룩(구성 사이드보텀, 33세)이 매튜 오브라이언이라는 40세의 남자와 그해에 노팅엄에서 분명히 결혼을 하고 있어서, 경찰청에서는 그 이상은 더 조사하지 않았다. 유서의 라이자 오브라이언은 살아 있다 해도 벌써 상당한 나이일 텐데, 사실은 이미 사망했다는 것을 알았다. 남편인 오브라이언만 하더라도, 설사 생존하고 있다고 하더라도, 벌써 혐의가 갈 만한 나이는 아닐 것이다. 경찰은 그 이상 관심을 두지 않고, 오브라이언이란 이름을 리스트에서 빼버렸다.

그러나 헨리 모티머는 살해당한 여성과 그 주위의 사람들과 교제가 있는 사람으로서 응원을 요청받고, 살인과 정체불명의 전화와의 관련성을 조사해보게 되었다. 경찰이 정색을 하고 괴전화의 이야기를 믿고 있었던 것은 아니다. 가능한 한도의 수사를 해보았는데도 아무런 결과도 얻지 못해서, 경찰은 심리학자들의 의견도 물어본 뒤에, 노인들의 환각이라는 결론을 내렸다.

그래도 역시, 대중을 설득할 필요가 있다. 헨리 모티머가 사건의 한 측면을 담당하게 되고, 경찰은 다음과 같은 성명을 낼 수 있었다.

> 살해당한 여성이 생전에 여러 차례에 걸쳐 신고를 해온 괴전화와 이번의 살인과의 관련의 가능성에 대해서는 현재 조사 중이다.

모티머는 신중하게 임무를 수행했다. 그와 동료들은 한결같이, 이 살인을 우연한 범행으로 생각하고 있었다. 그와 동료들은 한결같이, 정체불명의 목소리를 아무리 추구해보아도 특정한 범인은 나타나지 않을 것이라고 믿고 있었다. 그러나 그는 경찰의 조서를 모조리 조사해보고 한 통의 보고서를 작성했고, 그것을 기초로 해서 경찰은 재차 성명을 발표할 수가 있었다.

> 당국은 레티 콜스턴 살해 사건과, 그 수개월 전부터 그녀가 호소하고 있던 괴전화와의 사이에는 아무런 관련이 없다는 결론에 도달했다.

그런데, 그 과정에서 헨리는 라이자 오브라이언의 소식을 알게 되고, 그것에 관심을 갖게 되었다.

'무엇을 찾고 있으면 어쩌다 다른 것이 눈에 뜨이는 거야' 하고 그는 생각했다. 라이자의 이 결혼에 대한 것을 그는 한 번도 들은 일이 없었던 것이다. 그녀가 처음에 결혼한 브룩은 돈이 많은 노인이었는데, 그 결혼은 1912년에 끝장이 났다. 가이 리트와의 비밀리의 결혼은 최근에 와서 가이가 그녀의 유산에 대한 권리를 주장함으로써 밝혀졌다. 그러나, 매튜 오브라이언이란 사람은 — 헨리에게는 전혀 매튜 오브라이언이란 인물의 기억이 없었다 — 벌써 상당한 고령이니까, 아마 죽었는지도 모른다.

그는 경시청에 매튜 오브라이언을 좀 더 조사해보아 달라고 부탁했다. 그래서 곧 판명된 바에 의하면, 그는 포크스턴의 정신병원에 들어 있다는 것이다. 40여 년 전부터 입원을 하고 있는 환자였다.

"그러니까" 하고 모티머는 아내에게 말했다. "무엇을 찾고 있으면 어쩌다 다른 것이 눈에 띄는 거야."

"재닛과 로널드 사이드보텀은 그 사람의 일을 알고 있어요?" 하고 미시즈 모티머는 말했다.

"응, 둘이 다 잘 알고 있어. 라이자가 그 사람하고 캐나다로 여행을 갔대. 약 1년 동안 라이자한테서 아무 소식도 없었대. 그러더니 난데없이 돌아와서, 그가 사고로 죽었다는 말을 하더래."

"그 사람은 언제부터 정신병원에 들어 있었나요?"

"1919년 — 두 사람이 결혼을 한 몇 달 후야. 재닛이 내일 그 사람을 확인하러 가기로 되어 있어."

"그렇게 오래됐는데 알아볼까요?"

"그저 형식에 지나지 않는 거지. 그 사나이가 1918년에 라이자 브룩하고 결혼한 매튜 오브라이언이라는 것은 확실하니까."

"매튜 오브라이언은 죽었다고 라이자가 말했다죠?"

"그래요."

"그럼 가이 리트는 어떻게 돼요? 라이자하고 결혼하지 않았어요? 이중 결혼이 될 게 아녜요."

"매튜가 살아 있는 줄을 가이는 전혀 몰랐을 거야. 그가 죽었다고, 모두들 그렇게 믿고 있었으니까."

"불쌍도 하지. 경찰은 그 일로 가이를 조사하거나 하지는 않겠죠?"

"이제, 그렇게 오래된 일을 가지고 경찰이 무슨 조사를 하러 들겠소. 다 늙어빠진 사람을 가지고."

"어지간한 여자였군요," 하고 미시즈 모티머는 말했다. "라이자 브룩이란 여자는. 아무튼 그 여자의 유산은 — 아니, 이렇게 되면 유산은 어떻게 되죠? 가이 리트는 확실히 —"

"그것이 문제야, 정말. 법률상으로는 라이자의 재산은 매튜 오브라이언의 것이야. 미친 사람이건 아니건 간에."

헨리는 마당으로 나가서, 울고불고하는 손자에게 말했다.

"왜 이렇게 야단이냐?" 그는 손자를 말쑥하게 깎은 잔디밭 위에다 몇 번이고 굴렸다. 그러고는 안아 들고, 푸른 하늘로 던져 올렸다가 다시 받았다.

"아침 밥 먹은 것, 게워요." 하고 말하면서 엠린은 고개를 갸우뚱하고 선 채로, 만족한 듯이 손자를 보고 미소를 지었다.

"높게, 더 높게." 하고 아이는 졸랐다.

헨리는 되풀이해서 아이를 굴려주고는, 더 해달라고 소리를 질러대는 아이를 남겨놓고 방으로 들어왔다. 앨릭 워너가 외출을 하기 전에 전화를 걸어둘 필요가 있다.

"당신은 포크스턴의 성 오브리 병원에 관심을 가지고 있었지?" 하고 헨리는 말했다.

"응, 그런데 모두 나이 많은 환자들뿐이야. 나는 내 연구 때문에 10년 전부터 그들을 찾아가보고 있어."

"거기에 있는 매튜 오브라이언이란 사람을 모르나?"

"매튜 오브라이언, 아아, 알고 있어. 자비(自費)의 환자야. 좋은 영감이야. 여든이 다 된 영감인데, 인젠 누워만 있어. 물론 머리는 좀 이상하지만 언제 가도 내 얼굴을 알아봐."

"이번 주일 안에 언제" 하고 헨리는 말했다. "거기에 갈 예정이 있나?"

"그게 말야, 한 달에 한 번씩 가보기로 하고 있는데, 바로 요전 주일에 갔다 왔어. 무슨 특별한 일이라도?"

"아냐, 다른 게 아니라" 하고 헨리는 말했다. "재닛 사이드보텀이 내일 말야, 매튜 오브라이언을 확인하기 위해서 포크스턴에 가 주기로 돼 있어. 자세한 얘기는 다음에 하기로 하고, 당신이 그 양로원을 잘 알고 있으니까, 같이 가주면 그 마나님이 좋아할 거야. 그 마나님으로서는 상당히 고된 역할이거든. 로널드가 감기가 들어서 누워 있기 때문에 따라가지를 못한대."

"재닛 사이드보텀하고 매튜 오브라이언하고 무슨 관계가 있나?"

"가줄 테야?" 하고 헨리는 말했다. "그럼 재닛이 다 설명해줄 거야. 재닛의 전화 번호를 아나?"

"응." 하고 앨릭은 말했다.

"그리고, 우리 쪽에서도 한 사람 입회하게 될 거야."

"순경인가?" 하고 앨릭은 말했다.

"형사야." 하고 모티머는 말했다. "이 사건에는 당신한테 무슨 흥미 있는 부산물이 있을지도 몰라."

"그것을 나도 지금 생각하고 있는 거야." 하고 앨릭은 말했다.

재닛은 말했다. "정말 곤란한 역할인데. 로널드가 같이 와서 협력을 해 주기로 되어 있었어요. 그이는 여러 번 매튜를 만나본 일이 있으니까. 이렇게 날씨가 좋은데 왜 감기는 들었는지 모르지."

앨릭은 택시의 소음에 지지 않는 커다란 목소리를 내었다.

"거북해할 건 없어요. 내가 어떻게 로널드의 대역을 해볼 테니까."

"아뇨, 로널드가 거북하게 생각할까 보아 그래요." 하고 그녀는 말했다. "나는 다만—"

그는 그녀에게 미소를 지어 보였다. 그녀는 애닲게 보청기를 고쳐 끼우고 말했다. "나는 좀 귀가 어두워요."

"매튜 오브라이언을 만나보아도 당신은 아마 못 알아보실 거요." 하고 그는 똑똑히 발음했다. "나이도 많고, 오랫동안 정신병을 앓아서 옛날의 모습은 없을 테니까. 그들은 약을 먹고 있기 때문에, 그것이 얼굴에도 영향을 주어요. 그렇지만, 당신이 그의 얼굴을 못 알아보더라도 그건 상관 없어요. 그 사람이 라이자의 남편이라는 증거를 벌써 당국에서는 쥐고 있을 테니까. 이를테면, 그 사람이 입원했을 때의 라이자의 서명 같은 것이 있을 테고."

"최선을 다해보죠." 하고 재닛은 말했다. "하지만, 정말 거북한 역할인데."

"얌전한 환자예요." 하고 앨릭은 커다란 소리로 말하였다. "자기를 신이라고 생각하고 있지. 한 번도 발광을 한 일이 없어."

"죽은 올케를 생각하면, 아주 거북하고." 하고 재닛은 말했다. "이런 말은 하고 싶지 않지만, 정말예요—라이자가 하는 일에는 꼭 뒤에 무엇이 있어요. 이 일이 생전에 발각되지 않은 것만 해도 다행이죠."

"중혼(重婚)을 한 셈이 되었구먼." 하고 앨릭은 말하였다.

"중혼이죠." 하고 그녀는 말했다. "라이자로서는 변명할 여지가 없지요. 그 사람은 모든 점에서 유복했어요. 그런데 어렸을 때부터 그 사람은 이랬어요. 아버지의 속을 노상 썩이고. 사이먼 브룩한테 이혼을 당했을 때도 스캔들이 여간 떠돌지 않았어요. 그때만 해도 스캔들을 아주 싫어하던 시절이었거든요."

"그때, 매튜 오브라이언은 어떤 사나이였어요?"

"글쎄요, 아일랜드 사람이고, 변호사고, 상당히 입심이 좋은 사람이었지만, 아일랜드 사람들이 대개 그렇지 않아요? 여간 매력 있는 사람이 아니었어요. 사실 말이지, 그가 죽었단 말을 라이자한테서 들었을 때, 나는 곧이들리지 않았어요. 여간 건강하지 않았었거든요. 그렇지만, 설마 이런 내막이 있는 줄은 꿈에도 생각하지 못했지요. 정말 난처한데요."

"곧 끝나요." 하고 앨릭은 말하였다. "그 사람하고는 잠깐 만나보기만 하면 되니까."

매튜 오브라이언과의 면회는 곧 끝났다. 그들은 홀에서 형사하고 만나 가지고, 간호원의 안내로 매튜의 방으로 갔다. 매튜는 베개 위에 백발을 텁수룩하게 흐트러뜨리고 자고 있었다.

"여보, 매튜." 하고 앨릭은 말하였다. "내 친구를 두 분 모시고 왔어."

형사는 노인에게 인사를 하고 뒤로 물러서서, 간호원 옆에 다소곳이 얌전하게 서 있었다.

재닛은 침대 옆으로 다가가서, 그의 힘 없는 손을 잡고 인사를 했다. 그는 나머지 한쪽 손을 들고 축복을 해주었다.

노인은 창백한 눈을 앨릭에게로 돌렸다.

"자네가 왔구먼, 앨릭." 하고 그는 혀 꼬부라진 몽롱한 목소리로 말했다.

"라이자라는 여자에 대해서 생각나는 일 없으슈?" 하고 앨릭은 말하였다. "라이자 브룩. 라이자 사이드보텀."

"라이자." 하고 노인은 말했다.

"생각이 안 나슈? 라이자라는 여자가 — 빨간 머리카락을 한 여자인데."

"라이자."라고 말하면서 노인은 재닛을 바라보았다.

"아냐, 이 사람은 라이자가 아냐. 언니[38] 되시는 재닛이야. 노형을 만나러 오신 거야."

노인은 여전히 재닛을 보고 있었다.

"라이자를 기억하지 못하슈? — 잊어버렸으면, 됐어." 하고 앨릭은 말했다.

노인은 머리를 흔들었다. "나는 살아 있는 모든 것을 잊지 않고 있어." 하고 그는 말했다.

"라이자는 작년에 죽었어." 하고 앨릭은 말하였다. "노형이 알고 있을 것 같은 생각이 들어서."

"라이자." 하고 노인은 말하고는, 창밖의 하늘을 쳐다보았다. 햇빛이 밝은 오후였지만, 그의 눈에는 별빛이 반짝거리는 밤하늘로 보였던 모양이다. "내 별들이 하늘에서 반짝거리고 있구나." 하고 그는 말했다. "내가 그 여자를 불러들였던가?"

재닛은 아래층에서 차 대접을 받고, 잠시 쉬어 가라는 청을 받았다.

그녀는 손수건을 집어넣었다. "처음엔" 하고 그녀는 말했다. "조금도 알아볼 수 없던데요. 다른 사람인 줄 알았어요. 그런데, 그이가 창문 쪽으로 얼굴을 돌렸을 때 옆모습을 보고 나는 똑똑히 생각이 났어요. 그래요, 틀림 없는 매튜 오브라이언이에요. 그리고 별 얘기를 할 때의 그 말하는 모습도······."

앨릭은 차를 사양하였다. 그는 호주머니에서 노트를 꺼내서, 한 장 찢어

---

38 번역문에는 '시누님'이라고 되어 있는데 오류로 보임.

냈다.

"실례지만 친구한테 보낼 것 좀 써도 되죠?─다음에 거두러 올 우체부 편에 보내고 싶어서." 미시즈 사이드보텀이, 어서 쓰세요, 하고 말했을 때 는, 그는 벌써 부리나케 써 내려가고 있었다.

가이 군(君)─다음의 일을 자네한테 알리는 것은 내가 처음일 거야.

매튜 오브라이언이란 사나이가 발견되었어. 자네가 라이자하고 결 혼했을 때, 이미 그녀하고 결혼하고 있던 사나이야.

자세한 이야기는 모티머한테서 듣게. 벌써 충분한 증거까지 다 나와 있어.

우연하게도 나는 성 오브리 병원에 정신병 환자를 연구하러 다니면 서, 10년 동안이나 그 사나이하고 사귀어왔지만, 그런 관계가 있는 줄 을 꿈에도 생각하지 못했지.

자네가 책임 추궁을 당하게 되는 일은 없으리라고 생각되네. 하지 만, 자네와 라이자와의 결혼은 응당 무효가 되니까, 이제 라이자의 유 산은 자네한테는 가지 않을 거야. 라이자의 재산은, 적어도 그중의 태 반은 물론 그녀의 법률상의 남편이 받게 되지─다만 그 사람은 정신 병의 금치산자니까, 그를 위해서 보관될 거라고 생각되네.

부탁일세, 이 편지를 읽고 난 직후에 맥박과 체온을 재어서 나한테 알려주게……

앨릭은 접수처에서 봉투를 구해서, 편지를 집어넣고 겉봉을 쓰고 우표 를 붙였다. 그리고 홀에 있는 포스트에 그것을 집어넣은 다음 재닛을 위로 하러 돌아갔다.

앨릭은 재닛 사이드보텀을 간신히 그녀의 호텔까지 바래다주고 나서 생각하였다. 오늘은 수확이 많은 날이었지만, 피곤하다.

허약한 성별을 잃은 육체와 머리카락을 베개 위에 뉘고 자던 매튜 오브라이언의 모습, 그리고 재닛과 자기를 번갈아 쳐다보고 있던 그의 태도 같은 것을 생각하고 있는 동안에 앨릭은 모드 롱 병동의 그래니 그린이 누워 있던 침대를 점령하고 있는 백 살이 가까운 노파 미시즈 빈 생각이 났다.

그녀와 매튜는 얼굴의 생김새는 닮은 데가 없지만, 하나의 공통점이 있다. 첫 인상으로는 성별을 분간할 수 없는 것.

앨릭은 매튜 오브라이언의 기록 카드에 이것을 기입하기로 했다.

갑자기 그는 피로를 느꼈다. 택시를 잡았다. 차를 타고 집으로 가면서 그는 여러 가지 생각에 잠겨 있었다. 과학적인 관찰과 인간적인 관찰은 어째서 이렇게 다를까. 이 두 가지 각도에서 관찰했을 경우에 같은 사람이 제각기 얼마나 다르게 보이는가. 미시즈 빈에게는 나는 여태껏 그다지 주목을 해본 일이 없었다. 그런데 의식적으로 관찰했을 때는 흔히 못 보고 지나는 수가 많은 세부의 하나를 바로 그녀가 분명히 제공해주지 않았는가. 그러나 대강 전체적으로 보면, 내가 여태까지 발전시켜온 방법은 그다지 불만족한 것은 아니다.

소방 자동차가 요란스런 소리를 내고 지나갔다. 앨릭은 구석 쪽으로 몸을 기대고 눈을 감았다. 택시가 모퉁이 길을 돌았다. 앨릭은 자세를 고쳐 앉아서 창밖의 저녁 풍경을 바라보았다. 택시는 마를로(路)를 성(聖) 제임스 로 쪽으로 달리고 있었다.

운전수는 몸을 비틀고 칸막이 창을 열었다.

"불이 요 근처에서 난 것 같은데요." 하고 그는 말했다.

앨릭은 얼마 후에, 자기의 방이 있는 건물 앞 포도(鋪道)의 군중들 틈에

끼여 서 있었다. 도처에 순경들이 있다. 연기, 구경꾼들, 소방관들, 물. 그러자 별안간 군중들 속에서 고함 소리가 솟고, 모두들 위를 쳐다보았다. 건물 꼭대기에서 사나운 불길이 치솟았다.

앨릭은 군중을 헤치고 맨 앞줄로 나갔다. 순경이 우악스러운 팔로 그를 못 나가게 막았다.

"나는 여기에 사는 사람이오." 하고 앨릭은 설명하였다. "나 좀 들어가게 해주시오. 부탁이오."

"못 들어가요." 하고 순경은 말했다. "나가세요."

"나가시오." 하고 군중들이 소리를 질렀다.

앨릭은 말하였다. "그렇지만, 나는 여기 사는 사람이오. 내 물건. 짐꾼이 어디 없나?"

"벌써 불에 다 싸였어요." 하고 순경이 말했다.

앨릭은 급하게 앞으로 내달아 순경의 옆을 빠져나가서, 연기와 물보라가 자욱하게 낀 입구에까지 왔다. 누가 그의 뺨을 후려갈겼다. 아래층의 창에서 연기와 불길이 파도처럼 뿜어 나오고, 군중들은 뒤로 물러났다. 앨릭이 그대로 선 채 건물 안을 들여다보고 있는데, 다른 순경이 저쪽 편의 군중들이 있는 곳에서 그에게로 다가왔다.

"저리로 나가시오." 하고 순경은 말했다. "불 끄는 데 방해가 돼요."

"내 서류가 저 위의 방에 들어 있단 말요." 하고 앨릭은 말했다.

순경은 그의 팔을 붙잡아 끌고 나갔다.

"고양이가 있단 말요." 하고 앨릭은 필사적으로 말하였다. "내 방에. 타죽을 거야. 들어가서 꺼내 가지고 와야겠단 말요. 위험한 건 알아요."

순경은 대꾸도 하지 않고, 그대로 앨릭을 끌고 불 앞에서 멀찍이 떼다놓았다.

"개가 있단 말야. 남극에서 데려온 예쁘장한 에스키모종이란 말야." 하고 앨릭은 여전히 고함을 쳤다. "맨 위층의, 첫째 번 방이야."

"미안하지만 이미 늦었어요." 하고 한 소방관이 말했다. "개도 벌써 화장 다 됐소이다. 꼭대기층은 벌써 다 타버렸어요."

같은 건물에 사는 사람 중의 한 사람이 군중들 틈에서 말했다. "이 건물엔 동물은 없어. 동물은 못 기르게 되어 있는데."

앨릭은 밖으로 걸어나갔다. 그는 클럽에 가서, 그날 밤 유숙할 방을 부탁했다.

제16장

  여름이 가고 그래니 빈의 생일날이 왔다. 병동에서는 며칠 전부터 그 준비를 하고 있었다.

  백 자루의 초를 꽂은 거대한 케이크가 놓여 있었다. 신문사에서 온 몇 명의 기자들이 카메라를 들고 들어왔다. 다른 몇 명의 기자들이 그래니 빈에게 얘기를 걸고 있었다. 그래니 빈은 새로 만든 파란 베드 재킷을 입고 베개에 기대어 몸을 일으키고 있다.

  "네." 하고 그래니 빈은 멀리서 들리는 피리 소리처럼 기자들에게 대답했다. "오래 살았지요."

  "네." 하고 그래니 빈은 말하였다. "나는 아주 행복해요."

  "그래요." 하고 그녀는 고개를 끄덕거렸다. "어렸을 때 나는 한 번 빅토리아 여왕님을 본 일이 있어요."

  "백 살이 되시니까 어떤 기분이 드세요, 미시즈 빈?"

  "기분이 좋지요." 하고 그녀는 고개를 끄덕거리면서 가냘프게 말했다.

  "너무 피로하게 하지 마세요." 하고, 그날따라 가슴에 공로 훈장을 단 루시 간호원장이 기자들에게 말했다.

  기자들은 간호원장의 말을 취재했다.

  '7남매를 낳았는데, 살아 있는 것은 하나뿐, 캐나다에 재주(在住). 11세

때 재봉사 밑에서 일을 하기 시작해서……'

원장이 3시에 나타나서 여왕님으로부터 온 축전을 읽었다. 모두들 박수를 쳤다. 그래니 발보나가 말했다. "……당신의 백 회째의 탄생일을 맞이하여, 하는 것은 그다지 좋은 표현이 아니군, 메리 여왕님은 언제나 이렇게 말하셨어. 당신의 한 세기의 생일날을 맞이하여."

"그렇지만, 결국 똑같은 말이지." 하고 모두들 말했다.

원장이 그래니 빈을 대신해서 입으로 촛불을 껐다. 그녀는 23자루째에서 숨이 막혔다. 나머지는 간호원들이 번갈아서 껐다.

그들은 케이크를 자르기 시작했다. 기자 중의 한 사람이, "그래니 빈을 위해서 만세 삼창!" 하고 소리를 질렀다.

흥청한 잔치 기분도 식어가고, 기자들이 돌아가고 나서는, 보통 문병객들이 찾아오기 시작했다. 노인병 환자들 중의 몇 사람은 아직도 받은 케이크를 먹기도 하고 만지작거리고 있기도 했다.

미스 발보나는 안경을 고쳐 쓰고 신문을 집어들었다. 그날 그녀가 낭독하는 것이 이것으로 세 번째였다. "'9월 21일 — 오늘 생일날을 맞이하는 사람들. 앞으로 일 년간의 전망. 변화가 많은 일 년이 될 것이다. 12월부터 3월까지는 화제(話題)가 될 만한 일이 많이 생긴다. 음악, 수송, 패션계 등의 관계자들에게는 이 일 년은 눈부신 약진의 해가 될 것이다.' 이거 봐요. 당신은 옛날에 패션계하고 관계가 있었죠, 그래니 빈? 여기에 활자로 똑똑히 씌어 있듯이……"

그런데, 미시즈 빈은 아까 간호원이 준 따뜻한 마실 것을 들고 나서 베개에 기댄 채 색색 졸고 있었다. 그녀의 입은 다시 조그만 O자형으로 되고, 거기에서 나오는 입김이 가느다란 소리를 내고 있다.

무슨 축하회라도 있나, 하고 앨릭 워너는 파티의 장식물을 둘러보면서 말했다.

"네, 미시즈 빈이 오늘 백 살이 되었어요."

앨릭의 얼굴과 이마의 깊은 주름살은 그전보다도 한층 더 깊어졌다. 각서(覺書)와 기록물을 화재로 모조리 잃어버린 지가 벌써 4개월이 된다.

그때 진 테일러는 말했다. "새로 다시 시작해보세요, 앨릭. 일을 시작하면 반드시 여러 가지로 생각이 날 거예요."

"나는 이제 기억력이 시원치 않아." 하고 앨릭은 말하였다. "그 기록이 없이는 안 돼."

"그러니까 새로 다시 한번 시작해야죠."

"그만한 기력이 없어." 하고 그는 말했다. "이제 이 나이에. 그것은 오랜 세월의 노고의 열매야. 아무것하고도 바꿀 수 없는 것이었어."

그 후부터, 그는 잃어버린 것을 좀처럼 입 밖에 내어 말하지 않았다. 기록이 없어져서 나는 죽은 몸이 된 것 같다고 그는 가끔 생각했다. 한번은 그런 말을 한 일도 있었다.

"그런 생각은 당신으로서는 형이상적인데요, 앨릭." 하고 그녀는 말하였다. "실제에 있어선 당신은 죽지 않고, 여전히 살아 있지 않아요."

지금도 역시 그는, 색인 카드를 찾아보듯이, 머릿속으로 그 방대한 노트를 더듬어본다고 한다. "그렇지만, 다시는 이제" 하고 그는 말했다. "새로 필기는 안 해. 주로 읽기만 하겠어. 어느 점에서는, 그렇게 하는 편이 좋아."

흘끗 쳐다보니, 그는 거의 잡아먹을 듯한 탐욕에 가득 찬 눈초리로, 백 살의 생일날을 맞이한 그래니 빈을 바라보고 있다. 그는 한숨을 쉬고 눈길을 돌렸다.

"우리들은 모두, 늙으면 모든 것이 허사가 된 것 같은 생각이 들어요, 앨릭. 여러 가지 일에 너무 집착하기 때문이에요. 그렇지만, 사실은 우리들에겐 아직도 이제부터 완수해야 할 인생이 있어요."

"나의 친구의 한 사람이 어제 인생을 다 완수했어."

"그래요, 누군데요?"

"포크스턴에 있던 매튜 오브라이언이야. 그는 자기를 신이라고 생각하고 있어요. 자는 동안에 죽었어. 유산을 많이 남겨놓았는데, 자기는 그것을 몰랐지. 물론 라이자의 돈이지만 말야. 친척은 아무도 없어."

"그럼 가이 리트가 ─ ?"

"아냐, 가이한테는 권리가 없어. 라이자의 유산은 유서에 따라서 미시즈 페티그루의 것이 될 거야."

"그렇게 되면" 하고 미스 테일러는 말했다. "그 여자도 결국 보답을 받게 되는 거지요."

*

미시즈 페티그루는 보답을 받았다. 라이자의 유서는 그녀에게 유리하게 검인되어서 그녀는 전 재산을 상속했다. 제일 첫 번째의 발작이 일어난 뒤에, 미시즈 페티그루는 남(南)켄싱턴으로 옮겨가서 호텔 생활을 시작했다. 지금도 오전 11시에 해로드 은행에 가면, 그녀의 모습을 볼 수 있다. 그녀는 같은 호텔에 살고 있는 늙은 친구들하고 매일 아침 거기에서 만나서, 호텔의 서비스의 결함을 논하고, 종업원을 배척하는 여러 가지 계획을 꾸미고는 한다. 밤이 되면, 저녁 식사의 종이 울리기 전에 자리를 차지하려고 호텔의 라운지 문간에서 서로 떼밀고 밀리고 하는 그녀의 모습을 볼 수 있다.

차미안은 그 이듬해의 봄날 아침에 죽었다. 87세였다.

고드프리도 같은 해에 자동차 사고로 죽었다. 차가 켄싱턴 교회 거리의 모퉁이에서 다른 차와 충돌을 했던 것이다. 즉사는 아니었지만, 충격으로 폐렴이 발생해서 며칠 후에 죽었다. 즉사한 것은 저쪽 차에 타고 있던 부부였다.

가이 리트는 78세에 죽었다.

퍼시 매너링은 양로원에 들어가 있다. 거기에서 그는 '교수(敎授)'라고 불려지고, 특별 대우를 받고 있다. 그의 침대는 커다란 방의 제일 으슥한 구석의 알코브 안에 놓여 있다 ― 지난날에 명사(名士)로 지내던 환자를 위한 자리다. 손녀딸인 올리브가 가끔 그를 보러 온다. 그리고 그의 시나 편집자에게 보내는 투서(投書) 원고를 갖고 가서 타이프로 찍어가지고, 퍼시의 지시대로 우편으로 보낸다.

로널드 사이드보텀은, 오후에는 일어나 있게 내버려두고 있지만, 겨울까지는 못 갈 것 같다고 한다.

재닛 사이드보텀은 고혈압으로 고생을 하다가, 드디어 발작을 일으켜서 죽었다. 77세였다.

지금은 미망인이 된 미시즈 앤서니는 차미안의 유산을 받고, 해변 거리에 가서, 결혼한 아들의 곁에서 살고 있다. 노인들에게 괴전화 사건이 일어날 때마다 그녀는 말한다. 내 경험에 비추어보면, 귀가 먼 것이 여간 행복하게 생각되지 않는군요, 하고.

주임경감인 모티머는 요트 '잠자리호(號)'를 달리고 있는 동안에 심장마비를 일으켜서 급사했다. 73세였다. 아내인 엠린은 수많은 손자들의 시중을 들면서 소일하고 있다.

에릭은 아버지의 죽음으로 굴러들어온 콜스턴 가의 재산을 부지런히 낭비하고 있다. 앨릭 워너는 뇌일혈로 중풍이 들었다. 얼마 동안은 몸의 한쪽이 마비되어서 말도 잘 못 했다. 그러다가 발을 움직이게 되고, 말하는 것도 똑똑하게 되었다. 그래서 일생을 마칠 작정으로 양로원에 들어가서, 가끔 색인 카드를 거기서 찾아보듯이, 머릿속으로 친구들의 병력(病歷)을 더듬어본다. 죽은 사람에 대해서도, 죽어가고 있는 사람에 대해서도.

그들은 무슨 병에 걸려 있나? 그들의 사인(死因)은 무엇인가?

레티 콜스턴은 두개골 골절, 하고 그는 혼자서 중얼거려본다. 고드프리 콜스턴은 항혈성(降血性) 폐렴, 차미안 콜스턴은 요독증(尿毒症), 진 테일러는 심근 수축, 템페스트 사이드보텀은 경부(頸部)의 암(癌), 가이 리트는 동맥경화, 헨리 모티머는 관상동맥혈전증……

미스 발보나는 영원한 잠이 들고 말았다.

그래니들 중의 대부분이 그녀의 뒤를 따랐다. 진 테일러는 아직도 얼마간은 여명(餘命)이 남아 있고, 몸이 아플 때마다 하나님의 전능을 생각하고, 때로는 편안한 마음으로, 마지막까지 잊어서는 안 될 네 가지 것 중의 제일 첫 번째 것—즉 죽음—에 대한 생각에 잠기고 있다.

죽음에 대한 해학

김수영 金洙暎

오늘날의 영국 소설의 대표적 중견을 꼽으라면 그레이엄 그린, 앵거스 윌슨, 콤프턴 버넷, C.P. 스노, 존 웨인에다가 여류작가로서 아이리스 머독과 뮤리얼 스파크를 빼놓을 수가 없다. 60년대의 영국 문학의 새로운 특징으로서의 이들의 공유점을 생각해볼 때, 이들에게 한결같이 어떤 겸손(modesty) 같은 것이 깔려 있는 게 눈에 뜨인다. 이들은 문학가로서의 자기들의 한계점을 강조할 뿐 아니라, 대부분이 자기들의 일에 이익을 줄 수 있는 모든 엄청난 주장을 행복스러울 정도로 무시하고 있다. 이를테면 로렌스는 '소설가로서 나는 나 자신을 나 자신을 성인(聖人)보다도, 과학자나 철학자나 시인보다도 우위에 있다고 생각한다.'고 호언했지만, 이들 중에 이런 묵시록적인 문학관을 믿고 있는 사람은 한 사람도 없다. 또한 이들은 낡은 자연주의의 기준을 무턱대고 그대로 받아들이지도 않고, 이를테면 지드 같은 '나는 모든 사물을 소설 속에 담아보고 싶다.'는 식의 거만한 태도로 소설을 쓰고 있지도 않다. 낡은 리얼리즘도, 낡은 포멀리즘도 이들에게는 통하지 않고, 도대체가 이들은 자기들 자신이 하나의 우주를 만들고 있다고 생각하고 있지 않다. 말하자면 이들의 이러한 겸손은 철학적인 면을 갖고 있다고 볼 수 있는 것이다.

이들은 모든 리얼리티의 이미지로서의 소설 관념을 피하고 있고, 따라서 자기들의 상상력을 리얼리티의 구성 요소나 보충물로 생각하고 있지 않는 것 같다. 이런 문제에 대한 이들의 관심은 총체적으로 인식적이라기보다도 강렬하게 논리적인 것이다. 이런 점에서 60년대의 영국의 소설가들은 난삽한 인식론적인 것을 파고 드는 프랑스의 전위작가들과는 판이하게 다르다. 이들에게서 프랑스적인 안티 노벌의 기치를 찾아볼 수는 없다. 이를테면, 프랑스의 뷔토르 같은 작가는 소설이 본질적으로 리얼리티에 기여하는 것이고, 새로운 소설가의 임무는 구세대의 소설가들이 과한 낡은 리얼리티의 서술을 교정하는 일이며, 따라서 모든 훌륭한 소설은 안티 노벌이라고 말할 수 있을 것 같다고 했다. 그렇지만 대부분의 영국 작가들은 감지자로서의 자기 자신에게 충실하고, 교양 있는 상식의 눈으로서 감지된 사물에 충실하고자 하는 그들 자신의 분투적인 견지에서, 픽션과 리얼리티 사이의 관계를 거의 전반적인 문제로 삼고 있다. 이런 관계의 문제를 가장 단적으로 드러내 보이고 있는 작가 중의 한 사람이 뮤리얼 스파크라고 볼 수 있다.

뮤리얼 새러 스파크(Muriel S. Spark, 1918~)[1]는 스코틀랜드의 에든버러 태생으로서, 문필 활동은 19세기 문인들의 평전에서부터 시작되었다. 51년에 『광명(光明)의 아들 — 메리 셸리 재평가』를 발표한 다음 『존 메이스필드 연구』(1953), 『에밀리 브론테의 생애와 작품』(1953) 등을 발표하고 있다. 소설가로서의 스파크의 활동은 1951년에 『업저버』지의 단편소설 콩쿠르에서 1등 상을 획득한 때부터 시작되고 있는데, 그 후 영미의 각 잡지에 단편들이

---

1   뮤리얼 스파크는 김수영이 이 작품을 번역하고 해설을 쓸 시점에는 생존해 있었으므로 이 해설에서는 사망 연대가 표기되어 있지 않다. 스파크는 2006년 타계했다.

발표되고, 57년에 장편소설『위로하는 사람들』을 발표하고, 계속해서 58년에 『로빈슨』을, 동년에 단편집『날아가라, 새야』를, 59년에『메멘토 모리』를, 60년에『페컴 라이 기담(奇譚)』과『독유자(獨有者)』를, 61년에 단편과 라디오 드라마를 모은『연기하는 목소리』와『진 브로디 양(孃)의 청춘』 등, 연이어 문제작을 발표하고, 최근에는『철학박사』라는 희곡이 런던의 신예술 극장에서 상연되는 등, 영미 문단의 화제를 독차지하고 있다.

메멘토 모리라는 라틴어의 뜻은 '죽음을 잊지 말라' 는 것인데, 이 말이 유럽 문명 속에 뿌리를 내리게 된 관념의 기원은 적어도 고대 이집트에까지 소급되고 있는 것 같다. 이집트에서는 잔치를 베푸는 자리에 미라나 사람의 해골을 갖다 놓는 습관이 있었다. 손님들이 그것을 구경하고 있으면 주인은 '죽음을 잊지 말라' 라는 주지(主旨)의 인사말을 한다. 어원적으로는 사람에게 죽음의 운명을 상기시키는 물건(이 경우에는 미라나 사람의 해골) 자체를 메멘토 모리라고 불렀다.

피라미드국(國)의 왕족들은 영원한 생명에의 가능성을 잡아보려고 온갖 노력과 비용을 아끼지 않은 반면에, 죽음에 대한 공포를 삶 그 자체의 긴장과 고양을 위해서 살려보려는 기술을 몸에 붙이고 있었다. 그리고 이 전통은 조금씩 형태를 바꾸어가면서 지중해와 그 주변의 문명권 속에서 오랫동안 이어 내려왔다.

로마의 장군들은 개선을 해가지고 행진해 들어올 때면, 자기의 전차(戰車)에 노예를 하나 태워가지고 들어왔다. 영광에 싸인 장군의 귓전에서, 노예는 끊임없이 이런 말을 속삭인다. ― '뒤를 돌아다보아라. 그대가 단지 하나의 인간이라는 것을 잊지 않기 위해서.' 제정 러시아에서는 대관식 때에 여러 종류의 대리석을 날라 들여오는 관례가 있었다. 새 황제는 즉위하는 날 신중하게 자기의 묘석을 고르는 것이다.

'그대는 흙이니라. 멀지 않아 그대는 흙으로 돌아갈 것이니라.' (창세기)

'삶의 한복판에서 우리들은 죽음에 둘러싸여 있다.'(찬미가) 등의 시구에 있어서는, 드높은 결정도(結晶度)의 말 그 자체가 지극히 효과적인 메멘토 모리였다고 말할 수 있을 것이다. 희랍의 서정시에서도, 이를테면 아나크레온의 '우리들은 한 줌의 재로 화해버린다.' 라는 아름다운 단장(斷章)이 있다. 테렌티우스의 희극에 나오는, 뼈를 넣는 고항(古缸)[2]에는 그후에 니체가 즐겨 쓴 그 소름이 끼치는 명(銘) — '인간에 관한 어떠한 일도 나에게는 무록(無綠)치 않으니라.' — 이 새겨져 있었다. 햄릿은 엘시노어의 무덤 앞에서, 그 전날에 쾌활한 익살을 부리던 어릿광대의 요릭의 두개골을 바라보면서 외친다. '어서 부인네들의 방에 가서 일러주고 와. 부지런히 1인치나 되도록 처바르고 싶겠지만, 멀지 않아 이런 얼굴이 되는 거라구.' 요릭의 두개골과 햄릿의 대사에는 두 개의 강렬한 메멘토 모리의 무참한 이중창이 있다.

　하지만 이것을 무참하다고 생각하는 것은 너무나도 근대적인 감상일 것이다. 고약한 취미의 불쾌한 장난이라고 생각하는 것은 더욱 천박한 반응일 것이다. 분명히 모든 메멘토 모리는 냉수를 등골에 끼얹으려는 의도를 포함하고 있고, 냉수가 가장 유효한 순간에 끼얹어지게 꾸며져 있다. 축제의 술이나 환성에 취해 들어가려는 마음에 그것은 한 조각의 정기를 불러일으켜 줄 것이다. 그렇지만 그것은 결코 연회(宴會) 행진의 중지를 바라는 소리는 아니다. 편안한 체념과 무위에의 유혹은 아니다. 오히려 끊임없이 각성된 생명을, 끊임없는 새로운 출발을 독려하고 있는 것이다. 다소의 악의가 깃들여 있다 하더라도, 그것은 말하기 어려운 것을 말하기 위한 — 너무나도 자명한 기본적인 진실을 납득시키기 위한 양념 정도로 생각해야 할 것 같다. 아무튼 그런 종류의 진실을 확보하기 위해서 먼 고대의 장군들은 노예를 사용하고, 왕후들은 일부러 입이 건 어릿광대를 고용했다.

2　고항 : 오래된 항아리.

그런 점에서 보면 뮤리얼 스파크라는 소설가는 현대사회에 있어서 솜씨가 능란한 어릿광대라고 생각할 수 있다. 탁월한 어릿광대가 될 수 있는 조건을 모조리 그녀는 갖추고 있다. 첫째로 재미있고 익살스러운 것. 둘째로 간결한 말투를 잘 쓰는 명수(名手)라는 것. 셋째로 착상이 기묘하다는 것. 그리고 넷째로 인간세계의 여러 가지 진실을 직시하는 통찰력과 용기를 갖추고 있다는 것.

재미있고 익살스럽다는 점에 있어서, 스파크는 이미 정평이 있다. 그녀의 작품에 대한 서평이나 광고문에 가장 빈번히 나오는 형용사는 '익살스러운(funny)'일 것이다. 정신적인 고민으로부터 곤란한 배설 행위에 이르기까지 그녀의 세계에 있어서는 모든 것이 웃음의 대상이 된다. 그것도 아주 익살스러운 돌발적인 웃음의 대상이 된다. 불쌍하다, 웃는 것은 좋지 않다는 식의 상냥하고 따뜻한 예의 범절은 그녀의 세계에서는 통하지 않는다. 아마 가톨릭 작가인 스파크로서는 연민은 그러한 데에 있지 않은 모양이다.

간결한 말투는 스파크의 특히 장편소설의 커다란 특징과 연결되어 있다. 처녀작 『위로하는 사람들』이후, 그녀의 소설에는 똑같은 어구와 똑같은 문장의 반복이 여간 많지 않다. 가장 최근에 쓴 『자력(資力)이 빈약한 아가씨들』같은 것에는 몇십 행의 문장이 두세 번씩 되풀이되는 곳이 여러 군데 있다. 이런 반복 부분을 잘라버리면 소설의 길이가 아마 3분지 1도 더 줄어들 것 같다. 원래가 그녀의 장편은 영구적인 표준에서 보면 약간 긴 중편 정도의 분량이기 때문에, 그것은 참말로 안하무인격의 반복이지만 조금도 그것이 지루한 감을 주지 않는다. 오히려 극도로 간결한 인상을 준다. 물론 반복의 기술이 능란하기 때문에 그렇게 느껴진다고 볼 수 있다. 전후관계에 따라서 똑같은 문장이 번번이 뜻하지 않은 새로운 의미와 반향을 불러일으키고 있으니까. 그러나 좀 더 큰 비밀은 그녀의 문장의 질(質) 그 자체에 있는 것 같다. 그것은 반복에 견딜 수 있는 문장인 것이다.

착상의 그 묘한 점에 대해서는 '죽을 운명을 잊지 마시오'란 전화의 예만으로도 충분할 것 같다. 지극히 현대적이고 일상적이고 과학적인 소도구에다가 지극히 비현대적인 신비적 관념을 갖다 붙이는 수법은, 말하자면 스파크의 세계의 기초 구조다. 이런 스파크적인 발상 속에서 현대 풍속에 대한 그녀의 활발한 호기심과 가톨릭에의 개종자로서의 그녀의 발랄한 탐구심이 과부족 없이 결합되어가지고, 기상천외한 부조리한 웃음을 낳는다.

네 번째의 조건인 스파크의 통찰력과 용기에 대해서도 역시 개종자로서의 그녀를 고려에 넣지 않으면 안 된다. 영국에 있어서는 로마가톨릭의 신앙을 택한다는 것은 대다수의 사람들에게 받아들여지고 있는 여러 가지 기준에 대한 근본적인 불신을 의미하는 것이 된다. 가톨릭 제국, 이를테면 프랑스 같은 나라에 있어서의 프로테스탄트와 거의 같은 위치라고 말할 수 있다. 그리고 스파크는 분명히 소수자로서의 가톨릭의 전투성이나 혹은 전위성을 다분히 갖고 있다. 그녀의 처녀작 『위로하는 사람들』은 소설이라는 표현 형식 그 자체를 문제 삼은 소설이었다. 앙드레 지드의 『사전(私錢)꾼』의 가톨릭이라고 할 수 있을 것 같다. 처음 소설을 쓰기 시작했을 때 그녀는 소설이라는 것, 소설을 쓴다는 것의 의미, 다시 말하자면 픽션과 리얼리티와의 관계를 묻는 일에서부터 출발하지 않으면 안 되었다.

그러나 전체적으로 볼 때, 그녀의 소설에는 거의 전투적인 분위기가 없다. 똑같은 가톨릭 작가인 그레이엄 그린과 비교해보면 그 차이점을 분명히 알 수가 있다. 기독교적인 여러 가지 관념이 스파크의 세계에서는 거의 언제나 그린의 그것과 정반대되는 방향으로 움직이고 있다.

"네가 어떤 죄를 저지르든 간에, 수많은 성인들이 벌써 그것을 저지르고 있단 말야."

"위대한 성인들의 병과 쇠약을 이 몸이 맛볼 수 있다면 얼마나 큰 위안이 될까."

전자의 날카로운 아이러니는 그린의 취미에 맞는 것이고, 후자의 기발한 진지성은 스파크의 취미다. 그런데 이 두 작가의 개성을 가장 잘 나타내고 있는 것은 그들이 제각기의 작품 속에서 이런 인자스러운 관념에 부여하고 있는 역할일 것이다. 그린은 전자를, 자기는 이미 구원을 받을 여지가 없는 죄인이라고 굳게 믿고 있는 한 등장인물의 정신착란에 걸린 마지막 자존심을 때려 부수기 위해서 사용한다. 스파크는 여명(餘命)이 얼마 남지 않은 노인 환자들의 비참하고도 익살맞은 생활을 가차 없이 묘사하는 문장 속에서, 어쩌다 새어 들어온 밝은 햇빛처럼, 아무렇지도 않게 살며시 후자를 삽입하고 있다.

몸부림을 치며 괴로워하고 있는 사람 앞에서 가짜 구원의 밧줄을 잘라버려주는 것도, 뜻하지 않은 구원을 던져주는 것도 두 쪽이 다 틀림없이 기독교적 연민일 것이다. 똑같은 신앙 속에서 그들은 제각기 다른 종류의 통찰력과 용기를 끌어내고 있다. 그린의 그것에는 숨이 막힐 듯한, 지극히 현대적인 준엄성이 있고, 스파크에게는 오히려 고대적인 솔직성과 관대한 품격이 있다.

아무리 비참한 상황을 그리더라도 결코 웃음을 잊지 않는 스파크의 강인한 자세는 그런 너그러운 용기에서 우러나오는 것이라고 생각된다. 매일의 생활 속에서 우리들이 잊어버리고 싶은, 구태여 보고 싶지 않은 불쾌한 진실을 그녀는 가차 없이 파헤쳐내지만, 자칫하면 심술이 고약한 힐난처럼 되기 쉬운 아슬아슬한 곳에서 분방한 웃음과 익살스러운 힘으로 그녀의 발언은 상쾌한 뒷맛을 남겨준다. 그것은 깊은 밑바닥으로부터 이상하게도 우리들의 정신을 고무해준다. 진짜로 최상급의 익살 배우라고 말할 수 있을 것 같다. 그 점에 있어서도 그녀는 아마 먼 옛날의 탁월한 어릿광대들의 정통적인 후계자일 것이다.

뮤리얼 스파크(Muriel Spark)는 1918년 2월 1일 스코틀랜드 에든버러에서 태어났다. 유대인이자 리투아니아 출신의 엔지니어인 아버지 버나드 캠버그(Bernard Camberg)와 어머니 시시(Cissy) 사이의 둘째 아이였다. 노동자 계층에서 어린 시절을 보내야 했지만, 경제적으로 궁핍하지는 않았다. 어머니는 사교적이고 외향적인 성격이었다.

스파크는 5세 때부터 16세 때까지 제임스 길레스피 고등학교(James Gillespie's High School)에서 교육을 받았다. 그녀는 학교에서 '시인과 몽상가'로 불렸으며 많은 시작품을 교지에 발표했다. 스파크는 1929년 크리스티나 케이(Christina Kay) 선생님을 만나 큰 영향을 받았다. 크리스티나 케이 선생님은 그녀를 전시회, 콘서트, 시 낭독회 등에 데리고 가서 그녀에게 작가가 되어야 한다고 일러줄 정도였다. 그녀의 여섯 번째이자 가장 유명한 소설인 『미스 진 브로디의 전성기(*The Prime of Miss Jean Brodie*)』의 주인공은 크리스티나 케이 선생님을 모델로 한 것이었다.

졸업 후 스파크는 헤리오트와트대학(Heriot-Watt College)의 요약 글쓰기(précis-writing) 과정에 등록했다. 그리고 이후 한 백화점 주인의 비서로 취직했다. 그녀는 댄스파티에서 유대인인 시드니 오스월드 스파크(Sydney Oswald Spark)를 만났다. 그녀는 19세였고, 그는 32세였다. 그녀는 그가 아프리카에서 가르치는 일을 계획한 데다가 자신이 에든버러를 떠나 주체적인 삶에 입문하기를 열망해 그와 약혼했다. 그리고 1937년 8월 약혼자를 따라 남부 로디지아(Southern Rhodesia, 현재의 짐바브웨)로 갔고, 다음 달에 결혼했다. 1938년 아들 로빈(Samuel Robin Spark)이 태어났는데, 얼마 지나지 않아 그들은 헤어졌다. 이듬해 전쟁이 일어나 그녀는 고향으로 돌아갈 수 없어 그곳에 머물다가, 1944년 이혼하고 군함을 타고 영국으로 돌아왔다. 아들을 부모에게 맡긴 뒤 그녀는 런던으로 향했다. 그리고 외무부 정치정보부에 들어가 독일 국민들에게 반나치 선전을 퍼뜨리는 일을 담당했다.

전쟁이 끝난 뒤 스파크는 작가로서 생계를 유지하려고 노력했다. 1947년 시 (Poetry) 협회의 총무와 잡지 편집자로 임명되었다. 1949년 첫 번째 저서인 『워즈워스에 대한 헌사(A Tribute to Wordsworth)』를 당시 연인이었던 데릭 스탠퍼드(Derek Stanford)와 함께 공동 집필해 출간했다. 2년 뒤 그녀는 『옵서버(Observer)』지의 단편 공모에 「세라프와 잠베시(The Seraph and the Zambesi)」로 당선되었다. 1952년 데뷔 시 모음집인 『판팔로와 다른 시(The Fanfarlo and Other Verse)』를 출간했다.

스파크는 1954년 가톨릭으로 개종했고, 1957년 첫 번째 장편소설인 『위안을 주는 사람들(The Comforters)』을 출간했다. 이후 전업 작가의 길로 들어서서 『로빈슨(Robinson)』(1958), 『메멘토 모리(Memento Mori)』(1959), 『페컴 라이의 발라드(The Ballad of Peckham Rye)』(1960), 『총각들(The Bachelors)』(1960) 등 4편의 소설과 단편집 『이동하는 새(The Go-Away Bird)』(1960)를 연이어 출간하며 독창성과 재치로 명성을 얻었다.

1961년 스파크는 『미스 진 브로디의 전성기(The Prime of Miss Jean Brodie)』을 출간하면서 세계적인 베스트셀러 작가가 되었다. 이 소설은 연극과 영화로 만들어졌고, 작품 속의 교사를 연기한 매기 스미스(Maggie Smith)는 오스카 여우주연상을 수상했다. 미국에서는 『뉴요커(New Yorker)』지에 처음 출간되었는데, 편집자인 윌리엄 숀(William Shawn)은 스파크에게 글을 쓸 수 있는 사무실을 제공해주었다. 그녀는 거기에서 『맨손뿐인 처녀들(The Girls of Slender Means)』(1963)과 『만델바움 게이트(The Mandelbaum Gate)』(1965) 등 두 권의 소설을 출간했고, 제임스 테이트 블랙 기념상(James Tait Black Memorial Prize)을 수상했다.

1967년 스파크는 뉴욕 생활의 소란스러움과 폐소공포증에 지쳐 이탈리아 로마로 이주했다. 같은 해에 그녀는 대영제국 훈장 수훈자(OBE)가 되었다. 또한 단편과 시를 한데 모아 첫 전집을 출간했다. 1968년 『공공 이미지(The Public Image)』가 출간되어 부커상 최종 후보에 올랐다. 1970년 『운전석(The Driver's Seat)』이 출간되었고,

1974년 워터게이트 사건을 풍자한 『크루의 수도원장(*The Abbess of Crewe*)』이 출간되었다.

1970년대 중반 스파크는 로마를 떠나 토스카나의 깊은 시골로 가 예술가 친구인 페넬로피 자르딘(Penelope Jardine)이 소유한 집에 정착해 방해받지 않고 글을 쓸 수 있었다. 그녀는 마지막 집이 될 그곳에서 『인수(*The Takeover*)』(1976), 『영토권(*Territorial Rights*)』(1979), 『의도로 어슬렁거림(*Loitering with Intent*)』(1981)을 썼는데, 『의도로 어슬렁거림』은 또다시 부커상 최종 후보에 올랐다. 그녀는 잉거솔 재단 TS 엘리엇상(the Ingersoll Foundation TS Eliot Award), 현실과 꿈을 위한 스코틀랜드 예술위원회상(the Scottish Arts Council Award for Reality and Dreams), 보카치오 유럽 문학상(the Boccaccio Prize for European Literature), 평생의 업적에 대한 데이비드 코헨 영국 문학상(the David Cohen British Literature Prize for a lifetime's achievement), 국제 펜클럽의 황금펜상(the Gold Pen Award from PEN International) 등을 수상했다. 그녀는 1993년 남자의 서(Sir)에 해당하는 데임(Dame)이 되었다.

스파크는 말년에 자주 병에 시달렸지만 소명 의식을 가지고 글쓰는 것을 멈추지 않았다. 그녀의 후기 소설로는 『켄싱턴에서 멀리 떨어진 외침(*A Far Cry from Kensington*)』(1988), 『심포지엄(*Symposium*)』(1990), 『현실과 꿈(*Reality and Dreams*)』(1996), 『범행 방조(*Aiding and Abetting*)』(2000) 등이 있다. 그녀의 고별 소설은 『마무리 학교(*The Finishing School*)』로 2004년 출간되었다.

그로부터 2년 뒤인 2006년 4월 13일, 스파크는 88세의 나이로 사망했다. 토스카나 발 디 치아나(Val di Chiana)에 있는 올리베토(Oliveto) 마을의 묘지에 묻혔다. 그녀의 묘비에는 이탈리아어로 간단하게 묘사되어 있다 : 시인(poeta).

*   2017년 영국 벌린사(Birlinn Ltd)의 출판사 폴리곤(Polygon)에서 출간한 『메멘토 모리』에 수록된 앨런 테일러(Alan Taylor)의 머리말에서 발췌 번역함(맹문재)

 뮤리얼 스파크의 『메멘토 모리』는 김수영 시인이 마지막으로 번역한 소설
이다. 이 사실은 김수영 시인의 부인인 김현경 여사가 증언했다. 김현경 여
사의 말씀에 따르면 1968년 6월 15일 김수영 시인은 이 소설의 번역 원고를
신구문화사에 넘기고 집으로 돌아오는 길에 교통사고를 당해 다음 날 타계
했다. 따라서 김수영은 생전에 이 소설의 출간을 볼 수 없었다. 그런데 출간
된 소설집의 판권에는 1968년 3월 30일에 간행된 것으로 되어 있어 궁금증을
자아낸다.
 안타깝게도 그 당시 상황이 어떻게 된 것인지 확인할 길이 없다. 관련 당사
자들이 모두 이 세상에 없기에 안타까움이 크다. 따라서 이 소설은 김수영이
타계한 뒤 출간되었지만, 이미 정해놓은 출간 날짜에 맞춘 것으로 유추할 수
있다.

 김현경 여사의 증언에 따르면 김수영 시인은 이 소설을 번역하면서 책상
한 귀퉁이에 '상주사심(常住死心)'이라고 써놓았다. 그리고 자신의 좌우명으
로 삼겠다고 말했다. 늘 죽음을 생각하면 지금 살아 있는 목숨이 고맙고, 아
름답게 살 수 있다는 것이었다. 이렇듯 김수영은 죽음의 세계를 두려워하기
보다는 기꺼이 받아들이고 삶의 거울로 삼았다.

소설을 읽어보니 김수영 시인이 얼마나 공을 들여 번역했는지 새삼 실감했다. 정확한 번역으로 독자들에게 다가가기 위해 단어 하나도 매우 신중히 선택했다. 뮤리얼 스파크의 작품 세계에 대한 이해도 매우 깊다는 것을 알 수 있었다. 김수영은 시인일 뿐만 아니라 훌륭한 번역가였다.

이 소설을 재출간하면서 편집 과정에서 실수가 있다고 판단되는 부분은 각주를 달고 바로잡았다. 독자들의 이해를 돕는 것이 필요하다고 생각하는 부분도 부연 설명을 달았다. 또한 맞춤법, 띄어쓰기, 외래어 표기는 작품의 특성을 살리는 것이 필요하다고 판단한 경우를 제외하고 현행 맞춤법 규정에 따랐고, 한글과 한자 및 외래어가 병기된 경우는 가능한 한 한글로 썼다.

『메멘토 모리』가 번역 출간된 지 54년 만에 푸른사상사에서 재출간하게 되어 매우 기쁘다. 올해 96세의 김현경 여사님께서 살아 계시기에 더욱 그러하다. 내내 건강하시어 더 많은 일을 함께하시길 응원한다. 이 소설을 구해 건네준 김병호 서지학자님께도 감사의 인사를 드린다.

맹문재